ИСИКАВА
ТАКУБОКУ
И РОССИЯ

石川啄木とロシア

ЯСУМОТО ТАКАКО
安元隆子

翰林書房

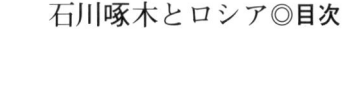

I 啄木と日露戦争

第1章 日露戦争前後の日本とロシア……………………………………9
1 日露戦争前後の日本　9
2 日露戦争前後のロシア（1853〜）　15

第2章 啄木の日露戦争……………………………………………………23

第3章 「マカロフ提督追悼の詩」論 ……………………………………30
1 武士道とヒューマニズム　30
2 明治武士道　34
3 マカロフの死の報道　36
4 果敢なる勇士・マカロフ　39
5 啄木の二元論とマカロフ提督　45

第4章 ロシア・クロンシュタットのマカロフ提督像碑文考証
　　　　石川啄木詩説をめぐって── ……………………………………51
1 クロンシュタット・マカロフ提督像碑文啄木詩説への疑問　51
2 碑文の確認　54
3 "СЕВЕР"（北）と"ВИТЯЗЬ"（戦士）　60
4 М. Г. とは誰か　63
5 碑文の初出発見　65

第5章 トルストイ「日露戦争論」と啄木 ………………………………76
1 トルストイ「日露戦争論」　76
2 日本に於けるトルストイ「日露戦争論」の受容　80
　（1）『帝国文学』の場合　82
　（2）『平民新聞』の場合　86

（3）『太陽』の場合　89
　　3　文明の相克と黄禍論　93
　　4　啄木とトルストイ「日露戦争論」　100

Ⅱ　啄木と社会主義女性論

第1章　「ソニヤ」の歌―ニヒリストカへの憧憬―……………………113
　　1　「ソニヤ」とは誰か　113
　　2　京子とソフィア・ペロフスカヤ　115
　　3　ニヒリストカ　120
　　4　一人だけではないニヒリストカ「ソニヤ」　127

第2章　啄木と社会主義女性論……………………………………………133
　　1　節子への愛　133
　　2　夫婦のエロス　136
　　3　社会主義女性論と啄木　138
　　4　家族を超えて　145

第3章　"ATARASIKI MIYAKO NO KISO"論 ……………………………149
　　1　新たに発見したH.G.WELLSの『空中戦争』訳本　150
　　2　ローマ字詩「新しき都の基礎」　161
　　3　破壊と創造「新しき都の基礎」の世界　163

第4章　ツルゲーネフ"On the eve"と啄木………………………………170
　　1　啄木の『その前夜』読書体験　171
　　2　"On the eve"の世界　173
　　3　啄木の理解した『その前夜』　176

Ⅲ　啄木詩歌の思想

第1章　啄木の「永遠の生命」……………………………………………185
　　1　「永遠の生命」と「愛」の思想　186
　　2　「永遠」と「瞬間」　190
　　3　「戦闘」意識と詩人の使命、再び「永遠の生命」　192
　　4　「永遠の生命」との乖離　201
　　5　「永遠の生命」の行方　206

第2章　「呼子と口笛」論―詩人の復活―……………………………212
　　1　「はてしなき議論の後」初稿　213
　　2　「はてしなき議論の後」二稿　219
　　3　詩集「呼子と口笛」　222

第3章　「呼子と口笛」自筆絵考………………………………………228
　　1　「呼子と口笛」自筆絵　228
　　2　「呼子と口笛」の世界　229
　　3　自筆絵を読む　238
　　4　反抗の人・キリスト　245

第4章　ゴーリキーと啄木　………………………………………………251
　　1　マキシム・ゴーリキーの登場まで　251
　　2　明治期におけるゴーリキー受容　253
　　　（1）明治期に伝えられたゴーリキー像　253
　　　（2）雑誌記事に見る明治期のゴーリキー文学の受容　257
　　3　啄木のゴーリキー受容　263
　　　（1）啄木のゴーリキー体験　263
　　　（2）「鷹の歌」の世界と啄木　270

(3) "Three of them" の世界と啄木　276
　　　　① 「底」に生きる者の悲哀　276
　　　　② ゴーリキー『どん底』における
　　　　　「ルカ」と啄木の「ライフ・イリュージョン」　282
　　　　③ 性規範からの開放　286
　　(4) 『オルロフ夫婦』と『かつて人間たりし者』
　　　　　―バクーニンへの架橋―　288

第 5 章　啄木と「樺太」…………………………………………………297
　　1　啄木の墓　297
　　2　サハリン／樺太　298
　　3　樺太への渡来者たち　300
　　4　北海の三都、そして釧路　303
　　5　再び樺太　308

Ⅳ　ロシアに於ける啄木

第 1 章　啄木詩歌のロシア語翻訳考
　　　　―В. Н. Маркова と В. Н. Ерёмин の翻訳比較を通して―……………315
　　1　短歌訳比較　316
　　2　詩訳比較　324
　　3　マールコワ "безбожник" から読み取れること　340

第 2 章　ロシアに於ける啄木研究 …………………………………………348

石川啄木年譜　355
あとがき　372
初出一覧　376
索　　引　378

I　啄木と日露戦争

第1章　日露戦争前後の日本とロシア

1　日露戦争前後の日本

　明治28年（1895）4月、日本の勝利によって日清戦争が終結し、日本の民衆は戦勝気分に沸いた。日本が初めて行ったこの対外戦争は国民に国際社会を認識させた。そして、アジアの小国民がアジアの大国・清に勝利することで大飛躍を遂げたことから、日本とその国民を称する「大日本」「大国民」という言葉がジャーナリズムに氾濫した。戦勝気分は国民の日常生活にまで浸透し、〈一枚の写真の売行これまでは芸妓俳優の類第一位を占め居と思いきや今は武人、軍艦、戦争の類最も多からむ[1]〉という言葉が示すように、世相、風俗の変化をも引き起こした。
　この戦勝気分を吹き飛ばしたのは明治28年4月のロシア・ドイツ・イタリアによる三国干渉であった。日本政府は遼東半島の清国返還を要求する三国干渉を受け入れることを決定する。同年5月10日、明治天皇は遼東還付に関する詔勅を出して国民に自重を訴え、国民も恨みをのんでこれに服した。これ以後、〈若夫の遼東半島還附の詔勅をよんで、深く叡智のある所を恐察し奉り、慨然として茲に臥薪嘗胆の念を起こさざる者は、亦日本国民にあらざる也[2]〉というように、一部のジャーナリズムは「臥薪嘗胆」という言葉を用いてこの屈辱感を表現した。そして、それに煽られるように、強硬な対外政策を求める世論が形成されていく。
　一方、ロシアは三国干渉の翌年には東清鉄道敷設権を獲得、明治31年には遼東半島の25ヵ年租借権を得、33年には北清事変に乗じて満州を占領する。三国干渉に始まる日露の対立は確実に次の戦争へ歩みを進めていた。
　明治35年1月、日本はイギリスと第一次「日英同盟」を結ぶ。イギリスの

思惑は、日本の中国での利権を認める代わりに、南下を続けるロシアに対し、日本を憲兵として極東を防衛させようとするものであった。この同盟によって、日本・イギリス対ロシア・フランスの対立は決定的となる。

　日本の対外進出を主張する者たちは頭山満らを中心に明治33年国民同盟会を結成、一時解散していたが、ロシアとの対立が顕在化してくると、明治36年に神鞭知常を委員長に対外同志会、同年8月には対露同志会として主戦論を展開する。また、東大教授・戸水寛人らの「七博士」が即時開戦を時の首相・桂太郎に申し込む。彼らの「バイカルまで奪取すべし」という主張の激しさに明治政府は戸惑い、休職処分を申し渡すが、大学当局は言論の自由と大学の自治を主張し、教授陣の総辞職を宣言、逆に久保田文部大臣を辞職させ、主戦論の意気を高める結果となった。ロシア軍は明治34年に満州からの第一次撤兵を行ったものの、明治36年10月、第二次撤兵を拒否し、ロシア軍と日本軍の衝突が起こる。これを機に日本の世論は一気に開戦論に傾いていったのであった。

　当時の最大発行部数を誇る『万朝報』も、記者の自主性を認める編集方針から主戦論に大きく傾き、これを機に社会主義者の幸徳秋水、堺利彦、キリスト者・内村鑑三が退社している。非戦論記者と袂を分った『万朝報』の主筆・黒岩涙香は、物質の根本にあるエネルギーを根本原理に、世界は戦争によって一段上の平和を得ることができると考え、敵国の圧迫から同胞の生命を救う為、東洋全体の平和の為、日本の人口増加を満州に移す為に戦いは必要だと主張した[3]。

　明治37年2月、ついに日本はロシアに宣戦布告する。当時の新聞には〈日露交渉遂に断絶　東洋永遠の平和を念とする日東君子国の正義の提唱は狂暴露国の容る丶所たらず[4]〉〈対露辯妄　東亜時局紛争の責任は露国に在り[5]〉などの見出しが並んでいる。開戦後の『万朝報』では、生死の理を問う一兵士に対し、〈余は偏に我兵士が国家国民の為に死んで下されんことを祈るものなり、一死我敷島の大和国を万世に活かすをバ、其死の重き豈千斤のみな

らんや、〉と説く論説が載る(6)。黒岩周六（涙香）は〈謹で弘く世の人々に訴へます（略）追々冬も近づきます（略）是に就けても気に掛ル満州に居る我が兵士の身の上です〉とロシアの「冬将軍」の恐ろしさを知らせ、〈日本兵は全く気で勝て居るのです、（略）気と申すハ吾々の至誠と兵士の至誠と相感じ相通じ〉ることなのだと語り、〈国家の命を賭けて戦ふ〉兵士たちに毛布の送付を呼びかける記事を掲載している(7)。

　戦時色に日本が塗り込められる中、明治38年1月旅順陥落、同年3月奉天大会戦、5月の日本海海戦と日本軍は勝利を納める。しかし、これらの勝利は実に危ういものであった。日本は旅順要塞包囲のため、司令官乃木希典による第三軍を編成、旅順に総攻撃を仕掛けたが、第1次、第2次攻撃共に戦闘6日間に及ぶもロシア軍の頑強な反撃に遭い失敗。第3次総攻撃では二〇三高地に攻撃目標を変え、奪取に成功。そこから旅順港内のロシア艦隊を砲撃、爆沈させたが、損害多大のため、作戦を一時休止せざるを得なかった。第3軍は兵力の3分の1を失い、他の軍、師団を併せて、この旅順を陥落させるために実に莫大な戦死者を出したのである。そして、度重なる激戦の末に奉天城内に入城したが、内実は、敵将・クロパトキンが乃木第三軍の戦力を過大視した結果、状況判断を誤り的確な作戦計画を遂行できなかったことによる「辛勝」であった。ロシア野戦軍主力の壊滅という戦略目標は遂に達成することが出来なかったのである。奉天陥落後、大本営内部では余勢を駆って北進行動を行い、ハルピン、ウラジオストックを占領し、樺太をも掌中にしたい、と考えていたが、3月13日の夜半に届けられた大山満州軍総司令官の「政略戦略一致に関する意見具申書」には、ロシア軍の追撃、持久戦のどちらにせよ、今後の作戦は全て講和を踏まえた政策と一致したものであるべきであり、追撃を選ぶなら兵員、武器、爆薬、物資の充分な補給がなければこれ以上作戦を遂行することは不可能である、と明記されていたという(8)。

　日本海海戦は、日本とロシア両国にとって大きな意味を持った戦いであった。日本にとってはバルチック艦隊の半分でもウラジオストクに達すれば、

その戦力強化により、ロシアとの戦いは負けを意味する国の存亡をかけた戦いであったからだ。そのため、バルチック艦隊の一隻も逃がさずに捕捉撃滅させ、ウラジオストク行きを阻止しなければならなかった。ロシアもこの海戦が戦争の行方をも左右するものであり、もし破れれば海軍力は一挙に急落することを覚悟せざるをえない重要な戦いであった。ここでも日本軍は、バルチック艦隊ロジェストウェンスキー艦長が海峡突破に無策であったことや不適切な指揮を行ったこと、そしてバルチック艦隊に蔓延していた階級的憎悪によるロシア軍兵士の士気の低迷に助けられたという(9)。また、ロシア国内で1905年の第一次革命（「血の日曜日」事件）が起きていたことも、ロシア軍の戦争の継続を困難にさせた。

　しかし、その窮状は日本も同様であった。3月23日、参謀総長・山県有朋は「政戦両略概論」を首相・桂太郎に提出し、兵員や将校の不足を伝え、財政上から戦争継続は困難であることを訴えた。4月21日の閣議で既に講和条件を決定し、6月1日には高平公使がアメリカ大統領に和平斡旋を申し入れていたのである。6月9日アメリカは講和を日露両国に勧告、8月10日からポーツマスで第一回講和会議を開催、露国側の意外な強腰に交渉は難航し、8月28日御前会議で「償金・割地等の要求を放棄しても講和実現の方針」を決定、9月5日に正式に日露講和条約（ポーツマス条約）が締結された。

　だが、日露戦争中の日本国民は〈今や全国の老若争つて軍事の情報を知らんと望み頸を伸ばし足を翹て、戦時の消息を待ち一報ある毎に拍手して之を迎ふるの意気亦熾なりといふべし〉(10)というように、日本とロシアの戦争を共有し、戦況に大きな関心を寄せていた。開戦の報には〈全部の市民全く狂せるが如〉き様相を呈し(11)、日本軍の戦闘勝利には提灯行列や旗行列があり、紅白の幟幕が張られ、イルミネーションがつけられ、装飾電車が走り、号外が飛ぶように売れたという(12)。だから、人々はかの大国・ロシアに全面的に勝利したというマスコミの宣伝を信じて疑わなかった。戦勝を祝すると同時に、民衆は、死者・負傷者併せて11万8千人を出したにも関わらず償金放棄、

北緯50度線での樺太の分割、鉄道・租借権の譲与という条件を飲んだこの「屈辱的講和」に対し、怒りの声を上げる。〈吾人は之を以て十三億の軍費を費し、五万の生霊を損ひ、無限の生産力を犠牲とし、今後幾億の善後費を要し、旅順、遼陽、沙河、奉天、乃至日本海に大勝を博したる日露戦争の講和とは信ぜざるなり。〉といった記事がそれを示そう[03]。この他にも、「斯の屈辱」[04]「講和成立に誰一人国旗も揚げず　呆れ返つた重臣連の辯明」[05]「講和に関する投書　挙国不平」[06]「奇人松本道別の『弔講和成立』旗　外務省を驚かす」[07]「遣る瀬なき悲憤　国民黙し得ず」[08]「屈辱講和で株式大暴落」[09]「天人不許の罪悪」[20]「此の三段論法に従へば　小村、桂は大露探」[21]といった新聞見出しが躍る。大阪では逸早く講和反対の市民大会が開かれ、元老閣臣の処決を迫り、講和破棄、戦争継続を要求する決議がなされる。日比谷で開催された国民大会では桂太郎直系の『国民新聞』を襲撃し、交番も次々に焼き討ちにされた。「無政府＝無警察」の騒乱状態は９月５日から６日まで続き、桂は戒厳令を敷き、軍隊まで出動させねばならなかった。日本帝国主義は戦争を煽ることに成功すると同時に、明治維新以来、富国強兵、脱亜入欧、のスローガンの元に歩んできた日本が、名実共に欧米列強と比肩する世界の一等国になった、という錯覚を民衆に与えてしまったのである。

　こうした経緯から、日露戦後の民衆の政府不信は甚だしかった。「国民」として戦果を祝捷し、「帝国」の担い手を意識する人々が「国民」の名の下に旧来の構造と秩序に対抗し運動を行い、同時に「国民」として「国家」の弱腰を非難する民衆に対し、成田龍一は〈日露戦争の戦時・戦後の「国民」形成の論理〉を読み取っている[22]。この戦争に勝利を導いたはずの桂太郎内閣が明治38年末には総辞職に追い込まれたことはその証左となろう。

　国木田独歩の「号外」には次のような一節がある[23]。〈三十七年から八年の中頃までは、通りがゝりの赤の他人にさへ言葉をかけて見たいやうであつたのが、今では亦以前の赤の他人同士の往来になつて了つた。／／其処で自分は戦争（いくさ）でなく、外に何か、戦争の時のやうな心持に万人（みんな）がなつて暮す方法は

無いものか知らんと考へた。〉ここから、戦争がいかに人々の意識を高揚させ、また収斂させるものであったかが想像されると同時に、日露戦後の民衆は、戦争の記憶に置換することができるものを見つけられずに居たことがわかる。それだけではない。『日本帝国統計年鑑』[24]によれば、米の推定実収高は明治37年の5000万石台から38年には3800万石に落ち込んでおり、戦争による労働力低下が推察される。また、物価は、米一石が明治37年には13.02円が40年には15.73円、食塩一石が2.01円が4.68円、清酒一石が35.04円が40.56円、生糸百斤789円が1,073円と高騰しており、気候不順という理由を除いても、日露戦後のインフレに苦しむ国民生活が読み取れる。

　一方、政府は戦時下に締結した韓国との第一次日韓協約を進めて領土を拡大、ますます帝国主義を強化していたが、具体的にそれは軍事費の増大という形になって表われ、国民生活に影を落とす。西園寺内閣は明治40年の軍事費を前年より7,000万円増額、1億9,800万円とし、そのため、1,200万円の増税案を通そうとする。これに対し、二四議会では島田三郎が政府弾劾決議案を提出し、第3回予算案では大石正巳によって、今こそ内政を改良し財政を整理し「民力を休養」すべし、という反論が繰り広げられた。そして、議会外でも「非増税同志懇談会」の開催、社会主義者の「増税反対国民大会」など、反対運動は明治40年1月から始まった戦後経済恐慌と重なって激しさを増すが、最終的に松田財相の「戦勝国の国民の覚悟」という言葉が後押しをし、予算案は通過してしまう。その結果、税負担は国民所得の二割を越すものとなったのである。

　こうした日露戦後の困窮生活の中で国民は変貌を遂げる。交通機関の発達は地方から都会への移動を容易にし、出稼ぎ型労働力を増加させ、日清戦争後以上に資本主義を発達させたが、逆に農村は危機にさらされた。そして、進学率の上昇は夏目漱石のいう「高等遊民」を生み出した。平民社は日露戦争終了と共に解散し、社会主義者は激しい弾圧を受けた。新聞・雑誌は急速に発行部数を伸ばし、小野秀雄『日本新聞史』[25]によれば、『報知新聞』は日露

戦前の8-9万部から戦後には20万、更に30万部近くに達したという。また、『報知新聞』は明治39年11月に夕刊を発行している。この事実はマス・メディアの飛躍的発達と共に国民の識字率の上昇を意味するであろう。このような日露戦後社会の中から当然の如く醸成された人々の反体制思想は政府に危機感をもたらす。そして、元老・山県有朋は西園寺内閣が社会主義者に甘いとして明治天皇に直訴、強硬な桂太郎内閣（第二次）を作り出したのだった。桂は天皇制が危機にさらされている事態を挽回しようと、「戊辰詔書」を自らの手で創出したが、その内実は〈忠実業ニ服シ勤倹産ヲ治メ〉というように「教育勅語」とほとんど変わらぬものであり、民衆の思想発展、時代の流れはもはや止めることができないものとなっていたのである。

2　日露戦争前後のロシア　(1853〜)

　一方、ロシアはどのような状況下に置かれていたのであろうか。
日露戦争の開始から遡ること半世紀、中近東及びバルカン半島の支配権を巡ってトルコとのクリミア戦争（1853—56）が起こった。この戦争はロシアが大きな転換期を迎える契機となった。
　このクリミア戦争では、ロシア軍は兵器、武器の装備の点などから劣勢を強いられ、1856年屈辱的敗北を喫し国際的威信を損ねた。この敗戦によりロシアの東地中海に向う南下政策は挫折し、これを機にロシアの後進性を自覚したアレクサンドル2世の「大改革の時代」が始まる。地方自治会の設立、司法制度改革、経済改革、軍制度や教育制度などの大規模な改革が行われたが、中心をなしたのは1861年の農奴解放である。この時の農奴解放令によって2,400万人の農奴が解放された。しかし、分与地が共同体に引き渡された結果、農民は地主の支配からは解放されたが、相変わらず土地に縛りつけられ、共同体秩序は強化される結果となった。土地と自由を希求した農民たちの希望は裏切られ、農民争乱が多発、62年にはペテルブルグやヴォルガ沿岸地方

で原因不明の火災も続いた。このような状況を背景として秘密結社「土地と自由」（第1次）が誕生した。63年から64年にはポーランドで反ロシア暴動が起き、急進派は武装集団を組織、臨時政府を樹立するも鎮圧されている。

その後、様々な党派が活動する中で、既存の社会秩序や伝統的な価値観に反抗する「ニヒリスト」と呼ばれる急進派が登場する。ニヒリストの女性は髪を短く切り、質素な服を身に付け、女性解放を語り、男性は好んで農民の服を着用したという[26]。

1870年代になると〈悔い改めた貴族〉たち[27]による〈人民の奉仕〉を呼びかける「ナロードニキ」運動が広まる。資本主義を経過せず、農村共同体を足がかりに一挙に社会主義へ移行しようとするこのロシア独自の革命思想は、大きな社会的広がりを見せることになる。中でもラヴノフは、農民を始めとする民衆の犠牲の上に文化の恩恵に浴する一部の人間が存在していることを説き、批判的に思索する個人であるはずの知識人はこのことを自覚し、民衆の教育と開放のために働くべきだと主張した。また、バクーニンはステンカ・ラージンやプガチョフの反乱に見るように、ロシアの農民には革命の本能が備わっていると指摘した。そして、今すぐ「民衆の中へ（ヴ・ナロード）」入り、革命的機運を高めるべきだと主張した。このバクーニンの言葉に感化され、多くの学生や知識人が農村に入り込み、革命思想を伝えようとした。しかし学生らは理想化した農村共同体の理念や社会主義、無政府主義、という言葉を農民に理解させることができず、逆に農民の猜疑心を煽り、運動家は逮捕されたり流刑に処せられるなどして打撃を受け、運動は衰退していった。

1876年、マルク・ナタリソンはナロードニキの残党らと第2次「土地と自由」を結成したが、後、「国土分割」派と「人民の意志」派に分裂した。テロに活路を見出そうとした「人民の意志」派はアレクサンドル2世殺害に成功する。しかし、この結果、次に即位したアレクサンドル3世は徹底した弾圧政策を行い、社会変化に伴う農村共同体の崩壊と共に、専制政治打倒と民衆の解放を目指すナロードニキ運動は終焉を迎えた。

このナロードニキのイデオロギーの代わりに社会を支配したのは挫折感と無気力感であった。1880年代を特徴付けるキーワードは「小さな仕事」「漸進的改良主義」「自己努力の倫理」であったという[28]。実現不可能な遠大な目標を掲げるのではなく、身近にあるささやかな仕事を誠実に果たすことが人間の務めという考え方「ミニマリズム」が支配的となったのである。それと共に悪に対する無抵抗、自己完成、自己犠牲、禁欲主義などのトルストイの教えが「トルストイ主義」として人々の間に浸透した。しかし、1890年代に入ると反逆者、偶像破壊者、本能の開放と性の自由を説く快楽主義者、強烈な利己主義と自己肯定というニーチェイメージが形成され、ニーチェの思想を触媒にしてトルストイ主義やミニマリズムへの反発が起った。
　この1890年代は鉄道網の発達と外国資本の導入によりロシアの工業成長率が8％という驚異的な伸びを示した時代でもある。これに続く1900年代も鉱工業生産は依然6％と高い上昇成長率を示している。このような工業化は都市化という現象を必然的にもたらした。1860年代から第1次世界大戦までの間にペテルブルグ、モスクワの人口は4倍に増加、1914年、人口が100万を超える巨大都市に成長し、世界の大都市の一つにも数えられるようになった。その大部分は農民の流入によるものであった。
　このような都市化は新たな都市型文化を形成していった。クプリーンなどが都市をテーマとした文学を描いただけでなく、都市生活のマニュアルとして小型小説本やイラスト入りで都市生活を描く週間の絵入り雑誌が流行った[29]。例えば『ニーワ』は20世紀初頭には20万部、『アガリョーク』は1914年には70万部を売り上げた。今までの文芸雑誌が12ルーブルから16ルーブルだったのに対し、これらの絵入り週刊雑誌は2ルーブルから6ルーブルの廉価であり、販売方法も駅や街頭での販売であったという。『光』『ペテルブルグ・リストーク』『モスコーフスキイ・リストーク』などの新聞も一般紙に比べて廉価であり、犯罪記事や火事のルポルタージュ風風俗スケッチを売り物にした。これらの新聞雑誌は都市生活のマニュアルとしての性格を持った。そこ

にしばしば掲載された犯罪小説やサクセスストーリーは、農村社会の生活スタイルやモラルから抜けきらない新興都市住民に対して、社会の規範やルール、富や幸福を追求する方法を教えたためである。

19世紀末のロシアには9つの大学しかなかったが、学生数は飛躍的に増加し、1850年代半ばには3,547人、1880年代には8,193人、1890年代半ばには14,000人、1905年には24,500人、1907年には35,000人になった。こうした教育の普及は必然的に識字率を上げる。農奴解放直後には識字率は7％だったが、第1次世界大戦前夜には40％近くになっている。この要因として、小学校などの教育施設の拡充と共に、軍隊での識字教育の成果が指摘されている[30]。こうした識字率の上昇に伴い、貴族を始めとする一部のエリートによって担われてきた文化から、大衆が文化の消費者として登場する時代が到来したのだった。

しかし、日露戦争前夜と呼ぶべき1890年代半ばから1900年代前半は、争議や政治テロなど不穏な動きが相次いだ時代でもあった。1896年にはペテルブルグ綿工業労働者のゼネストが行われ、1899年、1901年には学生運動が全国的に展開している。1901年にはフィンランドでロシア化政策に反対する請願運動が始まり、翌1902年には南部ロシアで大規模な農民による地主所領攻撃が起きている。1903年の夏に始まった労働者のストライキはロシア南部に広がった。また、1901年2月、文部大臣ボゴレーポフが暗殺され、1902年4月には内務大臣シピャーギンが暗殺された。これらの事件はロシアの国家政治体制に対する批判の表れであり、本質的な問題解決のための「改革」が必要であったが、政府は対蹠的な対応に留まるしかなく、本質的な解決には至らなかった。

しかし、1904年2月8日、日本軍の仁川・旅順への奇襲から日露戦争が始まると、ロシア社会の中に日本に対する大きな憤激が生まれ、愛国的行動が自然発生的発露を導き出したという。この頃のロシアの時代状況については土屋好古「日露戦争とロシア社会」が詳しい[31]。それによれば、例えば「ル

スキー・ヴェースニック」は開戦直後の状況を論評して、今回の国民の精神的高揚は、クリミヤ戦争、1877年の露土戦争にも見られないもので、その主原因は日本の「アジア的な卑劣な攻撃」にある、と論じている。仁川での攻撃により大打撃を受け自沈した巡洋艦ヴリャーク号と砲艦コレーエツ号の乗組員たちは英雄扱いされ、彼等がロシアに戻った時には卑劣な日本の生き証人として盛大な歓迎を受けた。開戦当時、日本と同様、ロシア社会は愛国的感情と戦争熱に取り付かれていたのである。各地で愛国的な行進や勝利のための祈禱、ツァーリと祖国に対する忠誠の表明、戦争努力のための寄付集めが行われ、上流階級の夫人たちはボランティアで包帯などの医療品製作に集まった。そして、愛国主義は学生にも広まり、ペテルブルグ大学の学生は、1月30日集会を開き、そこで開戦の詔勅が読み上げられたが、それは「ウラー（万歳）」という叫びに覆われたという。この後、学生たちは「神よ、ツァーリを守りたまえ」を歌いながら、冬宮まで愛国的デモを行った。今まで反体制的と見られてきた学生たちのこうした姿に人々は驚きを禁じえなかったと思われる。

　地域の利益と必要のために県と郡に1864年に設置された地方自治機関・ゼムストヴォでは、相次いで戦争のために多額の支出が決定された。ペテルブルグ県ゼムストヴォ⑳では県出身の死傷軍人家族支援のために10万ルーブリの支出を決定している。そして、開戦後わずか半月で500万ルーブリを支出したのである。各地の市会にも同様の動きがあり、ペテルブルグ市会の支出は150万ルーブリという巨額なものだった。また、開戦に際して、全国の様々な階層や社会集団からツァーリと祖国への忠誠表明が多数寄せられた。もちろんこうした社会の戦争支持へ懸念を抱き、警鐘を鳴らしたメディアもあっただろうが、全体としては愛国的な気分が漲っていたと考えられる。

　しかし、こうした国民の戦争支持も退潮を見る。土屋好古はこの理由について以下の3点を挙げている㉑。第1に戦争の過程。もともと、ロシアの人々にとって、この戦争の目的は不明確であり、日本についての知識も浅かった。

そこに届いた相次ぐ敗戦の報は、ロシア軍やロシア政府への懐疑と改革の必要を印象付け、戦争の大義が問われたからである。日本の政治指導者やメディアが早くからロシアを仮想的と想定し、三国干渉以後は民衆の間にもロシアに対する敵対心が浸透していたこととは対照的であった。第2に、多民族国家であることが挙国一致の戦争体制維持を困難にした。第3に、開戦当時の挙国一致の雰囲気を政府側が挫くような抑圧的な政策を行った。つまり、政府は戦争協力のための地域の枠を越えたゼムストヴォの連携を嫌い、発展を規制したのである。また、日本の奇襲攻撃に抗議する自然発生的な愛国的デモンストレーションも反体制的なものへ転化する事を恐れて禁止した。これは国民の間に発生した戦争熱を遮断し隠蔽する行為である。このロシア政府の対応は、日本の場合と好対照を示している。日本で日露戦争祝捷提灯行列が混乱を招いた時政府はこれを禁じたが、メディアがこの決定を批判、条件付で認められるようになった経緯がある。この判断の裏には戦争を支えるのは戦地の兵士たちだけではなく、銃後でそれを支える国民の士気の重要性が認識されていたからであろう。

　国民の士気よりも治安重視の政策を採った内相・プレーヴェが暗殺された後、改革派や自由主義者たちは混乱したロシアの国政改革へと向い、議会制の要求が高まっていく。また、民衆の中に芽生えた戦争への懐疑心は目に見える反戦運動と化していった。ポーランド地域では、ロシア人による戦争に対する民族的な反感、開戦と共にドイツ資本が引き上げ失業者が発生したことが加わり、各地でデモ隊と警察の衝突が起きた。また、ロシア西部、南西部では、大義が明確でない戦争に駆り出され味わわされる苦難や経済的な苦境に対し、人々は兵役忌避や逃亡と言う形で戦争への不満を表明した。労働者の反戦デモも1904年の秋以降38件と急増している。

　このように様々な理由が重なり、ロシア社会は戦争に対し不満が募っていた。この不満が1905年1月9日の「血の日曜日」事件を引き起こし、この後に火蓋が切って落とされるロシア改革への導火線となっていったのである。

注

⑴ 『万朝報』社説（明治37年9月29日）
⑵ 『二六新聞』「詔勅」（明治28年5月16日）
⑶ 『万朝報』「非戦論記者と袂を分かちたる「万朝報」主筆黒岩涙香「エネルギズム」を高唱す」（明治37年1月）
⑷ 『官報』（明治37年2月12日）
⑸ 『東京朝日新聞』（明治37年3月5日）
⑹ 『万朝報』（明治37年9月29日）
⑺ 『万朝報』（明治37年9月29日）
⑻ 『日露戦争』近現代史編纂会（新人物往来社、2003年）
⑼ ⑻に同じ
⑽ 『東京朝日新聞』（明治37年2月14日）
⑾ 『東京日日新聞』（明治37年2月11日）
⑿ 『東京朝日新聞』（明治37年5月10日、1905年1月4日）
⒀ 『大阪朝日新聞』（明治37年9月1日）
⒁ 『東京朝日新聞』（明治37年9月1日）
⒂ 『東京朝日新聞』（明治37年9月2日）
⒃ 『東京朝日新聞』（明治37年9月1日）
⒄ 『東京朝日新聞』（明治37年9月2日）
⒅ 『報知新聞』（明治37年9月2日）
⒆ 『東京朝日新聞』（明治37年9月2日）
⒇ 『報知新聞』（明治37年9月3日）
(21) 『東京朝日新聞』（明治37年9月3日）
(22) 「『国民』の跛行的形成」『日露戦争スタディズ』小森陽一・成田龍一編、紀伊國屋書店、2004年）
(23) 『新古文林』第2巻第10号（明治39年8月）
(24) 『近代日本歴史統計資料8　日本帝国統計年鑑25　明治38　内閣統計局』（復刻版、東洋書林、2002年）
(25) 『日本新聞史』小野秀雄、（良書普及会、1955年）
(26) 『ロシア文学史』藤沼貴・水野忠夫・井桁貞義編（ミネルヴァ書房、2003年）

⑵7 『ロシア文芸思潮』昇曙夢（壮文社、昭和23年）
⑵8 ⑵6に同じ
⑵9 ⑵6に同じ
⑶0 ⑵6に同じ
⑶1 「日露戦争とロシア社会」（『日露戦争スタディズ』小森陽一・成田龍一編、紀伊國屋書店、2004年）
⑶2 代議員は貴族、地主、農民から選出され、住民から選出された郡会代議員からなる群会から県ゼムストヴォの見解代議員が選出された。具体的には初等教育、医療、道路整備、郵便、緊急時の食糧確保などを行った。
⑶3 ⑶1に同じ

第 2 章　啄木の日露戦争

　日露戦争下、石川啄木も日本の民衆と同じように日本とロシアの戦争を共有し、戦況に大きな関心を寄せていた。そして、同じような錯覚に陥っていたという他はない。「戦雲余録」(『岩手日報』明治37年3月3, 4, 8, 9, 10, 12, 16, 19日) の中で啄木は〈偉大なる文明は、幾多の革命的勢力の融合に依つて初めて建論せられる。偉大なる平和は、幾多の戦争を包含して初めて形作られる。〉と述べている。このように文明創設と戦争を結びつける啄木は義戦論を信じている。日露戦争の意義についても〈戦の為めの戦ではない。正義の為、文明の為、平和の為、終局の理想の為めに戦ふのである。〉と断言する。そして次のように続けている。

　　露国は我百年の怨敵であるから、日本人に取つて彼程憎い国はないのであるが、然しまた一面から見れば、露西亜程哀れな国もない。世界広しと雖ども等しく無告の人間であり乍ら、酷薄なる奴隷的状態に呻吟する事、露国農民（国民の大多数を占めて居る）の如く甚だしきはなく、又等しく至尊の帝位に有り乍ら、不安危険の重霧に囲まれて居る事、露国今帝の如きはない。此憫然なる二者の中間に、独逸種の閥族が蔓延して居て、あらゆる禍根の揺籃をなして居るのである。で余の如きは、今度の日露戦争が単に満洲に於ける彼我の権利を確定して東洋の平和に万全の基礎を与へるのみでなく、更らに世界の平和のために彼の無道なる閥族政治を滅ぼして露国を光明の中に復活させたいと熱望する者である。

　このように、世界平和と露国の復活のために戦争を行っているのである、と断言する啄木にとって〈戦争が罪悪だなど、真面目な顔をして説いて居る〉

社会主義者たちの「非戦」運動は〈蟬の羽の如く小さい旗幟〉にしか過ぎず、哀れみの対象でしかなかった。そしてもたらされた開戦と戦勝の報は〈骨鳴り、肉躍る〉もの以外の何ものでもなかったのである。〈国家若しくは民族に対する愛も、(略)実に同一生命の発達に於ける親和協同の血族的因縁に始まり、最後の大調和の理想に対する精進の観念に終る所の人間凡通の本然性情に外ならず候〉(1)とあるように、啄木にとって愛国の情は人間の本然の性情であり、民族と国家は同一視され、啄木個人と日本国家の成長発育が重ねられていることを中山和子は指摘している(2)。こうした啄木にとっては、多くの人々と同じく、日露講和条約は〈屈辱と泣寝入の悲痛なる運命〉と認識されるだけであった(3)。
　しかし、同評論の中で啄木が〈屈辱と泣寝入の悲痛なる運命〉の原因について書いている次の箇所は注目に値する。〈必ずしも小村全権の罪に非ず。また藩閥内閣の罪にあらず。実に五千万同胞の罪なり、否、同胞を代表すべき一人の天才をも有せざりしに起因する大和民族の不幸也。〉ここには「国家の運命を定めるのは国民である」という、啄木が後に獲得する視点の萌芽を認めることができるのではないか。ただ、この時点では国家は一人の「政治的天才」、「一大理想的天才」によって代表される、という考えに留まっており、後に到達した啄木の国家観と比較すればまだ未熟なものであったと言うしかないが。
　さて、啄木は明治41年1月に『釧路新聞』に編集長格として入社、政治評論も担当している。啄木の意見も深く投影していると思われる同新聞の「雲間寸観」(4)では本著第Ⅰ部第1章「日露戦争前後の日本とロシア」に記した大石正巳の発言を詳報し、〈現時の世界に於て、何処如何なる国の人民も過大なる軍事費の為めに膏血を絞られざるはなしとは、抑々之何事ぞや、心ある者の宜しく一考再考、否百考千考すべき所なるべく候。〉と支持を表明している。また「予算案通過と国民の覚悟」(5)には〈政府は軍事費の傀儡にして、国民挙つて其奴隷とせられつゝあるを。〉〈吾人は、彼の政府に盲従するを以て愛国

の本義なるが如く説く偽愛国家の言動を憎むこと蛇蝎の如し。〉〈世界は今や厖大なる軍事費てふ魔王の蹂躙に委せられたり。痩せたるに流網を打つ老漁夫も、陋巷粥を啜る貧家の婦も、今や軍神の威力の為に其血を吸はれ其骨を削らる。〉とあり、生活を偽りの愛国主義に塗り固められて国民が〈軍神の威力〉に屈している現状を鋭く糾弾している。ここにおいて、啄木は正義と理想のための戦争という義戦論の立場を離れ、変貌を遂げ、国家というものを独自に考えるようになったのではなかろうか。中山和子は、国家は民族と実体的に区別のない共同体ではなく、共同体内の個人と対立する権力である、という概念が啄木の中に生じ始めたのは「性急な思想」[6]で「国家という既定権力」という表現が成された時から、と指摘している[7]が、〈軍神〉の威力を宿した政府の実感は、既に啄木の中で、民衆と乖離し始めている国家を芽生えさせたのではなかろうか。

　それを裏付けるように、啄木は思想の変化をみせる。「林中書」[8]では、富国強兵という名の基に行われた鉄道敷設、増加する貿易額、兵制法制を始めとする法制の整備など、明治政府が行ってきたことは一見文明の進歩を裏付けているかのようであるが、それは表面的なものにすぎないと断じている。そして、〈東洋唯一の立憲国〉であるはずの日本にあるのは〈非立憲的な事実のみ〉ではないかと指摘し、〈政治上理想の結合なるべき政党が、此国に於ては単に利益と野心の結合に過ぎぬではないだらうか？　民衆は依然として封建の民の如く、官力と金力とを個人の自由と権利との上に置いて居る無智の民衆ではないだらうか？〉と日本の国情を嘆いているのである。

　勝利したはずの日露戦争に対する痛烈な批判が最も顕著なのは次の部分である。

　　日露戦争は日本の文明と露西亜の文明との戦争ではなかつた。戦つたのは両国の兵隊だけである。されば、日本の文明が露西亜の文明に勝つたのではなくて、唯日本の兵隊が露西亜の兵隊に勝つたのである。露西亜

の兵隊は世界で有名な兵隊であつた。それに勝つたからには、日本の兵隊は或は世界一の強い兵隊であるかも知れぬ。然し兵隊以外の事は……。

　続けて啄木は〈戦争に勝つた国の文明が、敗けた国の文明よりも優つて居るか怎か？〉という問に対し、次のように答えている。近代文明の特色は〈人権の抑圧を否定して個人の自由を尚ぶ点〉にあるとする。露西亜は君主独裁国であり、人々は政治、宗教上の主権者であるザールにその一切の自由を奪われている。これに対し、日本人は与えられた多大な〈自由と権利〉とをどれだけ尊び保持しているのか。日本では、無知な民衆ならまだしも、何万という人間の権利と自由を代表するべき堂々たる代議士までもが自己の利害や野心のためにそれを捨てて顧みない、と指摘し、戦勝国の文明が敗戦国の文明に勝っているとは限らないと述べているのである。
　啄木は、日露戦争が「文明の戦い」であると信じさせる、かつて自分も踊らされていた扇情のからくりを見抜いている。また、「自由と権利」を与えられながら、その価値を自覚していない日本国民。特に「国家」という名の下に横暴な政治を行っている政府と国民の代表である代議士が、自己の利害や野心のために国民の生活を踏みにじっている、という現実の摘発。これは軍事費増大に対する国会での一連の審議過程を指すことはいうまでもないことだろう。そして、議会が存在しながらそれが正しく機能していない東洋唯一の立憲国・日本の現状に対して啄木の激しい怒りが向かっている。
　啄木はこうした日本と比較しながら、露西亜をまなざす。〈革命の健児の陣頭に立つて聖架を擎げたる唯一人のガボン僧正を有する露西亜人の方が、却つて天の寵児ではあるまいか〉と考えるのである。そして、飢饉救助のために政府が与えた若干の金でパンや衣服を買わず、奪われた自由を取り戻すための武器である銃と弾丸を購入したロシアの農民たちを紹介している。

　　露国の農民は実に「自由の民」である。現在では猶野蛮な奴隷的な境遇

にあるにしても、此烈火の如き自由の意気は、軈て一切の文明を呑吐し淘溶すべき一大鎔鉱炉ではないか、人生の最大最強なる活力ではないか。

　日本に比べ不自由な環境にありながら自由への気概に満ちたロシアの民衆への羨望と期待がここにはある。そして、〈日本人に与へられたる一切の自由よりも、一切の不自由の中に居て真の自由を絶呼した杜翁の一老軀の方が貴い〉こと、また同じ意味で肺病患者のゴルキイの方が、真の文明のために、遥かに遥かに祝すべきであるとも書くのである。啄木は今の日本を〈哀れなる日本〉と断じ、その原因は教育の最高目的である「天才」の養成を忘れ、個性を尊重せず知識伝授中心の画一的な日本の教育にあったとし、糾弾するのである。

　そして、明治41年9月16日の日記の中で啄木は、日露開戦時を〈二月に日露の開戦。無邪気なる愛国の赤子、といふよりは、寧ろ無邪気なる好戦国民の一人であつた僕〉と冷静に想起している。自らを〈無邪気なる好戦国民の一人であつた〉と称したことは、自己を客体化するまなざしを獲得したといえる。同時に、啄木の意識は一人の天才を希求する段階から更に深化を見せる。つまり、政府の語る国家とは、国民を政治への参画から遠ざけ、奴隷的な服従を強いるものにすぎないのであった。これに対し啄木は、国家を支え、担う主体として国民を捉えている。国民は国家に服従するのではなく、国家を創造する主体であり、国民の意思の集約として国家は存在するという考えに至るのである。国家とは国家としてそこに存在するのではなく、国家を形成するのはまさに国民であり、国民が国家の在り方を決定している、という国家を支える主体としての国民を認識した時、啄木は〈日本人の国民的性格〉について更に想いを馳せずにはいられなかった。国家を客体としてだけ論じるのに留まらなかったからである。「我が最近の興味」(9)には日本と露西亜の国民性についての興味深いエピソードの比較がある。それは次のようなものだ。

ヴォルガ河のサラトフというところで汽船が出帆しようとした時、金を盗まれた農民は近くで眠る軍人の外套の中から自分の金を見つける。農民は軍人を突き出そうとはせず、金が見つかったことに感謝し満足している。一方、東京の電車の中で、乗り換えを巡り、過って買った切符について指摘された婦人は、乗務員の厚意を受けようとせず新たに切符を切らせる。そして、不要になった乗り換え切符を「こんな想いをした記念に持って帰る」と言い張り、紙入れにしまう。しかし、心は納まらない様子でぶつぶつと不満げにつぶやいている。そのような出来事を描写した後に、啄木は次のように記す。

　　若しも日露戦争の成績が日本人の国民的性格を発揮したものならば、同じ日本人によつて為さるるそれ等市井の瑣事も亦、同様に日本人の根本的運命を語るものでなければならぬ。

　人を責めるのではなく、感謝と慈愛に満ちたロシアの民衆と、自らの過ちを認めず、面子にこだわり金にものをいわせて解決しようとする日本人。日本人には「今ここにあること」への感謝のひとかけらもない。日露戦争の勝利が秀でた日本人の奮闘努力の結果とするならば、こうした市井の出来事も日本の行く末を語るものとみなさなければならない。ここには日本人の根本的運命を担うのは国民である、という当然の、しかし、最も重要な視点がある。日露戦争は国家と国民の関係において、啄木のまなざしをこの地点に至らせるための端緒となったのである。
　しかし、大逆事件に際し、幸徳秋水ら24名の社会主義者への死刑宣告について啄木は次のように考えざるを得なかった。〈死刑の宣告、及びそれについで発表せらるべき全部若しくは一部の減刑—即ち国体の尊厳の犯すべからざること、天皇の宏大なる慈悲とを併せ示すことに依つて、表裏共に全く解決つるものと考へ〉るのが国民の大多数であった、と[10]。彼らは〈思想を解せざる〉人々であり、彼らに対置されるのは「思想を解する」少数の知識人

である。こうした知識人対大衆という構図が啄木の中に存在していたのである。しかし、啄木の死の直前、明治45年の元旦は市電の車掌や運転士のストライキにより、電車が動かなかった。啄木はこの出来事を〈保守主義者の好かない事のどんどん日本に起こつてくる前兆のやうで、私の頭は久し振りに一志きり急がしかつた〉と日記（明治45年1月2日）に記している。そして翌日の『国民新聞』の報道に対し、〈国民が、団結すれば勝つといふ事、多数は力なりといふ事を知つて来るのは、オオルド・ニツポンの眼からは無論危険極まる事と見えるに違ひない。〉（明治45年1月3日）と記しており、〈オオルド・ニツポン〉に対置される「国民多数」の存在に至りついている。中山和子の指摘するように、この時の啄木の新しい「ニツポン」はエリート意識と結合した[11]国家ではなく、多数の国民が創り出すものであったはずである。

注
(1)「渋民村より」（『岩手日報』明治37年4月28日、29日、30日、5月1日）
(2)「啄木のナショナリズム」（『文芸研究』41号、1979年3月）
(3)「古酒新酒」（『岩手日報』明治39年1月1日）
(4)『釧路新聞』（明治41年2月1日）
(5)『釧路新聞』（明治41年2月21日）
(6)『東京毎日新聞』（明治43年2月13日、14日、15日）
(7) (2)に同じ
(8)『盛岡中学校校友会雑誌』（第9号、明治40年3月1日）
(9)『曠野』（第7号、明治43年7月10日）
(10)「A LETTER FROM PRISON」（「EDITOR'S NOTES」）（明治44年5月稿）
(11) (2)に同じ

第3章 「マカロフ提督追悼の詩」論

　石川啄木の第一詩集『あこがれ』(明治38年5月、小田島書房刊)は象徴詩的な作風の詩集である。その中に日露戦争に題材を求め、ロシアの太平洋司令長官マカロフ海軍中将の戦死を扱った、異彩を放つ作品「マカロフ提督追悼の詩」がある。まず、日露戦争当時は愛国の徒であった啄木がなぜ敵将であるマカロフを詩に描こうとしたのであろうか。また、この詩について〈敵ながらあっぱれな武人〉としてマカロフ提督を賞賛している、とする従来の説に対し、〈敗者に対する憐憫〉を基盤としながらも〈雄々しくも死を恐れざる〉人間の生き方を凝視した啄木のヒューマニズムを読み取る説もあり、詩集『あこがれ』の中では評価の見直しを要する一篇であると考える。ここではこの「マカロフ提督追悼の詩」を取り上げ、その作品世界を検討してゆくことにする。

1 | 武士道とヒューマニズム

　「マカロフ提督追悼の詩」の初出は『太陽』第1巻第11号（明治37年8月号、博文館)、原題は「マカロフ提督追悼」である。この詩の「序詞」には

　　明治37年4月13日、我が東郷大提督の艦隊大挙して旅順港口に迫るや、敵将マカロフ提督之を迎撃せむとし、愴惶令を下して其旗艦ペトロパフロスクを港外に進めしが、武運や拙なかりけむ、我が沈設水雷に触れて、巨艦一爆、提督も亦艦と運命を共にしぬ。

とある。日露戦争勃発後、ロシア艦隊の窮状を憂えたニコライ二世皇帝は3

月8日、マカロフを太平洋艦隊司令長官に任命した。マカロフ提督は旅順においてロシア海軍の立て直しを図ったが、啄木の序詞にもあるとおり、4月13日、日本軍の仕掛けた水雷に触れて戦死を遂げたのであった。このマカロフ提督の死を題材にした長詩に対する代表的な二つの見解を示せば次のようである。

　まず、今井泰子[1]は〈人間を襲う暗黒の運命に対する怒りと、その運命に従うことで神意を体現する人間の偉大さを歌う。〉とする。そして、次のように補足する。

> 従来この詩は啄木のヒューマニズムがうかがえる作品とされ、『あこがれ』の中でも特殊な評価が与えられて来た。しかし当時の漢詩・新体詩・短歌などは競ってマカロフを讃えているし、東京市民は白堤灯行列でマカロフの戦死を悼んでいる。啄木のみに特殊なヒューマニズムなどを言うわけにはいかない。人々（啄木を含む）のマカロフ讃美は、むしろ山本健吉[2]が言うように「敵ながらあっぱれな武人と称賛する（略）古来の武士道」精神の残影と見るべきであろう。詩の主題も戦争讃歌ではないが、さりとて戦争批判でもない。啄木と言えばただちに社会批判精神や人道性を探すのは感心した議論とは思えない。

　付言すれば、この評言の中に引用された山本健吉の説とは以下のようなものである。

> マカロフの戦死は、敵国の提督ながら、広く日本国民から哀惜された。われわれは、太平洋戦争のときとは違って、日露戦争の国民感情のおおらかさを知るのである。敵ながらあっぱれな武人と称賛するのは、日本古来の武士道だった。当時の文人たちも、争ってマカロフ提督を悼む短歌、新体詩、漢詩などを作り、またマカロフについての著書も多く出さ

れた。こういう背景のもとに、啄木のこの一篇も作られたのだ。

これに対し、岩城之徳[3]は次のようにいう。

> 私はこの山本説には同意しがたい。「敵ながらあっぱれな武人として賞賛する」の「あっぱれ」は「すぐれて見事なこと」というのであろうが、私は「あっぱれ」を「感動して発する、あわれの転じたもの」(岩波『国語辞典』)、即ち「あわれ」で、「かわいそうだと思う、同情を引くこと」と解釈したい。このことは、4月25日の「東京朝日新聞」の次の詩で明確であろう。

とし、栗島狭衣の「戦争の詩　嗚呼マカロフ提督」を例に、その頃マカロフについて書かれた作品の多くは、マカロフ提督への賛美でなく、〈無残な死を選んだ敗将への憐憫〉を記しているとする。そして、マカロフの次のような伝記を紹介する。

> 彼は戦術家として知られその著『戦術論』は多くの海軍士官に読まれた。また海洋学者としても著名でロシア海軍で最もすぐれた提督の一人として定評があった。しかし地味な性格で政治工作を嫌い、研究一筋に生きる人物であったから、その存在はロシア海軍の誇りとされながらも、他の将官からは敬遠され、ほぼ同期のアレキシェフが海軍大将となり極東総督の要職にあったとき、マカロフは中将のままクロンスタット鎮守府司令長官にとどまっていた。しかし日露海戦後ロシア艦隊劣勢の現状を憂えた皇帝ニコライ二世は、マカロフを抜擢し3月8日太平洋艦隊司令長官に親任し、旅順に急行させた。マカロフは新しい地位を好まず現職に留まることを希望し大命を辞退したが、皇帝は「朕が選択は卿の上に落ちたり。朕は極東における朕の艦隊を卿に托せんと決心したり。朕は

卿の辞退を聴許するあたはず。」と述べ、マカロフに全幅の信頼を寄せた。提督は皇帝の厚い信任に感涙しこれにこたえるため旅順に赴任することを決心した。しかしこの決定は皇帝のほぼ独断に近い任命であったからロシア海軍の積極的な協力は期待できず、マカロフは単独で戦局を判断し独力で戦わねばならなかった。東郷平八郎提督の率いる優勢な日本連合艦隊と雌雄を決し、これを撃滅して勝利を得ることはきわめて困難であったが、マカロフはこの至上命令を果たすべく主力艦隊を率いて出撃し、死を恐れず日露海戦の火蓋を切った。しかし武運拙く旅順港頭で劇的戦死を遂げるのである。

　このような伝記的側面を根拠に、「名将」とされたマカロフを〈露西亜の孤英雄〉と啄木が表現したのは、〈マカロフが「孤高の将軍」であり「孤独な提督」であったからに他ならない〉とする。啄木詩はマカロフ提督の追いつめられた心情や、死を賭して日本連合艦隊と戦った老将軍の真実に迫っているのであり、〈啄木の詩は死を恐れず雄々しく戦ったマカロフ提督への鎮魂歌として作詩されているところにその特色がある〉。そして、〈この「敗者に対する憐憫」を基盤としながらも、「雄々しくも死を恐れざる」人間の生き方を凝視した啄木のヒューマニズムは伊藤博文を暗殺した韓国の義士安重根にも注がれる〉とする。
　このように、啄木がマカロフを詩の題材に取り上げた理由について、両者は全く正反対の見解を示していると言えるだろう。山本健吉、そして今井泰子はその理由を〈日本古来の武士道精神〉またはその残影とし、マカロフ追悼の心情は啄木独自のものではないとする。岩城之徳は両者のいう〈敵ながらあっぱれと賞賛する日本古来の武士道精神〉の〈あっぱれ〉を〈優れて見事なこと〉と限定して理解し、それに反対する。なぜなら、当時の人々の多くはマカロフの置かれた境遇とその死に〈あわれ〉を感じているからであるとし、特に啄木は雄々しくも死を恐れずに戦ったマカロフの心情を深く理解

していたとして、そこにヒューマニズムを指摘する。このヒューマニズムの有無は詩人の評価にも関わる問題である。そこで、まず、明治期の武士道のありようについて、次に、両者に見解の相違をもたらす一要因となっている、同時代の人々がマカロフの死をどのように語っているのか、という点を再検証してみたい。その上で、啄木に傑出するヒューマニズムが存在していたのかを考察したいと思う。

2 ｜ 明治武士道

　我が国に於ける「武士道」の歴史的発展過程について菅野覚明(4)は、三つの展開時期を示している。
　まず、平安時代から戦国時代にかけてであり、戦場で生死を分ける戦いを戦い抜く、という現実感覚に根ざした戦闘者の思想や精神を宿した時代である。当時は武士道とは言わず、「兵の道」などという言葉で語られた哲学であり、激しい戦闘を辞さず、同時に敵に対して敬意を払う武人の流儀を意味した。それが禅の思想や儒教を取り入れて武士道哲学に発展した。次は江戸時代である。泰平の世であったために「戦闘者」という理念を儒教的武士道として規範化していく方向が強まる。「戦闘者」を文武と徳を重んじる「士大夫」に読み替える必要がでてきたのである。「主君のために死ぬ」という考え方が戦闘の現実から離れ、儒教的に観念化された「忠孝」に変わっていったのもこの時代である。そして明治時代である。武士身分が一掃され、近代化・西洋化の波が押し寄せ、日本社会が変容を遂げる時、もはや存在しないものを概念化し日本美学として再評価したものが「明治武士道」である。武士道は再評価され、日本近代の精神形成に影響を及ぼした。
　「明治武士道」の興隆に新渡戸稲造の『武士道』の果たした役割は大きい。セオドア・ルーズベルト大統領も共感を持って読んだといわれているほどである。この新渡戸の『武士道』は戦闘者から離れ、武士道の徳目をキリスト

教的道徳を基底にして位置付け、日本人論、日本文明論として紹介しているところに特徴がある。これ以外にもフランシス・ブリンクリーの『ロンドン・タイムス』に掲載した「日本武士道論」の持つ意味は大きかったと考えられる。ブリンクリーは幕末にイギリスの砲兵中尉として来日したが、武士の果し合いを目撃し、勝った武士が惨殺した相手の亡骸に自分の羽織を掛けて合掌する姿に感銘を受け、帰国せずに日本士族出身の娘を迎え、武士道を学びながら日本で生を終えた、とのことである。新渡戸が喪失されつつある道徳、倫理として武士道を捉えたのに対し、ブリンクリーはキリスト教文明国とは異なる、高潔で道徳的な別の倫理が今もアジアの端で息づいている、と訴えた。このような日本在住のイギリス人による日本文明論・武士道は説得力があったに違いない。

　明治武士道の流布に両者の果たした役割は大きかったが、これは主に国際社会に於いてのことである。では日本国内ではどうだったのであろうか。

　日本国内では日露戦争期には『武士道叢書』⑸が刊行され、日露戦争は武士道で開戦し、武士道で勝ったと鼓舞している。こうした風潮は、戦時に及んで武士道を用いて国民道徳の基礎を作ろうとしたものと考えられる。それは戦時にこそ天皇への「忠孝」の基礎固めをしたいという意図の現われでもあった。遡って明治6年には徴兵制が施行されたが、訓練を通じて兵隊に戦闘のメカニズムや組織上の上意下達を教えることはできても、戦いのモチベーションを教えることはできなかった。このモチベーションを高揚させるために必要不可欠なのが「武士道」であったのだ。実際、日本海海戦の勝利について、『タイムズ』紙（1905年6月2日）は、海戦の勝因は軍備状況や戦術の巧拙、兵士の熟練度ではなく「武士道」にあるとし、精神的性格や理想、熱情、責任感、愛国心が大きく作用したと伝えている。また、明治政府は、対外戦争においては日本という「義」の国が「天に代わりて不義を討つ」と鼓舞した。不義は換言すれば野蛮であり、義を文明としたのである。それゆえ、明治政府は文明国にふさわしい戦いをしようとし、世界を意識し、戦時国際法に準

拠して捕虜の取り扱いに細心の注意を払い、露西亜軍捕虜を松山の収容所に送り、できる限りの待遇をしたという。

　以上のことから明治期の武士道は、戦闘の当事者という意味を以前よりは薄めながらも、天皇を主君と仰ぎ忠孝を体現するものとして、また、義の国が不義の国を討つために、軍隊を動かすモチベーションとして機能していたのであった。それだけではなく、敵であっても、相手の武勇に対し、敬意を示す風習は生きていた。日本海海戦の後、多くの死者が流れ着いた隠岐島や佐渡ヶ島では、露西亜兵の墓を作り、手厚く葬ったという。また、志賀重昂の『大役小志』(明治42年、博文館)には、日露両軍は、赤十字旗の下に戦場での死者を収容する日を設け、死体収容後、手を握り合って談笑し、酒を酌み交わし互いの「武勇」を讃えあったと記されていることは興味深い。

3　マカロフの死の報道

　さて、マカロフの死が確認されるや否や、各新聞、雑誌はこぞって、その状況や人物伝を報じている。この頃故郷にいた啄木が読んだであろう『岩手日報』の明治37年4月15日号にも、〈第七回旅順攻撃　昨日我艦隊旅順口を攻撃し露艦全滅マカロフ提督及幕僚戦死せり〉の記事を始めとして大きく取り挙げられている。4月19日号には〈敵将マカロフの降亡は報ひもなく彼れが海軍の精神的全滅を意味するものにして大小艦艇の沈没損害は物質的に於て捲土重来を防ぐるものたらずや〉といった記事も見える。故郷にいた啄木が目を通したと考えられる東京の新聞『読売新聞』4月15日号には「マカロフ提督を弔ふ」「マ提督戦死に就て」などの記事の他、4月17日、18日、19日、21日の4回にわたり「嗚呼マカロフ提督」という小笠原参謀の談話が分載されている。雑誌では『日露戦争実記』(博文館)第10編に「旅順口港の大決戦」「悲劇の主人公」、第11編に「日本海上の激浪怒濤」、『日露戦争実記』(育英社)第9号に「ステファン、オシポウイッチ、マカロフ」、「マカロフ提督について」

(『読売新聞』の小笠原参謀の談話の再録)、『日露戦争記』(金港堂)5月20日号に「マ将軍を弔ふ」、『太陽』(博文館)第7号に「人物胆」などが掲載されている。

このうち、「旅順口港外の大決戦[8]」の「六、旅順口頭の悲劇臆す可き紀念日」には、

> マカロフ将軍の旅順に来たりしより頻りに其沮喪せる志気を振作せんと欲し、常に自から先頭に立ちて奮戦せり。現に旅順口外に於ける駆逐艦の接戦に於いても自ら(ママ)其一艦に坐乗せりと云ふにあらずや、左れば今回も亦ペトロパウロスクに坐乗して港外に出で、計らずも布設水雷に触れて終に艦と共に沈没するに至れるならん。敵ながらも天晴れなる最後を遂げたるものにして、東郷司令長官の如き亦た箸を投じて嘆ぜられたるなるべし。

とある。この場合の〈あっぱれ〉とは提督自ら常に戦の先頭に立って、立派に戦い、戦死したことを指しており、武人として「優れた見事な」の意味で用いられているといってよいだろう。つまり、マカロフを賛美する言葉なのだが、続く東郷司令長官の挿話が示すように同時に悲しみの嘆きとも重ねられている。また、『読売新聞[9]』の「マカロフ提督を弔ふ」には、

> 事既にこゝに至る大丈夫唯一死あるのみ、而してこれ実に君の初めより期待せし処、他人の過ちを承けて己の一身を非常の難局に立て、死して以つて祖国に報ゐんとす、天下誰れか君が悲壮なる心事に泣かざらん、我輩君が敵国の民を以つてして、猶且つ君の為めに一掬の涙無き能はず。
> 　日本武士は祖先以来敵を敬するの美風を有す、武田信玄の訃の敵国越後に傳はるや、上杉謙信方に食す、箸を投じて嘆じて曰く、我が好敵手を失ふ、嗚呼天下復此の英雄男子あらんやと、是れ実に日本男子の意気を表示せるもの、近者我が国民中漫りに卑陋の言語を放つて、敵将を悪

第3章　「マカロフ提督追悼の詩」論　37

罵するものありと雖も、是れ一時の感情よりせるもの、決して我が国民の素質にあらず、今に於て君が死を悼むの情、多く君が祖国の民に譲らざるべきなり、

とあり、これを読めば、マカロフのような相手を好敵手と賛美し、また、哀れと思う感情は表裏一体であること、またそれが日本古来の武士道であるということがわかる。同じような例は『日露戦争実記[10]』「ステハン、オシポウイッチ、マカロフ」の中にも見受けられる。

　　マカロフ提督の戦死は我輩日本人民の切に悲しむ所なり。
　　敵将の死にたるは祝すべき事のやうなれども、敵将をして死なざるを得ざらしめたる境遇と、其の雄志を懐きて空しく魚腹に葬られたる不幸とを懐へば、何人も一掬の涙なきことを得ず。まして戦場に馳駆する身には、昨日の人の上は今日の我上なるやも知るべからず。風は南よりも吹き、北よりも吹く。勝敗は由来兵家の常にして、所謂武門の習なれば何ぞ深切なる同情なきことを得んや。我東郷司令長官が敵将の戦死を聞きて深切なる哀悼の会を開きたるは、人情の自然、然らざるを得ざるものなり。

つまり、古来の武士がそうであったように、戦場での勝ち負けは運によるもの、されば、敵の死も我が身のこととし、哀悼の意を表するというのは自然な事であると述べている。特にマカロフの境遇と志を果たせぬままに死なねばならなかったことを思えば、彼の死を悼むのは当然だと言うのである。
　こうした文章を読んでみると、マカロフに対する日本国民の感情は武士道の体現である「見事で優れた」死に対する賛美と同等に、其の死を悼み悲しむ感情も密接不離な関係で複合されていることがわかる。山本のいうように称賛だけではなく、かといって、岩城のいうような「あわれ」なる感情のみ

で人々はマカロフの死を悼んだのでもない。そこには両者の混じた感情があったのではないか。つまり、日本人はマカロフ提督の死に接し、その偉大さに感服すると共に彼がおかれた境遇を知り、不慮の死の無念さを思い、その死を悼んだのである。そして、その心情は同時に日本古来の武士道とも重なるものであったことがわかる。岩城はヒューマニズムをまず、「あわれ」の有無で決しているが、このように当時の人々の心境を顧みると、マカロフの死を悼む想いは一般的なものであったといえよう。そして、岩城はさらに、啄木の〈孤英雄〉という言葉が示すマカロフ理解の深さを根拠に啄木のヒューマニズムを説くのだが、マカロフが置かれた境遇、そして、死を賭して戦った姿は啄木以外の人々にも新聞や雑誌の記事を通して伝わっていたのである。確かに〈孤英雄〉という言葉は啄木のみが用いた詩語ではあるが、啄木のみが老将軍の真実を理解していたわけではないのだ。それは多くの新聞や雑誌の記事が示している通りである。とすれば、今井の言う通り、啄木のみにヒューマニズムを認めるのは無理があるのではないか。かといって、〈日本古来の武士道〉またはその残影だけがマカロフを詩の題材に選ばせたのではない。もっと別の意図がそこには存在するはずである。我々は啄木詩の表現の中からその意図を探し出さねばならないだろう。

4 ｜ 果敢なる勇士・マカロフ

この10連108行からなる長詩「マカロフ提督追悼の詩」の第3連は次のように始まっている。

　　ああ偉いなる敗者よ、君が名は
　　マカロフなりき。非常の死の波に
　　最後のちからふるへる人の名は
　　マカロフなりき。胡天の孤英雄、

君を憶へば、身はこれ敵国の
東海遠き日本の一詩人、
敵(かたきなが)らに、苦しき聲あげて
高く叫ぶよ、

　この部分が示すように、啄木はマカロフを単なる敗者ではなく、〈偉いなる敗者〉と認めている。それは何故かといえば、〈きけよ、／（略）／彼が最後の瞳にかがやける／偉霊のちから鋭き生の歌。〉（第2連）と言うように〈偉霊の力〉〈鋭き生の歌〉を内に宿していると認識されているからに他ならない。言い替えればそれは〈生と希望と意力(ちから)〉（第7連）を持っているということになる。また、〈偉霊のちからこもれる其胸に／永劫たえぬ悲痛の傷うけて、／その重傷(おもきず)に世界を泣かしめて。〉（第8連）と記すように、マカロフを地上の一般的な人々とは一線を画した存在であると認めていることにも注目すべきであろう。このような認識は一体どこから生まれてきたのだろうか。
　「マカロフ提督追悼の詩」の創作は明治37年6月13日。この頃啄木は故郷の盛岡で詩作に専念し、明星派詩人としての再起を図っていた。当時創作された詩から読み取れる啄木の精神世界の構図を簡略に示せば次のようになろう。
　この世に生きる人間の生は有限である。それを自覚した啄木は同時にその一方に存するはずの永遠絶対的なる理想世界を希求する。この理想世界は「霊の国」とも呼ばれている。この世が暗黒であれば理想世界は光明に満ちた世界である。その理想世界を求めて、啄木は生きる。詩「啄木鳥」（『明星』明治36年12月）を例に取れば、〈森〉は永遠、絶対的なる世界である。しかし、それを汚す現世の汚濁がある。警告を発し続ける〈啄木鳥〉とは現世の汚濁と戦う孤高の警世者、詩人・啄木の姿を描いていると考えられるのである。
　このような啄木の二元論をマカロフの詩に当てはめた時、〈偉霊の力〉を宿していると描かれたマカロフは永遠絶対的なる世界の存在であると認識されていることになる。その認識の根拠がマカロフのどのような点にあるかと言

えば、〈影もさびしき故国の運命に、／君は起ちにき、み神の名を呼びて、―〉(第4連)〈壮なるかなや、故国の運命を／擔ふて勇む胡天の君が意気。〉(第5連) というように、果敢に戦うマカロフの姿を啄木が認めたからに他ならないだろう。啄木にこの様なマカロフ像を結ばせた背景には、やはり、マカロフについての当時の報道内容が大きく関わっている。

先に挙げた「ステハン、オシポウイッチ、マカロフ」には次のようにある。

> されば諸宿将の如きも太平に狎れ、自ら部弁たるを軽んじ、縁を政府と宮廷とに求めて政治社会に出入りし、功城野戦の功名よりは寧ろ内政外交に於て聲譽を馳せんと欲するの傾なきに非ず。アレキシーフ将軍の如きは則ち是れなり。(略) マカロフ提督の露国将軍中に在つて異彩を放ちし所以は、此太平の四半世紀間を空しく費さずして常に心を軍人たる職務に用ひ、戦時に於て好個の青年士官たりしが如く、平時に於て好個の軍学者たりしこと是れなり。提督は之が為めに学究たり理論家たるの譏を買へり。之が為めに同僚の折合悪しく、比較的閑散の位地に置かるゝに至れり。

こうした提督の研究熱心な態度は自説の強硬な主張に発展してゆくが、周囲の猛反対にあう。その好例として挙げられるのが1903年3月、クロンシュタットで開かれた造船会議での大演説である。彼はこの演説の中で装甲艦の少数説を否認し、軽快なる非装甲巡洋艦の多数説を主張したのである。しかし、この説は極端であるとされ、周囲からは認められなかった。マカロフは彼自身が否認した装甲艦に乗っている時、水雷に触れ最期の時を迎えたのである。ロシア海軍にとっては皮肉で、マカロフにとってはなんとも無念なことであったにちがいない[12]。小笠原海軍幕僚は、

> マカロフ将軍は右の如く自己の意見は採用せられずして今回の戦となつ

たのであるから云はゞ余程苦しい位置に居つたものと認めなければなら
　　ぬ即ち理想に反した艦隊面も敗余の艦隊を率ゐて一言の不平も云はず君
　　命を奉じて最後を遂げたのは彼の人格の高いのを證して余りあるので定
　　　　（ママ）
　　めて露国民も長く誠忠を忘れぬとであらう、

と語っている。このように、政治や功名的野心を嫌い、海軍の研究一筋に生
き、自説が通らなくても君命を忠実に遂行し戦ったマカロフとは、汚濁にま
みれ俗界に生きる多くの人間とは隔たった印象を与える存在である。現世の
汚濁から永遠絶対的なる霊の国を守り、戦おうとする警世詩人・啄木は、マ
カロフという存在に自己と通底する何かを感じたのであろう。
　それだけではない。マカロフは死を覚悟しつつ、恐れずに戦ったのではな
く、あくまでも勝つために、生き抜くために戦ったと報じられている。「悲劇
の主人公⒀」には次のようにある。

　　死は固より勇敢なる彼の恐るゝ所にあらざりしならん。然れども彼は死
　　せんが為めに極東に来たりしにあらず、自家の戦術を信ずる事深きマカ
　　ロフ提督は、蓋し、敗余の艦隊を率ゐて、尚ほ能く日本の海軍に対して
　　大に為す事を得べしと信じ、其任に就きしならん。

として、その意欲的な戦術論の一端を紹介している。

　　彼の戦術は精神的戦術にして、彼の戦術論は『精神』の二字を以て貫通
　　せられたり。彼曰く『戦争に於ける成功の四分の三は、精神的要素によ
　　りて決し、物質的状況如何によりて決するは只だ其の四分の一なり』と。
　　また曰く『軍気の旺盛その頂点にあれば、往々冒険の方法と雖も、これ
　　を断行して失敗せず』と。此の信念を有せる彼の指導の為めに、彼の来
　　任以来、旅順に於ける軍気の大に奮昂せるものありしは、世人の等しく

認めたる所なりき。

というのだ。このマカロフの精神主義は繰り返し報じられている。「ステハン、オシポウイッチ、マカロフ」の中にも〈提督が重きを物質の整備に置かずして、精神の健全に置き、如何なる時に於ても、如何なる状態に在るも精神の健全だに維持せば以て為すべからざる無しと主張するに至つては、日本人民の異論なき所なるべし。〉とある。戦略の二大大家マハン、コロムの諸家が物質的勢力を重視したのに対し精神の重要性を説いたマカロフの姿が日本人の心性に合致するのと同時に、啄木の中ではいつしか現世的な汚濁や苦悩を超越しようとする自己の姿と重なっていった可能性が強い。さらにこの精神主義をマカロフは自ら実践していたのだった。『日露戦争全史[14]』によれば、明治37年2月初め、旅順艦隊が奇襲されてからロシア軍は「リスクは一切犯さない」という作戦方針をとり、それと共に士気は消沈していたという。そこにマカロフの赴任が決まったのである。マカロフはまず、アレクセーエフ将軍の承認なしには必需品を調達することができない旧来の事務処理を改善したという。そして、「ストレグーシチー」が日本の駆逐艦四隻に砲撃された時、巡洋艦「ノーウィク」に乗っていたマカロフは、「ストレーグチー」を救援するために出動したのである。マカロフが現場に到着した時、同駆逐艦は既に沈没してしまっていたので、マカロフは日本駆逐艦の追跡を開始したところ、旅順口を目指して進んで来る日本艦隊と遭遇した。マカロフは反転し、追跡を受けたが、無事に旅順港内に戻った。「ノーウィク」が狭い港口を入港するときの様子をセミョーノフ中佐は次のように記したと言う。

何千というロシア兵が立ち上がって軍艦の甲板や崖の上に並んで、万歳を唱えた。なぜならば、旅順では、ある軍艦が危険に陥っているからといって、艦隊司令長官が救援に出動したことは一度もなかったからであった。「リスクはいっさいおかさない。」という時代は終わった。マカロフ

自身が戦争のやりかたを示したのであった。彼は旅順艦隊乗組員総員の心をたったこの一回の出撃でつかみ、それ以後、彼が"私の艦隊"と呼称することを正当化したのであった。総員が彼と一体となった。

　だが、マカロフが旅順艦隊にもたらしたものはそれだけではない。旅順内港への出入港法の猛特訓、駆逐艦による港入り口近くの水路の堪え間ない掃海の指導など。マカロフの積極性は明らかにロシア艦隊の海員の心をつかみ、実力を向上させたとされる。また、『日露旅順海戦史[15]』によれば、マカロフは積極的・攻撃的戦法の信奉者で〈もし敵の弱小艦と遭遇すれば攻撃せよ。もしもわれと同等なれば攻撃せよ。もしもわれより強大なれば同じく攻撃せよ。〉と述べ、旅順着任後も〈勝利とは敵を撃滅したときだけに言う。従って撃破した敵の艦艇は撃沈するか、降伏させるかしてとどめを刺さねばならない。おのれの損害を気にしないで、敵の損害の方が大きいと信じて善く戦う者が勝利を得る。〉と各隊に戦闘要務令を出したということだ。理論と実践を兼ね備えた戦術家としてロシア海軍だけでなく、世界に名を馳せたマカロフは非妥協的性格から敵も多かったが、宮廷派のロジェストウェンスキー中将を抜いて艦隊司令長官に任命されたのは、ロシア海軍劣勢立て直しのため、その積極的で精力的な点が買われたという説があるという。

　あくまでも勝利を信じて戦いの士気を鼓舞するだけでなく、自らが先頭に立って積極的に戦ったマカロフに、啄木は汚濁にまみれた現世と戦い、永遠絶対なる霊の国を目指す自己との相似を認めたのであろう。だからこそ、〈ああよしさらば、我が友マカロフよ、／詩人の涙あつきに、君が名の／叫びにこもる力に、願くは／君が名、我が詩、不滅の信とも／なぐさみて、我この世にたたかはむ。〉（第９連）という言葉が生まれるのである。〈死を恐れず雄々しく戦った〉というよりも、あくまでも生きることを前提に「勝利を信じて積極的に戦ったマカロフ」に啄木の深い人間的共感はあったのだと思われる。この共感こそが啄木にマカロフを描かせたのではなかったか。

5 　啄木の二元論とマカロフ提督

　周知の通り、日露戦争勃発直後より啄木は「戦雲余録」（明治37年3月3日〜3月19日まで8回）と題する社会時評を『岩手日報』に連載する。日露戦争の進展を固唾を呑んで見つめていたと思われる啄木だが、日露戦争自体を題材にした詩は3篇しかない。「マカロフ提督追悼の詩」以外には、神の語の体現、真と美の国の理想を掲げた「西伯利亜の歌」（明治37年1月、『岩手日報』）、老将軍の慈愛と戦意を歌った「老将軍」（明治38年1月、『日露戦争写真画報』）である。この中で、『あこがれ』に収録されたのは「マカロフ提督追悼の詩」だけである。それは何故か。試みにマカロフと同じ老いた軍人を歌った「老将軍」の一節を挙げれば次のようだ。

　　銀髯を氷れる月に照らさせて、
　　めぐる陣また陣いくつ、
　　わが児等の露営の夢を思うては
　　三軍御する将軍涙あり。

　　（略）

　　明けむ日の勝算胸にさだまりて、
　　悠々馬車をめぐらすや、
　　莞爾たる老将軍の帽の上に
　　悲雁一連月に啼く

　「マカロフ提督追悼の詩」の高揚感とは比べ物にならないことは一目瞭然だろう。この「老将軍」には自己が投影された緊迫感に乏しい。マカロフの詩

には〈「雄々しくも死を恐れざる」人間の生き方を凝視した啄木のヒューマニズム〉というよりも「マカロフを借りて自己を凝視する啄木のまなざし」がより強く感じられるのではないか。そこに日露戦争を契機に創作された他の二作との質的相違を認めることができるだろう。そして、マカロフの詩は詩集『あこがれ』の世界と同心円を描いているということを忘れてはならない。換言すれば、この追悼詩は〈死を恐れず雄々しく戦ったマカロフ提督への鎮魂歌として作詩されているところに特色がある〉と言うよりも、啄木がマカロフの死に感化されて、自らの詩人としての使命の再確認をより強く述べた詩なのである。

「マカロフ提督追悼の詩」は前述の通り、明治37年6月13日の作であるが、その1月ほど前の5月20日の暁近くに綴られた「偶感二首」（初出『時代思潮』明治37年6月）と題した詩のうちの一つ、「閑古鳥」とよく似た世界を示しているように思われる。「閑古鳥」が描く情景は以下のようだ。

暁近き〈我〉の窓に閑古鳥の声が聞こえてくる。その声に〈我〉は瞬間的な啓示を受ける。その声は幼き頃にも聞いたものである。閑古鳥の声は不滅の命を持っているのだろうか。だとすれば、この声のように〈我〉の命と詩も生きたい、と思う。

詩の後半部は次のようである。

　　似たりな、まことこの詩とかの聲と。——
　　これげに弥生鶯春を讃め、
　　世に充つ芸の聖花の盗み人、
　　光明(ひかり)の敵(かたき)、いのちの賊の子が
　　おもねり甘き酔歌の類ならず。
　　健闘(たたかひ)、つかれ、くるしみ、自矜(たかぶり)に
　　光のふる里しのぶ真心の
　　いのちの血汐もえ立つ胸の火に

染めなす驕(ほこ)り、不断の霊の糧。
我ある限りわが世の光なる
みづから叫ぶ生の詩、生の聲。

さればよ、あはれ世界のとこしへに
いつかは一夜、有情の（ありや、否）
勇士が胸にひびきて、寒古鳥
ひと聲我によせたるおとなひを、
思ひに沈む心に送りえば、
わが生、わが詩、不滅のしるしぞと、
静かに我は、友なる鳥の如、
無限の生の進みに歌ひつづけむ。

　ここには、永遠絶対なる霊の世界、光明の世界を求める人の糧となるような詩、それこそが真の詩である、という認識がある。そして、世俗と雄々しく戦う勇士の胸に響くことを信じて、詩を書き続けようという啄木の強い決意が綴られている。勇士たちを励まし、導くことが、啄木の詩が永遠の世界に生き続けることになるのであるから。
　こうした詩人の使命の認識は暁近き閑古鳥の鳴き声から喚起されたものなのであるが、啄木はマカロフ提督の訃報に接し、その生き様が自らの永遠絶対的なる霊の国を目指して戦う姿勢と通底することを思い、彼に呼びかけるのである。〈我が友マカロフよ〉と。そして、〈その偉いなる心はとこしへに／偉霊を仰ぐ心に絶えざらむ〉ことを信じて誓うのである。〈君が名、我が詩、不滅の信(まこと)とも／なぐさみて、我この世にたたかはむ〉と。こうした啄木の精神を担った詩であるからこそ日露戦争を題材にした三篇の詩の中で「マカロフ提督追悼の詩」一篇のみが『あこがれ』に収録されたのであろう。
　マカロフの死が日本の新聞紙上で報じられたのは４月15日。翌日の『読売

新聞』一面には次のような詩が載っている。

　　　　　摩迦呂夫（マカロフ）　　　　　　　　　平木白星

爾、摩迦呂夫死の潔き
最後に遺す一の詩も無く、(ママ)
『亜細亜（あじあ）さらば』と片頰（かたほ）に笑めバ
乾坤暗く波はむらさき

爾、摩迦呂夫死の厳（いつく）しき
天つ命運（さだめ）を夢に占ひ
老耳（らうに）を蓋ふ雙（おほ）の掌（たなぞこ）
故国の末路（すゑ）を開（あ）かじとや逝く

爾、摩迦呂夫死の偉なる
海に生まれて海に没る、
たとへバ幸か、幸何如（などか）薄く
敵と苟（かり）にも吾に呼ばせつる

響けよ涙を、大北の豪（たいほく）、
七星（しちせい）こよひ春の嘆きに
爛々白く夜をまたたくハ
吾と懷想（おもひ）を同うすらし

西伯利亜少女（シベリアおとめ）血のくれなゐの
暁（あけ）のあらゝぎ
雪間に観なバ

（死ハ爾を活かすときはかきはに）
　　花の名を呼べ、「摩迦呂夫」とこそ　　　　　　　　　　（四月十四日）

　マカロフの悲壮な決意とその死の偉大さを称えたこの詩は、啄木詩と変わらぬ鎮魂の情を伝えている。しかし、啄木詩が平木白星の詩との決定的な違いを見せるのは、マカロフの心情に共感するに留まらず、マカロフの志を我が身に引き付けて理解し、自らの俗世との戦いへの意志を新たにしている能動的姿勢の叙述にある。とすれば、やはりこの「マカロフ提督追悼の詩」は鎮魂詩と言うよりも、本然の生への意欲を表明した詩と考えられる。

　このように、「マカロフ提督追悼の詩」は初期啄木詩に顕著な二元論的世界観に支えられており、あくまでもマカロフを通して永遠絶対的なる霊の国への希求と、その為に戦おうとする詩人の決意を語る詩なのであった。この直後、啄木は英文のトルストイの「日露戦争論」を読んだと考えられるが、日韓併合に反対し祖国の独立を願って伊藤博文を暗殺した韓国の義士・安重根へのまなざしに辿り着くには５年、大逆事件を経て、トルストイの「日露戦争論」を読み直し、筆写、啄木自身の進む道を表明した「林中文庫　日露戦争論（トルストイ）」を執筆するまでには７年の歳月を要している。「マカロフ提督追悼の詩」は詩人の使命の自覚を綴りながらも、啄木が思想的に大きな変貌を遂げてゆく過程のほんの入口に位置している。

注

(1) 『石川啄木論』（塙書房、1974年）
(2) 『日本の詩歌　石川啄木』（中央公論社、1967年）
(3) 『一九九一　国際啄木学会台北大会論集』（淡江大学日本語文学系、1992年３月）
(4) 「対談　失われた道徳と活かすべき理念」（『中央公論』2004年６月）
(5) 井上哲次郎・有馬祐政編（博文館、1905年）
(6) 松本健一「『文明の戦争』が日露の歴史にもたらしたもの」（『中央公論』2004年６月）

(7) 「渋民日記」明治39年3月5日に〈起きると新聞が配達になる。東京のが読売新聞、毎日新聞、万朝報、それに岩手日報を加へて四種。〉とあることから判断される。
(8) 『日露戦争実記』第10編（博文館、1904年4月23日）
(9) 『読売新聞』（1904年4月15日）第2面
(10) 『日露戦争実記』第9号（育英社、1904年4月28日）
(11) (10)に同じ
(12) 『嗚呼マカロフ提督』(小笠原参謀の談話)、(『読売新聞』、1904年4月21日)、「マカロフ提督に就て」(小笠原海軍幕僚談)、(『日露戦争実記』第9号、育英社、1904年4月28日)
(13) (5)に同じ
(14) デニス・ウォーナー、ペギー・ウォーナー（時事通信社、1978年）
(15) 真鍋重忠（吉川弘文館、1985年）

第4章　ロシア・クロンシュタットのマカロフ提督像碑文考証
―石川啄木詩説をめぐって―

1 │ クロンシュタット・マカロフ提督像碑文啄木詩説への疑問

　石川啄木の第一詩集『あこがれ』(明治38年5月刊) は象徴詩風の詩集である。その中で日露戦争に題材を求め、ロシアの太平洋艦隊司令長官マカロフ海軍中将の戦死を歌った「マカロフ提督追悼の詩」は異彩を放つ作品である。この詩については本書第Ⅰ部第3章で検討した通り「敵ながらあっぱれな武人」としてマカロフ提督を賞賛している、とする説[1]に対して、「敗者に対する憐憫」を基盤としながらも「雄々しくも死を恐れざる」人間の生き方を凝視した啄木のヒューマニズムを読み取る説[2]も提示されており、詩集『あこがれ』の中では、その評価の再検討を迫られた注目の一編であった。

　この詩の一節がロシア語訳され、ロシアのクロンシュタット港内の公園に立つマカロフ提督像の台座の銅板に鋳造されていることが判明した、と『岩手日報』が報じたのは1993年7月24日のことである。このニュースは静岡県富士市に住む奈木盛雄が、国際啄木学会会長であった故・岩城之徳に写真と共に報告してきた手紙を基に書かれている。『岩手日報』掲載記事の趣旨はおよそ次のようだ。

　――プチャーチンの研究家でもある奈木氏は、モスクワ協会から贈られることになっているプチャーチン提督の銅像の制作過程を見るためにサンクトペテルブルグに立ち寄った際、プチャーチン提督が出港したクロンシュタット軍港を現地の海軍将校の案内で見学、マカロフ提督の銅像の台座に啄木の詩が刻まれていることを将校に教えられた。その詩とは「マカロフ提督追悼の詩」の「…身はこれ敵国の／東海遠き日本の一詩人／敵(かたき)乍らに、苦しき声あげて／高く叫ぶよ、…………壮なるかなや、故国の運命を／担ふて勇む胡

天の君が意気。／君は立てたり、旅順の狂風に／檣頭高く日を射す提督旗。…」の部分のロシア語訳である。この事実はマカロフ提督がロシアの人々に尊敬され、同時に啄木の詩が高く評価されていることを示している——。

　この新聞報道に接し、筆者は、敵国にあたる日本の詩人であるにもかかわらず啄木の詩を碑文に選んだのはどのような人物であり、どのような考えを持っていたのか、啄木詩が銅像に刻まれたその経緯について興味を覚え、調査したいと考えていた。ところが翌年、筆者は再びマカロフ提督像の碑文についての報道に接することになる。奈木が新たに1994年11月7日の『日本経済新聞』に自らの見解をまとめ、発表したのである。そこには次のように記されていた。

　　このマカロフ提督の銅像が立つ台座には、運命をともにした二人の水兵の姿が刻み込まれ、「ペトロパブロフスカの遭難」と題した銘の近くに三行の詩が刻印されている。
　眠れかし　北の勇士よ
　眠れかし　いさぎよき戦士よ……
　　私を案内してくれたボリス・オルローフ海軍中佐は、この詩の作者は石川啄木だと説明してくれた。(略)
　　啄木の著作集を調べてみた。原詩にはマカロフ像の台座に刻まれた詩に該当する詩を見つけることはできたが、刻印された詩とはかなり隔たりがあった。啄木は「マカロフ提督追悼の詩」を1904年6月13日に発表している。提督が爆死を遂げてちょうど2ヵ月後の命日。そして銅像は1913年6月に建立されたことが分かった。
　　詩は、1904年から13年の間に、翻訳した啄木の詩を基に第三者によって作られたのではないか——私はそう推測した。台座に刻まれた詩に、通常は必ず記される「作者」の名前が入っていなかったことがヒントになった。

私は推論をグザーノフ氏にぶつけてみた。彼は著名な翻訳家ベーラ・マールコワ女史が翻訳した啄木の詩を詳細に比較検討し、「この銅像の詩は明らかに啄木の詩の大意を咀嚼（そしゃく）して、意訳したものです。なぜなら、ロシアの詩人は『北の勇士よ』といった呼び掛けの表現はしない。
　第二に、両者の間には同じ意味の言葉やフレーズが多く見受けられる」として例証をたくさん挙げてくれた。
　グザーノフ氏は、クロンシユタットのオルローフ中佐、マカロフ伝の著者セマーノフ氏にも意見を聞いたが、彼らも同じ意見だった。また、87歳になるマルコーワ女史とも電話で話し合ってみたが、マカロフの銅像の件は知らないという返事だったという。そして、グザーノフ氏は私あての手紙に、「勇気をもってこの事実を発表されんことを希望する」としたためた。
　私は彼の言葉を信じ、「クロンシユタットのマカロフ銅像の台座には明らかに啄木の詩が刻まれている」と発表したい。

　ここで注意すべきことは、1993年7月の報道と1994年11月の報道とでは、マカロフ像に刻まれている碑文の詩の内容が異なっていることである。いったい像に刻まれているのはどのような詩なのか、まず確認する必要があると筆者は考えた。そして、初めの報道では確かに啄木詩の一節が刻まれていると考えられるのだが、新たに奈木の報告する詩が刻まれているとすれば、啄木詩と断定するにはあまりに多くの疑問が残った。
　まず、グザーノフは、ロシアの詩人は「北の勇士よ」という呼びかけはしない、と主張しているが、本当にそう言いきれるのか。付言すれば、啄木詩中では〈胡天の孤英雄〉〈露西亜の孤英雄〉という言葉はあるが、「北の」という言葉自体は用いていないのである。意訳とはいえ、「北の」という言葉遣いから、啄木詩といえるのかどうか。また、グザーノフはベーラ・マールコ

第4章　ロシア・クロンシユタットのマカロフ提督像碑文考証　53

ワの翻訳詩と比較検討したとのことだが、ベーラ・マールコワの「マカロフ提督追悼の詩」の翻訳は1956年 "ЯПОНСКАЯ ПОЭЗИЯ"⑶が初めてである。この銅像の建立は1913年ということだが、啄木詩そのものではなく翻訳詩との比較、それも約40年も後に翻訳された詩との比較検討が有効なものかどうか。それに、啄木詩のロシア語訳の最初は1935年1月東京の大衆堂から刊行された"НА ВОСТОКѢ"第1巻所収の亡命ロシア人Ｍ．Ｐ．グリゴーエフによる「マカロフ提督追悼」とされている⑷。それを20年以上も遡る時代に啄木詩がロシアに伝わるような機会があったのか、疑問が残る。何よりも、〈銘の近くに三行の詩が刻印されている〉というが、啄木の「マカロフ提督追悼の詩」は10連108行の長詩である。それを意訳とはいえ3行にすることが可能なのか。グザーノフは〈両者の間には同じ意味の言葉やフレーズが多く見受けられる〉といい、また、奈木は〈刻印された詩とはかなり隔たりがあった〉としながらも〈原詩にはマカロフ像の台座に刻まれた詩に該当する詩を見つけることはできた〉と書いているが、新聞報道による限りでは両者共にその部分を明らかにしていない。

　このような点から新たに取り沙汰されている詩がマカロフ提督像に刻まれている場合、その詩が意訳にしても啄木詩であるとはいえないのではないか、と筆者には思われたのである。

　マカロフ提督像に刻まれた詩はどのようなものなのか、そして、その詩と啄木との関係の有無を確かめるために、筆者はロシア・クロンシュタットに調査に旅立った。

2 ｜ 碑文の確認

　КРОНШТАДТ（クロンシュタット）はロシアのサンクトペテルブルグの沖合い30キロメートルほどにある島 О. Котлин（コトリィン）にある。ピョートル1世により、1704年この島が開かれ、1723年「クロンシュタット」と命名され

た(5)。クロンシュタットは古くより、その地理的位置から要塞としての意味が強く、軍港の町であった。人口は5万人ほどで、現在ではフィンランド湾に浮かぶ Форт（フォルト）と呼ばれる小さな要塞の島に沿って軍用道路が渡されているが、その途中には検問所があり、旧ソビエト連邦が崩壊して間もなくの1994年の段階では、許可がなければクロンシュタットに入ることはできなかった。そのクロンシュタットの町のほぼ中央、ЯКОРНАЯ ПЛОЩАДЬ（ヤーコルナヤ　プローシャヂ）に、マカロフ提督像は北を指さし、立っていた。

　ここで、マカロフについて簡単に触れておこう。ロシア・海軍中将マカロフとは、Степан Осипович Макаров（ステファン　オシポービチ　マカロフ）のことで、1848年生まれ。ロシア・トルコ戦争での魚雷作戦、二度にわたる世界一周航海、砕氷船エルマーク号による北氷洋遠征などで知られる。海洋学に造詣が深く、名将とされた。日露戦争開始後、太平洋艦隊司令長官に任命され旅順防衛を指揮したが、1904年3月31日(6)、日本軍の水雷に触れ沈没したペトロパブロフスクと運命を共にした(7)。翌日にはペテルブルグで告別式が行われ、ロシア・ニコライ2世皇帝、ドイツ、イタリア、スペインの大将を始めとして多くの人々が参列し、彼の死を悼んだ(8)。

　1910年、ニコライ2世皇帝は、マカロフを慕う国民を代表する Р. Н. Вирнь（ヴィルン）の記念碑建立の希望を聞き入れ、1912年クロンシュタットの錨の広場に記念碑の仕事が具体的に始まった。まず石を置き、1913年の春からその上に提督の像を立てた。この作業には、像の作者である彫刻家の Леонид Владимирович Шервуд（レオニイド　ヴラヂィミィロヴィチ　シェルブト）〔1871―1954〕とクロンシュタットの技師が一緒に取りかかったという(9)。

　たしかに、マカロフ提督の銅像は、5メートル四方の台座の上に、自然石が置かれ、さらにその上に立っていた。(写真1参照) 提督像は3.55メートル、台座、自然石を含めた全体の高さは8.10メートルという。この銅像の自然石の正面には "АДМИРАЛУ СТЕПАНУ ОСИПОВИЧУ МАКАРОВУ"（ステファン　オシポービチ　マカロフ提督に）と刻まれた銅板、その下の銅板には《въ 1911 году

第4章　ロシア・クロンシュタットのマカロフ提督像碑文考証　55

写真1　クロンシュタットのマカロフ提督像

камень этот по Высочайшему/повелѣнію поднятъ изъ воды въ настящемъ видѣ /на рейдѣштандартъ и передать для сего памятника//памятникъ освященъ 24 іюля 1913 года въ/присутсвіи Его Императорскаго Величества/Государя Императора Николая Ⅱ》（1911年にこの石は皇帝の命令により現在の状態でシュタンダルト停泊地で水の中より引き上げられ、この記念碑の為に譲り渡された。／1913年7月24日にこの記念碑は君主・ニコライ2世皇帝陛下の列席のもと、除幕式が執り行われた。）と記されている。そして、さらにその下には、マカロフ提督が1897年"Морской сб."（『海事選集』）に発表し、後、1943年"Рассуждения по вопросам мор. тактики"（『海戦術論』）として出版した論に記したことば、

《ПОМНИ ВОЙНУ》(「戦争を忘れるな」) が刻まれている。そして提督像の足元には彼を引きずり降ろすかのような波が形作られている。シェルブトの"Путь скульптора."（『彫刻家への道』）〔1937〕[10]には、国家からマカロフ像制作の依頼があったこと、マカロフは指導者の形で立ち、手はまっすぐに北を指していること、波は日本の竜を意味し、マカロフの足をつかんで彼を下に引きづり込もうとしている姿を描写していることを記している。そして、自然石の三面には薄肉彫りのレリーフが施されている。《РАБОЧИЙ КРОНШТАДТ》30 марта 1974（新聞『ラボチィ・クロンシュタット』1974年3月30日）によれば、《Несколько позднее памятник был дополнен бронзовыми барельефами Установленными с трех сторон в нижней части пьедестала.》とあり、像の除幕式の後、やや遅れて、記念碑の自然石の正面以外の三側面の下部に青銅の浅い浮き彫りが追加して備えつけられたことがわかる[11]。左側面には《Взрыв турецкого сторожевого судна ИНТЙБАХ катерами парохода Константин》の言葉と共に、トルコの見張り船インチイバフを爆破する汽船コンスタンチン号の乗組員の小船の絵が、背面には、"ЕРМАК в полярных льдах"の言葉と、エルマーク号が北極の氷を割る姿が、そして、右側面には"Гибель ПЕТРОПАВЛОВСКА"としてペトロパブロフスクの破滅の様子と、問題のマカロフ追悼の詩が刻まれていた。(写真2参照)

　詩は次のものであった。

　　Спи, сѣверный витязь,

　　Спи, честный боецъ,

　　Безвременной взятый　кончиной.

　　Не лавры побѣды

　　Терновый вѣнецъ

　　Ты принялъ съ безстрашной дружиной

　　Твой гробъ броненосецъ,

第4章　ロシア・クロンシュタットのマカロフ提督像碑文考証　57

写真2　追悼詩が刻まれているマカロフ像右側面のレリーフ

Могила твоя холодная глубь океана,

И вѣрныхъ матросовъ родная семья

Твоя вѣковая охрана.

Дѣлившіе лавры, отнынѣ съ тобой,

Они раздѣляютъ и вѣчный покой.

Ревнивое море не выдастъ землѣ

Любившаго море героя,

Въ глубокой могилѣ, въ таинственной мглѣ

Лелѣя его и покоя,и вѣтеръ споетъ панихиду

надъ нимъ, заплачутъ дождемъ ураганы,

И саванъ разстелютъ покровомъ густымъ

Надъ моремъ ночные туманы,

И тучи, нахмурясъ,послѣдній салютъ

Громовъ грохотаньемъ ему отдадутъ.

これを日本語訳すると次のようになろう。

眠れ　北の勇士よ
眠れ　潔き戦士よ
あまりにも早く死によって捉えられたもの。
勝利の月桂冠ではなく
茨の冠を
汝はその勇敢な親兵たちと共に受けた。
汝の棺は戦艦

汝の墓は大洋の冷たい奥底
そして忠実な水兵たちによる親しい家族が
汝の永きにわたる衛兵。
共に分かちし栄誉を、そしてこの後の永遠の平安を
彼等は汝と共に作り上げる
嫉妬深き海は
海を愛した英雄を陸に返さない

深き墓の中で神秘的な霧の中で
彼を慰め安らかにねむらせながら。
そして風は彼のために追悼の歌を歌い
嵐は雨をもたらし

海の上には厚い夜の霧が覆いを広げ屍衣にする
　　黒雲は重く立ちこめ雷鳴を轟かせ
　　最後の礼砲を彼に捧げる。

　このように、第一に確認すべきマカロフ像の碑文に刻まれた詩は、新たに取り沙汰されている詩であることが判明した。ただし、3行ではなく、21行を3部に分けた詩であった。次にこの詩と啄木詩との関係を究明しなければならない。以下に述べるのは文献調査の結果である。

3 ｜ "CEBEP"（北）と "BИTЯЗЬ"（戦士）

　マカロフ提督像に刻まれた詩が啄木詩の意訳であるという奈木の説は、ロシアの作家ビダリー・グザーノフの主張を根拠としている。ここで、もう一度グザーノフの主張を整理すると、まず、第一に「北の」という言葉の使い方がある。これは、ロシア人は自らを「北の」とは呼ばない、つまり、この詩の作者はロシア人ではなく、ロシアよりも南に位置する国の詩人である、という主張を意味するだろう。第二に詩語の類似だ。しかし、詳細には述べられていない。もしも、啄木詩の中の〈東亜の空にはびこる暗雲の／乱れそめては、黄海波荒く〉の〈海〉や〈暗雲〉〈世界を撫づるちからも海底に／沈むものとは、〉の〈海底に沈む〉〈彼は沈みぬ、無間の海の底〉の〈無間の海の底〉、〈ああ、夜の嵐、荒磯のくろ潮も〉の〈夜の嵐〉などという言葉の類似を指しているとすれば、マカロフは旅順港で戦死しているのであるから、意訳ではなく完全な創作にもそうした言葉が用いられるのは自然であり、決定的な根拠とはなりえないと筆者には思われた。そこで、あくまでも問題になるのは第一の主張であると考え、それを覆す為にロシア文学にあたってみた。その結果、ロシア人が自らを「北の」と呼んでいる例をみつけることができたのである。それは近代ロシア文学の確立者・プーシキンの詩の中にあ

った。

たとえば《ЗИМНЕЕ УТРО》(「冬の朝」)⑿の次の一節。

　Открой сомкнуты негой взоры
　Навстречу северной Авроры,
　Звездою севера явись!

これは日本語訳すれば以下のようになる。

　うっとりと閉じたひとみをひらいて
　北の国の朝の女神を出むかえに
　北の国の星のようにかがやくがいい！

「冬の朝」は恋人に呼びかける内容の詩である。恋人に〈早く目覚めて〉と呼びかける際、「北」を表す"север"又はその形容詞"северный"を用い、朝を〈北の国の朝の女神〉と表現し、その恋人の美しさを「北の国の星のように」と書き表している。また、"МѢДНЫЙ ВСАДНИКЪ."(「青銅の騎士」―ペテルブルグの物語―)⒀には次のようにある。

　Прошло сто летъ―и юный градъ,
　Полнощныхь странъ краса и диво,
　（略）
　Люблю, военная столица,
　Твоей твердыни дымъ и громъ,
　Когда полнощная царица
　Даруетъ сына въ царскiй домъ,

第4章　ロシア・クロンシュタットのマカロフ提督像碑文考証　61

日本語訳すると、以下の通りである。

　　百年経った。若い都は
　　北の国々の精華として驚異として（姿を現した）
　　（略）
　　私は愛する尚武の都よ
　　おまえの城塞の砲煙を、銃声を
　　北の国の后が
　　帝家に皇子を贈るとき

　〈若い都〉とはサンクトペテルブルクを指すことは言うまでもない。そして"полнощный"は「北の」という意味の古い詩語である。この詩を読めば、プーシキンがロシアのことをはっきりと「北の国」と呼んでいることがわかろう。これらの例から、ロシア人は自らのことを「北の」とは呼ばない、というグザーノフの根拠は否定されるのである。
　また、付け加えれば、1994年の奈木の報道に登場したクロンシュタットのボリス・オルローフは筆者宛ての書簡の中[14]で「北の」という言葉遣いのほかに"витязь"という言葉も問題にしている。氏は次のように書いてきた。

　　"Спи, северный витязь..."
　　слово "витязь" восточного происхождения. Русские люди обычно употребляют слово "богатырь". Кроме того, русские люди никогда не называют себя северными людьми. Поэтому строчку "Спи, северный витязь..." мог написать только восточный поэт.

　つまり、「碑文の詩の最初の一行を例にとって分析してみると、「勇士」や「戦士」という意味の"витязь"は東方に生まれた言葉でロシア人はふつう

"богатырь"という言葉を使う。そして、ロシア人はいつもロシア人のことを「北の人」とは呼ばない。ゆえに、この詩は東方の詩人だけが書くことができた。」というのである。

しかし、この主張を覆したのは当のマカロフの乗っていた船の名前であった。"ВОЕННАЯ ЭНЦИКЛОПЕДІЯ"[05]には、《С авг.1886 по май 1889, команду я корветом《Витязь》》とあり、1886年8月から1889年5月までマカロフは"витязь"という名の船に乗っていたことが分かる。とすれば、オルローフの主張することも妥当性を得ていないことになる。ロシア人、それもマカロフ自身が"витязь"の語を用いていたことになるのだから。

このように、言葉の観点からマカロフ像碑文の詩はロシア人以外の人間が書いた、とは決して言えないことが判明したのである。

4 　М. Г.とは誰か

ここで、地元クロンシュタットでは、碑文の詩の作者についてどのように考えられてきたのか、報告したい。

Российская Национальная Библиотека（ロシア民族図書館）に所蔵されていた地元の新聞"РАБОЧИЙ КРОНШТАДТ"［30 марта 1974］（『ラボチイ・クロンシュタット』1974年3月30日）には次のようにある。

> 《Кронштадтский вестник》от 31 марта 1913 года И подписано оно было инициалами《М. Г.》Встречаются и другие стихотворения с такой же подписью на страницах《Кронштадтского вестника.》В числе их 《Болгария.》В примечании к этому стихотворению говорится.;《Из записной книжки моряка—воспоминания о празднике роз в 1913 году》

ここから、1974年の段階では、1913年3月31日のマカロフの命日に寄せる

記事として掲載された詩に記されたイニシャルを基に、碑文の詩の作者は《М. Г.》という人物ではないかと考えられていたことがわかる。

　この記事が示す通り、1913年3月31日の新聞「『クロンシュタッツキィ・ヴェースニック』を調べたところ、《НА СМЕРТЬ АДМИРАЛА МАКАРОВА.》(「海軍中将マカロフの死に」）と題する、マカロフ像の碑文の詩と同じ詩が掲載されていることが確認できた。ただ、"Спи, сѣверный витязь"から"Ты принялъ съ безстрашной дружиной"までが、第1連、"Твой гробъ"から"Твоя вѣковая охрана."までが第2連、以下が第3連となっている。また、ハイフンの使用、行下げなどの方法が用いられている点などが異なる。そして、"И вѣтеръ панихиду надъ нимъ,"の部分が"И вѣтеръ по немъ панихиду споетъ,"と順序が逆になっている点、"Надъ моремъ ночные туманы,"（海の上には夜の霧）が、"Надъ моремъ густые туманы,"となっている点が目につく。そして、末尾に『ラボチイ・クロンシュタット』の記事通り《М. Г.》のイニシャルが記されていた。

　しかし、1974年の記事にあった《М. Г.》なる人物が『クロンシュタッツキィ・ヴェースニック』に発表した、海員のノートから転載したという1913年の"о праздникѣ розъ"（薔薇の祭）を描いた、"Болгария"（「ブルガリア」）の詩は現段階では確認することはできなかった。

　また《М. Г.》についてであるが、ロシア作家、学者、文化人についてイニシャルから引くことができる"СЛОВАРЬ ПСЕВДНИМОВ"[16]を調べてみたところ、53名の《М. Г.》について掲載されていたが、『クロンシュタッツキィ・ヴェースニック』に詩を発表したという記載がある者はなかった。また、1912年の海軍の海員名簿"СПИСОКЪ ЛИЧНАГО СОСТАВА СУДОВЪ ФЛОТА, СТРОЕВЫХЬ И АДМИНИСТРАТИВНЫХ В УЧРЕЖДЕНІИ МОРСКОГО ВѢДОМСТВА 1912"[17]も調べてみたが、残念ながら特定することはできなかった。

5 │ 碑文の初出発見

　1974年の『ラボチイ・クロンシュタット』が書いているように、マカロフ像碑文の詩の作者は果たして本当に《М. Г.》なのか、そして、啄木詩との関係を明らかにするために、筆者はサンクトペテルブルグに"Музей городской скульптуры"(町の彫刻の博物館)があることを知り、訪れた。そこで、マカロフ像について調べたところ、"Т. Г. Васильева"(Т. Г. ヴァシリィエフ)の書いた"Научноисторическая справка, Памятник. С.О.Макарову в Кронштадте, 1984г."「クロンシュタットのマカロフ記念碑の科学的歴史的調査　1984年」に次のようにあるのを見つけた。

　　《До сих пор автор этих стихов неизвестен, однако нам удалось выяснить, что они были написаны поэтом Дмитриевым, Они пользовались большой популярностью и были неоднократно положены на музыку, В том числе и Цезарем Кюи. Имя автора стихов было тут же забыто.》

　つまり、「今までこの詩は誰のものかわからなかった。しかし、私はこの詩は詩人のドミトリエフが書いたものであることをみつけた。この詩は人気があり、度々音楽にのせて繰り返された。その中にキウイのものもある。詩の著者の名前は後に忘れられてしまった。」という内容の記載があったのである。そして、"ЦГАВМФ. Ф. 17, ои. 1, Д. 393, Л.17—22"の注が記されていた。"ЦГАВМФ"とは「海軍中央古文書館」のことである。早速"ЦГАВМФ"に出向いた筆者は、ヴァシリィエフの書いているとおり、詞・ドミトリエフ、作曲・И. ヴァシリェフスクの、マカロフを憲章した音楽の楽譜[18]を探し出すことができた。(写真3参照) 楽譜は"ПОМНИ ВОЙНУ!"/ПАМЯТИ/Адмирала С.О.

第4章　ロシア・クロンシュタットのマカロフ提督像碑文考証　65

写真3 「戦争を忘れるな！／C.O. マカロフ提督を記念して／
詞　ドミトリエフ　曲　И. ヴァシリェフスク」と記された楽譜

Макарова./романсъ./слова Дмитріева.музыка И.Василевскаго." の言葉とマカロフの写真が表紙を飾っている。写真の左〔1904〕は没年を、右の〔1914〕は楽譜の刊行年を表わしており、詩はマカロフ像の碑文の詩と同じ内容であった。1914年の段階ではこの詩の作者はドミトリエフであることが明らかになっているのだ。しかし、啄木詩の意訳の可能性もないわけではない。そこで他の楽譜を調べたところ、歌詞が施されたものは若干の差異はあるもののすべて同じ詩であった(19)。それらを挙げてみると、まず、Т. Г. ヴァシリィエフも記していた "Памяти/С.О.МАКАРОВА./Музыка/П.КЮИ." と表紙に記されたキュイ作曲のもの(20)。これは、"Dem Andenken des Admirals / s.o.makarow. / musik von c.cui." とも並記されており、ドイツ語での歌詞も付いていて、マカロフ追悼の意がロシアにとどまらないことを示していて、興味深い。次に "31 Марта 1904./ПАМЯТИ МАКАРОВА/И КОМАНДЫ БРОНЕНОСЦА "ПЕТРОПАВЛОБСКЪ." ДЛЯ МУЖСКОГО ХОРА/МУЗЫКА А. БИГДАЯ." と書かれたА.ビグダール作曲のもの(21)。そして "ПАМЯТИ ВИЦЕАДМИРАЛА/ С.О.МАКАРОВА./Спи, сѣверный витязь!/31МАРТА. 1904/ХОРЪ ДЛЯ СМѢШАННЫХЪ ГОЛОСОВЪ/Музыка В.Василевскаго./Слова изъ. "Нов.Вр."/ СОБСТВЕННОСТЪ АВТОРА." と表紙に記されたВ.ヴァシリェフスク作曲のもの(22)、以上、И.ヴァシリェフスク作曲のものも含めて4曲の楽譜である。

このうち、В.ヴァシリェフスク作曲の楽譜には何と、詞は、"Нов.Вр." より、とある。"Нов.Вр." とは、サンクトペテルブルグの新聞、"НОВОЕ ВРЕМЯ"(『ノオボエ・ブレミヤ』)(『新時代』)のことを指す。この詩は『クロンシュタッツキイ・ヴェースニック』以外の新聞にも発表されているのだった。ただ、それはいつなのか。——楽譜の刊行年月日を見たところ、"Дозв.ценз.Спб.19 Мая 1904 г." つまり、〈1904年5月19日検閲〉の文字が記されていた。キュイ作曲のものでは "Москва,дозволено цензурою 12 Апрѣля 1904 г."（1904年4月12日検閲）の文字が、また、ビグダール作曲のものには "Дозволено цензурою Москва 8 Мая 1904 г."（1904年5月8日検閲）の文字を見つけることができた。同じ詩を

写真4 「НОВОЕ ВРЕМЯ」1904年4月7日号 太枠で囲った部分にマカロフ提督追悼詩が掲載されている

```
Памяти вице-адмирала С. О. Макарова.

Спи, сѣверный витязь, спи, честный боецъ,
Безвременной взятый кончиной!
Не лавры побѣды — терновый вѣнецъ
Ты принялъ съ безстрашной дружиной.
Твой гробъ — броненосецъ, могила твоя —
Холодная глубь океана,
И вѣрныхъ матросовъ родная семья —
Твоя вѣковая охрана:
Дѣлившіе лавры, отнынѣ съ тобой
Они раздѣляютъ и вѣчный покой.

            * *
            *

Ревнивое море не выдастъ землѣ
Любившаго море героя,
Въ глубокой могилѣ, въ таинственной мглѣ
Лелѣя его и покоя;
И вѣтеръ споетъ панихиду надъ нимъ,
Заплачутъ дождемъ ураганы,
И саванъ разстелютъ покровомъ густымъ
Надъ моремъ ночные туманы,

И тучи, нахмурясь, послѣдній салютъ
Громовъ грохотаньемъ ему отдадутъ.
```

写真5　詩の部分を拡大したもの

歌詞として用いた楽曲の中で、最も早く発表されているのはキウイ作曲の1904年4月12日検閲許可を受けた楽曲ということになる。従ってこの詩が『ノオボエ・ブレミヤ』に掲載されたのはマカロフが戦死した翌日1904年4月1日から4月12日までの間ということになる。

　この時点で我々は奈木の説を否定することができる。なぜならば、啄木の「マカロフ提督追悼の詩」は明治37年6月13日に創作されている。そして、初出は明治37年8月の『太陽』第1巻第11号に「マカロフ提督追悼」として発表されたものであるからである。啄木詩が書かれる以前にこの詩を用いた楽曲が発表されているのだから、奈木説の「啄木詩の意訳」ということは絶対

にありえないのである。

　詩の発表時をさらに明らかにするために、そして、В. ヴァシリェフスク作曲の楽譜に記された"Слова изъ "Нов.Вр."の語を確認するために再びロシア民族図書館で調査したところ、"НОВОЕ ВРЕМЯ" '7го апрѣля 1904 г. No.10091'（『ノオボエ・ブレミヤ』1904年4月7日号）に"Памяти вице—адмирала С. О. Макарова."（海軍中将 S. O. マカロフを記念して）と題する詩が掲載されているのを見つけることができた。(写真4・5参照）マカロフ像の碑文はマカロフが戦死してわずか1週間後に発表されているのだ。これこそがマカロフ提督像に刻まれた碑文の詩の初出なのである。ただ、ここには作者名が施されていない。だからマカロフの死後次々と発表された追悼歌も、詩のみが用いられ、作者名は記載されないままになっていたのである。しかし、1914年のИ. ヴァシリェフスクの曲が刊行される時に"ドミトリエフ"という名前が判明した。楽譜の表紙には"Доходъ съ настоящаго изданія поступитъ въ пользу Морской Общины Краснаго Креста имени ЕЯ ИМПЕРАТОРСКАГО ВЕЛИЧЕСТВА Государыни Императрицы МАРІИ ФЕОДОРОВНЫ."（この楽譜の収益はマリア・フェオドロブナ皇后陛下の名によって海軍赤十字協会に納められる）とあり、この楽曲の制作に国家が関わっていると考えられ、そこから何らかの方法で作者を明らかにしたと思われる。

　最後に残る問題は「ドミトリエフ」とはどのような人物なのか、そして、《М. Г.》とは同一人物なのか、ということである。ドミトリエフの詳細について明らかにするために、文学辞典、百科辞典[23]、軍事百科事典[25]、海軍海員名簿[26]等、可能な限り当たってみたが現段階では特定することはできず、詳細はわからなかった。初出発表の際、無記名であることからも、海軍の海員を含め、無名の者ではなかったかと考えられる。したがって、両者の関係についても確定することはできなかった。ただ、次のようなことは推論できる。地元クロンシュタットでは1974年当時《М. Г.》が詩の作者と考えられていたのであるが、もしも両者が同一人物なら、イニシャルにドミトリエフ

(Дмитриев) の《Д》が入るはずである。また、初出と『クロンシュタッツキィ・ヴェースニック』の詩を比較すると、タイトルが、「マカロフ海軍中将を記念して」から、「マカロフ海軍中尉の死に」と変更になっている点、また、先にも触れたように、詩語〈夜の霧〉となるべきところが〈厚い霧〉となっている。その結果、〈海の上に厚い霧が厚い覆いを広げ屍衣にする〉というように〈厚い〉が二度重なってしまうことになり、バリエーションの方が初出より詩的完成度が落ちてしまったといえそうだ。このような点から２つの詩はそれぞれ別の人物によって発表されたものであり、ドミトリエフと《М.Г.》とは別の人物なのではないかと考えられる。また、『クロンシュタッツキィ・ヴェースニック』には《М.Г.》のイニシャルで島のごみ問題[27]や混乱した暮らし、たとえば、ウオッカの酔っ払い[28]や夜のピアノの騒音[29]についての警告、クロンシュタットの公園や自然についての記事[30]が記されている。詩の掲載者《М.Г.》とこれらの記事を書いた《М.Г.》とは同一人物である可能性もある。とすれば、新聞社の記者なのかもしれない。いずれにしても、《М.Г.》なる人物はマカロフの命日に追悼の意味を込めて人々に広く歌われた楽曲の歌詞を再録した。人々によく知られた詩ゆえ自分が作者だと名乗るつもりではなく、「追悼の意味を込めてこの詩を再録しマカロフに捧げる」という気持ちを込め、引用者の意味でイニシャルを付したのではないか、と推測される。

　以上、考証をまとめると次のようになろう。ロシア・クロンシュタットにあるマカロフ提督像台座の自然石に刻まれている追悼詩は、1904年４月７日新聞『ノボエ・ブレミヤ』に発表された。これが初出である。像が完成する４ヶ月程前の1913年３月末、『クロンシュタッツキィ・ヴェースニック』にこの詩が再録された時、《М.Г.》のイニシャルが施されている。しかし翌1914年、И.ヴァシレェフスク作曲のマカロフ提督追悼楽曲の楽譜が刊行される際、詩は「ドミトリエフ」が書いたものと明記されており、この「ドミトリエフ」が碑文の詩の作者と考えられる。ただ、「ドミトリエフ」と《М.Г.》の詳細は現段階では明らかにならず、両者の関係も確定はできない。しかし、イニシ

ャル等から考えて同一人物ではないと推測される。いずれにしても、この詩はマカロフ戦死一週間後に発表されているのであり、啄木詩創作より約2ヶ月早い。啄木詩の意訳ではありえないことは明らかである。石川啄木とは無関係である、という結論は残念であるが、誤った事実を認めるわけにはいかない。奈木説を否定し、マカロフ像碑文の詩は啄木詩の意訳ではないということを改めて報告する。

注

(1) 山本健吉『日本の詩歌　石川啄木』（中央公論社、1967年）
　　今井泰子『日本近代文学大系　石川啄木』（角川書店、1969年）
(2) 岩城之徳「石川啄木と日露戦争―マカロフ提督追悼詩をめぐって―」（『国際啄木学会台北大会論集』淡江大学日本語文学系編、1992年3月）
(3) 《Японская поээия》сборник и перевод с японского Государственное издательство Художественной литературы Москва 1956 и перевод А. Е. Глузкина и В. Н. Маркова
(4) 『国際啄木学会台北大会論集』淡江大学日本語文学系編（1992年3月）所収「啄木研究における翻訳の状況―その国際化の歩み―」藤沢全
(5) 〈Кронштадт 1704-1994〉Половозова Е.Э. Эскиэ, 1994
(6) 日本ではマカロフの戦死は1904年4月13日となっているが、当時ロシアでは旧暦を用いているため、1904年3月31日が命日である。
(7) 《ВОЕННАЯ ЭНЦИКЛОПЕДіЯ》1914 ПЕТЕРБУРГ-СО И. Д. СЫЛТИНА
(8) КРОНШТАДТСКІЙ ВѢСТНКЪ 1904. 4. 4
(9) КРОНШТАДТСКІЙ ВѢСТНКЪ 1904. 7. 24, 1914. 7. 28
(10) Изд. ИСКУССТВО Изд. Ленинград-МОСКВА, 1937 г.
(11) このレリーフがいつ備え付けられたのか、1913年7月24日以降の新聞にあたったが、菅見では取り上げた記事を見つけることはできなかった。
(12) 〈А. С. ПУШКИН〉том второй стихотворения 1826-1836 поэмы государственное издательство художественной литературы Москва 1949 p.93-94
　　日本語訳は『プーシキン全集』第1巻（河出書房新社、昭和48年）草鹿外吉、川端香男里訳を参考にした。

⒀ 〈СОЧИНЕНІЯ А. С. ПУШКИНА.〉П. А. ЕФРЕМОВА томъ стихотвореній 1831-1836 годовъ. Москва 1882

　日本語訳は『プーシキン全集』第2巻（河出書房新社、昭和47年）木村彰一訳を参考にした。

⒁ 1995年2月20日付書簡

⒂ Т-со И.Д. Сытина 1914 Петербург р.919-920

⒃ И. Ф. МАСАНОВ 1957 рус. писатель, учёный, общественныи деятель

⒄ С-Петербургъ Типография Морского Министерства. В Главном Адмиралтействе 1912

⒅ Новопечатня П. И. Волкова. СПБ. Типографія и литографія Н. Г. Уль. КаЗанская 34

⒆ И. ヴァシレェスク作曲のもの—1
　キウイ作曲のもの—2
　ビグダアル作曲のもの—3
　В. ヴァシレフスク作曲のものを—4とし、碑文との異同を明らかにした。

　Спи, северный витязь,

　Спи, честный боець,

　Безвременной взятый кончиной

　{Не лавры победы

　Терновый ве нец [ъ]

　Ты принял [ъ] с [ъ] бестрашной дружиной}

　Твой гроб броненосец [ъ]

　Могила твоя холодная глубь океана,

　И верных [ъ] матросов [ъ] родная семья

　Твоя вековая охрана

　[Делившие лавры, отнынесъ тобой

　Они разделяютъ и вечный покой]

　Ревнивое море не выдастъ [ъ] земле

　Любивш [а] го море героя,

　　　　　　　3 [е]
　　{В [ъ] глубокой [могиле], в [ъ] таинтвенной мгле
　　　　　　　3 [т снин]
　　Лелея его ипокоя,} И ветер [ъ] споет [ъ] паниду
　　над [ъ] ним [ъ], Заплачут [ъ] дождем [ъ] ураганы,
　　И саван [ъ] разстелют [ъ] покровом [ъ] [густым]
　　　　　　　　　　　　　　　3 [сырым]
　　【Над [ъ] морем [ъ] [ночные] туманы,】
　　　　　　　3 [густые]
　　И тучи, нахмурясъ; последний салют [ъ] 3 ではこの後 [свои] が入る
　　[Громов] грохотаньем [ъ] ему отдадутъ.
　　1では { } を2度繰り返す　3では〔 〕を省略　4では【 】を2度繰り返す

⑳　П. ЮРГЕСОНА. ВЪ МОСКВУ. С-Петербургъ.у I. Юргенсона
㉑　ПРОДАЕТСЯ В МУЗЫКАЛЬНЫХ МАГАЗИННАХБ. ЛИТ В МОСКВА.
㉒　Книжно-Музыкальный Магазинъ П.К.СЕДИВЕРСТОВА. С-Петербугъ,
　　Садовая, 22
㉓　Краткая литературная энциклопедия т.4 1967
㉔　новый энциклопедический словарь 1896
㉕　(15)に同じ
㉖　(16)に同じ
㉗　кронштадтскій вѣстникъ 1904. 7. 7, 7.16
㉘　кронштадтскій вѣстникъ 1904. 7. 25
㉙　кронштадтскій вѣстникъ 1904. 8. 18
㉚　кронштадтскій вѣстникъ 1904. 8. 13

付　記
調査にご協力くださったサンクトペテルブルグのМАКСИМОВА НАТАЛИЯ АЛЕКСАНДРОВНА, クロンシュタトのИВАНОВА НИНА ТОКАРЕВА, ЛИДИЯ ИВАНОВНА, ПИРОГОВ ВИТАЛИЙ МИХАЙЛОВИЧ の各氏、及び Российская

Национальная Библиотека, Музей городской скульптуры, Цгавмф, そして、ロシア語訳をご教示くださった渡瀬茂氏に心から感謝いたします。

第5章　トルストイ「日露戦争論」と啄木

1 ｜ トルストイ「日露戦争論」

　日露戦争が始まったのは1904年1月17日である。22日から27日までのトルストイの日記(1)は空白であるが、1月28日には次のように記されている。

　　戦争、そしてそれはいかに起こり、何を意味するかそれから何がもたらされるか、等々に関する無数の考察。皇帝から最後の一兵卒に至るまで、すべて批判する人びとである。そしてすべてのものの前には、全世界にとって戦争から何がもたらされるであらうかということに関する考察のほか、さらに、我、我、この我は戦争に対していかなる態度を取るべきか、ということに関する考察が立っている。(略)すなわち、闘わないことであり、他人の戦うのを、かりに引き止め得ないとしても、少なくとも援助しないことである。

　　　　　　　　　　　　　　　　　　　　　　　　　　（1月28日）

　戦争を契機に沸き起こる様々な想いをトルストイは論文にまとめようとする。しかし、それは簡単にはいかなかったようだ。2月2日、〈戦争についてはどうも書けない〉、そして、2月19日、〈絶えず戦争のことを書いている。まだ、うまく行かぬ。〉とある。5月8日の日記には、〈今日旅順港にいるある水兵から、手紙を貰った。『長官が吾々に人殺しをやらせているのは、神の思召に適うことでしょうか、どうでしょうか？』云々…〉という箇所がある。トルストイの「日露戦争論」の最後には書簡形式の、殺人のために召集された予備兵たちを戦場へ送り出す様子を語る短編小説が挿入されており、文末

には1904年5月8日の日付がある。旅順の水兵から届いたこの手紙に示唆を受けたものと考えられる。

　3ヶ月ほどの苦闘の末に、渾身の力を振り絞って書き上げた「日露戦争論」であったが、トルストイはこの論文によって政府にとっての自分が好ましくない存在になることを充分承知していた。ニコライ・ミハイロヴィッチ大公あての書簡には次のようにある。

　　私はこの恐るべき戦争が、一般に働きかけた通りにこの私に働きかけようとは、どうしても考えられませんでした。私はそれについて意見を発表せずにはいられないのです。で、私は一文を草して国外へ送ってやりました。それは近日中発表されるでしょうが、おそらく上流社会では徹頭徹尾是認されないでしょう。

　　私はあなたのご来訪があなたにとって不愉快であるかも知れないほど、政府にとって不愉快な人物であると自ら考えるのであります、（特に戦争に関する論文を書いた今ではなおさらです、）

　　「勇敢」「愛国心」「戦いの栄光」──これらはすべて恐れを知らぬロシアの改革者にとっては、人びとが戦争と呼ぶところの人類皆殺しの制度を支持するために発明された空虚な言葉なのである。

　戦争は激烈を極めたが、それは他国の土地の利権を目指してのものだった。多くの若者が家族と引き離され、戦争に駆り出されていく。トルストイは「日露戦争論」の思想を髣髴とさせるエピソードを次のように記している。
　友人である農民のノーヴィコフがヤースナヤパリャーナに訪ねて来た際、戦争の話に及んだ。その時、トルストイは毎日幾万となく自分らにとって不可解な観念の犠牲になって死んで行く不幸な人々のことを思って泣いたこと、

更に、殺戮の惨状が、非難を目的としないのみならず明らかに賛美する目的で書かれていることを知っているので、新聞を読まないとトルストイはノーヴィコフに告げる。そして、戦地から送られてきた兵士の手紙を彼に読ませた。その手紙には、兵士が一ヶ月ほど汽車の旅を続け、満州に近づくにつれて故郷を出た時の気持ちが全く変化してしまったことが、記されていた。人の影の見えない果てしない荒野の連続を経て兵士が辿りついた中国は山と石ころばかりであった。それを見た時、彼の脳裏に過ったのは〈何のために血を流さなければならないのか？どこかの山か石ころのためにか？まるで自分の土地というものがないかのように。〉というものだった。通過してきた荒野には多くの移住者を収容することができるのに、この山と石ころばかりの一見価値がなさそうに見える土地のために多くの苦難を味わい血を流さねばならない理不尽を訴えているのである。この手紙を読んだノーヴィコフは政府の欺瞞を実感する。そして戦地に出かけていった者たちが、戦う理由が絶対になかったと感じていることを知るのである。トルストイはまさにその事を彼に知らせたかったために手紙を読ませたのである。また、トルストイは、先日村の農民のおかみさんと交わした会話についてノーヴィコフに語っている。夫を戦争に取られたおかみさんは扶助料の第二回の受け取りのために町に行くところだった。それを知ったトルストイは扶助料が家計を助けていることを思い、ご亭主が居た時の方がもっと不足して生活は大変だったのではないか、とねぎらう。すると、おかみさんはさめざめと泣き出し、〈わたしどもはどんなに困ってもかまわない、一匹しかいない牝牛を手放してもかまわない、子供たちになんでお金なんか要りましょう。子供たちには父親が要るのでございます、父親さえ満足でいてくれたら、このように母親の元を離れないのではなく、子供たちは機嫌よく元気なのです〉と語ったという。
　こうした民衆の声をトルストイは肌で感じ、その思いを論文に盛り込んでいったのにちがいない。
　このような体験を経て、トルストイは1904年（明治37）6月14日『ロンド

ン・タイムス』に日露戦争に関する論文 Count TOLSTOY on THE WAR "BETHNIK YOURSELVES!" を発表したのであった。

　イギリスの新聞に載ったこの論文に対する反響は大きかった。ピリューコフは『大トルストイⅢ』(2)の中で、その内最も特徴あるものとして次の二つを引用している。

　　トルストイの今回の公開状は世界歴史の最も注目すべき記録の一つを現すそれは「戦争は殺人である」という題目の詳細な雄弁な説教である。彼は熱愛された平和の伝説に対する論理的蔑視をもってこの題目について説いている。彼は戦争からその粉飾、その誇り、その厳粛さを剥ぎ取って、赤裸々にこれを暴露している。そして戦争をその赤裸々の醜悪さにおいて人類の恐怖とまで見せつけている。

　　トルストイの論文は、この世のものならぬ神々しい光に照らされた予言者の言葉である。それはキリストの真の精神に息づいている。(略)トルストイの言葉の中には、あらゆる国の政府にとって危険な精神がこもっている。しかしながら、当事者が不道徳な野心に身を委ね、略奪戦争に心を奪われて、自らの兄弟たちを殺す時に、人民が彼らに背いたとて、彼らは驚くにあたらないのである。

　本書第Ⅰ部第1章「日露戦争前後の日本とロシア」で述べた通り、日本との戦争はロシアの民衆と社会にとっては大義が感じられないものであった。従って、奇襲を仕掛けた日本への憎悪を士気に高めた開戦時の熱狂が醒めれば、喜び勇んで戦争に赴いた人びとをあまり見出せなかった。例えば、ハリコフの近くでは、婦人たちが夫を運ぶはずの列車を発車させまいとして、レールの上に横たわったという。この戦争反対の意思表明にはトルストイの著述の影響もあったことをピリューコフは指摘している。その論拠として、大

連に住んでいた主教インノケンチイが戦争に関する論説に於いて士官たちのトルストイズムを真っ向から非難している次のような文書を載せている(3)。

　地方の軍隊生活の光景を目撃し士官たちの口から極めてしばしば戦争に関するトルストイ主義的道徳を聞くと、そういう条件の下で軍隊がどうして自らの偉大な使命を行ない得るであろうかと、驚かざるを得なくなる……軍服を纏い、トルストイズムの奉信者であると――それは人が船に綱具を備えつけて大海へ出ながら、その航海の便宜を斥ける場合とそっくりである。

　これほどの影響力を持ったトルストイの論文は日本ではどのように受け止められたのであろうか。次に検証してゆきたい。

2 ｜ 日本に於けるトルストイ「日露戦争論」の受容

　日本に於いてトルストイの「日露戦争論」(4)を紹介したものとしては、四種類あると言われている(5)。まず、英語の原文をすべて掲載した『時代思潮』第8号(明治37年9月5日)である。そして、日本語訳されたものは以下である。杉村楚人冠訳と考えられる『東京朝日新聞』の連載、加藤直士に依り訳された有隣堂から刊行されたもの、幸徳秋水と堺枯川共訳『平民新聞』掲載のものである。日本語訳の内、『平民新聞』のそれは全訳の一挙掲載であり、弾圧されながらも非戦論を唱えていた平民社からの刊行という点で特に注目された。それは『平民新聞』第39号（明治37年8月7日）の「トルストイ翁の日露戦争論」であり、前書きと共に、全12章及び附記の訳を掲載している。本文は「爾曹悔改めよ」として、第一章〈戦争は又もや起れり、何人にも無用無益なる疾苦に再びし、譎詐此に再びし、而して人類一般の愚妄残忍亦茲に再びす、〉から始まる。以下、トルストイの主張を要約すれば次のようになろう。

　日本、露西亜両国の皇帝、科学者、法律家、外交家、歴史家、哲学家、新

聞記者などが、平和の保持という大義名分を翳し、両国の皇帝らは自ら戦場に立つことはしない代りに多くの国民を戦場に駆り立て殺戮行為を行わせている。そして、問題の合理的唯一の手段として人間の殺戮のやむなきを証明しようと過去現在を比較し、議論を組織し、国民運動の法則、黄白両人種、仏耶両教間の関係等を評論して互いに己の立場の正しく強く善である事を説いている。結果、露国では敵を愛すべきを教へたる神、博愛仁慈を旨とせる神に向って、人類屠戮を行うべき悪魔のような事業を祐助し、祈禱する。また、基督教世界及び今の時代の人々は、恰も正しき道を踏み迷って、行けば行くほどその道の誤りを悟る人に似ている。そして、その状態はその道が断崖に達するの外なしと知れ、既に眼前に断崖を見得る時、となった。

　では、どうしたらよいのか。人間の自ら招ける災害、就中最も恐るべき戦争より免れんとする最有効策として只単に各個人の良心に訴えるに在り、即ち1900年以前、耶蘇に依りて提唱せられたる「皆人悔改めよ、而して我は何者なるか、我は何故に生活せるか、我は何を為すべき乎、為すべからざる乎と自問せしめよ」の言に在り、と提言するのである。また、神の命じる所のみを遂行し、宗教的自覚に依て指導せらるるに至りて、人類は初めて其困厄より救われるであろう、と宗教に生きる事の重要性を説く。特に、「汝の敵を愛せよ、然らば汝は一人の敵も持たざるべし」という言葉を引き、次のように言う。

　　我々が敵と呼べる彼の黄色人民を愛するとは、基督教の名の下に、人間の堕落、贖罪、復活など、荒唐無稽の迷信を彼等に教ふるの意に非ず、又人を欺き人を殺すの術を彼等に教ふるの意に非ず、真に彼等を愛するとは。正義、無死、同情、愛憐を彼等に教ふるに在り、而して之を教ふるに言葉を以てせず、我々の善良なる生活を以て模範を示すに在り。

　即ちトルストイに依れば〈宗教なくば人は善良なる生活を為し得ざる〉の

第5章　トルストイ「日露戦争論」と啄木　*81*

であり、〈真の救済は只一あるのみ、各個人が其心中に於て神の意を行ふあるのみ〉ということになる。

　このように、トルストイの「日露戦争論」は、トルストイ自身の熱烈な信仰告白というべきものであり、全編を通してキリスト教の精神に基いた博愛主義の表明と考えられる。多分、日本と露西亜の戦争でなくともトルストイの論調は変わらないものであったろう。言うまでもなく、トルストイの非戦論は日本と露西亜という国名が問題なのではなく、人間と人間が真の生活から離れて殺戮を繰り返している事への警鐘だからである。

　明治37年（1904）2月の日露戦争勃発前夜、日本国民の戦争熱を煽った一因には当時の新聞・雑誌の論調があった。『国民新聞』『日本』などは「挙国一致の聖戦」を早くから説き、明治36年（1903）4月それまで中正を保っていた『大阪朝日』『大阪毎日』などもロシアの第一期撤兵期日を巡り「対露強硬論」を唱え、8月には『時事新報』が連日のように朝鮮問題を取り上げて日本の民族的危機意識を煽り、朝鮮水域への軍艦派遣を政府に迫った。10月8日のロシアの第三期撤兵期限を転機として、新聞・雑誌の論調は国民的危機意識の醸成から主戦論に傾いてゆき、新聞・雑誌通信社は連合して「時局問題連合大懇親会」「時局問題東西連合新聞記者大演説会」を開催し、主戦論の論説統一が推進された。更に「対露硬同志会」の活動、東京帝国大学七教授の「対露硬意見書」の提出、「全国同志会」の建白、河野広中の「内閣弾劾文」などによって国民の世論は主戦論へと大きく傾いていったことは既に述べた通りである。

　こうした時代背景の中で、トルストイ「日露戦争論」はどのようにメディアによって伝えられ、人々に受け入れたのであろうか。

(1) 『帝国文学』の場合
　トルストイの「日露戦争論」は日本語訳発表の後、大きな反響を呼んだ。

多くの雑誌が早速この非戦論を取り上げている。例えば『帝国文学』では次のようである。

　明治37年（1904）8月の『帝国文学』第10巻8号には「非戦闘員」という戯曲が掲載されている。(以後10巻9号、10号、12号、11巻3号の5回に分載)。作者は「なでしこ」とあるが、目次には小山内薫の名が記されている。物語の舞台は発表時と同時代の明治37年の夏、一等軍医正、鞆塚正人47歳が主人公である。彼にはドイツ人の亡妻との息子・直臣、20歳が居る。正人はこれから軍医として戦地に赴こうとしている。直臣は正人の後妻・きさにいじめられているが、継母を恨もうとはしない。直臣との別れに際し、正人は次のように語る。

　　一国と云ふ団体は未だ人と云ふ箇々のもの程発達して居らぬのだ！露国全体は一箇のトルストイ程進歩をして居らぬのだ！日本に一人の非戦論者が出れば国民は挙ツて是を露探視するのでは無いか！進歩せざる国と国とが相争ふのだ！進歩せる人と人とに争のありやう筈がない！国と国との戦だ！人と人との闘ではない！だから己たちは敵味方の区別なく力を尽して負傷者の治療をしやうと云ふのだ！——阿父あんが修羅の巷で赤十字のもとに働いてると云ふ事を思ツて、御前もあくまで非戦闘主義をとツて呉れ！何処までも無抵抗主義で遣ツて呉れ！

この正人の言葉には非戦闘主義、無抵抗主義の姿勢が明らかである。何よりもこの姿勢がトルストイの思想と共鳴しあうものであることをはっきりと表明している点が注目される。非戦闘主義をドイツ人との間に出来た子供に言い聞かせる場面設定も、狭隘な視野に閉ざされがちであった当時の日本に抵抗する意図が込められているのではないか。第二幕では野戦病院が露兵に襲われる。赤十字社員であることを訴えても露西亜兵に正人は襲われてしまう。第三幕は再び日本が舞台となる。相変わらず使用人いじめ、継子いじめを繰り返しているきさに電報が届く。それはきさの妹そのの婚約者であった

孝一の戦死を告げるものであった。そしてそこに正人が負傷し帰国した報が伝わる。第四幕は姫路陸軍予備病院内の一室。正人が臨終の際、遺言を残す。

　悪に敵するなよ、悪に敵しないで静かに悪の悔ゆるを待てよ、そしてその悔ゆるのを見たら、即刻喜んでこれを許してやれ。いゝか、これが私の遺言だぞ。

　そして直臣に赤十字の印を見せ、息を引き取る。第五幕は軍医の没後一月後、直臣の身を案じるそのと自分の存在故に継母の気持ちが乱れると考え身を隠そうとする直臣。二人の失踪にきさは自らの過ちに気付き懺悔する。その姿に馬丁の信吉は語る。〈死んだ旦那は抵抗ふな——ツて、よく弱い事を被仰つていらした様だツけがして見ると尚且旦那は偉かツたんだネ…〉。
　この信吉の言葉が端的に示すように「非戦党員」は非戦主義、無抵抗主義の戯曲化である。かつて作者の小山内薫自身が内村鑑三に傾倒して『聖書之研究』の編集助手を務め、この年『帝国文学』の編集委員になったことを考え併せれば、極めて自然な内容である。しかし、〈露偵〉という言葉が横行する時代に、トルストイの名を挙げ、このような内容の戯曲を発表するということは、時代に反逆した非戦思想の鮮烈な表明であると同時にトルストイの影響の強さが伺える事実である。
　尚、『帝国文学』第10巻9号には文学士・斉藤信策が「トルストイの日露戦争論を読みて現代の文明に対する彼が使命を懐ふ」と言う論説を発表している。斉藤はトルストイの主張を、一切の現世を否認して虚無となし、罪悪となし、その根本を洞破して人生第一義の自覚を叫ぶ事、即ち、聖者・基督の尤も簡明なる宣言「自己に帰れよ」に集約される、と正しく理解している。更に、

　是に於て吾人は彼の使命を懐ふ、人類をして心霊に立ち帰りて個性の威

厳を高めて直に原始的威力を体現せしむる、これ即ちトルストイの使命なり、彼や独り露国民族のみならず又誠に世界永遠の人類の王冠たるべき也。

この言葉が示すように、人類の模範としてトルストイを認めているのである。素直に疑いなくトルストイを理解し、理想化していると言えるだろう。『帝国文学』同号の「雑報」欄には「トルストイ伯と民衆」「トルストイ伯と科学」「トルストイ伯と社会主義」「トルストイ伯」「トルストイ伯と我宗教界」「トルストイ伯と基督教」「露国の人トルストイ伯」などが掲載されており、トルストイへの深い傾倒が認められる。

こうして見ると、『帝国文学』はトルストイの「日露戦争論」を最も純粋に肯定的に受け入れ、それを流布宣伝した雑誌と言えるかも知れない。と言うのも、同じキリスト教系雑誌『六合雑誌』第285号（明治37年9月15日）では、「内報」に「卜翁の「日露戦争観」に対する反響」として反響のいくつかを掲載している。例えば、『無尽燈』の記者の〈されど之れ（戦争は）決して断崖に進むの過程にはあらずして寧ろ此の最大苦痛の出来事に依て人類をして自己の生活に大なる悲観を生ぜしめ、以て却りて宗教的自覚の域に進ましむる一の大なる逆縁なりと吾人は信ずる也〉という言葉、トルストイがロシアの宗教家や学者識者を罵倒する所以やロシアの政治・戦争に反対する所以を是認した上で〈彼は露西亜帝国の予言者である、然かも彼をして日本帝国の予言者となし吾人をして其声に傾聴せしめんと欲するは大なる謬見である〉とする海老名弾正の見解、『新仏教』の田中治六の〈戦争自身は目的にあらず、実に平和に達するの已むべからざる手段たるなり〉という言葉などである。それらに対し、『六合雑誌』自身は〈頗ぶる遺憾〉としながら、〈杜翁の非戦論によりて我国人中の多くが心を刺されたことは事実であるから、吾人は杜翁に向て感謝の情なきを得ぬ。〉と語るに過ぎず、正当に理解されない事への反論を掲げているわけでもないし、また、トルストイの非戦論を血肉化して評論

第5章　トルストイ「日露戦争論」と啄木

や文学に著しているわけでもない。このように比較してみると『帝国文学』の真摯なトルストイ受容が明確になろう。

⑵　『平民新聞』の場合

　では次に、日本に於けるトルストイの「日露戦争論」訳の中で最も注目された『平民新聞』を検証してみたい。

　『平民新聞』の第44号（明治37年9月11日）には「杜翁非戦論に対する反響」として主要な反響をまとめ、更に反論を加えている。『六合雑誌』にも取り上げられた海老名弾正の見解に対しては、根拠の説明がないことを指摘し〈真理は絶対無限なるを信ず〉とトルストイへの絶対的信奉を明らかにしている。同じく『新仏教』の田中治六氏、び『無尽燈』の記者の言葉には〈然らば即ち窃盗も姦淫も入獄も逆縁なりとして賛嘆すべき乎〉と反論している。また、『中央公論』の成川生の〈伯は吾が日本帝国が己むを得ずして干戈に訴へしを悉知せざりしなり、翁は我が日本を見て露国と同一となす、不幸にして吾が国情の充分に彼の地に伝へられざりし〉との言に対しては〈翁にして日本の国情を知悉せば、更に日本攻撃の筆鋒鋭利を加へしことならん〉と言う。『学燈』の〈露国民が（略）「何故に露西亜は満洲を獲んが為に戦ふや」を十分会得しておらぬやうだ〉という感想に対しては〈日本人中にも真に「何故に日本は満州に於いて露西亜と戦ふや」を会得せるもの少なきを如何せん〉と反駁している。まとめると、様々な雑誌に掲載されたトルストイへの反論の要点は、トルストイはロシアの予言者であっても日本の予言者ではない、戦争には不義残暴でないものもある、トルストイは日本を誤解している、の主に三点となる。

　ところが、これらと唯一反応が異なるものであり、『平民新聞』が〈是れ最も多く吾人の意を得たる者なり〉とその立場への共鳴を表明しているのがトルストイ「日露戦争論」の全英文を掲載した『時代思潮』の次のような言葉である。

翁の理想は非常に遠大なり。従て国家民族の利を越えて直ちに人心の至誠に訴へずんば已まず。今日国家競争の時代に当て何人もこの理想が直に実行せらるべしと肯首する能はず。而も今日国と国と利を争ひ、力を競ひ、階級と権を争ひ富を競ひ、その結果は延いて個人の道徳にも及び、帝国主義の美名生存競争の弁護の下に、人は益々獣的私欲を逞うして恬として顧みざるが如き時勢は、抑も何者の養ひし所なりやを一顧せよ。

　トルストイの言は遠大な〈理想〉だという。しかし、この〈理想〉は直ぐに実行されるものではないとも考えられている。『時代思潮』のこうしたトルストイ評価の二極化の志向性は、そのまま『平民新聞』のトルストイ理解と重なる。『平民新聞』自身は第40号（明治37年8月14日）「トルストイ翁の非戦論を評す」で次のように述べている。
　まず、〈殆ど古代の聖賢若くば予言者の声を聴くの思ひありき〉とトルストイの筆致の崇高雄大を褒め称える。そして、それは心的物的情状を観察評論して〈戦時社会の活画図〉を展開しているとする。しかし、トルストイの言に雷同盲従する者ではなく、戦争という罪悪、害毒、危険を救治する為の方法は翁と所見を異にすることを主張している。即ち、〈戦争の起因は人々真個の宗教を喪失せるが為なり〉というのがトルストイの考えだが、〈社会主義者の非戦論は救治の方法目的如此く茫漠たる者に非ず〉として、その原因に〈列国経済的競争の激甚〉を挙げる。戦争の絶滅のためには資本家制度を転覆して〈社会主義的制度〉を確立し、〈万民平等〉を遂げれば悲惨なる戦争の催起はないと言う。このような『平民新聞』の主張は次の語に集約されよう。

　　トルストイ翁は、戦争の原因を以て個人の堕落に帰す、故に悔改めよと教へて之を救はんと欲す、吾人社会主義者は、戦争の原因を以て経済的競争に帰す、故に経済的競争を廃して之を防遏せんと欲す

ここには社会主義者の階級的反戦論の立場が明確に打ち出されている。
　この後、安部磯雄はトルストイに書簡を送る。その返信が届いたのは『平民新聞』廃刊後であったが、後継誌『直言』第30号（明治38年8月27日）に次のようなトルストイの返信が掲載された。

　　社会主義は人間性情の最も賤しき部分の満足（即ち其物質的の幸福）を以て目的と為す。而して其幸福は決してその唱導する手段に依りて到達せらるべきものに非らず
　　人間の真の幸福は、精神的即ち道徳的にして其中に物質的幸福を包含す。而して此の高尚なる目的は国民及び人間を組織せる一切の単位の、宗教的即ち道徳的完成に依りてのみ到達せらる
　　宗教と云へば、予は人間一切に通ずる神の法則に対する合理的信仰を意味す、之を実際に現はすは、即ち総ての人を愛し、総ての人に対して己れの欲する所を施すに在り
　　此の法は社会主義及び其他の脆弱なる諸主義に比し、甚だ有効ならざるが如きの観あるべしと雖も、予は之を以て唯一の真法と為す、而して彼の誤謬多き（而も到底その目的に達す可らざる）諸主義を現ぜんとする一切の運動は、この唯一の真法の使用を妨げ、現時に於て正常なる、人類及び各個人の幸福の度に到達せざらしむ

　これに対し、安部は〈吾人は又、翁の如き偉人にして猶ほ且つ社会主義及び社会問題解釈法に対して、浅薄なる通常人と同じ誤謬に陥れるを見て深く之を悲まざるを得ず〉と書かざるを得なかった。トルストイの返信は安部にだけでなく、キリスト教系社会主義者の思想基盤に根源的疑問を突きつける事になったのは周知の事実であろう。

⑶ 『太陽』の場合

　では、総合雑誌『太陽』はトルストイの「日露戦争論」をどのように報じているのであろうか。

　『太陽』では、明治37年（1904）9月、第10巻12号の「評論之評論」に早速「トルストイ伯の日露戦争論」として取り上げている。トルストイの論の主旨を〈此度の大戦争を例とした〉〈戦争否定論〉と捉え、〈戦争とは殺人を目的〉とし、これは神の法則に逆らうことであるが、日露の人々は〈議論を捏造して正理の為に戦ふと称す〉る。そして、善良な国民をだまして戦場に赴かせている。これを絶滅するためには全ての人々が〈何事を為すべきか自問〉し、〈基督の教訓『己の欲せざる所を、他人に施す事勿かれ』〉との真理に服従せざるを得〉ない。斯くして此の世から戦争を除くべきである、と、トルストイの論理を正しく紹介している。

　しかし、これだけにとどまらず、『タイムス』紙の反論をも掲載している。即ち、伯の論は〈信仰の自白〉であると同時に〈政治的宣言書〉であること。また、ツアーの下で苦しむ農夫の活画図であり、兵士の頭脳に発酵する未成の思想を説明したものである。しかし、これは〈一三世紀の論理方法と近世社会主義の最も進歩した理想を不合宜に混同〉した結果と見做される。〈殺人は最悪事なり〉、ゆえに、戦争を拒否するのは道徳的、且つ宗教的義務であり、これなくして人類は救われないと言うのが伯の主義である。農夫の心を知る伯の主張とその影響力は認めるべきものがあるが、〈現組織に代わるべき新思想が具体的に示されていない〉。そして、〈伯の日本人に対する激烈なる批難罵言〉はロシアに対するよりも痛烈である。また、ロシア兵は愛国心からではなく只罰を恐れるゆえに戦闘を持続しているのであれば、ロシアは農民兵ではなく大臣、僧侶、将軍、新聞記者が任に当たるべきであるという伯の考えを紹介し、次のように結論を付している。〈吾人は是等の問題に対する伯の解釈を凡て吟味する事なしに妄信する事能はざるなり而も其国第一流の思索家によりて斯の如き疑問が提起さるゝに至りては其国の運命も亦窮まれり

といふべきなり。〉

　このように、『太陽』はトルストイの「日露戦争論」に即、反応している。しかし、その論調はトルストイに共鳴しているものではない。『タイムス』紙の言説を紹介しているのではあるが、トルストイの思想を〈一三世紀の論理方法と近世社会主義〉の融合と見ている点、其の国第一流の思想家からこのような論説が発表されること自体類がなく、国の運命が象徴されている、という点に論者の評価が集約されている。ロシアという大国の衰亡の予感をトルストイの「日露戦争論」から感取しているのである。

　では、その後の対応を見てみよう。再び『太陽』でトルストイの「日露戦争論」が取り上げられるのは明治38年（1905）1月、第11巻1号に於いてである。それは文学博士・大塚保治の書いた「露国の三大平和論者」という論説である。大塚は内に対しては〈圧制脅迫〉、外に対しては〈始終戦争主義、侵略主義〉のロシア政府に対して、〈平和主義・博愛主義〉を主張する世界的に有名な露西亜の三人物を挙げている。彼等はこの大戦に対して非常に興味ある目覚ましい態度を取っているという。その一人は美術家のヴェレシュチャギンで絵画によって戦争の悲惨さを世に知らしめようとした。二人目はイヴァン・ブロッホという経済学者である。

　この二人に対し〈素晴らしい壮大の態度を取つて居る偉人〉として〈道徳及び宗教の見地〉から戦争を否定するトルストイ伯を紹介している。トルストイは若かりし頃は戦争にも行った事があるが、45歳より人生の煩悶を覚え、農夫の信仰生活に信仰の意義を感じてキリスト教の精神に徹底した生活を送り、日露戦争に反対する評論を発表した。このようなトルストイの主張を、〈現在の社会は武装的平和〉であり、戦争は〈神の意志〉に背く行為である、と的確に把握している。そして、トルストイの人物行動を実に偉大であると評価している。トルストイは〈国家に反し社会に背き文明に抗し全世界を敵として其主義の為めに奮闘して居る〉のであり、世間の宗教家に比べても〈満腔の尊敬と感嘆を払ふを躊躇しない〉という。何故なら〈宗教家といふもの

が真先に立つて戦争の提燈持をするのは余り感心出来ない所為である〉と考えるからである。また、このような考えはトルストイ擁護のように受け取られかねないが、ロシアであればトルストイの影響が大きいので問題になろう、しかし、日本では新聞雑誌でトルストイを担ぎ出す者がいるものの、実際には〈トルストイの意見は未だ日本には然う恐ろしい根拠地を持ってをらぬ〉から、〈其の人格態度に付ては十二分の敬意を表して差し支えなかろう〉。〈無害安全のトルストイに対して、つまらぬ杞憂を抱いて其人物の偉大なる事さへ認め得ないといっては余りに量見の狭い〉というのである。

　このような大塚のトルストイ評価の根源にあるのは戦争優勢国の驕りと呼ぶべきものではないか。戦況の概略を振り返ってみれば、明治37年（1904）2月10日、日露両国が相互に宣戦布告してから日本は6月に満州軍総司令部を設置、9月には遼陽を、12月に203高地を占領、2月より始まっていた旅順港及び旅順攻撃は、翌38年（1905）1月1日旅順要塞司令官ステッセルが降伏し、念願の旅順開城に成功した。しかし、日本はこれまで半年の戦争で約六万の戦死者を出すという大きな犠牲を払わねばならなかったのである。このような状況の中で事態が急変して戦況が逼迫すればまた論調も異なるだろうが、非戦論が国を揺るがす波動となっていない現在は、取りあえずトルストイの人格を認めることができる、と大塚は言うのである。トルストイの非戦論の精神を正しく理解した上での評価とは言いがたい。

　また、『太陽』第12巻4号消息欄「外国」には「杜伯の日露戦争観」が掲載されている。そこにはトルストイの日露戦争観は彼の「時代の終結」という論文によって初めてその詳細が理解できるのだ、として「時代の終結」を紹介している。その論旨は次のようである。〈新時代即ち耶蘇の真意を奉ずる時代来らむ〉というもの。その前兆は〈日露戦争と露国内の革命的気運〉であったとし、日露戦争での露西亜の敗退は〈似非基督教文明全部破壊の前兆〉を示しているとする。そこでトルストイは〈真正なる基督教主義〉の復活を説く。真正なる基督教主義とは〈万人の自由平等を主張し、唯一の神の法則

の外には何等の法規をも認めず、総ての束縛、刑罰、戦争を非認し、敵を愛せよと教へ、富と力との代りに温順にして貧しきを尚ぶ〉事であるという。ところが国家は都合の良いようにこの宗教を採用し、〈種々の奸計奇策を用ひて、霊泉の流出を防遇せむ〉とし、今日に至っている。

　以上、トルストイの「時代の終結」を援用して導き出された「杜伯の日露戦争観」の結論は次のようである。

　　日本の勝利は、軍事上の権勢が漸次に非基督教国の掌中に移り、応ては日本に学びて、基督教国の羈絆を脱せむとするのみならず、進んでは逆襲を試みむとする非基督教国の勃興するを告ぐるものなり。

　ここには論者の意図的なずらしがある事を見落としてはならないだろう。トルストイの言には確かに基督教国民対卑下された日本人の構図が見える。だが、トルストイがこの論文を通して最も訴えたかったのは〈基督教の教義によりて人世を組織すれば、理に適ひたる協同と愛とに由りて、人界に大なる福祉来たらむ。〉ということであったはずだ。しかし、当時の基督教国には皮相的な科学を用いて束縛の元に軍事を押し進める惨憺たる現状があるのみであった。このような基督教の在り方自体を問い正そうとするトルストイの根本的な姿勢は先の「日露戦争論」と全く変わってはいない。ところが、『太陽』の論者は「ロシアの衰退」を「非基督教国の勃興」と置き換え、また、日露戦争を「基督教国と非基督教国の対立」と換言している。非基督教国の勃興は即ち日本の勃興を意味しているのであり、トルストイの意図を巧妙にずらし、論者は「日本」という存在を示威的に描き出した。

　以上、トルストイが「日露戦争論」を発表した後の『太陽』の反応を見てきたが、トルストイの意図を正しく理解した上の真正面からの反論とはやはりいいがたい。しかし、前述したようにこのような反応は『太陽』固有のものではない。ただ、他誌との差異を挙げれば、他誌がトルストイは日本とロ

シアの国情の差を理解していない点や両国の文明の差違の指摘にとどまっていたのに対し、『太陽』に特徴的なのはトルストイのキリスト教精神とその人格は一応認めているという事、そしてその上で日露戦争を「文明の相剋」に還元しようとする姿勢ではなかろうか。その「文明の相剋」とは言うまでもなく「キリスト教文明」対「非キリスト教文明」の闘いである。こうした論調の背景には「黄禍論」に反発する日本国民の感情があったのではないか。

以下、この点について、明治、大正期を通じて爆発的な売れ行きを示し、人々に膾炙した『太陽』を引き続き取り挙げ考察してゆく。

3 　文明の相剋と黄禍論

「黄禍論」とは周知のように、白色人種の優越性と黄色人種の劣等性という強固な偏見を支えに黄色人種の台頭が白人の文化・社会に脅威を及ぼすとする論である。政治・経済・軍事などの場で黄色人種が白色人種を凌駕すると認識された時持ち出される傾向がある。歴史的には13世紀のモンゴル帝国のヨーロッパ侵略時、19世紀から20世紀初頭のアメリカ合衆国に於ける中国人、日本人の排斥、19世紀後半のオーストラリアの黄色人種排斥などが代表的だが、日清戦争末期にドイツ皇帝ヴィルムヘルム二世が提唱した黄禍論が特に有名である。彼は西洋列強のアジア侵略の為に障害となる日本の国際的進出を阻み、極東に封じ込めようとした。この提唱が日清戦争後のロシア・ドイツ・イタリアの三国干渉を生み、日本の遼東半島の清国への返還を導いた。ヴィルムヘルム二世は日露戦争後もロシアの関心と武力をアジアに向けさせる目的から、ヨーロッパを黄色人種の侵害から守る為、と称してロシアの奮起を要請している。

しかし、市野川容孝[6]は日露戦争に於ける黄禍論の意味には微妙なニュアンスが付加されていることを指摘している。まず、1905年、日露戦争が終局に向いつつある最中、元アメリカ陸軍少将のJ・H・ウイルソンは次のよう

に述べたと言う。

> 私はこれまで黄禍というのは無視してよい作り話だと思ってきたし、そ
> れはそれで理性的な判断だったと思う。しかし、それは、黄人種がばら
> ばらで、指導者を欠いていた限りにおいての話である。1895年の日本の
> 勝利によって、そういうことは終わったのであり、ロシアに対する勝利
> はこの終焉をより確実、より強固なものとするだろう。

　この言葉から日露戦争に於ける黄禍論の持つ意味の変化が読み取れる。つまり、それまで互いに孤立し、西洋帝国主義の思うままに切り刻まれてきたアジアが、例えば日本を中心としてまとまり、かつ西洋に対抗するようになることへの恐れ、「アジア諸国の連帯」の志向を読み取っているのである。
　さて、『太陽』においてこの黄禍論についての記事を掲載しているものを挙げてみよう。第10巻4号（明治37年3月）には長谷川天渓の文芸時評「文明史上の日露戦争」がある。日露戦争は、東洋の文明国が西洋文明中に残滞する野蛮の分子を殲滅しようとするものに外ならず、今や我等は東洋文明の光を以って、西洋文明中の野蛮的分子を討たんとしている。我が日章旗は、文明の表象であり、正義と真理との代表である。向う所何処に敵とすべきものがあろう。基督教国の外に文明もなく、威力もなしと思惟した欧米人は、今の戦争に依って、初めて自身等の以外にも、文明を代表する一大勢力が存在することを事実上看取した。今や露西亜の勢力を防遏して、清韓の地を危機に救い、東洋に於ける人種の一大同盟を造れば、是れより後の世界史は、激烈なる人種競争と変ずるであろう、と長谷川は書いている。第10巻10号（明治37年7月）にも同じく長谷川天渓の文芸時評「黄禍論とは何ぞや」が掲載されている。長谷川は黄禍論の宗教的側面に触れ、〈仏教は白人の仇敵と見做されたるなり。黄人の禍を除く可しと教訓せられ、新時代の十字軍を起すべきを説きたるなり。〉と書く。また、〈欧州人が、世界の各人種中、最高の能力を有

する者は、自身等なりと信じ、其の文明こそ、世界を支配すべきものなれと信ずると共に、耶蘇教を以て、世界の宗教と思惟するは、蔽ふべからざる事実なりとす。〉とも記す。黄・白色人種の相剋は同時に宗教の相剋に置換されていることがここでも判明する。そして、これまでの白人種の優勢については〈各種文明を融和したるが故に外ならず〉と解釈している。ところが、現在の欧州人はこの融和した文明が他の人種を征服していることを忘れ、自己本来の勢力を偉大だと誤認している。それに対し〈我れ等は東西両洋文明を混和融合して、全世界の平和を保全せむと欲する者〉であり、〈満州の野に、露兵と戦ふも、これ世界の平和を維持せむと欲するに外ならず〉と自己正当化する。そして、西洋人が黄禍を唱えるのは世界の支配権を東洋人に掌握されることを恐れるからであるが、そこには異人種を圧迫した歴史から逆襲を恐れる心理が働いているという。黄禍論に対して〈白禍論〉を唱える所以である。この部分からは日露戦争の巧妙な肯定化が浮かび上がってくる。〈東西両用文明の混和融合〉による〈全世界の平和〉という大義名分である。そのためにはキリスト教国を撃沈しなければならない。『太陽』に於いてトルストイの「日露戦争論」が「文化の相剋」に還元されるのは、こうした黄禍論の仏教迫害に対抗してキリスト教国を征伐しようとする当時の風潮が大きく影響していたものと考えられるのである。

　第10巻13号（明治37年10月）には文学博士・井上哲次郎の論説「時局雑感」の後半が掲載されているが、そこにも〈露国は黄禍論を絶叫すると同時に今回の戦争は基督教徒対異教徒の戦争なることを呼号し〉ているとある。しかし、井上は今回の戦争が宗教的動機に因由していないことを書く。そして、真の宗教とは名称ではなく、儀式でもなく、国民的道徳、正義人道であるのに、形骸化した宗教に固執して基督教対異教徒を呼号するロシアを非難する。そして、第4章「トルストイの日露非戦論を評す」では以下の点からトルストイを批判している。即ち日露両国を観ることなく全く平等に扱っていること、戦争は一括して凶殺とはいえないこと、非戦論を唱道しても実行には失

敗していること、戦争は生存競争の結果であること、国家という個人の有機的集合体の立脚点が欠如していること、理想のみ追求し現実を見ていないこと、宗教的精神、宗教家のみ重視し科学や哲学を軽視していること、博愛を実行するための義を知らないこと、基督教のみを戦争廃止の唯一の方法としていること、トルストイは伝説からの脱却を訴えながらまだそれに捉われていて、世界の人類に普遍的な真の宗教には成り得ていない、ということから批判しているのである。

　また、第11巻１号（明治38年１月）でも子爵・渡辺国武が論説「東西文明の接触地」の中で〈第二十世紀は東西文明湊合の時期なり。而して日本は既往に於いて別々発達し来れる東洋文明、西洋文明二者触接の交叉点にして、将来に於て融合混和して一斉に発達すべき世界的新文明の発源地たらざる可らざる運命を有す。〉と書いている。第11巻２号（明治38年２月）には小松緑の論説「黄禍説の運命」が掲載されている。日本が旅順を制圧し、１月22日にはロシアで「血の日曜日」事件が起こり革命運動が激化、この後、６月には戦艦ポチョムキンが反乱を起し、全土に革命が拡大し講和は絶対的要請となっていく。そのような流れの中で小松の論は既に日本の勝利を確信し、泰西列国の日本への視線は誤りや疑いに満ちていたが、終には其の真相を知悉して信任を寄せている、とする。これは我が国の文武が共に秀でて徳を以て天下を成したるからに外ならない。しかし、その「実」は必ずしも「名」に伴わないのではないか。〈誉高ければ責も亦大なり。我が国民今後の任や重しと謂ふべし。〉と戦後の日本の責任の自覚を早くも説いている。第11巻４号（明治38年３月）「評論の評論」では「東亜の首領日本」で〈東洋の根本的性質は平和なり。〉として、黄禍論を否定する米国・ラインシの言葉を紹介している。また、第11巻10号（明治38年７月）には文芸時評、長谷川天溪の「文明の両湊地と戦争」がある。長谷川は〈日露戦争を東西両文明の二大湊合地の角遂に外ならざるなり〉とし〈露国は東洋の野蛮的文明と西洋とを混合したるのみ。吾れは東西文明の清流を融和したるなり。此の両湊合地は、今やその優劣を

実際に於いて證明せむとす。即ち文野の戦なり。後世の史家は、醇化せられたる文明の功績を挙げて讃美せむ。〉と主張している。

時は下るが、再び『太陽』が大きく黄禍論を取り上げているのは、明治41年（1908）2月15日発行の第14巻第3号の臨時増刊「黄白人の衝突」である。「扉」には

> 世界に於ける総ての競争の根源に遡れば種族保存と生命維持との二本能性あるを見る、生命維持の本能性は経済問題となり、種族保存は人種競争となりて顕はる、世界的問題は此両面より観せずんば解決すべからず、本書は其一方なる人種的競争の過去現在を記述して将来起るべき幾多問題の解決に資せむとす。

とある。黄・白禍論は〈人種的競争〉と換言されながらも益々注目されていたことになる。

我々は以上のような状況を背景にしてトルストイの「日露戦争論」が日本で読まれたことを考える必要があろう。そうすれば、『太陽』に於いてトルストイ論への批判の支柱となった「文明の相剋」が「宗教の相剋」とからみあい醸成されてゆく過程が理解できるはずである。今まで概説してきたように、黄禍論、またはそれに付随する宗教の問題がトルストイ理解に必要以上に大きな影を落としているのである。もしも、黄禍論が弱体化している時代にトルストイの「日露戦争論」が発表されていたならば、日本でのその受けとめ方は微妙に異なっていたのではないかと考えられる。それは『太陽』に於けるトルストイの取り上げ方とも相似形をなしているのではないだろうか。最後にその点について考察したい。

まず触れておきたいのは、『太陽』ではトルストイの「日露戦争論」が発表される前にトルストイの非戦論を紹介している事である。それは第10巻4号・5号（明治37年3月、4月）の内田魯庵の「露国の二大非戦論上・下」であ

第5章　トルストイ「日露戦争論」と啄木

る。兵器及び経済の点から戦争不能無効説を唱えたブロッホと共にトルストイの非戦論を紹介している。露仏同盟の際の愛国心の狂躍を〈マレワンチナ病〉と称する内容から考えて、これは内田がトルストイの宗教論文「キリスト教と愛国心」の内容を紹介、論じたものであると推察される。トルストイは「愛国」とは君主や政府が領地の拡大を図ろうとして従順な国民を強いる道徳であり、その性質が奴隷的であるとして戦争と共に否定しているが、内田は次のように論をまとめている。

> トルストイをして日露戦争を評せしめたらば果して何とかいふ。(略)君主及び政府よりは寧ろ国民が挙げて戦争を要求しあるを見て爰に我が日本に愛国の異常なる実例を発見して多少の感あるべきを信ず。然れどもトルストイの非戦説及び非愛国説は単に危激なる言とのみ聞くべからず、軍国の人亦一考究を費すべき問題なり。

ここにも日本の特殊性の認識・主張があることを見逃せないが、何よりもこの時点でのトルストイの非戦論に対する関心の深さに注目すべきであろう。ただ、非戦論に限らず、トルストイに関する記事が『太陽』には多く掲載されている。文学関係を除き、思想に関するものだけを挙げれば次のようだ。第5巻7号（明治32年4月5日）の海外事情、「彙報」で「露国皇帝とトルストイ伯との会見」として両者の会見を伝えている。第7巻8号（明治34年7月）「トルストイ伯の露帝に奉りし書」で信教の自由を説くトルストイを〈人道主義を守る巨人〉と評価している。第9巻5号（明治36年5月）では「トルストイ伯訪問録」の訳文を10頁に亘り掲載している。第9巻9号（明治36年8月）では「猶太人虐殺と名士の意見」として非暴力的立場に立ったトルストイの政府批判を紹介している。日露開戦後、第10巻8号（明治37年6月）の「評論之評論」、外国の部には「トルストイ伯の日露戦争観」を掲載している。この戦争は二人種間に生起したものである、とする記者の言に対し、〈人種の別、

何かあらむ。予は人種の別を認めざるなり。問題は、単に次の如きのみ、即ち此の戦争に因りて、人道の上に、如何なる利益ありや。〉と語り、暴力を否定するトルストイの言葉を伝えている。以下、本論で考察した通り、第10巻12号（明治37年9月）には「評論之評論」内国の部に「トルストイの日露戦争論」として、論文の主旨及びタイムス紙の〈信仰の自白〉〈政治的宣言書〉という評言を紹介、第12巻4号（明治39年3月）では「思潮」外国の部で「杜伯の日露戦争観」を掲載している。これはトルストイの論文の一部を紹介したものであるが、その中で日本の勝利は〈軍事上の権勢が漸次に非基督教国の掌中に移り〉〈非基督教国の勃興するを告ぐるものなり。〉とトルストイの言を歪曲した結論を付していた。また、第12巻5号には（明治39年4月）「神秘主義のトルストイ」という、トルストイの思想を神秘主義として解説した論文も掲載されている。

　このように『太陽』における思想家としてのトルストイの記事を追って行くと、日露開戦前、直後にはトルストイの人格や人道主義に対する肯定的評価が目立つ。ところが、これまで考察したように、日露戦争が進むにつれてトルストイの非戦論の主旨は、黄禍論、そして、キリスト教対仏教という宗教を基とする人種の争いに、更には文明の相剋に歪曲されて理解されていったと考えられる。トルストイの「日露戦争論」を最も正面から受け止めた雑誌の一つが『帝国文学』とすれば、多くの雑誌と共に『太陽』も日露戦争の波に飲まれ、色の付いたフィルターを通してトルストイの「日露戦争論」を評した事になる。しかし、他誌の多くが日本の優位性と特殊性を盲目的に信じ、それを根拠としてトルストイの「日露戦争論」を批判、日露戦争の勝利を鼓吹しているのに対し、『太陽』に特徴的なのは、トルストイ批判にも、黄禍論に端を発して「文明の相剋」から「文明の融合」を主張する、といった広範な文明論を視座に評論活動を展開していた点にあったと言えるだろう。しかし、同時にこれは強大な国民国家「日本」の幻像を読む者に与えることに他ならなかったのである。

以上、トルストイの「日露戦争論」の生成と日本での受容のあり方を俯瞰してきた。これらをふまえ、次に啄木の受容について検討していきたい。

4 ｜ 啄木とトルストイ「日露戦争論」

　本書第Ⅰ部第２章で述べたように、啄木はかつて日露戦争を文明のための戦い、即ち義戦、と信じていた。しかし、その地点から思想的深化を遂げる。そして、二度目のトルストイの「日露戦争論」に接した後、トルストイの「日露戦争論」を筆記している（明治44年４月24日〜５月２日）。「林中文庫　日露戦争論（トルストイ）」には次のようにある。

> 　予の始めてこの論文に接したのは、実にその時代思潮であつた。当時語学の力の浅い十九歳の予の頭脳には、無論ただ論旨の大体が朧気に映じたにすぎなかつた。さうして到る処に星の如く輝いている直裁、峻烈、大胆の言葉に対して、その解し得たる限りに於いて、時々ただ眼を円くして驚いたにすぎなかつた。「流石に偉い。然し行はれない。」これ当時の予のこの論文に与へた批評であつた。さうしてそれつきり忘れて了つた。予も無雑作に戦争を是認し、且つ好む「日本人」の一人であつたのである。
> 　その後予が茲に初めて態態写し取るやうな心を起こすまでには、八年の歳月が色々の起伏を以て流れて行つた。八年！今や日本の海軍は更に日米戦争の為に準備せられている。さうしてかの偉大なる露西亜人はもう此世の人でない。
> 　然し予は今猶決してトルストイ宗の信者ではないのである。予はただ翁のこの論に対して、今も猶「偉い。然し行はれない。」といふ外はない。但しそれは、八年前とは全く違つた意味に於いてである。この論文を書いた時、翁は七十七歳であつた。

啄木のトルストイに対する反応は19歳の時と27歳の時とでは明らかに異なっている。初めにトルストイの「日露戦争論」に接した時、一切殺生禁断を旨とする仏教徒、また四海の兄弟との愛を公言する基督教徒がいまや極めて猛悪なる方法を以って、互いに残骸殺戮を逞しくしようとして陸に海に野獣の如く対峙している、と嘆くトルストイの姿を啄木はおぼろげに感じ取った。そして、この悪夢から人類が目覚めるためには、良心に従い悔い改めるしかない、というトルストイの主張も理解したにちがいない。しかし、このような純粋な信仰に基づく非戦論は、日露戦争を「文明の戦い」と信じていた啄木にとっては、理解はできてもそれ以上の何ものでもない遠い存在にすぎなかったのである。そして、8年経った後の29歳の啄木の胸にも響かない。〈八年前とは全く違つた意味〉でトルストイを否定しているのは、戦争という事態の解決に必要なのは良心に基づく宗教ではなく、社会制度の改革なくしてはあり得ない、と考える社会主義に覚醒した啄木がいたからである。
　この反応の相違を大逆事件を契機とする啄木の思想変革がもたらしたもの、と考えることは容易い。しかし、問題はそう簡単ではない。啄木は宗教、信仰によって戦争という人類最大の不幸を乗り越えようとするトルストイを否定する。戦争は良心によって解決されるのではなく、あくまでも戦争は経済競争であるという認識により、経済的に平等社会を目指す社会主義者の意見に同意しているのである。だとすれば、否定したはずのこの『平民新聞』五ページ近くもある長文の日露戦争論を、啄木はなぜ病床にありながら筆写したのか。啄木の覚醒した意識はトルストイの「日露戦争論」に改めて何を認めたのか。それを明らかにしなければならないだろう。
　2度目にトルストイ「日露戦争論」を読んだ時、啄木が注目したのは日本と露西亜両国の実態をトルストイが明らかにした点にあったのではなかったか、と筆者は考える。その部分をもう一度振り返ってみよう。
　まず、トルストイは、皇帝が〈人類同胞の殺戮てふ世界の最大罪悪をも、

一個の徳行〉として承認していると告発する。そして、所謂〈識者〉が戦争を唱道し、助成し、之に参与するのみならず甚だしきは自家は戦争の危険を冒すことなくして、徒に他を煽揚〉し、〈不幸蒙昧なる同胞兄弟を戦場に送遣する〉。そして、彼らは露国皇帝に対しては〈阿媚諂佞を極め〉〈其生命を犠牲として省みざらん〉とする。〈一億三千万の人民の上に君臨せる此の不幸なる混迷せる少年は、断へず他の為に欺され、自家撞着に陥りて、専念に彼の所有と称する軍隊が、彼の所有と称する土地を防禦せんが為に殺人を為せるを感謝し祝福する也、〉と述べ、自らを危険にさらすことなく、自己撞着の中で殺人を推進する皇帝を頂点とした露西亜の政情のからくりを明らかにしている。更に、そのからくりの下で命を傷つけ命を落し悲痛な叫び声を上げている国民の魂を代弁しているのである。

　しかし、トルストイは露西亜のみにそうした国民をだますからくりが存在していたとは考えていない。日本と露西亜の両国共に存在する皇帝、天皇を巡る戦争のシステムそのものに〈かの人民を支配し、宗教的及び愛国的迷信を以って之を煽動し、排外心、憎悪心、及び殺戮心を鼓舞する人々の所為〉を感じ取ったのである。

　「日露戦争論」の第12章ではそのシステムについて更に詳しく述べている。トルストイによれば、日露戦争の主な責任者である露国皇帝は、絶えず兵士を召集し、彼の忠良なる臣僚は其財産を我敬愛せる（口先のみで）君主の足下に委かす。そして、彼らは実行によって功名を立てようと、人の父、人の良人を戦争に借り出し、一家より其稼ぎ人を奪い去って、殺し合いをさせている。また、露国の形勢益々非なるに従って、新聞記者の虚言は益々放漫となり、彼等は何人も彼等に反対しないことを知るが故に、醜辱なる敗北を勝利と詐り、其紙数を増加し、金銭を利する具としている。一方、基督教の牧師は人類を慫慂して、この最大罪悪を犯さしめんとし、神に向かって戦争を幇助せんことを祈願して、その神聖を冒瀆し、甚だしき者は殺人の現場に臨み、手に十字架を持って、人類の罪悪を奨励することすらも非難せずに是認する

のである。

　このような露西亜の情勢を分析・報告する中で、我々が最も注目すべきは〈而して是等同一事は亦日本に於ても行はれ居れり〉と、トルストイが指摘している箇所であろう。こうした露西亜の状況と日本の状況が同じである、と考えるトルストイは日本の状況を以下のように語る。

> 　昏迷せる日本人は、其勝利を得たるの結果、殺人に対して一層大なる狂熱を現しつゝあり、日本皇帝も亦其軍隊を点閲し、賞賜し、幾多の将官は其殺人を学べることを以て、高尚なる智識教育を得たるが如くに思惟して、熾んに其武勇を相誇負す、不幸なる労働者が必要なる職業と其家族とより引離されて呻吟することも露国と同じく、新聞記者が虚言を吐散して、利益を得るを喜ぶことも亦露国と異ならず、而して亦恐らくば(殺人が徳行として尊崇せらるゝ処には、各種の悪徳が盛なるに至るは当然なるが故に)日本に於ても、長官及び投機師は競ふて私利を営めり、日本の兵学が欧洲人に劣らざるが如く、日本の神学者及び宗教家の宗教的義罔及び藝瀆の術も亦決して欧洲人の後に在らず、否な彼等は仏陀が禁じ玉ひし殺生を許すのみならず、是を是認して憚らざる迄に、仏教の大教理を紛更す、彼の八百以上の寺院を統轄せる仏学者釈宗演は説て謂らく、仏陀は殺人を禁じ玉ひしと謂も、而も彼も尚ほ一切衆生が無辺の慈念を以て結合するに至る迄は、平和は決して来ることなけんと曰へり、然らば即ち扞格せる所の物をして調和せしむるの手段としては、戦争殺人も亦必要なりと

　このように、日本皇帝(天皇)やジャーナリズムの宗教家による軍国主義と殺戮の鼓舞を暴いているのである。そして、両国を断罪して次のように記している。

第5章　トルストイ「日露戦争論」と啄木　103

日本及び露西亜の両国の野戦病院に於ては、数千の負傷者が、何故斯かる恐ろしきことの行はれたるやを解し兼ねつゝ、或は苦痛に堪へずして呻き或は苦痛に負けて死しつゝあり、而して此等数千の死者の妻、父、母、小供等は無益に其の稼人を殺されて哀哭しつゝあり、されど之を以て猶足らずと為し、新犠牲又新犠牲は準備されつゝあり、（中略）嗚呼何れの時にか此事止むべき、而して欺かれたる人民が遂に己に返りて、何れの時にか能く左の言を発すべき、「汝、心なき露国皇帝、〇〇皇帝、大臣、牧師、僧侶、将官、記者、投機師、其他何と呼ばるゝ人にもあれ、汝等自ら彼の砲弾銃弾の下に立てよ、我等は最早行くを欲せず、又決して行かざるべし。」

　「〇〇皇帝」の箇所は、『東京朝日新聞』では「日本〇〇」となっている。また、『平民新聞』のこれ以前の文章では「日本皇帝」という言葉が用いられていることから「日本皇帝」即ち「天皇」の意味で用いられた言葉と考えられる。『時代思潮』に掲載された英語の原文でも「MiKado」の単語が用いられている。「Tsar」と並べて使われているこの語は、日露両国の国体の象徴として用いられているといってよいだろう。
　両国の兵士たちに寄り添う形で記されたトルストイのこうした日露戦争批判、露西亜・日本の皇帝批判、国体批判は、当時どのように受け止められていたのか。たとえば徳富猪一郎、海老名弾正は、トルストイが露国の罪悪を弾劾していると評価しながら、日本の行為を攻撃した部分に対しては彼が「スラブ人」であるために日本を理解していない、と考えている。また、海老名弾正は、トルストイが露西亜の宗教家、学者、識者を罵倒し、政治に反対し、ひいては戦争そのものに反対するに到った所以を是認しているが、トルストイはあくまでも露西亜の預言者であり、日本帝国の預言者とするのは誤謬である、とする。更に、戦争効用論、戦争不可避論、戦争正当論を盾にして、トルストイの言に耳を傾ける者が生じないようにしなければならない、

と語るのである。
　このように、トルストイが日本と露西亜を同一と考えるのは日本の実情を知らないからだ、と考える輩に対し、『平民新聞』では〈否、翁にして日本の国情を知悉せば、更に日本攻撃の筆法鋭利を加へしことならん。〉と記す。そして、

> 吾人が特に本論に於て、感嘆崇敬措く能はざる所の者は、彼が戦時に於ける一般社会の心的及び物的情状を観察評論して、露国一億三千万人、日本四千五百万人の、曾て言ふこと能はざる所を直言し、決して写す能はざる所を直写して寸毫の忌憚する所なきに在り。

とも記している。啄木が日露戦争後の日本を考察しつつ、これまで問題にしていたのは明らかに日本の「国情」であった。そして、日本と露西亜の「国情」は異なるとする浅薄な批評家たちに反し、啄木はトルストイが書いている通り、まさに露西亜と日本は同じ病弊に冒されていると感じていたのである。いや、自分が日露戦後社会の中で感じ取ってきたものを、トルストイと『平民新聞』は既に八年前に、日本と露西亜の「国情」が同じである、と指摘していたことに驚愕したのであろう。
　トルストイは再び次のように人々の声を代弁している。

> 「願はくば我等を平和の中に置け、我等は耕作し、播種し、建築し、而して又汝等を養ふべし、汝懶惰なる者よ」予備兵の名称を附せられたる稼人を奪ひ去られて、数万の母と妻と子供とが泣き叫ぶ声、国中に響き渡れる今日、是れ豈に自然の要求に非ずや、而して是等の人々（予備兵の多数）は大抵、読書力を有し、極東の何たるかを知り、此戦争が聊かも露国の必要の為に起こされたるにあらずして、只彼の投機師等が鉄道を架設して利益を得んとせる、謂はゆる租借地の事に関するを知り、又戦

第5章　トルストイ「日露戦争論」と啄木　　*105*

場に赴かば、日本人の手に露軍の有せざる最新の殺人機あるが故に、彼等は屠所に於ける羊の如く殺さるべきを知るもあらん（露国政府は日本人の手に在ると同様の武器を準備せずして、見す見す其人民を殺しに送りつゝあり）、斯く何事をも知れる彼等が左の言を為すは亦其自然なるべし、曰く「行け汝等、此戦争を起こしたる人々、此戦争を必要なりとする総ての人々、及び此戦争を是認する人々、汝等宜しく自ら行いて日本の砲弾及び地雷火に立向ふべし、我等は此戦争を要せず、又、此戦争が如何にして何人の為に必要なるかを解せざるが故に、我等は決して行かざるべし

　与謝野晶子の詩「君死に給ふことなかれ」は、このトルストイ「日露戦争論」に対する返歌である、という説もある[7]。トルストイの影響の有無は別にしても、トルストイ、晶子共に訴えているのは、家族と離れ戦地に赴く兵士たちの悲しみである、一家の大黒柱を戦地に送り出す悲しみ、また、多くの負傷者、死者を迎える悲しみ。そして「御国」のために死ぬことが美徳であるとする風潮への抵抗である。更にトルストイはそこに至るまでの様々な悪因を挙げて論じているのである。軍部の権限の巨大化。公平であるべき報道に携わる新聞記者が真実を伝えていないこと。国民の代表である代議士が私利私欲に動かされ、国民の生活を救うのではなく、逆に国民を窮地に追いやるような堕落した議会制。日露戦争の本質が鉄道の架設による利益を得るためのものであり、帝国主義の体現であって決して文明の戦いでもなければ人道的な見地からのものではない、ということ。戦争を鼓舞する人々こそ戦争の現場に立つべきである、と訴えようとしても言論の自由を奪われた日本と露西亜の現実。啄木はトルストイの「日露戦争論」を読み、啄木が日露戦争後に実感してきた軍事国家への道程、社会階層間の生活格差の問題、言論の自由の弾圧、について、すでに8年前にトルストイが言明していることに今さらながらに気づかされたのではなかったろうか。そして、「皇帝」という語に象徴される帝国への在り方に批判を言明しているトルストイの論文に驚

愕したからこそ、啄木は病床に臥しながらこの論文をすべて筆写したのではなかったか。

「国情」を突き詰めれば、両国の帝国主義、さらにロシア皇帝、日本の天皇の存在に思惟が及ぶ。啄木は「平信」(明治44年11月3日起稿)の中で次のように記している。

> 「我々日本人は不幸だ!」この事はこんな小さな事柄からさへも、ひしひしと僕の心に沁む。不幸の自覚はその人を一層不幸にする。僕は今迄に、何度目を堅く瞑つて、このあはれな島国に生まれた事を悔やんだか!
> この島国の子供騙しの迷信と、底の見え透いた偽善の中に握りつぶされたやうな長い一生を送るよりは、寧ろ露西亜のやうな露骨な圧制国に生まれて、一思ひに警吏に叩き殺される方が増しだといふ事を考へたか!

〈この島国の子供だましの迷信〉とは、今井泰子[8]が指摘するように、天皇制を中心とする日本の国体を指すであろう。そして〈底の見え透いた偽善〉とは、近藤典彦[9]が指摘するように、大逆事件で死刑判決の出た24名のうち、半数を恩赦によって無期懲役とし、天皇の大御心の寛大さを演出しようとした明治の国家権力の欺瞞を痛烈に暴いた言葉だと考えられよう。「A LETTER FROM PRISON」(明治44年5月稿)には、国民が大逆事件について〈死刑の宣告、及びそれについで発表せらるべき全部若しくは一部の減刑——即ち国体の尊厳の犯すべからざることと天皇の宏大なる慈悲とを併せ示すことに依つて、表裏共に全く解決されるもの〉と考えていた、とある。それを裏付けるかのように、『国民新聞』には〈広大無辺の聖恩 十二名の逆徒に減刑の恩命下る〉の見出しが掲げられているからである。

先の〈迷信〉という言葉について、近藤典彦[10]は、啄木が読んだ大逆事件の「特別裁判一件書類」の「初二冊」の中の宮下太吉の言葉〈神と思われている天皇もわれわれ普通の人間と同じく血の出るものであるということを知

らせ、天皇に対する迷信を打ち破ろうと思い、〉また、菅野スガの〈天子〉は〈思想上では迷信の根源になっています〉という言葉から大逆事件に散った社会主義者らの陳述書からの影響を指摘している。しかし、啄木が平出修弁護士を訪問し、これらの書類を読んだのは明治44年1月26日である。この前年明治43年8月稿の「時代閉塞の現状」には、〈其日蓮論の中に彼の主義対既成強権の圧制結婚を企て、ゐる。〉として、高山樗牛についての記述がある。その樗牛について〈人間の偉大に関する伝習的迷信が極めて多量に含まれてゐた〉、〈其、迷信の偶像を日蓮といふ過去の人間に発見した〉と書いており、〈既成強権〉と結びついた〈迷信〉という語を啄木は既に用いている。何よりも明治37年8月、幸徳秋水はこのトルストイの「日露戦争論」を翻訳する際、〈かの人民を支配し、宗教的及び愛国的迷信を以て之を煽動し〉と言うように、天皇制のからくり自体を〈迷信〉という言葉で象徴しているのである。先に述べたように、啄木にとって一度めの英文によるトルストイ「日露戦争論」は曖昧な理解にとどまった。しかし、明治44年4月～5月の二度めのそれは幸徳秋水訳により明確な意識の元で読まれたものである。トルストイの用いた天皇制のからくりと結びついた〈迷信〉の語が今まで以上に深く啄木の心に刻み込まれた、と考えるのは無理な事ではない。では天皇制のからくりと結びついた〈迷信〉の語は幸徳が新たに考え出した語なのであろうか。否、である。『時代思潮』に掲載されたトルストイの原文にも

Therefore what is now being done by those who, ruling men, inspire them with religious and patriotic superstitions, exciting in them exclusiveness,

とあり、「superstitions」即ち「迷信」という単語を用いている。このことからも、社会主義者が天皇制を糾弾するその言葉に、トルストイが何らかの形で影響を与えている、と考えることもできるのではないだろうか。

以上考察してきたように、啄木二度目のトルストイ「日露戦争論」体験の意味を、トルストイのように社会問題を宗教で解決しようとすることへの否定、換言すれば啄木の社会主義への傾倒の表れ、とまとめてしまうのはあまりに皮相的であろう。トルストイが日露戦争前後の日露の国情のからくりをあばき、ロシアだけではなく日本に対しても、国体つまり天皇制に対する批判をも言明した、という点で「日露戦争論」は啄木に覚醒と同調をもたらしたものだったのである。そして、トルストイは日露戦争さなかの1904年12月1日、日記に次のように記している。

　　現在の社会組織は、丁度その中に土台が据えられている家の壁を修正することができないと等しく、その根底をそのままにしておく限り到底修正され得ないほど、それほどひどくその根本において社会の意識と矛盾しているのである。すっかり、その最下部から造りかえる必要がある。ある一部の者にだけ馬鹿らしいほど富と余裕があり、一般民衆には貧困と被搾取だけしかない現在の社会組織—土地私有権があり、租税の賦課があり、領地の占有があり、愛国家があり、軍国主義があり、しらじらしい虚偽の宗教があって、力こぶを入れて支持されている現在の社会組織は、絶対に修正することができない。これ等すべてを憲法や普通選挙権や労働者年金や国家の教会からの分離などという姑息な手段で訂正することは、到底不可能なのである(11)。

　このように古いものの破壊と新しいものの建設をめざすトルストイと、啄木の「時代閉塞の現状」の次の言葉とは明らかに相似形を成している。

　　一切の「既成」を其儘にして置いて、其中に、自力を以て我々が我々の天地を新に建設するといふ事は全て不可能だといふ事である。

破壊と創造の方法に、「宗教」の是非という大きな差はあれど、両者の根幹にあるものは、驚くほど似ているのである。

注
(1) 『トルストイ全集18』(河出書房新社、昭和48年)
(2) 『大トルストイⅢ』ビリューコフ著、原久一郎訳 (勁草書房、1969年)
(3) (2)に同じ
(4) 論文名を直訳すれば「悔い改めよ」となるが、本論では啄木の「林中文庫」のタイトルにちなみ「日露戦争論」と呼称する。
(5) 日本に於けるトルストイ受容の研究としては柳富子『トルストイと日本』(早稲田大学出版部、1998年)がある。その中にも「トルストイの非戦論をめぐる反響」の項目がある。
　『時代思潮』8号 (1904年9月5日) に英語の原文掲載、『東京朝日』新聞には「トルストイ伯日露戦争論」と題し、1904年8月2日から20日まで連載された。加藤直士訳のものは『トルストイの日露戦争観』として、1904年8月、日高有隣堂より刊行された。
(6) 「日露戦争と黄禍論」(小森陽一・成田龍一編『日露戦争スタディーズ』、紀伊國屋書店、2004年)
(7) 木村毅 (「日本におけるトルストイ」、『トルストイ展カタログ』昭和41年11月所収)、平川祐弘 (「平和を唱える人と平和を結ぶ人―トルストイ、晶子、蘇峰」、『和魂洋才の系譜』河出書房新社、昭和51年9月所収) がトルストイ「日露戦争論」の影響を指摘している。また、赤塚行雄『与謝野晶子研究』(學藝書林1990年) には、〈晶子のこの詩の中で興味深い箇所は、トルストイの「汝、心なき露国皇帝よ、汝自ら彼の砲弾銃弾の下に立てよ」に呼応した第三連であろう。〉との指摘がある。
(8) 『日本近代文学大系　第23巻　石川啄木集』(角川書店、昭和44年)
(9) 『石川啄木と明治の日本』(吉川弘文館、1994年)
(10) (9)に同じ
(11) (2)に同じ

II 啄木と社会主義女性論

第1章 「ソニヤ」の歌―ニヒリストカへの憧憬―

1 「ソニヤ」とは誰か

　　五歳になる子に、何故ともなく、
　　ソニヤといふ露西亜名をつけて、
　　　呼びてはよろこぶ。

　この歌は『層雲』明治44年7月号に発表され、後に『悲しき玩具』に収録された。〈五歳になる子〉とは、明治39年12月29日生まれで当時数え年5才になる啄木の娘・京子を指すと考えられる。この京子に名付けられた〈ソニヤ〉というロシア名が一体誰を指すものなのか、しばしば論議が交されてきた。現在、解釈は大きく3つに分かれている。即ち、以下の3説である。
　まず、ドストエフスキイの『罪と罰』のヒロインで純粋無垢な心を持った売春婦・ソニヤとする説[1]。次に、啄木が読んだクロポトキンの『一革命家の思い出』に登場する二人の女性ニヒリスト「ソフィア・コワレフスキイ」と「ソフィア・ペロフスカヤ」を誤って同一人物と見なした「ソフィア・ペロフスカヤ・コワレフスキイ」とする説[2]。そして、同じ『一革命家の思い出』を主な根拠として、ロシアのアレクサンドル2世暗殺の際、ハンカチを振って合図役を果たし死刑となった「ソフィア・ペロフスカヤ」とする説[3]である。
　このうち、『罪と罰』のヒロイン説は可能性がない訳ではないが、啄木が『罪と罰』を読んだ確証が得られない上、当時の啄木の思想的関心の在り方を考えると説得力に欠ける感がある。そして、「ソフィア・ペロフスカヤ・コワレフスキイ」説もそのような人物は現実には存在しないのであるから明らかに

誤読である。最も有力視されているのが「ソフィア・ペロフスカヤ」説であり、その主な論拠は以下のようなものであった(4)。

『悲しき玩具』の中には次の歌がある。

　　ボロオヂンといふ露西亜名が
　　　何故ともなく、
　　幾度も思ひ出さるる日なり。

〈ボロオヂン〉とはロシアの無政府主義者、ピーター・クロポトキンの潜行活動中の変名である。啄木が彼の『一革命家の思い出』を読んだことは日記によって明らかだ。〈ボロオヂン〉という変名もこの著書の中に登場する。ロシアの官憲の弾圧を潜り抜けながら思想啓蒙に乗り出すクロポトキンの変名を思い出し、歌に詠む啄木が『一革命家の思い出』に感化されていることは事実である。

以上のことを前提として、まず第一に、周知の通り啄木は大逆事件に大きな衝撃を受けている。その大逆事件の唯一の女性被告・菅野スガが、ロシアのアレクサンドル２世暗殺事件の合図役となった女性革命家ソフィア・ペロフスカヤに習い大逆事件に関わろうとしたことを、事件調書を読んだ啄木は知っていたと考えられること。第二に、このソフィア・ペロフスカヤは啄木が読んだクロポトキンの『一革命家の思い出』の中にも登場し、同書には「ソフィア・コヴァレフスカヤ」の愛称が「ソニヤ」であったと記載されているところから、「ソフィア」の愛称は「ソニヤ」であったと啄木は理解していたと推測されること。第三に、同書には、

　　ペローフスカヤを描いた有名な肖像画は、じつにすばらしい。彼女のまじめな勇気、明るい知性、愛情のふかい性質をよく表わしている。彼女が絞首刑にのぼる数時間前に母親にあてて書いた手紙は、かつての婦人

の心が書きしるすことのできた、愛情のこもった魂のもっともすぐれた表現である。

とあるが、啄木が読んだ可能性のある JAAKOFF PRELOOKER の "Heroes and Heroines of Russia" にはクロポトキンが賞賛したペロフスカヤの肖像画とクリミヤの母ワルワテ・セルゲユェヴナに送った永別の手紙が掲載されていて、その末尾は〈Your Sonya〉となっていること。

　このような点から、大逆事件にも影を落としているソフィア・ペロフスカヤの愛称が「ソニヤ」であったことを知った啄木は、ペロフスカヤに対する憧憬を込め、我が娘・京子を「ソニヤ」と呼んだのであろうというのである。

　(ロシア語の "Софья" "София" = "ソフィア" という名前の愛称は "Соня" = "ソーニャ" である。英語では "Sophia" と表記され、愛称は "Sophie" である。啄木の読んだクロポトキン『一革命家の思い出』の原書 "MEMORIES OF A REVOLUTIONIST. VOL.2" にはソフィア・ペロフスカヤのことを "Sophie Peróvskaya"、ソフィア・コヴァレフスカヤのことを "Sophie Kovalévskaya"、そのロシア式愛称を "diminutive name" として "Sónya" と表記している。)

　筆者も先行研究の三説中では「ソフィア・ペロフスカヤ」説は最も有力だと考える。それは今までに触れられていない次のような根拠も考えられるからである。

2　京子とソフィア・ペロフスカヤ

　啄木の「ソニヤ」の歌は前述したように『層雲』明治44年7月号に発表されたが、同じ時期、『文章世界』明治44年7月号には「五歳の子」と題した十首の歌が発表されている。その中に描かれた京子は

　　すこやかに、

背丈のびゆく子を見つゝ、
　　われの日毎にさびしきは何ぞ。

というように、病んだ啄木とは双曲線を示すようにすこやかな成長を遂げる存在である。しかし、啄木が自己をみつめる鏡として京子を見、もしくは京子を見つめることによって自己を凝視していただけでなく、

　お菓子貰ふ時も忘れて、
　　二階より
　　町の往来を眺むる子かな。

とあることから、京子は幼いながらも世の中の人々に好奇心を示し、観察する一面を持つ存在であることがわかる。そして、

　かなしきは、
　　（われもしかりき）
　　叱れども、打てども泣かぬ子の心なる。

というように強情とも呼べる強い意志を持ち、

　「労働者」「革命」などといふ言葉を
　　聞きおぼえたる
　　五歳の子かな。

という歌が示すように、啄木を父として、特異な環境の中で硬質な叙情の萌芽を感じさせる存在である。しかし、同時に啄木は京子の無邪気な子供らしさそのものに魅かれていることにも注意すべきであろう。

時として、
　あらん限りの声を出し、
唱歌をうたふ子を賞めてみる。

　何思ひけむ————
玩具を捨て、おとなしく、
わが側に来て子の座りたる。

このように啄木の眼に映る京子は、無邪気な幼い少女であるけれども、五歳ながら知的な好奇心や社会性、強靭な意志の萌芽を感じさせる多面的な存在なのである。啄木がこうした京子に与えた「ソニヤ」という呼び名はこのような京子の実態とかけ離れてはならないはずだ。どこかにその世界と響きあうものでなければならない。
　では「ソニヤ」の原形を成すと考えられる、啄木の捉えたペロフスカヤ像はどのようなものだったのだろうか。『一革命家の思い出』には次のようにある[5]。

ソフィア・ペローフスカヤはきわめて貴族的な家庭に生まれ、彼女の父は一時サンクト・ペテルブルグの軍事総督だったことがある。しかし、彼女を熱愛している母の賛成をえて、彼女は家を離れて高等学校にはいり、裕福な工場主コルニーロフ家の三姉妹といっしょに、後にチャイコーフスキイ団にまで発展した小さな自己教育のサークルをつくったのであった。いま、職人の妻という名義で、もめんのドレスに男ものの長靴をはき、もめんのプラトークを頭に、ネヴァ川から二つの水桶を肩にして運んでくる彼女を見ても、それが数年まえまで首都のもっとも豪華な客間で光り輝いていた娘であると見分ける人は誰ひとりいないであろう。彼女は誰からも愛された。仲間の者は誰でもその家にはいると、とくべ

つに親しげな微笑を彼女におくるのだった。(略)

　ペローフスカヤは心の底からの「人民主義者」であり、同時に革命家で、ほんとうの鋼鉄でできている闘士でもあった。彼女は労働者や農民をべつに想像された美徳で飾りたてなくとも、彼らを愛し、彼らのために働くことができた。

　この引用部分の後には、本論1で引用したペロフスカヤの肖像画と死の直前に母にあてた最後の手紙のことが記されている。
　これらを読めば、クロポトキンの描いたペロフスカヤは社会性や行動性、情熱と勇気を持った女性であることはもちろんのこと、その姿には鋼鉄のような強さと共にやさしく愛情深い性質が強調されていることがわかる。更にいえば、それは、具体的には「少女」のイメージとして描かれているのではなかったろうか。ここで、実際啄木が読んだクロポトキンの『一革命家の思い出』にはどのような表現が用いられているのか、英語の原文を検証してみたい。
　論者が注目したい場面はチャイコフスキイ団の会合が行われる際に、農民の長靴と羊皮の外套に身を固めた同志たちが郊外の泥だらけの道を歩いてきた後にその泥を家の中に持ち込みそうになるのを見て、家をできるだけ清潔にしておこうとするペロフスカヤが皆に注意を与えようとする箇所である[6]。

> She tried then to give to her girlish, innocent, and very intelligent little face the most severe expression possible to it.

　このくだりを高杉一郎は次のように訳している[7]。

> （文句をいうときの）彼女は、その娘らしい無邪気な、それでいてきわめて知的な小さな顔にできるだけきびしい表情を浮かべた。

しかし、"girlish""innocent" という単語からは「娘らしい」というより、もっと幼い無垢な「少女」のイメージを喚起するのが自然ではなかろうか。では、同時代の人々はこの部分をどう読んでいたのか。ここで煙山専太郎の『近世無政府主義』を検証してみたい。

　大逆事件の首謀者とみなされる宮下太吉や菅野スガが愛読し、ロシアのナロードニキの革命運動の歴史に感動を覚え大逆事件を計画する動機の一つになった考えられる煙山専太郎の『近世無政府主義』は、警世の書として当時の新思想に関心を持つ人々の間に広く読まれていた。啄木と同時代の社会主義者、荒畑寒村が『ロシア革命運動の曙』の「はしがき」の中に

> 私などが社会主義運動初期の平民社時代に、ロシアの革命運動に関して得た知識といっては、幸徳秋水がデイチの『シベリアの十六年』を抄訳して、『平民新聞』に連載した『革命綺談神啾鬼動哭』の伝えるナロードニキ（人民主義者）の運動や、煙山専太郎の著書『無政府主義』に紹介されたテロリストの事蹟以上に出なかった。

と書いていることからも、啄木が当時の新思想基本文献と呼ぶべき『近世無政府主義』を読んだ可能性は高いと指摘されている[8]。その第6章「虚無党の女傑」の(2)に「ソフィア、ペロウスカヤ」についての記載がある。ペロフスカヤの生涯を語る時、その激しさだけではなく労働者や同志、母を思う心のやさしさをも伝えようとする記述は『一革命家の思い出』と共通している。その中でも注目したいのは次の叙述だ[9]。

> 彼女は虚無党女員中の美人、痩身にして容顔頗る愛嬌に富み、笑ふ時恰も小児の如く、されば年25, 6に及ぶと雖、風姿挙動尚ほ妙齢の少女の如くに見へたりしと云ふ。

この叙述の後、煙山専太郎はクロポトキンの「『懐往事談』[10]」よりペロフスカヤを巡る記事を引用している。そこには次のような一節がある。

　彼女挙止すべて無邪気にして少女の如く、其顔小にして智慮あるを示し、頗る同志の愛慕を引けり。

　これは前後の文章から推察すると先に挙げたペロフスカヤと同志の生活を描写した部分の翻訳と考えられる。このように煙山専太郎はクロポトキンのペロフスカヤの描写から幼い無垢な少女のイメージを汲み取っているのである。とすれば、啄木が『近世無政府主義』を読んでいればもちろんのこと、もし読んでいなかったとしても、『一革命家の思い出』の中から煙山専太郎のようにペロフスカヤが一面に持つ「少女」のイメージを胸に刻んだと考えることは決して無理ではないだろう。
　啄木は幼い京子に、知性、社会性、行動性、勇気を持ったソフィア・ペロフスカヤのような女性になることを期待してソフィアの愛称「ソニヤ」と呼びかけたのだろう。しかし、それだけではない。今まで見てきた通り、幼なさと同時に普通の少女とは異なる硬質な叙情の萌芽を感じさせる京子と、革命家でありながら少女のイメージを併せ持つペロフスカヤの面影とが啄木の中で重なったのにちがいない。啄木はペロフスカヤのイメージを京子に一方的に与えたのではなく、京子とペロフスカヤとに共通する部分があったと考えられるのである。

3 ｜ ニヒリストカ

　しかし、「ソニヤ」とは「ソフィア・ペロフスカヤ」の面影だけから生まれた名前なのだろうか。確かに啄木が読んだ可能性のあるロシア関係の文献には、「ニヒリスト」[11]として活動する情熱、皇帝暗殺時に見せた勇気、行動性、

同志愛など、彼女の人間性は魅力あるものとして描かれている。そして、啄木が大きな衝撃を受けた大逆事件において、唯一の女性被告である菅野スガの検事聴調書や尋問調書を読んだ際、菅野スガにペロフスカヤのイメージを重ねて犯行が計画されていたことを啄木は知ったはずだ。今までの日本女性には想像することもできなかったようなペロフスカヤの生き方に啄木の視線が奪われたことは事実であろう。しかし、啄木が驚愕したのはペロフスカヤという女性だけではなかったのではないか。その証拠に、「ソニヤ」の歌とほぼ同時期の明治44年6月に創作した詩集「呼子と口笛」の作品に於いて、啄木はニヒリストの女たちの特徴を的確に把握し、詩の世界に形象化した。例えば、「激論」の末尾連は次のようだ。

　　さてわれは、また、かの夜の、
　　われらの会合に常にただ一人の婦人なる
　　Kのしなやかなる手の指環を忘るること能はず。
　　ほつれ毛をかき上ぐるとき、
　　また、蠟燭の心を截るとき、
　　そは幾度かわが眼の前に光りたり。
　　しかして、そは実にNの贈れる約婚のしるしなりき。
　　されど、かの夜のわれらの論議に於いては、
　　かの女は初めよりわが味方なりき。

　議論の間中、婚約者の敵側に立ち論陣を張る〈K〉。彼女は「婚約」という男女の拘束関係に囚われず、自らの意思を貫き、精神の自立を示している。〈K〉の造形について今井泰子は次のように指摘している[12]。

　　「K」は「自分の男」の顔色で去就を決めたり、独立した判断力のないことを美徳としてきたような、明治のというより江戸時代以来の伝統的日

本女性ではない。換言すれば「Ｋ」は、男女の拘束関係や男への依存性を越えた、近代女性として設定されている。この精神の自立性を、ナロードニキの女の特性と押さえた啄木の直感こそ、驚いてよい。

今井が指摘する通り、社会変革の意欲、知性や行動性だけではなく、ニヒリストの女たちの誇り高い精神の自立性に注目したのが啄木なのである。
こうした啄木の女性観の原点はもう少し以前の著作に認められる。『釧路新聞』（明治41年1月28日）に掲載した「新時代の婦人」と題する文章である。〈現時思潮の大勢を見るに、現時の婦人は猶且沙翁時代の婦人の如く弱きか。〉として、2、3日前のロンドン電報を紹介している。

> 倫敦における婦人参政権論者の一団は隊を組んで首相邸を襲ひ、屋内に闖入せむとして端なくも警官の阻む所となり、激烈なる反抗の後数名の婦人は捕縛せられたりと。（略）以て時代の急激なる推移を見るべく、弱き者なりし婦人が漸く其社会的地位を向上せしめつゝあるを証すべきにあらざるか。
>
> （略）
> 　家庭てふ語は美しき語なり。然れども過去の婦人にとって、此美しき語は、一面に於て体のよき座敷牢たるの観なきに非ざりき。新時代の婦人は、今や家庭の女皇なる美名のみには満足せずなりぬ。籠を出でて野に飛べる彼等は、単に交際場裡や平和的事業に頭角を現はすに止まらずして、個人としては結婚の自由を唱へ、全体としては政治上の権利をも獲得せむとす。吾人は此新現象を以て、単に文明の過渡期に於ける一時的悪傾向として看過する事能はず。何となれば之実に深き根拠を有する時代の大勢なればなり。深き根拠とは他なし、婦人の個人的自覚なり、婦人も亦男子と共に同じ人間なりてふ自明の理の意識なり。

この記事から読み取れるように、啄木は西洋女性の情熱や行動性、社会性、そして自立した精神に驚嘆し、同時に遅れた日本女性への嫌悪、怒り、腑甲斐なさを感じたのであろう。その気持ちは「事ありげな春の夕暮」(『東京毎日新聞』明治42年12月16日)に象徴的に表わされることになる。この詩を「女性」という指標で読み解いた場合、詩中の〈政庁に推寄せる女壮士のさけび声…〉とは『釧路新聞』の記事に取り上げたエメリン・パンクハースト率いるサフラジェットと呼ばれる女権運動家の活動を表わすと考えられている[13]。このような進歩的な西洋女性に対し、

　　質屋の店には蒼ざめた女が立ち、
　　燈光にそむいてはなをかむ。
　　其処を出て来れば、路次の口に
　　情夫の背を打つ背低い女——
　　うす暗がりに財布を出す。

と、いじけた男女関係から抜け出せずに貧しい現実を生きる日本女性を対比させているのが「事ありげな春の夕暮」ということになる。しかし、遅れた日本女性に対する嫌悪は詩の末尾に於いて啄木の微かな期待に変わっているように思う。

　　あ、大工の家では洋燈が落ち、
　　大工の妻が跳び上がる。

　西洋の女性の胎動は海を渡って日本にも伝わって来ている。それは今はまだ微動であるかもしれないが、何かが起こりそうな予感を啄木は感じ、またそれを期待していると読めるのである。
　このような啄木にとって、『一革命家の思い出』の中に描出されたロシアの

女性ニヒリストたちの活動は目を見張るものであったに相違ない。彼女らをクロポトキンはおよそ次のように描いている。

——サンクト・ペテルブルグの生活の中で見たただ一つの明るい点として挙げられるのは、男女の青年たちの間で行われていた運動の一つ、ロシアの婦人たちが高等教育をうける機会を手にいれようとして公然と行った運動である。ロシア政府が現存の大学に女性を入学させない方針を打ち出した後、女性たちのための大学を創設するために彼等は全力を注いでいた。女子高等学校の卒業生には大学の講義についていく素養がないという文部省の指摘に対し、私的な講座やサロンで講義を始め、大学の予備校を開いていった。そして、彼女たちはロシアだけではなく、ハイデルベルク、ベルリン、チューリッヒなどに出て、勉強を続けた。そして、数名の女子留学生が外国で医学博士の学位を取った時、女性たちは政府に迫り、自分たちで出資し、1872年についに女性の為の医科大学を開いたのである。そして、ロシア国内に4つの大学を開設し学生数は1000名に達したという。しかし、女性指導者たちの大半の関心は民衆の上にあり、単なる「婦権拡張論者」ではなかった。彼女たちが勝ち取ろうとしたのは高等教育を受ける個人的な権利だけでなく、それにもまして人民や民衆の間で役にたつ活動家になる権利であった。——

啄木に「ソフィア」の愛称が「ソニヤ」であることを最も直接的に知らせる機会となったと考えられる「ソフィア・コヴァレフスカヤ」についての記述もこの部分にある[14]。

　私が1872年にチューリッヒを訪れて、何人かの学生たちと知り合ったとき、高等工芸学校で学んでいるまだほんの小さな少女たちが、もうながいこと数学の勉強をしてきた人たちのように微分法を使って、熱理論の複雑な問題をやすやすと解いているのには驚いてしまった。ベルリン大学のワイエルシュトラース教授のもとで数学を学んだロシアの女子学生ソフィア・コヴァレーフスカヤは高名な数学者となって、ストックホル

ムの大学教授に招かれた。おそらく彼女は、19世紀の男の学生のための大学で教授となった最初の婦人であろう。ところが、彼女はあんまり若いものだから、スウェーデンで彼女の愛称であるソーニャ以外の名で呼ぶ者など誰ひとりいなかったほどであった。

ここでソフィア・コヴァレフスカヤという人物について別の資料[15]を用い簡単に紹介しておきたい。

ソフィア・コヴァレフスカヤは1850年1月3日生まれ。ペテルブルグ科学アカデミーの準会員に女性で初めて選ばれている。数学に非凡な才能を発揮したコヴァレフスカヤは、1868年学問の可能性を追及するためにB. O. コヴァレフスキイと疑似結婚をし、1869年ハイデルベルグに向かった。その後も数学の研究を続け、1874年ベルリンのゲッチンゲン大学でフィロソフィ・ドクトルの学位を受けた。ロシアに戻ったソフィアは文学者、社会評論家としても活躍したが、1884年スウェーデンのストックホルム大学に数学の講師として招聘され、翌年正式な教授となった。これは欧州に於ける女性初の大学教授の栄誉を得たことを示す。1891年、フランスの科学アカデミーから授与されたボルダン賞は、女性科学者の劃時代的功績として称えられている。一人の娘をもうけたが、夫のコヴァレフスキイとは1883年に死別しており、ソフィアは1891年に死亡。享年41才であった。数学以外の著作としては『ニヒリストカ』(1884年)『幼年時代の思い出』(1890年)等がある。

このソフィア・コヴァレフスカヤについては『一革命家の思い出』の中では前述の箇所で一度触れているだけなのだが、実はこの女性の生涯は啄木がこの名を知るのとほぼ同時期に日本のある女性作家にも印象深く刻み込まれていたのである。

その作家の名は野上弥生子である。啄木が「ソニヤ」の歌を書いた2年後の1913年、野上はソフィア・コヴァレフスカヤの少女時代の回想である『ラエフスキ家の姉妹』とアン・シャロット・エドグレン・レフラーによって書

かれた自伝記を翻訳したのだ。発表は『青鞜』誌上である。『青鞜』の質的変化に伴い掲載は打ち切られ一部を発表したに留まったが[16]、1924年『ソーニャ・コヴァレフスカヤ　自伝と追想』として全訳が刊行された。その「序」に野上は次のように書いている。

　　フランス科学院で、ポアンカレーから最高の名誉賞を与えられてさえ、彼女のほんとうの願いは、ただひとりの女として愛されたかったのであった。仕事か、愛か。社会か、家庭か。男とともに働くことがあたり前になっている今日においてさえ断ちきれない問題に、ソーニャは先駆者として、またそれ故に運命的に悩まなければならなかった。そうした意味から、ソーニャ・ゴヴァレフスカヤはマダム・キューリに先だつ世界的な女流科学者であるにとどまらず、いまの世の若い女性にはもっとも見近く親しい姉妹だといえるだろう。　　　　　　　（1978年版「序」）

このように科学者として未曾有の業績を残しながらも一人の女性として生きるために消し難い苦悩を抱くコヴァレフスカヤに野上は親近感を持ったのだ。しかし、野上の興味はそれだけではない。

　　この先覚婦人が若い娘時代に通りすぎて生活の一転機を劃した1860年─1870年におけるロシアの知識階級の旋風─光明と知識に対する解放運動は、わたしがこの自叙伝の一部をはじめて掲載した雑誌「青鞜」を中心とした当時の日本の新しい婦人たちの運動にやや似たものであったことを、今さらに興味ふかく思い浮かべている。　　　　　（1933年版「序」）

とも書いている。野上の魅かれたロシアの知識階級の旋風──光明と知識に対する解放運動とは『ラエフスキ家の姉妹』において、或る時はほとんど女主人公ともいえるソニヤの姉、アンナ・イヴァノフナ・ラエフスカヤにも見

出すことができるだろう。彼女もまた、固陋な家族制度と因習の中から自由と新しい生活に向かってその情熱を注いでいる。このアニュータに対しても野上は大きな共感を寄せていることがわかる(17)。

　野上は光明と知識に対するロシアの解放運動に大正の日本女性の解放運動を重ね、コヴァレフスカヤ姉妹に魅かれたが、ロシアに於いて女性解放を目指していたのはこの姉妹だけではなかった。ニヒリストたちは男女いずれも女性問題に関心をもっていたのである。先にも記したように女子の高等教育機関への道を模索していたのだ。そして、もう一つの不満の種は「女性の旅券」に対する男性の合法的統制であったという(18)。男性の許可なしにペテルブルグや大学のある都市に行くことができない現実があったのだ。しかし、地方の沈滞した環境の中に孤立する潜在的な新しい少女が挫折感から逃れる方法はすぐにみつけられた。地方の理想家肌の青年に頼み、仮に彼と結婚するという方法である。動機は個々の女の解放であって、決して家族の建設ではなかった。そして、一度結婚してしまえば花嫁は手短かに花婿に役に立ってくれた礼を述べ、化学や数学を学び得るチューリヒ、ハイデルベルク、あるいはどこか他の外国の大学へ向けて新しい旅券を手に国境を超えたのだという。このような偽装結婚の果てに、女性で初めて欧州の大学の教授職を得たのがソフィア・コヴァレフスカヤだったのである。女性には学問も職業の自由もままならない、明治末から大正にかけての日本に生きる野上にしてみれば、偽装結婚をしてまで職業の自由と学問を求めたニヒリスト、ソフィア・コヴァレフスカヤに対する興味は並々ならぬものであったにちがいない。

4 　一人だけではないニヒリストカ「ソニヤ」

　啄木が確実に読んだクロポトキンの『一革命家の思い出』にはコヴァレフスカヤの偽装結婚のことは書かれていない。だが、先に挙げた啄木が読んだ可能性のあるとされる（注4参照）JAAKOFF PRELOOKER の"Heroes and

Heroines of Russia" には第 1 章に〈FOR KNOWLEDGE AND FREEDOM'S SAKE. THE TRUE STORY OF A NIHIILISTTIC MARRIAGE.〉(知識と自由のために——ニヒリストの結婚の真実の物語)として〈SERGIUS SIHEGUB AND SOPHIE TCHEMODANOFF.〉(セルジオス・シネグフとソフィー・チェモダノフ)の物語が掲載されていることに注目したい。実生活において女性の自立を援助したかどうかは別にして、啄木が新時代の女性の生き方を欧州の女性たちから模索していたことは先に述べた通りである。そして、啄木がこの本を読んだとすれば、ニヒリストの間で行われていた偽装結婚の習性を野上と同様驚きのまなざしでみつめたに相違ない。啄木は知識と職業の自由を得るために偽装結婚をして意志を貫こうとした女性ニヒリストたちの存在に、確かな新時代の女性の息吹を感じたのだと思われる。その中でも初志を貫き、学問的成功者として最も名を成したのがソフィア・コヴァレフスカヤということになる。そして、"Heroes and Heroines of Russia" の〈FOR KNOWLEDGE AND FREEDOM'S SAKE. THE TRUE STORY OF A NIHILISTIC MARRIAGE.〉の女主人公は "SOPHIE TCHEMODANOFF" であり、文中でも彼女のロシア式の愛称である「ソニヤ」の名前が用いられている。例えば次のようだ[19]。

> Teacher and pupil there and then decided to arrange a fictious marriage as the only means to secure Sonia's freedom to go and study in St.Petersburg, and Kuvshinskaya undertook to find a suitable bridegroom for that function among her numerous Nihilistic friends!
> 〈先生と人々はその時そこでソフィアの確かな自由と、彼女がサンクト・ペテルブルグへ行き勉強することができるようにするため、唯一の手段として偽装結婚を企てることにした。そして、クブシンスカヤは彼女の多くのニヒリストの友人の中からその役目に適した花むこを見つけることを引き受けた。〉

『罪と罰』の女主人公で心清らかな売春婦、また、ロシア文学に登場する幾人かの女性の名前が「ソニヤ」であったように[20]、「ソフィア」及びその愛称である「ソニヤ」はロシアに於いては一般的な女性の名前だということが推察できる。
　また、煙山専太郎の『近世無政府主義』の第6章「虚無党の女傑」にソフィア・ペロフスカヤについての略伝が載っていることは先にも述べたが、同じ第6章には虚無党の熱血女性ソフィア・バルデイナについて次のように書かれている[21]。彼女も又、その愛称は「ソニヤ」となる。

　一八七七年二月、有名なる五十人事件に連累して捕へられ、法廷に引かれて同志の多数と共に裁判を受けしが、彼女は検事の論告了るを待て質素なる衣服を着けたるま丶ベンチの上に立ち上がり、滔々たる弁舌を以て一々之を論破して曰、『(略)余は他の遊説者の如く、強て共産主義を実行せんと主張する者に非す。只労働の結果たる生産に対する労働者正当の権利を要求して足れりとする者なり。(略) 政府は云ふ、我等は無政府の時代を現出せんことを欲する者なりと。されど無政府なる語は今日世上一般が用ゐ、又余自身が理解する所にては決して反乱や暴政をば意味せぬなり。そは暴政にはあらぬなり。何となればそは各人の自由が他人の自由の始ると共に終ると云ふことを認めて、只社会の自由なる発展を妨ぐる有害なる権力を否定せんとするものたるに過ぎざればなり。』と。是に於いてか裁判長は彼の激論を中止せしめ、之が退去を命じ、憲兵をして強て之を法廷外に拉し去らしめたり。

　このソフィア・バルディナは "Heroers and Heroines of Russia" の13章にも 〈THE DEVOTION OF A POLICE OFFICER'S DAUGHTTER. SOPHIE BARDINA〉 (警察官の娘の献身　ソフィー・バルディナ) として掲載されているが、荒畑寒村の『ロシア革命運動の曙』[22]によって補足すれば、ソフィア・バルディナは70年代

の初めにチューリッヒ、パリなどで医学を修め、74年に帰国、同志とともにモスクワのラザレフ会社の大紡績工場で働いた。1日15時間以上の労働をしながら、夜間、職工に教育を与え、また密かに近郊の工場を訪問して社会主義を宣伝する。しかし、密告によって逮捕され、シベリア鉱山への懲役９年に処せられる。80年末には脱走し、警察の捜査を逃れつつ宣伝に従うこと１年半、最後にジュネーブに亡命した。しかし、運動の不成功と健康を害したことから83年４月、自ら生命を絶ったのである。

このように権力に屈せず堂々と論陣を張り、戦う虚無党の女性たち。『近世無政府主義』の第６章冒頭には「虚無党の革命運動に於て殊に人目を牽くは実に其女員の勢力を有することにあり。」とある。まさにニヒリストの活動は女たちの活躍を抜いては語れないものがあったのだ。そして、その活動の中にいる「ソニヤ」は決して一人だけではなかったのだ。

啄木が５歳になる京子を「ソニヤ」というロシア名で呼び、喜ぶ時、大逆事件によって強烈に印象付けられた勇敢で且つ少女のイメージをも兼ね備えたソフィア・ペロフスカヤの面影が京子と重なり、日本のペロフスカヤを願望する気持ちと相まって、啄木の脳裏に最も色濃く浮かんだことであろう。しかし、ソフィア・ペロフスカヤだけではなく、虚無党の熱血女性として堂々と論陣を張るソフィア・バルディナ、女性の自立を目指し偽装結婚によって学問の道を貫こうとしたソフィア・コヴァレフスカヤ、ソフィア・チェモダノフなど、「ソニヤ」と呼ばれるニヒリストたちは他にも存在したのだ。そして彼女たちは「少女」の面影を宿しつつ、力強く活動していたのである。啄木はこうした新しい時代を生きる女性たちの動向に敏感に反応していた。また、啄木の旺盛な知識欲から推察して当時の新思想文献の多くに目を通していたと考えられる。啄木は書物を通して知ったニヒリストの女性たちに驚嘆と羨望のまなざしを向けたに相違ない。とすれば、「ソニヤ」とは、ソフィア・ペロフスカヤを中心にしながらも彼女一人を指すのではなく、新しい生き方

を模索して活動するロシアの女たちの総称として啄木の中に存在した名前ではなかろうか。そして、京子に呼びかけた「ソニヤ」という名前には、日本女性たちの精神の覚醒と自立を願う啄木の想いも響いていたのではなかったろうか。

注
(1) 吉田孤羊「呼子と口笛」(1931年)、『啄木短歌の背景』(洋々社、1965年)
(2) 西村陽吉『石川啄木詩歌集』(文章社、1948年)
(3) 及川徹「『ナロードニキ』石川啄木」(『啄木研究7』、洋々社、1982年)
    岩城之徳『石川啄木伝』(筑摩書房、1985年)
    近藤典彦「ソニヤの歌」(『国際啄木学会東京支部会会報』第六号、1998年1月)
(4) (3)の岩城之徳の論より。"Heroes and Heroines of Russia" を啄木が読んだ可能性がある、とする根拠として岩城は、荒畑寒村がこの書物を購入したのが1910年8月24日と書いており、啄木が無政府主義に関する書物を買い漁っていた時期と重なり、寒村と同様に神田の古本屋で購入する可能性があったという事を挙げている。また、明治41年以後日本でも売られているので、藤田四郎より借りた社会主義文献の中に入っていた可能性もある、としている。なお、近藤典彦は注(3)の論文中、更に啄木が校訂や校正をした二葉亭四迷全集の作品にはロシアにはさまざまな幼名があることが記されているところから、「ソフィア」の愛称が「ソニヤ」であったことを啄木は確かな知識として持っていただろうと付け加えている。
(5) 高杉一郎訳『世界教養全集26 ある革命家の思い出』(平凡社、1962年) より引用。
(6) "MEMOIRS OF A REVOLUTIONIST" BY P.KROPOTKIN IN TWO VOLUUMES LONDON SMITH, ELDER, & CO.,, 15 WATERLOO PLACE 1899
(7) (5)に同じ
(8) (3)の岩城之徳の論。近藤典彦は「煙山専太郎『近世無政府主義』―啄木はいつこれを読んだか―」(『国際啄木学会東京支部会会報』第五号、1997年1月) の中で、啄木は既に1903年にこの本を読んでいたという説を提示している。
(9) 煙山専太郎『近世無政府主義』(東京専門学校蔵版、1902年)、但し引用は「明治文献資料叢書社会主義篇 (Ⅲ)、明治文献刊」による。

⑽　"MEMOIRS OF A REVOLUTIONIST" の訳語。本論では『一革命家の思い出』と訳している。
⑾　荒畑寒村『ロシア革命運動の曙』によれば、「ニヒリスト」とはツルゲーネフ『父と子』のバザーロフに与えられた名であり、「理性の他、いかなる権威をも認めない」者を指す。しかし、1850年代のニヒリストと60—70年代のニヒリストの間には精神的な差異があり、新世代のニヒリストはより積極的な人道主義的人生観を抱き、社会改革の理想に燃えていたことがクロポトキンの『一革命家の思い出』からわかるという。
⑿　「例えば『事ありげな春の夕暮』は―啄木と女性―」(『国際啄木学会会報』創刊号、1990年7月)
⒀　⑿に同じ
⒁　⑸に同じ。本論では注⑵の西村陽吉の「コワレフスカヤ」ではなく、高杉一郎の訳を参考に、「コヴァレフスカヤ」の表記を用いている。
⒂　"РУССКИЙ БІОГРАФИЧЕСКЙ СЛОВАРЬ" С.П.1903 А.А.Половцова
　　'Декарство от Любви' "Cosmopolitan" 1996, 7
　　『岩波西洋人名辞典　増補版』(1981年)
⒃　「ソニヤ・コワレフスキイの自伝―野上弥生子訳―」として1913年11月から1914年6月まで連載された。
⒄　1924年版「序」
⒅　『ニヒリスト』ヒングリー (みすず書房、1972年)
⒆　"Heroes and Heroines of Russia Builders of a New Commonwelth TRUE AND THRILLING Revolution stories, With Numerous Illustrations." By JAAKOFF PRELOOKER LONDON 1908
⒇　例えば、チェーホフの「ワーニャ伯父さん」のセレブリヤコーフの先妻の娘「ソニャ」など。
㉑　⑼に同じ
㉒　岩波新書 (1960年)

第 2 章　啄木と社会主義女性論

1 │ 節子への愛

　近代の家族制度は社会学的にいうと、「拡大家族（家父長家族）」から「核家族（単婚家族）」へ、「制度的家族」から「情緒的共同体＝友愛家族」へと変化している、と見なされている[1]。エドワード・ショーターはこの「友愛家族」について、「夫婦愛」「家庭愛」という言葉を用いて考察している[2]。家族を周囲の伝統社会との相互関係から切り離して、仲間意識のより強い団結意識を持った家族としてイメージしているのである。
　日本に於いても、明治20年代、家督の相続や維持を至上命題とする直系家族的家族制度を批判し、家族間の愛情や安楽を優先させる傾向が出てくる。家庭内の団欒や家族成員の心的交流に価値を置き、夫婦、親子間の細やかな愛情を強調し、理想の場として高い価値を付した新しい家庭の必要性が主張されたのである。

　　家庭は一の仙境なり。花発き、鳥歌ひ、天麗かに、日永し。
　　　　　　　　　　　　　　　　　　　　　　　（自助生「家庭と時事」）[3]

　　慈愛の父母、仲よき兄弟、仲よき夫婦、善良、忠実にして勉強、且質朴、謙遜なる一家、これ詩人達が茅屋の蔭に夢想する、人の世の幸福に非ずや、地の上の天国に非ずや、理想の家庭に非ずや。
　　　　　　　　　　　　　　　　　　　　　　　（鉄斧生「家庭の福音」）[4]

　　平和なる家庭は、即ち楽しき家庭なり。こゝに於て乎、夫は出でて家

を忘れず、妻は夫の安全を祈り、子弟も亦父兄を慕ふ。偶々団欒するに及むでは、嬉々として笑ひ、快々として語る。人生の快事この上なし。

(やぎ生「楽しき家庭」)(5)

　これらの記事が端的に示すように、愛と平和に満ちた幸福な理想郷としての家庭が求められたのである。上野千鶴子は、こうした「家庭の幸福」の内容を構成しているものは〈相愛の男女からなる一夫一婦制〉と〈未婚の子女を含む核家族〉である、という(6)。 特に前者の〈相愛の男女からなる一夫一婦制〉の観念は開化輸入思想の一つであり、次の例証に見るように以前より高らかに歌われていた。

　そもそも人生最大の快楽と申すは、其中心に顧みて少しも病しとする所なくて互に心のうちとけたる男女のかたらひより大なるものはあらじ。
　一夫一婦の道徳を守りて男女情交の貞実を尽したまはゞ、始めて天真情理の最大快楽を享得るに至らん(7)。

一、夫婦となるべき者は相ひ互ひに尤も切に相ひ愛するものなるべき事。
二、尤も切に相ひ愛するとは必ず二人の間に於て行はるべく二人の外に行はるべき者に非る事。
三、尤も切に相ひ愛する者即ち夫婦となるべくして而して尤も切に相ひ愛するとは只だ二人の間にのみ行はるべき者なるを以て夫婦は必ず二人に限るべき事（一夫数妻又は一夫一妻一妾の如きことあるまじきと云ふ也）。
四、尤も切に相ひ愛する者ならずんば決して夫婦となる能はず亦た夫婦とならしむる能はざる事。
五、尤も切に相ひ愛するや否やは種々の箇条に由りて之を承知し得べき事。

一、一旦むすびたる縁のちなみ何事かに依りて破れんとしたるとき、之を元の如くあらんしてんと思ふ心のありやなしや。
　二、夫婦たらんとの約束は双方の共に好むことなりや、又はたゞ一方にて好み他を圧して従はせたることなりや。
　三、夫婦たらんとするもの其一方の為に死すべき程の覚悟ありやなしや。
　六、斯の如く尤も切に相ひ愛する者二人夫婦とならば、婚姻の后ち不楽の事決して有之まじき事。
　七、斯の如くならざる婚姻は啻に天然の法則に反くのみならず、社会の法則にも違へるの理ある事(8)。

　これらの言説からも明らかな、愛と結婚の一致という提唱は、自由恋愛結婚を生じさせた。3歳年上の才媛・石坂美那子との異例の激しい恋愛を経験した北村透谷、有島武郎の『或る女』のモデルとして知られる佐々城信子と知り合い、周囲の反対を押し切り、北海道開拓の希望も捨てて結婚した国木田独歩（5ヶ月で信子失踪、翌年離婚）の例などがそれを示そう。啄木と節子との結婚もまた、愛に基いた結婚であり、自由恋愛の結果と考えてよい。
　〈早く十四才頃より続けられし小生と節子との恋愛〉(9)、そして、節子との婚約確定の報に接し、〈待ちにまちたる吉報にして、しかも亦忽然の思あり。ほゝゑみ自ら禁ぜず。友と二人して希望の年は来りぬと絶叫す。〉(10)と記された二人の愛情は、花婿欠席結婚式を経て、「ローマ字日記」の世界に至っても変わらずに綴られている。

　そんならなぜこの日記をローマ字で書くことにしたか？　予は妻を愛してる。愛してるからこそこの日記を読ませたくないのだ、──しかしこれはうそだ！愛してるのも事実、読ませたくないのも事実だが、この二つは必ずしも関係していない(11)。

第2章　啄木と社会主義女性論

また、次の一節。

> 　予の節子を愛してることは昔も今も何の変りがない。節子だけを愛したのではないが、最も愛したのはやはり節子だ。今も——ことにこの頃予はしきりに節子を思うことが多い。
> 　人の妻として世に節子ほど可愛相な境遇にいるものがあろうか!?⑫

啄木は妻・節子への愛を公言してはばからない。自由恋愛によって結婚し、夫婦の愛を基盤とした家庭の幸福を賛美するイデオロギーの延長線上に啄木も位置していたと考えられるのである。

2 ｜ 夫婦のエロス

しかし、愛に基く家庭の幸福もいつしか色あせていく。

> 　予はその歌ばかりを歌ってることに飽きたことはある。しかし、その歌をいやになったのではない。節子はまことに善良な女だ。世界のどこにあんな善良な、やさしい、そしてしっかりした女があるか？　予は妻として節子よりよき女を持ち得るとはどうにも考えることができぬ。予は節子以外の女を恋しいと思ったことはある。他の女と寝てみたいと思ったこともある。現に節子と寝ていながらそう思ったこともある。そして予は寝た——他の女と寝た。しかしそれは節子と何の関係がある？
> 　予は節子に不満足だったのではない。人の欲望が単一でないだけだ⑬。

節子への変わらぬ愛を語りながら、妻・節子との肉体関係に充足されず、性的に他者を求める啄木がいる。
　ここで一夫一婦制の結婚における性を社会学的に見れば、公的な性関係を

一つだけ結婚制度の中に押し込め、夫婦がお互いの性を排他的、独占的に囲い込みあい、その他との関係を指弾しあう、ということになろう。

では、前述した近代における家族の変遷、即ち「制度的家族」から「友愛的家族」への移行を「性」という観点から捉え直すとどのようになるのだろうか。

「制度的家族」の性は生殖の性中心であり、私有財産継承を保障する制度としての性である。一方、「友愛的家族」の性はどうであろうか。家族には友愛的家族のような情緒的結びつきだけではなく、そこにもやはり性愛が必要であろう。生殖としての性から解放され、性が生殖を超越する必要があると思われるのである。また、ミッシェル・フーコーも『性の歴史』(14)の中で、近代＝西欧に於ける性の四つの装置を挙げているが、その一つが「夫婦のエロス化」である。性の満足は結婚の中に夫婦の間でだけ排他的に求めねばならず、夫婦の間の性的満足は結婚の至上命令である、というのである。

とすれば、啄木は家父長家族に特徴的な生殖の性から逸脱し、情緒的結合による夫婦にも性愛が必要である、という現代の指摘を先取りしている、ともいえるのではないだろうか。

こうした「生殖」と言う家族機能に対抗する啄木の志向性は、「ローマ字日記」以前から見られるものである。明治41年5月23日の日記にはツルゲーネフの"On the eve"を読み終わった後に、小説に現われたる人の一生を図解している（本書第Ⅱ部第4章「ツルゲーネフ"On the eve"と啄木」参照）。19世紀までの小説に現れた人の一生と「今」を比較しているのだが、注目すべきは恋から結婚に至った後の部分であろう。19世紀までの図の結婚による両者は「父―平凡なる悲劇の主人公―死」に集約され、「不安―苦悶」そこから第二、第三の恋に発展しているという点、また、生殖の機関でしかない、という意識が表されているのだが、しかし、それは無意義、死、と結びつき、家父長家族の生殖の性に対する啄木の反発が読み取れるのである。

1891年に福岡県で置娼論者が〈情欲の抑制すべからざるは火山の如し、こ

れが吐き口を開くべし。〉と地元新聞へ投書、主張し、この頃より男の情欲は抑制不可能という通説が大衆化した、と考えられる。しかし、啄木は「男」とせず、「人間」と置き換え、この問題を普遍化しているのである。

　夫婦に於いてエロスの共有が可能であれば一夫一婦の関係に自足する、と一応は考えられる。相手との性に不満足だからと言って、性が氾濫すると、レイプなど社会の混乱を招くことを人間は知っている。故に、近代以降、一部の地域、宗教を除いて、一夫一婦に代替するシステム自体は現れないと思われるのである。ところが啄木は節子との性愛のその不満足を〈人間の欲望は単一ではない〉と、個人を超えたテーゼとして訴えようとしているのである。これは裏を返せば、節子とのエロスの共有が不可能であった、ということになる。

　このように見てくると、ロマンチックラブに基く家庭＝Homeと、そこに生きるゆえに生じる、節子とのエロスの共有不可能性から生まれる他者への性愛の希求の相剋が、この「ローマ字日記」を支える一つの柱であることに我々は気づくのである。

3　社会主義女性論と啄木

　啄木は節子への愛と、エロスの共有不可能という事態の相克に悩むこの現状を、現行の夫婦制度の誤りに置換した。例えば、明治42年4月7日の「ローマ字日記」。

　　そんなら予は弱者か？　否、つまりこれは夫婦関係という間違った制度があるために起こるのだ。夫婦！　なんという馬鹿な制度だろう！そんならどうすればよいか？
　　悲しいことだ！

また、4月15日の「ローマ字日記」。

  現在の夫婦制度―すべての社会制度は間違いだらけだ。予はなぜ親や妻や子のために束縛されねばならぬか？親や妻や子はなぜ予の犠牲とならねばならぬか？ しかしそれは予が親や節子や京子を愛してる事実とはおのずから別問題だ。

こうした夫婦制度への疑念は、啄木なりの結婚もしくは夫婦、ひいては女性の立場への考察の上に成り立っている。注目すべきは明治41年8月22日の日記の次の部分である。

  結婚といふ事は、女にとつて生活の方法たる意味がある。一人の女が一人の男に身をまかして、そして生活することを結婚といふのだ。世の中ではこれを何とも思はぬ、あたり前な事としてゐる。否、必ずあらねばならぬこととしてゐる。然るに"彼等"に対しては非常な侮蔑と汚辱の念を有つてゐる。
  少し変だ、彼等も亦畢竟同じ事をしてゐるのだ。唯違ふのは、普通の女は一人の男を択んでその身をまかせ、彼らは誰と限らず男全体を合手に身をまかせて生活してるだけだ。

中山和子[05]はこうした啄木の視点を評価し、次のように記している。

  妻という名の女と娼婦という名の女は、天と地の開きがあるかに錯覚されているが、しょせん同じであるというこの指摘は、近代の結婚制度の本質的理解としてきわめて鮮やかである。女の永久就職として打算された結婚が、男の月給に見合う女の身体の商品化であり、主婦という一種の専属売春にひとしい意味をもつというのは、今日の観点からは当り

前であり驚くに当らない。これは妻という女の責任ではなく、近代の家父長的「家」制度の結果なのである。女に独立して社会の表面に立って働く職業があたえられず大多数が「結婚」によって「家」のなかに入らねばならない状態を図式化すれば家庭内娼婦となるか、家庭外娼婦となるか、いずれかであろう。そして家庭外娼婦は性抑圧の機能をもつ「家」制度を補完する性として、維持されつづけるのである。

「普通の女」も「娼婦」も同じことをしているのに「結婚」という「生活の方法」が何か道徳的であるかのようにみなす世の常識の錯誤をあばいた啄木の明晰さは、まだ「娼婦」と家父長的「家」制度との構造的関連を見透かしてはいないけれども、性抑圧的に機能する"性"としての「家」を構造的にとらえるところまであと一歩であるといえようか。

しかし、確かに啄木個人に限定して言えば、このように高い評価を与える事が可能であるが、この啄木の視線を時代に還元して考える必要があるのではないだろうか。まず、『平民新聞』(明治37年2月21日)の次の記事を見てほしい。

　　今日の夫婦の関係をみるに、男子は生活の余裕ができた所で、娯楽のために女房を取る。女子は年頃になれば、生活の地位を得んがために稼ぐ。故に男子は常に女子の別嬪か否かを問ひ、女子は常に男子の月給の多寡を問ふて結婚を成す。故に夫婦の間決して真の愛情なく、男子はしばしば離婚を以て女子をおどかし、女子は常に心にもなき媚を男子に献ず。若し生活問題・社会問題がないならば、今の夫婦の多部分は忽ち離別してしまふであらう。

ここには啄木が感じていた、生活の糧としての女性の結婚の現実や、結婚制度や女性の立場への疑念が既に明らかにされている。愛情を基盤とした友

愛的家族が明治20年代から求められてきたことは既に記したが、多くの夫婦の現実はこのように生活問題・社会問題が絡み合ったものだったのである。
　『平民新聞』の主力メンバーであった堺利彦の『婦人問題』[16]にも注目したい。ここで、堺の『婦人問題』の概略を示しておくと、「両性新論」が中心であり、カーペンター[17]の「恋愛の成熟期」を解説しているものである。まず、娘は父の私有財産の範疇を出ず、結婚後は夫の慰み者であり、子供を養育する道具、そして、家事の召使いと化す女性の姿を映し出している。そして、このような女性たちはすべて家族制度の犠牲であるとし、両性の合意に基く真実の結婚は社会主義社会の実現に於いて実現するものである、と主張する内容である。
　この『婦人問題』の中で、堺は女子の三大模型として、〈貴婦人と家持女房と売淫婦〉を挙げている。富裕なる上流社会では、女子が財物視され、人形視され、〈貴婦人〉として客間で鎮座している。中流以下の家庭では、細君は室内での仕事、つまり、家事、育児をこなし、亭主の機嫌を取り、自然の分業を行っているが、〈家持女房〉は実は純然たる奴隷の境遇である、という。堺の言葉を聞いてみよう。

　　右の二つ、人形の如き貴婦人と奴隷の如き家持女房を外にしては、女子の取るべき道は只だ売淫生涯の一つである。今日までの世の中に於ては、労働者は皆な其の労力を売るの外、生活の方法が無いと同じ様に、女子は皆な其の『性』を売るの外、生活の方法が無いのである。只だ之を生涯一男子に売切にして、正しき妻と呼ばれ、貴婦人或は家持女房として家庭の中に閉ぢこめられるか、但しは夜毎々々に之を切売して売淫婦と呼ばるゝかの別がある丈である。女子にして若し真に深く之を思はゞ、心中誰か憤りを発せずに在らるべき。嗚呼々々、過去数千年間の女子の運命は実に斯くの如き者であったのだ。

第2章　啄木と社会主義女性論　*141*

斯くの如くして女子たる者は漸く遂に、売淫婦として路傍に飢ゑるか、然らざれば其の心身を一男子に売つて生涯の束縛を受けるか、二者其一を撰ばねばならぬ事となつた。

また、『色情衛生哲学』[18]にも〈今日の結婚は概ね淫売的結婚に非るか〉とあり、〈彼等の多数は爵位と結婚せるに非ずや、地位と結婚せるに非ずや、金力と結婚せるに非ずや〉と言い、〈結婚を一個の商法と心得て、人身売買を為しつゝあ〉ると公言してはばからない。このように、新しい家庭を支えるものとして、夫婦の愛と家庭の幸福が提唱されている時期に、経済行為に換言できる結婚が一般化していたのである。いずれにしても、啄木が「ローマ字日記」の中に記した考えは、決して啄木独自のものなのではなく、時代的な思潮として、特に社会主義者によって説かれている内容であったことが判明する。

当時の社会主義女性論を俯瞰すると、良妻賢母教育を退け、女性の政治参加を説いた幸徳秋水の「婦人と政治」[19]、木下尚江の「醒めよ婦人」[20]、相愛の男女が自由に同棲する自由恋愛を説いた石川三四郎の「自由恋愛私見」[21]、「良妻賢母主義とは即ち男子国の奴婢養成法である」とする堺利彦の「良妻賢母主義」[22]、夫に仕え、家を守るのが婦人の天職という考えに反論し、妊娠、分娩、哺乳と言う生殖事業以外は男女平等に人間の天職を果たすべき、という同じく堺利彦の「婦人の天職」[23]、「現時の結婚は婦人奴隷制度也」と断言する幸徳秋水の「婦人小観」[24]、恋愛は恋愛そのものを目的とし、結婚を目的としない、そして、自由恋愛は一夫一婦主義とは両立しない、という遠藤友四郎[25]「恋愛について」、〈社会主義は婦人解放の唯一手段なり〉という幸徳秋水「婦人解放と社会主義」[26]などの雑誌掲載記事がある。また、書物としては、社会主義こそが女子を独立させ男子と平等の地位に導くとする、発禁となった山口孤剣[27]の『社会主義と婦人』など、すでに多くの文献が流通しているのである。とすれば、このような初期社会主義女性論の主張に啄木は追随してい

たのである。
　では、啄木とこれら社会主義女性論執筆者との間に差異があるとすればそれはどのような点であろうか。例えば、堺利彦は今後の課題として、女性の経済的自由、性からの自由を挙げ、能力開発の為に広く実際社会に接触することが必要である、と説いている。なぜなら、経済的独立は自由恋愛に基く結婚を可能にするとし、性からの自由とは完全な強い肉体を得ることでもあるという。また、不自然な結婚でも一生涯束縛するような現在の結婚法の改正をも説いている。前述した堺の『婦人問題』[26]の中にも次のような一文がある。

　そこで此の商売制度の社会が一変して、富豪貴族といふ者もなく、平民貧民といふ者もなく、男女間の不平等もなく、総て財産を私有して経済上の権力を占める者もなく、社会が有らゆる財産を共有して、人は皆な自由に其の適する所に従つて、此の社会の任務を分擔するといふ、将来の自由共産社会が現出して、其時始めて女子の独立が得られるのである。前に云ふ大いなる社会変化とは即ち此事で、我々は遠からずして此の経済的革命の来る事を信ずる者である。

　このように、社会主義女性論の多くは、女性を救済するための経済的自立、人間としての精神的、肉体的自立という観点を持ち、具体的な社会変革に想いを馳せているのに対し、女性の置かれた不条理な立場に視線を向けるものの、残念ながら啄木には打開策を探るような具体的な視点がまだ現れていないのである。
　また、中山和子[26]が指摘する通り、売春婦に手荒な扱いをする啄木は、なぜ18歳の女性がこのような場に置かれなければならないのか、そこに想像を巡らすことはなく、女性の立場に立って考えるという思いやりに欠けている。当時の売春婦の多くは、凶作と日清・日露の二度の戦争による国民の負担増

を背景に、主に東北地方の窮民層出身者だったのである。当時の年季契約では、年季契約期間、契約金、前借金が決められ、雇い主の下に住み込み、絶対服従を誓約し、途中で辞めれば前借金に利子を付して返済、逃亡すれば親が責任もって探し出し、雇い主に届けること等が決められていた。啄木は同じ東北出身者なのに彼女らの置かれた境遇・苦悩を我が身に引きつけて理解しようとしていない、といってよいだろう。こうした心性と、女性問題に関して原因究明の視点が欠如していることとは通底しているのであろう。その点、堺利彦は同じ『婦人問題』の中で次のように述べている。

> 彼等の経済上の地位は、一人の女子を養ふだけの余裕を許されて居らぬ。此に於て彼等は性欲の不自然なる満足を遂げんが為に、下等なる売淫婦に赴くのである。されば此種の売淫制度は、之を売る者より見るも貧困の為にして、之を買ふ者より見るも亦貧困の為である。売淫制度は実に、多くの貧民を作る今の資本家制度の社会に於て、当然の産物である。

このように、経済的視点を鮮明に打ち出し社会制度の問題としているのである。しかし、啄木の「ローマ字日記」には、現行の夫婦制度を否定しつつも、売春婦への具体的な救済措置についての記述はまだなされていないのである。

こうした啄木の性、夫婦制度に関する思想と実行の齟齬は、明治44年6月、節子の実家との関係から亀裂が生じた際の妻・節子に対する想いや態度とも重なるのではないだろうか。同年6月4日の日記には〈かくて二人の関係は今や全く互ひの生活の方法たるにすぎなくなつた。〉とある。また、6月6日には〈若しそつちで自分の妻に親権を行はうとするなら、それは自分の家庭組織の観念と氷炭容れぬものだから離婚するとまで書いた〉とある。つまり、節子は安泰な家庭に鎮座する良妻としてふるまう余裕もなく、このように実家からの介入を阻止されるなど、全く独立性を保てないでいる。つまり、節

子にとっては、啄木との結婚は父の権力下から夫の権力下へと、従属する対象が変化しているだけなのではなかったろうか。啄木は夫婦主体の家族を守ろうとする反面、単婚家族の長として君臨しているのである。そしていさかいの後はあれほど蔑んだ〈生活の方法〉としての夫婦生活を送っているのである。

4 家族を超えて

「ローマ字日記」が書かれた当時、伝統的因習やしきたりの虚偽を暴き、抑圧された社会実態を浮き彫りにして、個の開放を目指す思潮として若者たちに影響を与えていたのは自然主義思想であった。周知の通り、当時の自然主義思想は、既存の理想、宗教、道徳のいずれをも信頼せず、抽象的な空理空論を排斥し、ひたすら日常生活の営まれる現実を重視する傾向があった。日本における自然主義思想が科学的リアリズムに発展せず、個ばかりが凝視される傾向が強まった理由として、まず、自然主義文学者自身が性的葛藤を通して社会的現実の全体を把握する力量を備えていなかったこと、また、帝国主義的国家体制の整備自体にロマンティシズムの主情主我的性格が引き継がれており、自我の確立、開放が社会的解放に結びつかなかったこと、なども考えられよう。この啄木の「ローマ字日記」における性や結婚制度についての見解に関して言えば、まだ国家にはっきりと対峙し、個を主張するところまでには至っていない。だから、自己の周辺の日常的な問題に限られているのであり、夫婦制度に対する反駁にも具体性が兼ね備わっていないのである。しかし、次の部分に注目したいと思う。

> 現在の夫婦制度――すべての社会制度は間違いだらけだ。予はなぜ親や妻や子のために束縛されねばならぬのか？親や妻や子はなぜ予の犠牲とならねばならぬのか？しかしそれは予が親や節子や京子を愛してる事実

とはおのずから別問題だ。(「ローマ字日記」明治43年4月15日)

　中山和子[30]はこの部分に啄木の「経済としての家」への抵抗の姿勢を見ている。しかし、それだけにとどまらないのではないだろうか。この啄木の想いとよく似た論を展開していたのが安部磯雄である。安部の「個人主義と家族主義の調和」[31]一節を見てみよう。

　　家族でも国家でも、個人の幸福を完全にする為にこそ必要であれ、若し個人の幸福を増進することが出来なければ殆んど存立の必要がない。斯く論ずれば、個人主義は全く自己中心主義となりはせぬかと危む人もあらうが、斯る心配は全く無用である。個人主義を本位とすることは決して家族や国家を無視するといふことではない。或場合に於ては家族の為め国家の為め個人が其利益の一部を犠牲にし、或は其意志を枉げねばならぬことがある。何となれば斯くすることが却つて彼の幸福になるからである。然れども如何に家族や国家の都合とは云へ個人の幸福を侵害することの出来ぬ場合がある。此意味に於て個人は不可侵権を有する絶対的存在者であると云はねばならぬ。余は家族が個人の為に存在して居ると思ふので、個人が家族の為に存在して居るとは考ふることが出来ぬ。

　このように安部磯雄は個人を基礎とし、家族、国家は、個人の幸福、利益をより増進させるために存在する意義を持つ、と考えるのであった。家族、国家のために個人の幸福を犠牲にするのは本末転倒であると説き、しかも、個人が家族や国家のためにその利益を犠牲にしなければならないのは、そうすることによって、個人の幸福が増大する場合に限られる、と個人を基調にした理論を展開している。啄木の想いはこの安部磯雄の主張とも重なるのである。とすれば啄木は、経済としての家への抵抗にとどまらず、個人と、個人と家族を超えた権威、即ち、「国家」の問題におぼろげながらも突き当たっ

ていたのではないだろうか。つまり当時の社会主義者の考えと共鳴しつつ、啄木は性と夫婦制度を中心に自己を客観化することで、個人と国家の問題に行き着く契機を作ったのだ、と考えられるのである。

　この後、明治43年、啄木と魚住折蘆との間で自然主義の自己主張的傾向は何を目的としているのかについての論争が行われてゆく。啄木は「ローマ字日記」で自己の陰部を徹底的に解剖することにより、論争の地点に立ちえたのであろう。「ローマ字日記」はそこに至る過程の、貴重な通過点であったといえるのである。

注
(1)　『近代家族の成立と終焉』(岩波書店、1994年)
(2)　『近代家族の形成』、(昭和堂、1987年)
(3)　『家庭雑誌』24号、明治27年2月25日
(4)　(3)に同じ
(5)　『家庭雑誌』26号、明治27年3月25日
(6)　(1)に同じ
(7)　甲田良造『色情哲学』(東京金港堂、明治20年)
(8)　『女学新誌』20・21号、明治18年。但し引用は(1)に依る。
(9)　明治39年1月18日、小笠原謙吉宛書簡
(10)　「甲辰詩程」、明治37年1月14日の部分
(11)　「ローマ字日記」明治42年4月7日
(12)　(11)に同じ
(13)　「ローマ字日記」明治42年4月15日
(14)　ミッシェル・フーコー『性の歴史』(新潮社、1986年～1987年)
(15)　「石川啄木―「家」制度・おんな・自然主義」(『国際啄木学会台北大会論集』、淡江大学日本語文学系、1992年3月)
(16)　金尾文淵堂、明治40年8月
(17)　Edward Carpenter (1844―1929) イギリスの社会改良家。初めイングランド教会牧師となるが還俗、社会主義運動に身を投じる。ウィリアム・モリスの唱える

中世的・道徳的原始社会を夢み、ホイットマン、トルストイらの影響の下、性の倫理や審美主義中心の平等社会を説いた。
⒅　黒木静也・飯田千里、通俗衛生学会、明治39年
⒆　『平民新聞』明治37年5月22日
⒇　『直言』明治38年4月23日
(21)　『平民新聞』明治37年9月18日
(22)　『家庭雑誌』明治39年2月
(23)　『世界婦人』明治39年1月
(24)　(23)に同じ
(25)　『世界婦人』明治39年4月
(26)　『世界婦人』明治39年9月
(27)　平民社、明治38年7月
(28)　(16)に同じ
(29)　(15)に同じ
(30)　(15)に同じ
(31)　『中央公論』明治39年

第3章 "ATARASHIKI MIYAKO NO KISO"論

〈自由と自意識との対立相克〉[1]、〈新たな文学の道を追求する精神革命の表白〉[2]、〈生涯最大の危機状況下での懺悔録及び自己分析〉[3]、と様々な評価が成されてきた石川啄木の「ローマ字日記」は〈日本近代文学における最高峰の一つ〉[4]、また、〈日本の日記文学の最高峰〉[5]とも位置づけられている。

啄木がこの「ローマ字日記」を書き始めたのは明治42年4月7日。その6日後の13日には次のような記載がある[6]。

Kashihon-ya ga kita keredo, 6 sen no Kane ga nakatta. Sosite, "Kūchū-sensō" to yū Hon wo karite yonda.

  ATARASHIKI MIYAKO NO KISO.
 YAGATE SEKAI NO IKUSA WA KITARAN!
 PHOENIX NO GOTOKI KŪ,CHŪ-GUNKAN GA SORA NI MURETE,
 SONO SHITA NI ARAYURU TOFU GA KOBOTAREN!
 IKUSA WA NAGAKU TSUDZUKAN! HITO-BITO NO NAKABA WA
  HONE TO NARUNARAN!
 SHIKARU NOCHI, AWARE, SHIKARU NOCHI,WARERA NO
 "ATARASHIKI MIYAKO" WA IZUKO NI TATSUBEKI KA?
 HOROBI TARU REKISHI NO UE NI KA? SHIKŌ TO AI NO UE NI KA?
  INA, INA.
 TSUCHI NO UE NI, SHIKARI, TSUCHI NO UE NI : NAN NO――HŪHU
 TO YŪ.
 SADAMARI MO KUBETSU MO NAKI KŪKI NO NAKA NI :

HATE SHIRENU AOKI, AOKI SORA NO MOTONI!

読解の便宜上、漢字仮名混じり文に直したものを次に挙げる(7)。

　貸本屋が来たけれど、六銭の金がなかった。そして、『空中戦争』という本を借りて読んだ。

　　　　新しき都の基礎
　　やがて世界の戦さは来らん！
　　フェニックスの如き空中軍艦が空に群れて
　　その下にあらゆる都府が毀れたん！
　　戦は長く続かん！人々の半ばは骨となるならん！
　　しかる後、哀れ、しかる後、我等の
　　「新しき都」はいずこに建つべきか？
　　滅びたる歴史の上にか？思考と愛の上にか？否、否。
　　土の上に、然り、土の上に：何の――夫婦という
　　定まりも区別もなき空気の中に：
　　果てしれぬ蒼き、蒼き空のもとに！

　本論では、この「新しき都の基礎」という詩の創作のきっかけとなった『空中戦争』というテキストについて、また、この詩の解釈について、更に「ローマ字日記」全体から見たこの詩の意義について考えるところを述べていきたい。

1　新たに発見したH.G. WELLSの『空中戦争』訳本

　「新しき都の基礎」創作にきっかけを与えた『空中戦争』については、既に

次のような指摘が成されている。

　まず、斎藤三郎[8]は〈報知新聞にH・G・ウェルズの空中戦争を高田梨雨が翻訳して出している、それだと思います。単行本にもなっておりますが、非常におもしろいものです。〉と述べている。安藤重雄[9]は〈『空中戦争』は雑誌の附録であるとの事〉と語る。これらを受けて近藤典彦[10]は次のような報告をしている。まず、H.G. WELLSの "THE WAR IN THE AIR" の英語の原典は約10万5000語の長編小説であること。安藤の言う雑誌の附録は近藤の調査では見えてこなかったこと。次に、調査の途中で偶然にも別の書物の存在が明らかになったこと。この書物は『将に来らんとする空中戦争』というもので杉田城南著と記載されていること。内容はH.G. WELLSの抄訳であること。また、この本の発行は3月18日であること。一方、高田梨雨の『科学小説　空中戦争』は表紙に「科学小説　空中戦争　文学士高田梨雨」とあり、奥付には高田知一郎著、6月12日の日付等が入っていること。序文は『報知新聞』掲載（1月8日～3月8日）の小説「将に来らんとする空中戦争」[11]の付記に内容的にほぼ一致し、登場人物も同一のものと確認、斎藤の言うように『報知新聞』の連載を単行本にしたと考えられること。奥付の日にちの点から鑑みて、啄木のテキストとなったのは杉田城南著『将に来らんとする空中戦争』であろう、というものである。

　ここで、筆者が現在迄に行った調査結果を付け加えたいと思う。

　H.G. WELLSの "THE WAR IN THE AIR" は近藤典彦の指摘するように長編であること、また、当日の日記の記載にもあるように経済的余裕のない啄木が外国書を借りることはほとんど無理であると考えられることから、訳本を読んだと推測される。その訳本は、『報知新聞』に連載された「将に来らんとする空中戦争」以外に、今まで明らかになったものだけで三種類刊行されている。刊行された三種類の訳本とは、斎藤の指摘した高田梨雨の『科学小説　空中戦争』、近藤の調査によって明らかになった杉田城南の『将に来らんとする空中戦争』、そして、安藤が触れたものである。但し、これは「雑誌の附

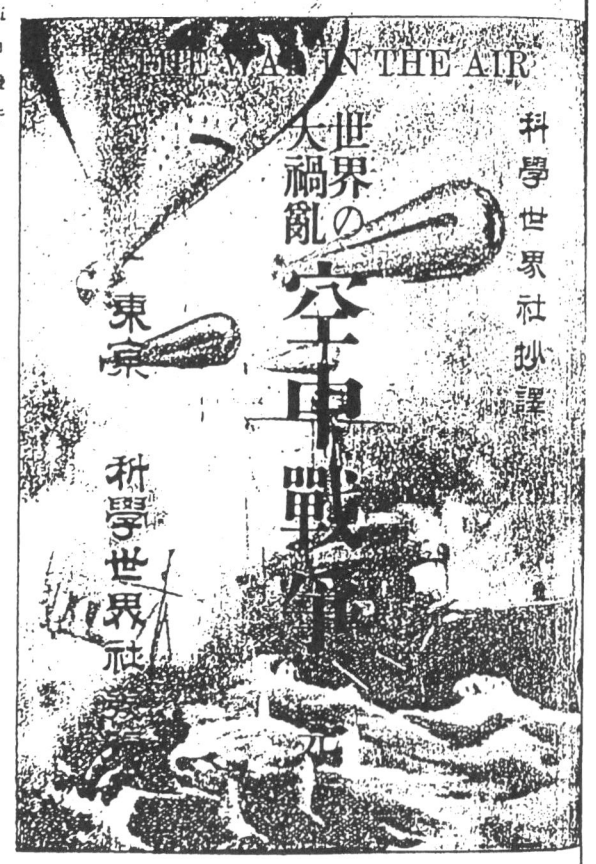

写真1 北海学園大学図書館北駕文庫所蔵『科学世界』臨時増刊第2巻第6号
「世界の大禍乱空中戦争」

写真2 『科学世界』臨時増刊第2巻第6号
「世界の大禍乱空中戦争」の奥付

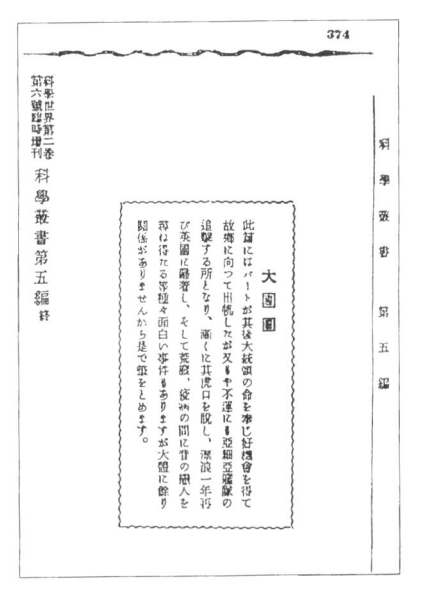

写真3 『科学世界』臨時増刊第2巻第6号
「世界の大禍乱空中戦争」末尾

第3章 "ATARASHIKI MIYAKO NO KISO" 論　153

録」ではなく、雑誌の臨時増刊号であることが筆者の調査で明らかになった（写真1参照）。

　これは科学世界社から刊行された『科学世界』第2巻第6号臨時増刊で、「科学叢書第五編」との記載もある。雑誌の臨時増刊と言っても、体裁は完全に単行本の体裁と同じである。表紙には「THE WAR IN THE AIR　科学世界社抄訳　世界の大禍乱　空中戦争　東京科学世界社発行」とある。奥付（写真2参照）の一部には編輯兼発行者として篠崎純吉の名、発行所として科学世界社とあるが、共に東京市京橋区北槇町一番地という住所が付されていることから、篠崎純吉はあくまでも科学世界社の代表であり、訳者とは考えにくい。ただ「科学世界社編」という言葉が見えるのみで、表紙・奥付を始め、訳者の名は一切明らかにされていない。発行日は奥付によれば明治42年1月25日となっている。『科学世界』自体は毎月5日発行と明記されている。その記載通り、明治41年1月5日に2巻5号、2月5日に2巻7号、3月5日に2巻8号が刊行されている事が各奥付から判明した。この2巻7号と8号の裏表紙には、臨時増刊号『世界の大禍乱空中戦争』の全く同じ宣伝が掲載されている。更に1月29日の『報知新聞』にも『世界の大禍乱空中戦争』として『科学世界』臨時増刊号の宣伝が掲載されている事から、この『科学世界』2巻6号が奥付通り1月25日に刊行されたのはまちがいないと見てよいだろう。従って、『報知新聞』に「将に来らんとする空中戦争」の連載が始まってまもなく刊行され、また、三種の訳本の中で一番先に刊行されたのがこの『科学世界』臨時増刊号『世界の大禍乱空中戦争』なのである。

　また、興味深いのは、訳文が杉田城南の『将に来らんとする空中戦争』と同じという点である。つまり『科学世界』臨時増刊『世界の大禍乱空中戦争』と『将に来らんとする空中戦争』の訳者は同じなのだ。ただ、明らかに異なっている点がある。それは『科学世界』臨時増刊『世界の大禍乱空中戦争』の第11章「大瓦解―大団円」の末尾に波線枠に囲まれ次の文章が記されていることである。（写真3参照）

大団円

　此篇にはバートが其後大統領の命を奉じ好機会を得て故郷に向かつて出帆したが又もや不運にも亜細亜艦隊の追撃する所となり、漸くに其虎口を脱し、漂浪一年再び英国に帰着し、そして荒廃、疫病の間に昔の恋人を尋ね得たる等種々面白い事件もありますが大体に余り関係がありませんから是で筆をとめます。

　単行本『将に来らんとする空中戦争』の末尾は第11章「大瓦解」の後ろに「大団円」の文字はあるものの何も記されていない。(写真4参照)
　近藤は、杉田城南は『報知新聞』連載の「将に来らんとする空中戦争」が好評なのに目を付け、その連載中に"THE WAR IN THE AIR"の邦訳ダイジェスト版発行をもくろみ抄訳を行い、連載が終わってわずか10日後に『将に来らんとする空中戦争』を刊行した、と推測しているが、単行本『将に来らんとする空中戦争』と『科学世界』臨時増刊の訳文が同じ事と、「大団円」の部分から考えて、『空中戦争』の出版事情は次のようになろう。『報知新聞』連載が始まったのは1月8日だが、『科学世界』臨時増刊『世界の大禍乱空中戦争』はそれから間もない1月25日に刊行されていることから、新聞連載とは別に準備が進められていた。更に、『科学世界』臨時増刊刊行の後、訳者は杉田城南という名前を付し、『科学世界』臨時増刊号を単行本『将に来らんとする空中戦争』として新たに刊行したのである。
　次に内容の詳細を検討していきたい。H.G.WELLSの"THE WAR IN THE AIR"[12]と『報知新聞』連載のもの、及び『科学世界』臨時増刊（杉田城南訳単行本も同じ）を比較した時、The Epilogueの部分が『報知新聞』では内容に大幅な変更が見られ、『科学世界』臨時増刊では概略のみ付け加えている点（『将に来らんとする空中戦争』では完全に省略）を除いて、構成、内容とも大筋に於いては両者とも原典と同じである。物語の概略は次のようだ。ロンドンのバートという青年がある時バッテリッジの発明した気球に乗って飛行することに

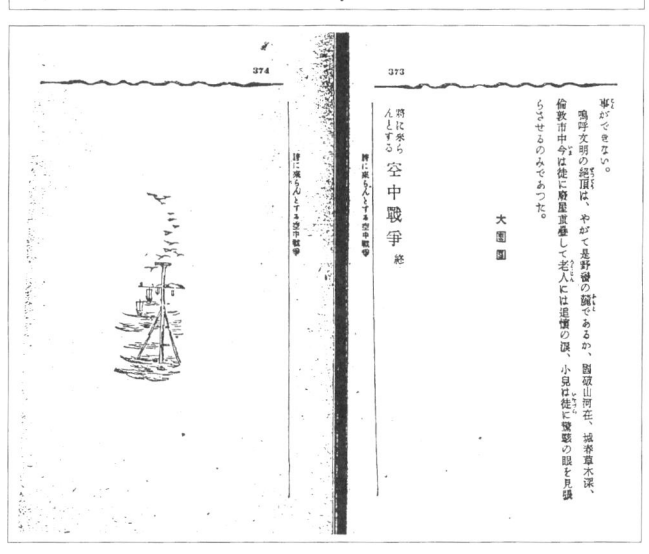

写真4 杉田城南著『将に来らんとする空中戦争』の末尾

なる。バッテリッジと間違えられたバートはドイツ艦隊に乗せられる。ニューヨーク爆撃を機にアメリカとの空中戦争が始まるが、バートらはカナダに不時着し、そこで全世界に戦争が起こったことを知る。ナイアガラのゴート島に逃げたバートはやっとの思いで島を脱出するが、世界は大禍乱のさ中である、というもの。『報知新聞』連載の小説は〈バート〉を〈牧野与三八〉というように登場人物を日本人に変え、また、新聞小説という制約のためか随分と内容、表現共に端折っている。まさに翻案と言うべきものである。これに対し、『科学世界』臨時増刊の方は登場人物の名前も原作通り、また、訳も抄訳とはいえ、ほとんど原典に沿った形になっている。

　さて、ここで注目すべきは『科学世界』臨時増刊『世界の大禍乱空中戦争』と単行本の『将に来らんとする空中戦争』の両者の中心は空中戦争によって世界が破壊され大禍乱が起こる場面であるが、『科学世界』臨時増刊号『世界の大禍乱空中戦争』には「大団円」が概略のみにされつつも、主人公が故国に戻り恋人と再会する事が記されており、空中戦争の後の世界を暗に示している、という点である。啄木の詩は「新しき都の基礎」と題され、詩中にも〈「新しき都」はいずこに建つべきか？〉と〈新しき都〉が強調され、空中戦争による破壊の恐怖、悲惨よりもその後の未来にあるべき都市や社会を模索している。全く何も無い地点から想像力の羽ばたきで「新しき都の基礎」という詩を生み出したのが啄木なのか、それとも暗に示された世界を跳躍台に想像の世界に着地したのが啄木なのか、今となっては確かめようがなく、推測するしかない。筆者は『科学世界』臨時増刊『世界の大禍乱空中戦争』に見える、バートのその後の示唆した部分が啄木の想像力を喚起したのではないか、と考えている。というのも、『将に来たらんとする空中戦争』の末尾ではあまりに悲惨すぎるからだ。それは次のようである。(写真4参照)

　　かくて戦乱又戦乱、大国民大国家は壊れて唯人の記憶に止まり、死屍路
　　に横はつて之を葬るものなく、偸盗白昼に横行し、社会制度は破れ彼処

に悪党が一国土地を占領するものあるかと見れば、茲に偸盗の一隊あり。しかして是等の国体結んでは解け、解けては又結ぶ、人文退化の速なる事は前代未聞、羅馬帝国にゼルマン人種の侵入して暗黒時代となりたるとは、大小の差日を同じうして語る事ができない。

　嗚呼文明の絶頂は、やがて是野蛮の麓であるか、国破山河在、城春草目深。倫敦市中今は徒に廃屋重畳して老人には追慨の涙、小児は徒に驚駭の眼を見張らさせるのみであつた。

このような悲惨な結末に付加された「大円団」の数行であるからこそ、破壊の後の世界の存在を啄木に示唆し、そのあり方を啄木に考えさせたのではなかろうか。

なお、詩の内容の点からだけ考えるならば、『科学世界』臨時増刊『世界の大禍乱空中戦争』や杉田城南の『将に来らんとする空中戦争』よりも『報知新聞』の連載を単行本にしたと推測されている高田梨雨の『科学小説　空中戦争』の方が影響関係が認められるのではないか(13)。

近藤も指摘するように、刊行年月日の点では高田梨雨『科学小説　空中戦争』を啄木が読んだ可能性はほぼないと言える。また、〈city〉の語の訳が「都市」「都会」ではなく『科学世界』臨時増刊『世界の大禍乱空中戦争』、杉田城南『将に来らんとする空中戦争』では共に〈都府〉となっているのに対し、『報知新聞』の「空中戦争」では〈首府〉となっている。もちろん啄木は「新しき都の基礎」の中で〈都府〉の語を用いているのであるから詩語の点でも影響を感じさせない。しかし、「新しき都の基礎」では「新しき都」が建つべき所として、〈定まりも区別もなき空気の中に：果てしれぬ蒼き、蒼き空のもとに！〉と書いている点に注目したいのである。というのも、『報知新聞』の「空中戦争」最終回には次のような部分があるからだ。

　　国際社会主義同盟会の活動とは果たして何であつたらうか。此時迄に

世界各国の国民は軍事費の重き負担に苦で居た。是に於いてか国際的社会主義同盟会なるものが成立した、成立した計りでは無い。年一年に其勢力を拡張して、今は世界各国に無数の同盟会員を見るに至つた。無論日本にも多数の同盟会員はあつた。彼等は十九世紀初期の社会主義者の様に帝王を殺し政府を顛覆することを以つて其目的としなかつた。此等は寧ろ第二の目的であつた。彼等は先づ第一に各国の国境を撤廃し、世界を打つて一丸となすを其第一の目的にした。之は軍備の負担を避けんが為めに起こつた目的であつた。無論社会主義内部の改造に就いても主義綱領を持つて居たが、焦眉の急なる軍備撤廃を期する為めに国境撤廃を以て其第一の目的としたのである。社会主義とは言へ実は世界主義であつたのだ。

　（略）若し各国政府が戦争を中止し、今後に於いて全然軍備を撤廃することを約せずんば、同盟会員は納税を拒絶し兵役の義務を果さず、猶ほ進んでは一軍を組織して飽く迄各国政府と戦はんと決議した。全世界に於ける同盟会員の総数は一億人である。各国政府も耳を傾けずには居られなかつた。（略）

　斯くの如くして各国政府は軍備を撤廃したものゝ、国境は急には撤廃しなかつた。現状維持の下に兵を養はざることに同意したのであつた。（略）東洋の地図は斯くの如く塗り代えられたが、西欧の地図は依然として元の儘であつた。蓋し全世界の地図が一色になるのも近き将来にあるのであらう。

　〈国際社会主義同盟〉の働きにより〈各国の国境を撤廃〉、そして〈全世界の地図が一色になる〉という発想と、啄木の掲げた〈新しき都の基礎〉とはどこか似通っている。啄木の考える新しい都の基礎とは、滅びたる歴史の上ではなく、全く新しい歴史を創造する世界に設置されなければならないのだ。そして、〈思考と愛〉のような抽象的、観念的なものの上ではなく、我らが足

を付けて立っているこの大地の上に、例えば夫婦制度というような決まりや人々を区別するもののない世界に、そして、果て知れぬ青い空のもとに立つのでなければならない。〈はてしれぬ蒼き、蒼き空のもと〉とは、無限の広がりを見せる世界を象徴しており、〈何の〉〈定まりも区別もない〉世界と重なっている。

　この『報知新聞』の末尾には、〈記者曰く此の小説は英国ウエルス氏の The war in the Air を骨子として作りたるものなるも、記者の独創と創意とを加へたる点甚だ多し、〉と付記されているが、まさにこの小説の末尾部分は〈記者の独創と創意〉の結果であろう。H.G.WELLS の "THE WAR IN THE AIR" には The Epiloge を含めて管見ではこのような描写の箇所は見当たらなかったからだ。

　ここで H.G.WELLS [14]について簡単に触れておこう。彼が理科教師から文筆業に転じたのは1894年頃と言われる。1995年、未来への旅行を扱った処女作『タイム・マシン』を発表、成功を収め、それに続く一連の空想科学小説『透明人間』（1897）、『宇宙旅行』（1897）、『月世界旅行』（1901）、『空中戦争』（1908）などで、自然科学知識と鋭い想像力の融合で驚くべき独創性を示し、作家としての地位を確立したという。同時に下層中産階級の実態を描いた写実的な喜劇小説も書いている。生物学的進化論への信念により、人類社会が必然的にユートピアを目指して進化するという思想を持つに至り、『発展途上の人類』（1903）、『近代のユートピア』（1905）などでその社会観を示した。この頃から社会主義に傾倒し、1903年フェビアン協会に加わったが、まもなく協会の方針に批判的となり、『古いもののための新世界』（1908）『最初と最後のもの』（1908）で、彼自身の社会主義思想を明らかにした。そして、キリスト教のドグマや形骸化した生活規範などを糾弾し、ほとんど無道徳とも言うべき自由を主張し、社会的平等や世界の平和、人類の未来などのために大胆に戦った、と言われている。

　『報知新聞』の〈記者〉は H.G.WELLS の革新性を考慮して「空中戦争」の

末尾を書き加えたのだろうか。それとも〈記者〉自身の求める理想の実現を末尾に込めたのだろうか。いずれにしても現況の世界構造の枠組みを取り払い、変革を目指す志向性が存在していることは確かだ。啄木の「ローマ字日記」には〈貸本屋〉から〈『空中戦争』という本を〉借りたとあることから、啄木がこの時読んだのは新聞小説でないことは確かである。しかし、啄木が『報知新聞』を読んでいたとすれば、当然、連載小説であった「空中戦争」を目にしていたと考えられ、本を読みながらその結末を思い出した可能性も考えられないわけではない。また、今はまだ発掘されていないが、同訳の異本が存在しているのかもしれない。そして啄木が全く『報知新聞』の「将に来らんとする空中戦争」を読んでいなかったとしても、啄木の思想と共鳴する思想がこのように公の場で明らかにされていること自体、時代状況を知る上で大変興味深いことと言えるのではないだろうか。

2 ローマ字詩「新しき都の基礎」

さて、ここでもう一度、「新しき都の基礎」の詩を顧みることにしたい。

前半部分は貸本屋で借りた『空中戦争』から触発されたと考えられる場面が描写されるが、後半部分は啄木の想像力の飛躍によって、彼独自の精神世界が示されている。世界の大崩壊の後に建てられる「新しき都」は、今までの歴史の繰り返しの上にではなく、抽象的な世界の上にでもなく、私たちが踏み占める大地の上にそれは確固としたものとして建たねばならぬ、という想いが表明される。しかし、〈なんの―夫婦という〉の箇所の解釈が分かれる可能性がある。なぜならば、この言葉がどこに掛かるか判断しにくいためだ。だが、それは末尾三行目と二行目に用いられている「：」と「―」の意味を理解すれば解決する。

まず、確認しておきたいことは〈なんの―夫婦という〉の後にピリオドが付されていない事だ。筑摩書房版『石川啄木全集』の「ローマ字日記」では

〈NAN NO―HŪHU TO YŪ〉の後にピリオドが付いているが、今回「ローマ字日記」の原本を所有している函館市立図書館に問い合わせたところ、ピリオドは付いていないことが改めて確認できた。よって、〈何の―夫婦という〉の言葉は、行が替っていても意味的には次の部分〈定まりも　区別もなき空気の中に〉へ掛かっていくと考えるのが自然であろう。

　では、「：」の意味であるが、啄木がどのようにこれを用いていたかを知る必要がある。例えば、この詩が書かれた前日の４月12日の記載に次のようにある。

　　　Yo wa Yosano-si to sara ni tikaduku Nozomi wo motanu to tomo ni, aete kore to wakareru Hituyō wo kanzinai : Toki araba imamade no On wo syasitai to mo omotte iru. Aki-ko san wa betu da : Yo wa ano Hito wo Ane no yō ni omou koto ga aru......
　　　〈余は与謝野氏とさらに近づく望みをもたぬと共に、あえてこれと別れる必要を感じない：時あらば今までの恩を謝したいとも思っている。晶子さんは別だ：余はあの人を姉のように思う事がある。〉

このように「：」には前文を詳細に説明する意味で用いられていることが判る。では「―」はどうか。同じく「ローマ字日記」４月10日には次のような詩の一節がある。

　　　Karada ga hu-u-wari to doko made mo―
　　　Anshin no Tani no Soko mademo sidunde yuku yō na Huton no ue ni, iya,
　　　（略）
　　　Kono Kimono wo―omoi,omoi kono Sekinin no Kimono wo
　　　Nugi sutete simattara, (ah, uttori suru!)
　　　〈身体がふうわりとどこまでも―

安心の谷の底までも沈んでゆくような布団の上に、いや、
（略）
　この着物を―重い、重いこの責任の着物を
　脱ぎ捨ててしまったら（ああ、うっとりする！）〉

　「―」は「：」と同じく前の部分の内容を詳細に説明しているのが判る。そして、「―」と「：」の違いは「―」が前文が一文である場合、「：」は前の一語を受けている場合と言えるだろう。
　特にこの例の後半は行替えも含めて「新しき都の基礎」と同じ構造になっている。とすれば、「新しき都の基礎」の〈何の〉という言葉はやはり〈定まりも区別もなき〉に掛かってゆくのである。そしてそれを詳しく説明する言葉として〈夫婦という〉があるのだ。つまり、「夫婦というような何の定まりも区別もない空気の中に」という意味であることが確認できるのである。
　これらを踏まえ、もう一度「新しき都の基礎」に戻れば、啄木の主張をより鮮明に理解することができる。啄木の考える「新しき都の基礎」とは、大地の上にしっかりと根付くべきものであり、それは夫婦制度を始めとして何の区別もない自由な人間社会の空気の中に、更に、それは何も遮るものの無いどこまでも続く青い空のもとに建つべきもの、ということになる。
　では次に、この詩の意味を「ローマ字日記」全体に還元して考察してゆきたい。

3 ｜ 破壊と創造「新しき都の基礎」の世界

　「ローマ字日記」を書いた啄木はその疲弊した心境を日記の中で赤裸々に綴っている。明治41年末から啄木の心には〈一種の革命〉が起こったとある。啄木は〈積極的自然主義〉を標榜する。「新しき都の基礎」が書かれる2日前の4月10日の日記を見てみよう。（以下、引用は漢字仮名混じり文に直したもののみ

とする。)

　「すべて新しく、」それが余の一日一日を支配した「新しい」希望であった。予の「新しい世界」は、即ち、「強者─『強きもの』の世界」であった。
　哲学としての自然主義は、その時「消極的」の本丸を捨てて、「積極的」の広い野原へ突貫した。彼─「強きもの」は、あらゆる束縛と因襲の古い鎧を脱ぎ捨てて、赤裸々で、人の力を借りることなく、勇敢に戦わねばならなかった。

しかし、束縛や因襲と勇敢に戦う〈強者〉として生きる新しい自己を啄木は自ら否定するに至る。啄木はこの後、次のように続けている。

　武装した百日は、ただ武者ぶるいをしてる間に過ぎた。予は誰に勝ったか？予はどれだけ強くなったか？　ああ！
　つまり疲れたのだ。戦わずして疲れたのだ

この疲労に啄木の家長としての〈責任〉がのしかかる。明らかに啄木は家長としての重責に喘いでいる。函館に残してきた家族からは送金を依頼する手紙、早く東京に呼んで欲しい旨の手紙が届く。必要なものを買う時にも家族の窮弊が脳裏を過り、自己を責める声を聴く啄木。幼い京子の胃腸病に心傷める啄木。思うように小説が書けない焦り。啄木は家族への愛がある故に家長としての腑甲斐なさを嘆かざるを得ない。愛情と表裏一体に存在する家族を守ることのできない悲しみ、その悲しみから逃れて自由になりたいという願望とそれができない苦しさ。二律背反の感情に引き裂かれそうになっている啄木は狂気寸前である。だから、妻・節子への愛情を確認しながらも、恋人時代の恋愛感情から制度にからめ取られた「夫婦」への変化に苛立ちを

覚えている。こうした啄木の行き場のない想いは、現実的には一方は娼婦を買うこと、衝動的な浪費、もう一方は〈安心〉を求めて疾病と逃避への願望、自殺をまねるような死への誘惑というものに形を変えていくことは周知の通りだ。そして、思想的には〈社会制度〉批判となる。「ローマ字日記」の冒頭、4月7日の記述には、妻を愛しながらも、この赤裸々な自己を綴ろうと決意した日記をローマ字書きにすることで妻に読ませることを回避しようとする自己の心理を分析し、次のように結論づける。

> つまりこれは夫婦関係という間違った制度があるために起こるのだ。夫婦！なんという馬鹿な制度だろう！

　啄木の生の総体の中に、特に文学、性、経済の場面の裏側に潜む卑屈さや汚辱、弱さ、というものを愛する妻には見せたくないという心理がある。この隠そうとする心理自体が〈弱者〉のものではないか、と自らを責めつつ至り着いた結論が上記の引用部分である。啄木は考える。己の弱さが問題なのではなく、〈夫婦〉であるために、夫は夫ととしての立場、つまり、現実生活では経済を担う〈責任〉を全うしなければならない、と。そして、夫婦としての性のモラルを守り、〈弱者〉の弱音を吐くことは許されずに常に精神的な仮面をつけねばならぬ窮屈さを味わっているのだ、と。
　また、4月15日には次のような記載がある。

> 現在の夫婦制度―すべての社会制度は間違いだらけだ。予はなぜ親や妻や子のために束縛されねばならぬか？親や妻や子はなぜ予の犠牲とならねばならぬか？しかしそれは予が親や節子や京子を愛してる事実とはおのずから別問題だ。

　この部分から、啄木の言う〈夫婦制度〉とは、夫婦を核としそこから派生

する家族制度の問題を中心に据えながらも、社会の中で機能している様々な制度全体の象徴であることがわかるだろう。「新しき都の基礎」が書かれた4月13日の日記には、まず、母から手紙が届いたことが記されている。〈ヨボヨボした平仮名の、仮名違いだらけな母の手紙〉は〈東京に出てから五本目の手紙〉である。〈初めの頃からみると間違いも少ないし、字もうまくなってきた。それが悲しい！〉と書く啄木である。そして、啄木は次のようにも記している。〈母が幼なかった時はかの盛岡仙北町の寺子屋で、第一の秀才だったという。それが一たびわが父に嫁して以来四十年の間、母はおそらく一度も手紙を書いたことがなかったろう。〉母・カツは周知のように武家の出身である。気位高く、また学問も少なからず身につけて秀才であったという母が、石川一禎のもとに嫁いだ後は字を書くこともなく、このような哀れな手紙を書くという現実。母とて、年老いてこのようなみじめな生活をするとは想像していなかったであろう。啄木は手紙を読みながら母の生涯を想い、嫁いだ男によって翻弄される女の人生、そうした当時の女が置かれた社会的位置の低さに少なからず想いを馳せていたのではないだろうか。これは妻・節子に対しても同じことが言えるだろう。4月15日の日記には〈人の妻として世に節子ほど可愛想な境遇にいるものがあろうか!?〉とある。〈人の妻〉という立場が冠せられることによって節子に齎された不幸に啄木は想いを馳せているのだと思われる。では、啄木が彼女たちのために具体的な行動を起こしたかといえばそれはない。それどころか「ローマ字日記」の中には閉塞した精神状態のはけ口として娼婦たちに手荒な行動をとり、殺意さえ抱く自己中心的な啄木がいる。しかし、家族制度を始めとする社会制度の在り方に疑念を抱き、社会構造自体の在り方を問題にしようと湧き出す啄木の視点は、中山和子[15]が指摘するように、田山花袋を始めとする当時の自然主義作家と比較しても特筆すべきものがある。

　しかし、先にも述べたように、この頃の啄木が何よりも強く感じていたのは疲労であった。

予は悲しい。予の性格は不幸な性格だ。予は弱者だ、誰のにも劣らぬ立派な刀を持った弱者だ。戦わずにはおられぬ、しかし勝つことはできぬ。しからば死ぬほかに道はない。しかし死ぬのはいやだ。死にたくない！
　しからばどうして生きる？（「ローマ字日記」4月10日）

　このような啄木を時折襲ったのは、社会変革への具体的ビジョンより、創造よりも現実社会自体を破壊したいという衝動だったのではないか。
　4月14日の日記にはもの足りぬ想いを抱いた啄木と金田一京介が下宿の部屋いっぱいに桜の花を散らし子供のようにはしゃぐ場面が書かれている。

　金田一君に布団をかぶせバタバタ叩いた。そして予はこの部屋に逃げてきた。そしてすぐ感じた。
「今のはやはり現在に対する一種の破壊だ！」

　屋外と屋内の秩序を混沌とさせ、友人に振るわれた罪のない暴力。これは社会制度、人間関係といった啄木を巡る現実を破壊したいという願望の屈折した表われに相違ない。
　畢竟、この想いが『空中戦争』に触発されて「新しき都の基礎」を書かせているのではなかったろうか。〈フェニックスの如き空中軍艦〉によって〈あらゆる都府が毀たれ〉〈戦は長く続〉き、〈人々の半ばは骨となる〉という恐ろしい光景を描写した詩の前半部分。これはまさにこの詩の後半の「新しき都の基礎」を築くためには不可欠なものなのである。啄木は啄木を巡るどうしようもない現実を木端微塵に破壊したかったのだ。それはこの世界が死の匂いに埋もれてしまっても遂行したかったものなのである。『空中戦争』に繰り広げられた空中艦隊による世界破壊に、啄木は自らの屈折した想いの実現を見たのだと思われる。そして、この頃の啄木は、自らの詩の中で破壊した世界の上にしか「新しき都の基礎」を築くことができない状況だったのだ。

「新しき都の基礎」とは、当時の夫婦制度、家族制度を始め、あらゆる社会制度の破壊の上に成立するものであり、社会構造の根本から構築し直す必要を啄木は感じている。そして、今までの社会の枠組みをすべて取り払った所に新世界は開かれるのだと信じていたのだった。

　４月10日の日記では、啄木は標榜した〈積極的自然主義〉を〈新理想主義〉とも呼んでいる。しかし、この〈理想〉は今までのような〈哀れな空想〉ではないと言う。同日の日記には、

　　あらゆるものを破壊しつくして新たに我等の手ずから樹てた、この理想は、もはや哀れな空想ではない。理想そのものはやはり「ライフ・イリュージョン」だとしても、それなしには生きられぬのだ。―この深い内部の要求までも捨てるとすれば、予には死ぬよりほかの道がない。

という一節がある。戦いと誤謬に満ちた現実社会の完全な破壊の上に樹立する理想。この啄木の願望を、H.G. WELLSの『空中戦争』のヴィジョンを借りながら詩に形象化したのがローマ字詩「新しき都の基礎」だったのである。

注
(1)　桑原武夫「啄木の日記」（岩波版啄木全集別巻『啄木案内』所収、昭和29年）
(2)　相馬庸郎「『ローマ字日記』について」（『日本文学』、昭和35年２月）
(3)　ドナルド・キーン「啄木の日記と芸術」（『文芸』別冊『石川啄木読本』、昭和30年３月）
(4)　(1)(3)に同じ
(5)　今井泰子「『ローマ字日記』」（『石川啄木の手帳』学燈社、昭和53年）
(6)　本文中の『ローマ字日記』の引用は桑原武夫編訳、岩波文庫『ROMAZI NIKKI』（岩波書店、昭和52年）によった。
(7)　漢字仮名混じり文は筑摩書房版『石川啄木全集』第６巻（平成５年）の表記を参考にした。

⑻　岩波書店編集部編『啄木案内』(岩波書店、昭和36年)
⑼　『啄木文庫』第7号(関西啄木懇話会、昭和59年)
⑽　『石川啄木と明治の日本』(吉川弘文館、平成6年)
⑾　『報知新聞』連載ののタイトルは初回から34回目までが「将に来らんとする空中戦争」であり、2月13日(2月12日夕刊分)の35回分より「空中戦争」となっている。
⑿　"THE WORKS OF H.G.WELLS VOLUME XX"復刻版(本の友社、平成9年)によった。
⒀　この点についての以下の考察は、高田梨雨の『科学小説　空中戦争』が国立国会図書館では紛失本になっており、また、稀少本であることから筆者が未見の為、近藤典彦の言を信じ、『報知新聞』の「空中戦争」と高田梨雨の『科学小説　空中戦争』が同じものであると前提し、本の内容は『報知新聞』掲載の「空中戦争」よりの考察である。
⒁　『ブリタニカ国際大百科事典2』(TBS・ブリタニカ、昭和59年)
⒂　「石川啄木と自然主義」(『国際啄木学会台北大会記念論集』、平成4年)

＊『科学世界』臨時増刊『世界の大禍乱空中戦争』の閲覧を許してくださいました北海学園大学図書館、また、本稿執筆にあたりご協力をいただきました石川啄木記念館の山本玲子学芸員、函館市立図書館の渡辺美紀子さんに厚くお礼申し上げます。

第4章　ツルゲーネフ "On the eve" と啄木

　啄木とロシア文学者について顧みた時、想起される一人にツルゲーネフがいる。ツルゲーネフのわが国への移入(1)は1888年、二葉亭四迷「あひゞき」(『猟人日記』の一部）の翻訳が初めてである。以後、『片恋』(『アーシャ』)、『めぐりあひ』(『三つの出会い』)、『浮き草』(『ルージン』) 等が紹介され、更に英訳も入って田山花袋、国木田独歩、島崎藤村などの自然主義文学に影響を与えた。
　このように時代的にツルゲーネフ熱が高まっていた時、啄木も彼の文学に触れ、影響を受けている。その最も顕著な例が次の歌であろう。

　　みぞれ降る
　　石狩の野の汽車に読みし
　　ツルゲエネフの物語かな

（明治43年5月7日『東京朝日新聞』）

　北海道漂泊時代、「あひゞき」を読み、その原本に触れて〈ツルゲーネフが『猟人日記』〉(「秋風記」)、〈拳銃を肩にしたツルゲーネフ〉(「雪中行」) としたためていた啄木が、自らの体験を基に創作発表した短歌である。この頃、啄木は朝日新聞社で『二葉亭四迷全集』の第一巻の編集校訂の最中であったので、それもこの作品詠出のモチーフとなっているのかもしれない(2)。しかし、啄木が影響を受けたのは『猟人日記』だけではない。上京後、相馬御風訳の『その前夜』(On the eve) を読み、〈ツルゲーネフ！　予の心を狂はしめんとする者は彼なり。〉と小説創作の活力としているのである。しかし、その翌日には啄木はツルゲーネフを〈十九世紀の文豪〉〈彼は死んだ人〉〈彼はあまりに古い〉と否定する。それはなぜなのだろうか。本論では、『その前夜』を巡る

啄木の読書体験と、ツルゲーネフ超克の意味を検証してみたい。

1 　啄木の『その前夜』読書体験

　啄木がツルゲーネフの『その前夜』を読んだのは、『日記』から明治41年5月19日より23日の間と考えられる。この頃の啄木は北海道から上京し、金田一京助の友情により、本郷菊坂の赤心館に下宿し、小説家としての成功を目指して「菊池君」「病院の窓」「母」「天鵞絨」「二筋の血」「刑余の叔父」の六作品、三百枚を書いていた頃である。書いた翌日には作品を読み直して絶望に駆られ、また、その翌日には希望を持つ、といった小説執筆の揺れる感情を日記に綴っている。「病院の窓」を書き起こして3日め、30枚ほど書き終わった5月20日の日記には次のようにある。

　　　寝てから御風訳の"その前夜"(ツルゲネフのOn the Eve)を半分程読む。どの人物も、どの人物も、生きた人を見る如くハツキリとして居る書振り！予は巻を擲つて頭を掻むしつた心悪きは才人の筆なる哉。

5月22日にもツルゲーネフに対する感嘆の声を記している。

　　　"On the eve"を読みつづける。噫、インサロフとエレネの熱き恋！予は頭を掻乱される様だので、室の中を転げ廻つた末、"ツルゲーネフ！予の心を狂せしめんとする者は彼なり。"と書いた手紙を下の金田一君にやる。金田一君が来た。予は唯モウ頭が乱れて、"ツルゲーネフの野郎"と呼んだ。そして必ずこのOn the Eveと競争するものを今年中にかくと云つた。

　ところが5月23日には啄木のツルゲーネフ理解は180度転回してしまう。

昼頃、On the Eve を読み了つた。ツルゲーネフは矢張十九世紀の文豪で、予は遂に菊坂町の下宿に居て天下をねらつて居る野心児であつた。彼は死んだ人で、予は今現に生きてゐる……
　彼は小説をあまりに小説にし過ぎた。それが若し真の小説なら、予は小説でないものを書かう。
　予は、昨夜彼と競争しようと思つた事を茲に改めて取消す。予の競争者としては、彼はあまりに古い、話し上手だ、少し呆けた考を持つて居る。予は予の小説を書くべしだ。

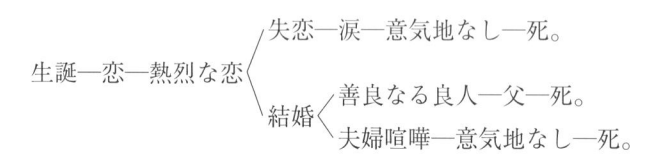

$$
\text{生誕—恋—熱烈な恋} \begin{cases} \text{失恋—涙—意気地なし—死。} \\ \text{結婚} \begin{cases} \text{善良なる良人—父—死。} \\ \text{夫婦喧嘩—意気地なし—死。} \end{cases} \end{cases}
$$

これは十九世紀までの小説に現はれたる人の一生であるが、今はよほど変わつた。

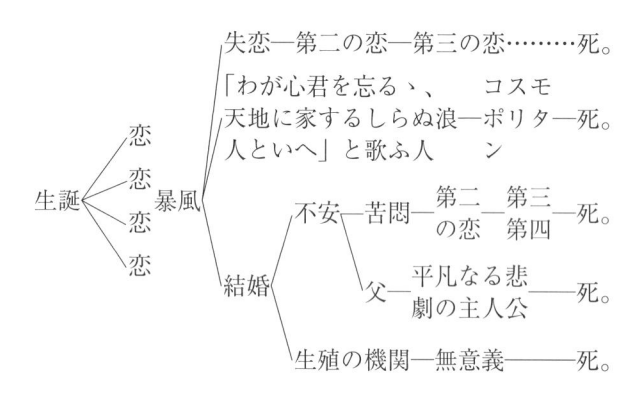

$$
\text{生誕} \begin{cases} \text{恋} \\ \text{恋} \\ \text{恋} \\ \text{恋} \end{cases} \text{暴風} \begin{cases} \text{失恋—第二の恋—第三の恋………死。} \\ \text{「わが心君を忘るゝ、天地に家するしらぬ浪—コスモポリタン—死。人といへ」と歌ふ人} \\ \text{結婚} \begin{cases} \text{不安—苦悶} \begin{cases} \text{第二の恋　第三　第四—死。} \\ \text{父—平凡なる悲劇の主人公—死。} \end{cases} \\ \text{生殖の機関—無意義———死。} \end{cases} \end{cases}
$$

　このような言及から、啄木の『その前夜』理解を整理すれば次のようになろう。
　①　人物描写、人物造形の鮮明さに感服している。

②　インサーロフとエレーナの熱い恋に感応している。
③　前世紀的で古い小説、怠けた考え（この点を啄木の図から考えれば恋愛や人生が単純であるということ）に基づく小説であり、自分の目指す小説とは異なる。

ということになろう。こうした啄木の見解の妥当性について、以下、検討してみたい。

2 "On the Eve" の世界

まず、"On the Eve" の世界を辿ってみたい。

作者のイヴァン・セルゲエヴィチ・ツルゲーネフは、1818年、ロシア中部のオリョール県の地主貴族に生まれた。すでに少年時代、周囲の農奴たちの悲惨な生活に深く心を傷つけられ、農奴解放を心に誓ったという。彼は短編集『猟人日記』（1852年）で文壇的地位を確立したが、これは農奴制に対する芸術的抗議として読まれ、農奴解放に大きな役割を果たした。長編第一作『ルージン』（1856年）に於いて典型的な「余計者」を描き、1840年代の理想主義者たちを歴史に定着させ、以後、ロシア知識人の精神史を文学の中に形象化していった。続いて、『貴族の巣』（1859年）で滅び行く貴族文化の挽歌を歌い、『その前夜』（1860年）でロシアの未来を担うのは雑階級の知識人であることを予告し、『父と子』（1862年）では、40年代の「観念の世代」と60年代の「行動の世代」の相克を描き、「神」を「科学」に置換したニヒリスト・バザーロフの形象を通して、今後のロシアの変革には彼等の存在が必要不可欠であることを書いた[3]。

『その前夜』は祖国の独立運動に一身を捧げたブルガリア青年・インサーロフと、その情熱に共鳴して親も国も捨てて異郷にさすらうエレーナとの恋愛を中心にした物語である。この二人は、ツルゲーネフの第一長編『ルージン』において1840年代を代表するロシア知識人階級〈美しく勇ましい高遠な理想

を空理的雄弁の形式に依るよりほか表現の方法を知らぬ、悲しき実行上の不能者〉たちを不滅の芸術的典型として創造したツルゲーネフが、〈その対蹠的人物を描きたいといふ、抑え難い願望を抱き始めた〉ところに生まれたと考えられる(4)。ツルゲーネフの作り出したインサーロフは、祖国の民衆を解放へ導こうとする強い意志と情熱を持ち、脆弱な内省や美学的な傾向を排除した徹底的な合理主義者である。ツルゲーネフはこうした英雄のモデルに巡りあえずにいたが、たまたま手に入れた手記によってブルガリヤの志士カトラーノフの生涯とロシアの乙女との恋愛事件を知り、これを素材に新しいテーマのためにインサーロフを造形したのだという。ロシアのインテリゲンチャ達が具体的な活動を行うことが出来ず、漠然と民衆奉仕のために努力している時に、「祖国の民衆解放」という明瞭な目的に向かって活動するインサーロフは強くたくましい存在である。しかし、究極の目的が祖国からトルコ人を追い出しさえすればよい、ということであるとすれば、その強さ、たくましさも「単純」なものといわざるを得ない。ツルゲーネフが次に書いた長編『父と子』のバザーロフにインサーロフの意志と熱情は受け継がれているが、ロシア・インテリゲンチャが抱える複雑な政治、社会、道徳の諸問題と対峙するバザーロフとは、その「深さ」と「陰影」の点であきらかに劣るのがインサーロフと言えるだろう。

　一方、そのインサーロフに恋するエレーナはどうであろうか。エレーナは初め、従兄の芸術家・シュービンに惹かれるが、まもなくその変わりやすい気まぐれな性格と不真面目に見える人生への態度のために彼を軽蔑するようになる。また、ベルセーネフに対しても、初めは彼の落ち着いた真面目な性格に好感を持ち、惹かれるが、余りに学究的で静的なベルセーネフの人間性に満足することはできなかった。エレーナは存在の全てを賭けて愛せるような英雄的人間を求めていたのである。そのエレーナの心を完全に支配したのがインサーロフなのであった。彼女は熱烈な愛国者・インサーロフの祖国救済事業に自己の生涯を結びつけることによって、初めて生の意義を感じたの

である。

　このエレーナは第二長編『貴族の巣』の女性主人公・リーザと相対立する新しい性格として、鮮やかに描き出されたと言われる。米川正夫は次のように書いている[5]。

> リーザの性格の基調が柔らかみとつゝましさと、宗教的忍従の精神であるのに対して断じて妥協することの出来ぬ、毅然たる精神の所有者であり、宗教的・神秘的な傾向とはおよそ縁の遠い、実際的活動の欲望に燃えてゐる女性である。つまりこの実際的活動の欲望こそは、エレーナの性格の根本を形づくる最も重要なもので、そのために芸術さへも、生活そのものに比べるとまどろかしい。のん気な閑文字のように考えてゐる。

　そして、ツルゲーネフは『ルージン』のナタリヤを始めとして『ファウスト』、『アーシャ』、『手紙』などの女性主人公にこの実際的活動の憧憬を描いてきたが、まだそれらは暗示の域を出るものではなかった。しかし、この『その前夜』に到って、〈この強き性格の能動的女性の典型が完成されたと云ふべきである。〉とも書いている。まさにエレーナは新時代の先駆者である。人類の幸福のために社会的な大事業を求め、祖国独立運動に奮闘するブルガリアの志士・インサーロフに待望の英雄を見出して、親や家を捨て、異郷の空に向ったエレーナこそ新しい女性の典型であった。意志と実行に満ちた新時代の先駆者の新しい思想感情がそこに描かれていた、といってよい。

　では、強き性格を持ち、実際的活動を求めるエレーナがどのように描出されているのか、その一端を紹介しよう[6]。

> 人間の弱点は彼女を憤慨させ、愚劣さは怒りを呼びさました。そして虚偽となると、金輪際許すことができないのであつた。(略) エレーナは読書だけでは満足できなかった。彼女は幼い頃から実行——実行的な愛に

渇してゐたのである。
　貧しき者、飢えた者、病める人々は、彼女の注意を呼び醒まし、不安を掻き立て、精神的苦痛を与えるのであつた。彼女はかういふ人々を夢にさへ見た。そして知人といふ知人に、彼等のことを根掘り葉掘り聞いた。施し物をするときの態度なども通り一遍のものでなく、自分でそれと意識しないけれど、さうした行為を重大視して、殆んど興奮の色さへ示すのであつた。すべて苦しめられ虐げられてゐる動物は、(略)エレーナの守護を受けないものはないほどだつた。

このようなエレーナは価値観を共有するインサーロフと出会い、共に人生を歩もうとする。周囲の抵抗にめげず、障害の多い恋愛と結婚を、勇敢に躊躇することなく彼女は成し遂げた。そして全てを捨ててロシアから出国する。恋する乙女の一途さ、純粋さ、結婚が成就した時の喜び、そして、悲壮なヒロイズム。インサーロフとエレーナの二人は、ロシアの社会に兆してきた自由と光明への期待、農奴制撤廃への希望の具象化として、新時代を担う者たちの支持を得たと考えられる。
　こうしてみると、『その前夜』はアレクサンドル２世の即位以来、醸成されてきたロシアの革命肯定的雰囲気に合致した作品として注目されてきたことがわかるのである。エレーナはまさにその革命肯定的雰囲気の体現者として描かれた存在なのであった。

3 ｜ 啄木の理解した『その前夜』

啄木の『その前夜』読書体験については、日記の記述を中心に前述した。その主要な観点として３点を挙げたが、第１点目のリアルな人物造形、第２点目のエレーナとインサーロフの激しい恋愛は一般的な『その前夜』評価と重なっていると思われる。しばしばツルゲーネフの文学の特色として挙げら

れるのは、恋愛を骨子とし、女性描写が秀逸であることである。概してツルゲーネフの女主人公は、優美で情熱的、理知的で、男性の上に立ち、男性主人公の批判者として存在する。そして、ツルゲーネフの文学の中で一つの系譜を形作っている。即ち、ナタリア（『ルージン』）、ソーザ（『貴族の巣』）、エレーナ（『その前夜』）というように、意志が強く、情熱的で、誠実、献身的な女性たちなのである。

　興味深いのは第３点目である。啄木はツルゲーネフを19世紀的、古い文豪と位置づけ、あまりに小説的であるという。それはなぜなのだろうか。

　その答えを出すための補助線の役目を果たすのが日記に記された啄木自身の書いた人の一生に関する図式であろう。生誕から始まり、熱烈な恋をし、その後は失恋と結婚とに分岐する。失恋から涙に咽び意気地なく死に到る人。結婚後、善良なる良人は父となり、死を迎える人。または結婚後夫婦喧嘩を経て、意気地なく死に到る人。これが19世紀的小説に現れた人の一生であるという。ツルゲーネフの『その前夜』はこのどの線上にもそぐわないように思うのだが、啄木はこの図式にツルゲーネフを当て嵌めていた。

　では、啄木が書いた「今」の人の一生はどうか。失恋の後も第２、第３の恋を経て死に到る。また、恋の暴風により、失恋と結婚だけではなく、浪人、コスモポリタンという選択肢も増えている。結婚も幸・不幸、善・悪的二元論の世界ではなくなり、不安と生殖の機関に分かれる。生殖の機関としての結婚は無意義であり、死に到る。結婚から生じた不安は苦悶となり、第２、第３、第４の恋に繋がり、死に到る。一方、不安の中で父となり、平凡なる悲劇の主人公を演じ、死に到る者もいる。このように、「今」の人の一生は、19世紀の小説に現れた人の一生より、多様化、複雑化していることが明らかであろう。恋は一度だけではないし、何よりも、結婚によって「安泰」が認められていない点に注目したい。「今」は、結婚は生殖のためであるという認識と、不安しかない。その不安の中で善良なる良人が父となり、平凡なる悲劇の主人公という否定的評価の元で死していたのに対し、不安から苦悶に発

展し、第2、第3の恋に進む。しかし、すべてに肯定的評価は与えられておらず、啄木は奇麗事ではない、人の一生の実相を写そうとしたと言えるであろう。

　ここで再び『その前夜』に戻ろう。芸術的しかし思慮分別に欠けたシュービンや学究的ではあるが静的なベルセーネフよりも、単純ではあるが激しい情熱を持って祖国の民衆解放に向かうインサーロフを選んだエレーナ。彼女は熱烈な恋をし、結婚に到り、ロシアを出国したわけだが、その後はどのように描かれているのであろうか。ブルガリヤを目指してウィーン、ベニスと旅を続ける二人であったが、インサーロフは乾いた咳を続け、痩せて年寄りくさく、輪郭はいたいたしいまでに変わり果てた、とある。そして、ベニスで二人で観たオペラの中で、若い女優が不意に迫ってきた恐ろしい死の幻影を目前にして発した「われに生を与えよ…かく若くして死に行くは！」という言葉が暗示するかのように、インサーロフは衰弱化し、「ロシアの新時代の虚偽」を暴きながら死んでいく。そして、エレーナはロシアに帰郷することなく、異郷の地で消息を絶つのである。

　啄木は、結婚後のインサーロフの病による死、といういささか唐突な感のある二人の別離の運命について、ツルゲーネフがうまく話をまとめようとした結果と考え、「怠慢」を感じたのではなかろうか。ツルゲーネフのリアルな人物造形と主人公である二人の激しい恋に感応し、啄木はこの恋人たちの結婚後の心理描写、換言すれば、激しい恋愛と結婚の果てに待っている男女の様相を期待していたのであろう。「病」という不可抗力の成せる業ではなく、啄木は「人間」の心理や行為の帰結として人の一生を考えたかったのではなかろうか。

　翌年啄木が執筆した「ローマ字日記」に顕著なように、上京後の啄木は、啄木の妻・節子への愛情は愛情として確かに存在しているが、「結婚」という制度に組み込まれたことにより、性が抑圧され、妻以外の女性に欲望を抑えきれないでいた。また、「個人」が圧搾され、経済的に家にがんじがらめにな

ることに抵抗の姿勢をみせる啄木がいた。啄木にとっては、自分たちと同じように熱烈な恋を経て結婚に到った夫婦の「その後」に大いに関心が向かったが、それが期待に反して書かれていなかった、ということになる。このような啄木にとってみれば、『その前夜』は前半は魅力あるものに違いないが、後半はうまくできすぎたお話にしか過ぎなかったのであろう。

　啄木が『その前夜』を読んでいた頃執筆していたのは「病院の窓」である。日記によれば５月16日から26日までの執筆で91枚の中篇である。〈思ふ存分に書ける。少し筆をひかへなくちゃならん位、自由に筆が動く。〉(20日)、〈小気味よく筆が進む。〉(21日)と書いていることから、興に乗って一気に書いたものであると考えられる。この作品は『釧路新聞』の同僚・佐藤衣川をモデルとし[7]、〈肉霊の争ひ宮中に絶ゆる事なく、下り坂一方の生活のために破廉恥心なくなり、朝から晩まで不安でゐる人間〉の描出を意図していたと考えられる[8]。主人公の野村良吉は、新聞記者の肩書きを悪用して金欲と色欲を満たそうとする男として描かれている。しかし、過去を知る竹山が編集長になったことで悪事が露見し、鉱夫や浮浪人であった昔に戻ることを野村は恐れる。そして、登場人物の言葉を借りて、この小説のテーマが「霊と肉」「実際と理想」の分岐点に立つ人間を描くことにあった、と明かされる。

　さまざまなエピソードを重ね、人物を造形しているが、田山花袋の平面描写や客観描写ではなく、主観の苦悩をぐいぐい描きこんでいく、岩野泡鳴流の一元描写の方法を用いているという指摘もある[9]。

　また、「赤痢」[10]。狂信的な天理教信者の遺児・横川松太郎が村の赤痢をきっかけに信者を急激に増やし私的な欲望を満たすが、それは下宿屋の主婦が発病することで一時に崩れてしまう、という物語である。両者共に〈破滅してゆく人間〉を描き、〈自然主義の潮流に投じた小説〉であり、「病院の窓」が人間の内面を克明に描いたのに対し、「赤痢」は破滅する生の外側を追っていく方法を執っている、と言われる[11]。

　以上俯瞰してきたように、この頃の啄木は人間の内面を克明に描くか、生

の外側を追っていくのか、人間の描写方法に最大の関心を寄せて執筆していたと考えられる。ツルゲーネフ『その前夜』も、当然その観点から読まれたのである。ゆえに『その前夜』が持つリアルな人物造形に関心を示し、恋愛・結婚もそこから派生する負の側面への展開を期待したのであろう。
　しかし、啄木に於ける『その前夜』の読書体験の意味を考える時、こうした描写方法以外にも忘れてはならないことがある。『その前夜』の末尾は、シュービンの次のような手紙の言葉である。

　　「あの不幸なエレーナの結婚が知れてのち、わたしがあなたの寝台に腰掛けながら話をした晩、あなたがわたしに云つた事を覚えてをられますか？わたしがあの時あなたに向かつて、ロシヤには人間らしい人間が出て来るだろうかと訪ねた時、あなたは『出て来るさ』と答えたでせう。覚えてゐますか？あゝ、あなたは全く、ロシヤの国土から発生した力ですね？で、わたしは今この『美しき遠国』から、もう一度あなたに問ひかけます―さあ、どうです、ウヴール叔父さん、出て来ますか？」

　この「人間らしい人間」の希求がこの小説を流れるテーマを体現していると考えられる。シュービンはかつてこう語っていた。

　　まだロシヤにはどこを見渡しても、まだ、人間らしい人間が誰もゐないんですからね。誰も彼も雑魚でなければ、口先ばかりの不平家か、みじめなハムレット型の自己反省患者か、でなければ、地下の闇のやうに盲昧な民衆か、さもなくば、愚にもつかない事を始終くどくど並べてゐる連中や、上べばかり景気がよくて中味の空虚な、太鼓の撥みたいな手合ひばかりです！中にはまたこんなのもありますよ―ばかばかしいほど細かく自分自身を研究して、自分の感覚を一つ一つしつきりなしに脈をとつて見て、やれ自分はこんな風に感じるの、やれこんな事を考へるの

だと、自分自身に報告をするんです。なんと有益な意味ある仕事ぢやありませんか！（略）いつになつたら、われわれの時代が来るんでせう？いつになつたら、ロシヤに本当の人物が簇出するんでせう？

　これはロシアの「新時代の人」希求の心情を代弁している言葉でもある。啄木が大きな思想的変貌を遂げる契機となった大逆事件は『その前夜』を読んだ翌年の出来事である。本書第Ⅰ部第1章でも述べたように、日露戦争後の日本の状況は啄木に意識の覚醒をもたらしていた。大逆事件の「前夜」を生きる啄木は時代変革の機を切実に待ち望んでいたに違いない。啄木はこのシュービンの問いかけの答えをツルゲーネフの小説の中に明らかな形で見つけたかったのではなかろうか。しかし、それはかなわなかった。だが、共に時代の変革期の「前夜」を生きる者として、ツルゲーネフの『その前夜』は啄木の脳裏に刻まれたのではないだろうか。明治末期という時代の中で、ツルゲーネフが明確に提示できなかったものを啄木は自らの手で捉み、「時代閉塞の状状」や「所謂今度の事」といった主に評論としてこの後、形象化してゆくのであった。

注
⑴　ツルゲーネフの日本への受容については、藤沢全「ツルゲーネフの『狩人日記』他移入─石川啄木における受容─」（『日本大学短期大学部（三島）研究年報』9集、1997年2月）に論及がある。
⑵　『石川啄木事典』（国際啄木学会編、おうふう、2001年）。尚近藤典彦は『一握の砂の研究』（おうふう、2004年）の中で、この歌が成立した背景を探っている。
⑶　『新版　ロシアを知る事典』（川端香男里他、平凡社、2004年1月）
⑷　『ツルゲーネフ全集第3巻』「改題」（米川正夫、日本図書センター、1996年）
⑸　⑷に同じ
⑹　本論中の『その前夜』の引用はすべて『ツルゲーネフ全集第3巻』（日本図書センター、1996年）によった。

⑺　『石川啄木全集第3巻』（筑摩書房、1993年）「解題」
⑻　明治41年5月18日の日記
⑼　⑵の「小説」の項
⑽　『スバル』明治42年1月
⑾　⑼に同じ

III 啄木詩歌の思想

第1章　啄木の「永遠の生命」

　石川啄木の第一詩集『あこがれ』(明治38年5月、小田島書房刊)の序詩「沈める鐘」(『時代思潮』明治37年4月)は、早くから序詩に目され、詩集の題名にも予定されていた啄木の自信作である。

　　渾沌霧なす夢より、暗を地に、
　　光を天にも劃ちしその曙、
　　五天の大御座高うもかへらすとて、
　　七宝花咲く紫雲の『時』の輦
　　瓔珞さゆらぐ軒より、生と法の
　　進みを宣りたる無間の巨鐘をぞ、
　　永遠なる生命の證と、海に投げて、
　　蒼空はるかに大神知ろし立ちぬ。

　ここに挙げたのは第一連のみであるが、「沈める鐘」の詩全体は、天地開闢の時に神が海の底に沈めた鐘の音を体感する事に〈永遠なる生命〉との一体感を感じ、この地上に神の加護を得て〈詩人の王座〉を作ろうとする詩人の想いを描いている。「永遠の生命」とは啄木の詩人としての自負心とも結びついた詩語と言えるだろう。
　この語の背景には鈴木貞美が提唱した「生命主義」[1]の大きな流れがあることは言うまでもないが、啄木は一体この語をどこから導いたのだろうか。
　明治・大正期の代表的総合雑誌『太陽』を主な舞台として明治三十年代半ばから繰り広げられた高山樗牛と姉崎嘲風のドイツ思想・文化受容と日本文明批評の論説が当時の青年読者達に大きな影響を与えた事は周知の事実であ

ろう。啄木もまたその一人であった。ここに取り挙げた詩語「永遠の生命」もこの高山樗牛と姉崎嘲風の論説より得たものと考えられる。しかし、先行研究では高山樗牛・姉崎嘲風の論説と啄木が当時執筆しようとした評論「ワグネルの思想」との比較はあっても、『あこがれ』の詩作品と高山樗牛及び姉崎嘲風の論説との関わりを論じたものは管見ではなかった。また、両者からの影響は単に「永遠の生命」という観念だけには留まらないのではないだろうか。彼等から受け継いだ精神は詩集『あこがれ』の世界に深く流れ込み、確かな思想基盤を形成しているのである。そこで、本論では、詩集『あこがれ』への高山樗牛と姉崎嘲風の評論の影響について、「永遠の生命」を始めとした「永遠」と「瞬間」についての時間論、詩人の使命の認識、「戦闘」意識等の観点から具体的に詩の表現に即して比較検証する。そして、啄木の内なる「永遠の生命」の変容過程についても追っていく。

1 │ 「永遠の生命」と「愛」の思想

　まず、高山樗牛と姉崎嘲風が主に『太陽』を舞台に繰り広げた論説の概観を振り返ってみたい。
　高山樗牛は『太陽』に発表した「文明批評家としての文学者（本邦文壇の側面評）」（明治34年１月）、「姉崎嘲風に与ふる書」（明治34年６月）、「美的生活を論ず」（明治34年８月）、「感慨一束（姉崎嘲風に与ふる書）」（明治35年９月）などを通して、ニーチェ哲学から影響を受けた個人主義と、人間内部の自然の発現として本能の解放を説いた。その際、かつての〈吾等は死を超絶して其の永世を続けざるべからず。如何にせば死して生くるを得む乎、人生究竟の問題茲に集まる〉（「死と永世」、明治32年８月）という問題提起に対し、〈強大なる個人の意力の現はるゝ所、其処には必ず永遠の生命あり〉（「姉崎嘲風に与ふる書」、『太陽』、明治34年６月）という結論を示している。
　一方、高山樗牛に応じて執筆、『太陽』に発表された姉崎嘲風の一連の書簡

「高山樗牛に答ふるの書」（明治35年2月、3月）、「高山君に贈る」（明治35年3月）、「再び樗牛に与ふる書」（明治35年8月）には、ショウペンハウエル、ニーチェ、ワグナーの思想の差異と根源的繋がりについての見解が論じられている。ショウペンハウエルは、「宇宙の意志」即ち人間内部に存在する生きんとする「盲目的意志」の衝動に翻弄されるが故に人間の現世は苦であるとし、そこからの恒常的解脱を意志の諦観、絶滅によるニルヴァーナ（涅槃）に求めた。彼の哲学は、自然と精神の最高統一を芸術に見出し美的観念論を提唱したシェリングの感化と共に姉崎嘲風の思想を成立させた大きな支柱となった。そのショウペンハウエルの〈意志否定〉の〈究竟〉に姉崎嘲風は〈大宇宙的自愛〉を認め、〈僕は君と共に宇宙の霊光なる偉人の愛に依りて融合解脱の地を求めんのみ〉（「再び樗牛に与ふる書」、『太陽』、明治35年8月）と、大宇宙の生命との一体化に魂の救済を求めるスピリチュアリズムを表明しているのである。

　これら一連の論説に登場した「永遠の生命」という言葉は、元来、キリストの復活を語るパウロの言葉であるが、林正子によれば、明治期に於いてはキリスト教についての造詣やドイツ思想・文化への親炙の中からまず高山樗牛が、次に姉崎嘲風が用いた言葉だと言う。林は、姉崎嘲風が高山樗牛の永世への希求を受け継ぎ、樗牛の人生や言説を辿りつつ、姉崎自身の形而上的・神秘的宗教観・世界観・生命観を確認、昇華していった軌跡を詳細に追っている[2]。

　こうした高山樗牛及び姉崎嘲風の論説と啄木詩の世界とは想像以上に共鳴しあっている。啄木は明治37年8月3日の伊東圭一郎宛書簡の中で次のように書いている。

　　我はたゞ、この世を越え、この軀を脱して、「永遠」を友とし生命とするが為めに、此土に送られ、又去るべきである。（略）「我」の生存の意義は天与の事業のために健闘努力して「真人」の人格に到達しやうと云ふにあると信ずるのである。

この文面には「永遠の生命」との一体化を使命と考える啄木の姿が顕著に映し出されている。この頃の啄木が書いた評論に「ワグネルの思想」(『岩手日報』明治36年5月31日、6月2日、6月5日、6月6日、6月7日、6月9日、6月10日)がある。この中で啄木は物質文明によって形骸化した十九世紀の概観を述べた後、〈現象世界〉と共に〈万有の永遠性の流動〉を見せる実在界があることを認識すべきだと説いた。そして、この「実在と現象」の両存在を踏まえ、ニーチェとトルストイという正反対の思想家について述べている。まず、ニーチェにとっての人生とは〈権力意志の表現〉であり、彼は現象界を重んじ過ぎているとする。一方、トルストイは〈意志消滅の静止的平和〉を掲げ、実在界を重視し過ぎると考えている。この評論は中断しているが、本文の附記の部分から、人間が実在、現象の両世界の調和を成すべきであるという考えに基づき、この後ニーチェとトルストイの二者を止揚した存在としてワグナーを詳しく論じる予定であった、と想像される。
　この啄木の「ワグネルの思想」が先に触れた姉崎嘲風の「高山樗牛に答ふるの書」(『太陽』明治35年2月、3月)「再び樗牛に与ふる書」(『太陽』明治35年8月)を踏まえて書かれたものであろう事は既に指摘されている(3)。啄木は、19世紀社会の概観をドイツ帝国主義の現状を告発する姉崎嘲風の筆致とほぼ等しくして書いているのである。また、万有科学と精神科学の統一を思索する姉崎嘲風と、実在界と現象界の統一を求める啄木の精神世界とは相似形を成していると言って良い。姉崎嘲風は「再び樗牛に与ふる書」で、ショウペンハウエル、ニーチェ、ワグナーの思想について論じ、その中で、ショウペンハウエルの意志消滅の思想と、個人の尊厳と意志拡張を説きながら孤独な死を遂げたニーチェ、その両者に対する懐疑を表明し、両者を融合するものとしてワグナーの〈意志消滅の死時の愛より転じて、意志拡充の包括的愛〉の思想について書いているのである。
　このような姉崎嘲風の論説を介してワグナーに傾倒する啄木の姿は、明治37年1月13日付けの姉崎嘲風自身に宛てた書簡の言葉〈帰り来て、苦悶愁悵

の間に、先づ思ひ立ちたるは、嘗て先生の御書にて聞き知りたるワグネルの研究に御座候〉や、次に挙げた明治35年10月17日、細越毅夫宛の書簡の一節からも明らかになるだろう。

> 高尚なる感情は高尚なる人格を形造る高尚なる愛の一念は人生の最高貴なる価値也。
> 詩人の立脚地も亦こゝにあり
> 最高の意志は最高の感情を伴ふこれわが持論也嘲風博士がニイチエに満足せずしてワグネルの愛の世界観を喜ぶも亦この理に外ならず

また、啄木は明治36年9月17日、9月28日付けの野村長一郎宛書簡でも、盛岡中学校中退後の上京の挫折体験を経て利己主義と個人主義との雲泥の差に気付いた事、それと共に姉崎嘲風のワグナー研究から示唆された他者との融合を可能にする「愛」の理念の重要性について綴っている。啄木は地上の汚濁に満ちた有限の生の場から、姉崎嘲風を介してワグナーの説く「愛」を媒介とし、光に満ちた天界の永遠の生命に辿り着こうとしたことを打ち明けているのである。

詩集『あこがれ』の多くの詩は、啄木が「ワグネルの思想」を執筆した明治36年から翌37年に創作されている。地上を汚濁に満ちた苦悩の場、天界を清浄無垢なる安らぎの場として、地上での「愛」の歓喜を媒介に地上から天界への憧憬という内容を著した『あこがれ』は「ワグネルの思想」の詩的形象化であると指摘したのは伊藤淑人[4]であった。しかし、「ワグネルの思想」執筆の契機となった姉崎嘲風の影響は、「永遠の生命」及びワグナーと彼の説く「愛」への信奉だけに留まらないのではないか。つまり、以下に考察する通り、高山樗牛に応える形で発表された姉崎嘲風の一連の論説が『あこがれ』の思想基盤を形成していると考えられるのである。

2 「永遠」と「瞬間」

　啄木が明治37年5月20日の暁近き頃、ふと眼を覚まし記した「偶感二首」（『時代思潮』明治37年6月）という詩がある。その内の一つ「我なりき」には次のようにある。

　　瞬時、さなり瞬時、それ既に
　　永遠なる鎖かがやく一閃。
　　無生よ、さなり無生よ、それやはた、
　　とはなる生の流転の不現影。—

　　（略）

　　ああ人、さらばいのちの源泉の
　　見えざる『我』を『彼』とぞ汝呼べよ。
　　無生の生に汝等が還る時、
　　有生の生の円光まばゆきに
　　『彼』とぞ我は遊ばむ、霊の国。

　　見えざる光、動かぬ夢の羽、
　　音なき　音よ、久遠の瞬きよ、
　　まぼろし、それよ、『まことの我』なりき。
　　『彼』こそ霊の白泡漚、—『我』なりき。
　　ほのかに夜半にただよふ鐘の音の
　　光を纏ふまぼろし、—『我』なりき。

　この部分からは、「永遠の生」が現実世界に影を落とし、現世の自己を一瞬

の光を纏う幻、仮象の存在として捉えていることが判る。「永遠」の「瞬間」として発現する自己存在、という認識はこの頃の啄木に通底している。「偶感二首」のもう一篇の詩「閑古鳥」にも〈永遠！　それよ不滅のしばたたき、／またたき！　はたや、暫しのとこしなへ。〉とある。ここでは「永遠」に照らした現象界の生は「瞬間」のものとして捉えられ、またその逆も成り立つ事を書いていて、より明確に「永遠」が「瞬間」と等式で結ばれていると言えるだろう。

　去りゆく「今」＝「瞬間」に「永遠」を、また、「永遠」の影として「今」＝「瞬間」を感受するこのような啄木の時間認識は、仏教の時間論と重なるものがある。確かに啄木の父は曹洞宗の僧侶であり、幼少時より仏典に親しむ機会があったであろう事を考えれば、仏教の影響も否定はできない。一方、今井泰子[5]も指摘しているように、この頃の啄木の世界観の骨組と表皮は、聖書、ニーチェ、トルストイ、ワグナー、ショウペンハウエル等、当時親炙した西欧思想、近代思想である。しかし、これは決して矛盾を意味しないであろう。ドイツ文化・思想の影響を受けた高山樗牛・姉崎嘲風の説く「永遠の生命」を感受しやすい土壌を啄木が既に持っていた故に、「我なりき」の「永遠」即「瞬間」という時間認識が根付いたと考えられるからである。

　その姉崎嘲風の論であるが、明治37年2月、『太陽』の「文芸雑俎」欄に「清見潟の除夜」が掲載されている。「清見潟の除夜」は姉崎嘲風の想念の中での高山樗牛との対話を綴ったものである。そこには、

　　一とせあまりの前、ロンドンなるハムステツドの野に、われアウグステンを読みて、過去と今、今と未来、何れも一つの「今」となるを感得せし時、(略)思へはわれ等の生は、まこと超世の生の片われにぞある。そこには過去もなく未来もなし、只永への「今」あるのみ。生こゝにあり。「今」こゝにあり。光りの生なり、愛の「今」なり。友よ、除夜も元旦も、過ぎし歳も来ん歳も、皆是れ一つ「今」の面の波なり、

第1章　啄木の「永遠の生命」　191

という部分があり、〈超生の生〉＝「永遠の生」の「今」を生きる姉崎嘲風の姿が認められる。過去も未来もない、あるのは「今」という瞬間だけなのであり、その「今」が永遠に続いていくと言うものである。次に挙げた姉崎嘲風の「戦へ、大いに戦へ」（『太陽』、明治37年1月）の中の一節にはより詳細にこの時間論の内実が描かれている。

> 世の人よ、今の一生は前後只一度の此生ではないか、今の時は過去未来を包括したる「今」ではないか、此生に於て吾等は過去の光栄を体しなければならぬ、此一生は即ち未来の生々の源頭である、久遠の過去を此「今」に収め尽した吾等は悠久の未来をも此「今」の一瞬から生み出すべき必然の運命を有つておる、怯懦で此の今の一瞬を過ごせば、それは三世の自己を殺すのである、疎懶此一生を過ごせば、自分の生命と価値とは永劫再び復活し得る望みはないのである、

「今」という瞬間は過去を収斂しており、また、未来の端緒であると言う。このように「瞬間」を生きる事の大切さを説き、「永遠」と「今」を融合させる姉崎嘲風の時間論と啄木詩に著されたそれとは明らかに重なる。「永遠」と「瞬間」＝「今」を結びつけ、「永遠」の現前化として「今」を捉えようとする時間認識は、啄木が傾倒した姉崎嘲風の論説に既に顕著に表されているものであり、啄木は姉崎嘲風から示唆を受けた可能性が高いと考えられる事を確認しておきたい。

3 │「戦闘」意識と詩人の使命、再び「永遠の生命」

また、こうした「永遠」と「瞬間」の観念だけではなく、姉崎嘲風が示した芸術観、「戦闘」意識の鼓舞もまた、啄木に影響を与えているのではないか。先に引いた啄木詩「閑古鳥」（『時代思潮』明治37年6月）の続きは次のようで

ある。

　　似たりな、まことこの詩とかの声と。———
　　これげに、弥生鶯春を讃め、
　　世に充つ芸の聖花の盗み人、
　　光明の敵、いのちの賊の子が
　　おもねり甘き酔歌の類ならず。
　　健闘、つかれ、くるしみ、自衿に
　　光のふる里しのぶ真心の
　　いのちの血汐もえ立つ胸の火に
　　染めなす驕り、不断の霊の糧。
　　我ある限りわが世の光なる
　　みづから叫ぶ生の詩、生の声。

　〈われ〉は暁時に聴こえてきた〈閑古鳥〉の鳴き声が〈詩〉と類似していると思う。と同時に幼き日にこの鳴き声を聞いた事を思い出し、感慨にふける。そして、真の〈詩〉もまたこの〈閑古鳥〉の鳴き声のように永遠に不滅であり、この世で〈健闘、つかれ、くるし〉む〈勇士〉の〈不断の霊の糧〉となることを信じ、〈詩〉を歌い続けようと決意するという内容である。

　この詩に特徴的なのは、「永遠」と「瞬間」の同一化と共に、詩人がこの世の汚濁と戦う勇士の糧になろうとしている点である。『あこがれ』の詩にはこのような「永遠の生命」への希求が同時に「戦闘」意識に結びついている例が見られる。実はこの「戦闘」意識も姉崎嘲風の論説の主張と重なるのである。

　姉崎嘲風は「戦へ、大いに戦へ」（『太陽』明治37年1月）で、小手先だけの文明に安住し平和に麻痺しているのが日本の現状であるとし、今の世は生存競争の時代ではあってもそれは征戦ではなく利害の為に争っているのみである、

と否定的見解を述べている。そこで姉崎嘲風は戦闘的態度を鼓舞するのである。この戦闘的態度とは日露戦争開戦を煽るような現実的、具体的なものではなく、〈政治と限らず、美術、文学、思想、信仰何れの方面に於いても吾等の自信のある限り、力の及ばざる所まででも大に戦て戦て戦死しなければならぬ、〉とあるように、精神的戦闘を意味するものである事は言うまでもない。彼はまた次のように説く。〈平和を願ふのは即ち降伏である、調和は即ち敗亡である〉。〈戦闘は怯懦を打破するの好利器である〉から我らは〈大に獅子吼し大に奮闘しなければならぬ〉。その際〈戦ふにも命がけ、負けて戦死しても侮る事なき覚悟がなければならぬ〉。つまり〈私闘でない、正々堂々自信と人格とから湧て出る大獅子吼の征戦を唱道するのである〉。

　地上の汚濁から脱却を図るワグナーの「愛」の思想を啄木に知らせる契機となったのは姉崎嘲風であった。その姉崎が説く現世に於ける「戦闘」意識の鼓舞に啄木が感化されたのは間違いないだろう。姉崎嘲風に触発されて啄木は、〈一つの文明が発達して最早展開の余地なきに至ると、向上の精神が滅する〉、そして、〈文明の保守的に傾く第一歩は、同時に其文明の破滅の第一歩〉であると言う。そこから〈世界文化〉と〈平和〉の為には〈唯革命と戦争の二つあるのみである。〉とする主張が生まれる。啄木はこの主張を日露戦争と関わらせて独自の戦闘理論を記した「戦雲余録」(『岩手日報』明治37年3月3日、3月4日、3月8日、3月9日、3月10日、3月12日、3月16日、3月19日)を発表しているのである。

　ただ、ここで注意しておきたいのは啄木が現世での「戦闘」を支援するものとして「詩」の存在を考えている点である。つまり、詩の優位性と詩人の使命の自覚が認められるのだ。これは、霊の住処である森が塵の疾風に侵されるのを守る為に警告を発する小さな啄木鳥を歌った詩「啄木鳥」(『明星』、明治36年12月)にも共通している。このような、詩、文学、広くは芸術の使命と優位性を語る啄木の想いを啄木自身の日記(明治37年7月21日)から抽出すれば次のようになる。

我は芸術の融化を通じてあらゆる人間の人格を改造せん事を欲す。(略)
然らば乃ち美の斧を以てしたる凱旋の更生はやがて乃ち世界が真の生命
に入るべき第一の段階に非ざるか。芸術の尊き所以は乃ち此故なり。

　しかし、このような意識もまた、高山樗牛と姉崎嘲風の一連の論説に触発
されたものと考えられるのである。芸術至上主義的な発言はまず高山樗牛の
論説「美的生活を論ず」(『太陽』、明治34年8月) に見い出せる。

　詩人美術家が甘じて其の好む所に殉したるの事例は読者も既に熟知する
所ならむ。畢竟芸術は彼等の生命也、理想也。是が為に生死するは詩人
たり美術家たる彼等の天職也。

　この発言を更に敷衍する形で姉崎嘲風は「久遠の女性」(『太陽』明治37年4
月) の中で以下のように記している。

　通常の人が雲烟過眼する万象の中に、美の理想を捕へて之をその作に現
はし、美趣こゝにありと教へてくれるのが美術家、詩人である、その美
趣に依て吾等は今迄耳目に触れなかつた理想を現象の中に感じ得、その
感じに動かされ、そこに新なる生命の源泉を得るのである。(略) 吾等の
幸福努力は生滅流転の界よりも一層永遠なる常住の光明によりて得らる
べき事を開示してくれるのである、現実のみに満足して、知識の上でも
希求の点でも、現世の外に出づる事を求めない人にとつては、此の如き
美術や宗教は無益の空想であらう、仮令ひ空想でも無用でも兎に角、美
術や宗教の力と必要とはこゝに存するのである、

　このように、「芸術」を〈吾等の生じては消えて行く現世生活の中に根柢源
泉からの久遠の生命を与へる力〉と定義する姉崎嘲風は、文学、宗教、美術

と宇宙に遍在する大精神との融化交通を求めている事が読み取れる。

更に「民族の運命と詩人の夢と」(『太陽』明治37年8月) に於いて姉崎嘲風は、シェイクスピアは〈平和と自由の理想はアングロサクソン民族と共に永く栄ゆるに違ひないとの予言〉を発した、と解釈する。そして、シェイクスピアの予言は詩人の夢では終わらず、〈国民の大理想を予言し指導〉して〈活きた事実となつて来た〉と指摘している。このような〈詩人の夢〉が〈民族の運命〉を予言している点について姉崎嘲風はシラーを例に挙げ、シラーの作品が瑞西国民に建国の理想を喚起させ、シラーの瑞西国民への自由平和の精神への同情＝詩人の想いが幾千年の後までも瑞西国民の精神として自由平和信義の独立を維持する原動力となって永久に生きるであろう、と書いている。

このように、国民の精神に関与しその運命を導く「詩人」という存在への注視は啄木のそれとまさに相似形を成している。啄木はこうした「予言者」としての詩人の存在が「永遠の生命」を体現することを高山樗牛、姉崎嘲風から学んだと考えられるのである。

以上考察してきた『あこがれ』執筆時の啄木の思想、特に「永遠の生命」、「愛」の思想、「健闘」意識、「詩人の使命」等を織り込んだ内容の書簡があるので、少々長くなるが次に引用したい。

> 人間以上の霊智の力を認め、その力が万有の根源である事を認め、更らに自己も亦その力の分出であると観じ、その分出が決して無意義の者でないと観じ、かくて我ら生存の妙機を得て、その意義のために健闘し努力するのが、乃ち人間の道である（略）神と云ふ者が世界の根本意志なるを悟り、その意志が意力たると同時に又万有に通ずる「愛」によつて整然進歩すると云ふ事に明徹するに至つて、茲に偉大高俊の人格乃ち宗教的人格の理想を確立し、初めて真人の境に呼吸達入して教の奥義を断定するに至る様に帰着するであらうと信じて疑はぬのである。生は仮りに便宜のため之を人格的宗教と呼んで居る。真の宗教とは、説教や教論

の意味ではなくて、その人の人格に体現せられたる表示の謂である。(略)前に云つた「真人」乃ち宗教的人格はキリストや仏陀や乃至凡ての古来偉大なる「人」のうちに見る事が出来、自己発展と自己包融、換言すれば意志と愛との、完全に表示された者の謂である。(略)要するに「我」の生存の意義は天与の事業のために健闘努力して「真人」の人格に到達しやうと云ふにあると信ずるのである。斯の如き真人は、乃ち人に現はれたる神で、その光輝は燦として「永遠」の上に灼やくのである。神は先づ人と人との間の「愛」によつて、永遠に入るの門を開き、無上理想界の神秘の消息を人間に洩らした。而して更らに、神の大意志の永遠なるが如く我らの意志も亦永存せねばならぬと云ふ人間の本然なる要求によつて、我ら人間を遂に「永遠の園」のうちに入れ玉ふのである。歴史が我らに教ふる斯の如き祝福の人は、生涯不断の健闘者でなかつた者はない。あゝ思へば、神智の宏大無辺なる、神の愛の渾円微妙なる、到底人間の智の量り知る所ではない。生は斯く感じ、斯く信じて詩のために努力して居る、又将来、詩とは限らず凡て我が赴く所にこの信念によつて行動しやうと思ふて居る。それ故に我に於ては詩は乃ち宗教である。信仰は乃ち我生命である。我詩の一篇一句と雖ども、決してかの歴史的信仰個条と教会の形式とのために生きて居る偽宗教家が百万言の説教に劣る者ではない。　　　　　（明治37年8月3日付、伊東圭一郎宛書簡）

　以上を要約すれば次のようになろう。―――宇宙に存在する超人間的な力が〈世界の根本意志〉であり、それは「愛」によって伸長する。そして、人間はその〈分出〉である事に〈生存の意義〉を感じ、〈健闘〉努力しなければならない。このような理想が達成化された時、〈真人〉は実現する。それは〈人格的宗教〉とも呼べる。〈人格的宗教〉とは〈自己発展と自己包融〉、換言すれば〈意志と愛〉がその人の人格の上に体現しているのである。〈神の大意志の永遠なるが如く我らの意志も亦永存せねばならぬ〉とする人間の欲求が

〈永遠の園〉に人間を招くが、招かれるのは総て〈生涯不断の健闘者〉であった。故に啄木も〈詩〉の為に努力し、理想達成の〈信念〉を持って行動しようとしている。このような啄木にとって〈詩は乃ち宗教である〉以外の何ものでもない。———この書簡の文面には当時の啄木の思想が凝縮していて、高山樗牛と姉崎嘲風からの影響、及び『あこがれ』の詩の背骨と言うべき思想が看取できるのである。

　以上を踏まえ、ここで再び「永遠の生命」に戻る事にしたい。

　高山樗牛は「死と永世」(明治32年8月)という文章の中で「永世」について〈吾等は死を超絶して其の永世を続けざるべからず。如何にせば死して生くるを得む乎、人生究竟の問題茲に集まる〉と提起したことは冒頭で述べた通りであるが、高山樗牛は同文章の中で〈まことの永生は、時と共に深さを加へ、人と共に広を加ふ。されば一人の精神は、千万人の生命となり、河より海に、海より陸に、蕩々汨々として遂に世界を動かさずむば已まざるべし。〉と書き、真の永世とは「精神の交通、合体、継承」であることを記しているのである。そして、姉崎嘲風は高山樗牛が至りついた〈強大なる個人の意力の表はる、所、其処には必ず永遠の生命あり〉(「姉崎嘲風に与ふる書」、『太陽』明治34年6月)という結論を血肉化し、「高山樗牛と日蓮上人」(『太陽』明治37年3月)に於いて、上行の〈予言〉を〈信仰〉し〈実現〉した日蓮、その日蓮を〈新しき生命〉の獲得過程とみなした高山樗牛へ、更にその高山樗牛に〈精神の感応〉を見た姉崎嘲風自身へと連なる精神の流れを「永遠の生命」として描き出した。つまり、高山樗牛、姉崎嘲風に於ける「永遠の生命」とは、単に地上に対峙する天界という静的、構図的様相を呈するのみではなく、〈精神と精神との交通〉によって引き継がれてゆく形而上的歴史過程を指す言葉だといえるのである。

　啄木はこのような高山樗牛、姉崎嘲風の「永遠の生命」を見事に血肉化しているのではないか。先に挙げた「閑古鳥」(『時代思潮』明治37年6月)の最終連は次のようである。

さればよ、あはれ世界のとこしへに
　いつかは一夜、有情の（ありや、否）
　勇士が胸にひびきて、寒古鳥
　ひと声我によせたるおとなひを、
　思ひに沈む心に送りえば、
　わが生、わが詩、不滅のしるしぞと、
　静かに我は、友なる鳥の如、
　無限の生の進みに歌ひつづけむ。

　幼い頃聞いた鳴き声と変わらず響く〈閑古鳥〉の鳴き声が、今、自分に感慨をもたらしたように、我が想いが〈詩〉となってこの世で戦う〈勇士が胸にひびき〉、生き続ければ、我が人生、我が詩は〈不滅〉となる。そうなる事を信じて〈詩〉を歌い続けようとする詩人の決意が込められている。つまり、啄木の想いが詩となって人々の心の中に永遠に受け継がれていくのである。ここには姉崎嘲風の言う〈精神と精神の交通〉によって導き出される「永遠の生命」と同様の構図が体現されている。
　同じ事が「マカロフ提督追悼の詩」（初出は「マカロフ提督追悼」、『太陽』、明治38年8月）にも言える。

　彼は沈みぬ、無間の海の底。
　偉霊のちからこもれる其胸に
　永劫たえぬ悲痛の傷うけて、
　その重傷に世界を泣かしめて。

　我はた惑ふ、地上の永滅は、
　力を仰ぐ有情の涙にぞ、
　仰ぐちからに不断の永世の

第1章　啄木の「永遠の生命」　199

流転現ずる尊ときひらめきか。
　ああよしさらば、我が友マカロフよ、
　詩人の涙あつきに、君が名の
　叫びにこもる力に、願くは
　君が名、我が詩、不滅の信とも
　なぐさみて、我この世にたたかはむ。

　日露戦争でロシアの名将・マカロフ提督が戦死したという悲報は、本国では無論のこと、世界の国々にも衝撃を与えた。それは敵国にあたる日本でも同様であり、多くの追悼歌、追悼詩が発表された。啄木もまたその一人であった。しかし、他の作品がマカロフの死に対する悲しみの描出が中心であるのに対し、啄木の追悼詩はマカロフを永生の理を解した人間として捉え、神の加護を信じて雄々しく戦う姿に永遠の世界を信じる同志の姿を見、啄木がこの世と戦う事、また、戦う同志たちを励ます詩人となる事を誓う詩なのである。そういう意味で同時代の多くのマカロフ追悼詩とは異なる精神世界に支えられた作品と言えるのであって、この詩から啄木内部に武士道、ヒューマニズムの有無を問い、評価することは啄木の意図とは懸け離れていると言わざるを得ない(6)。最終連にある〈君はや逝きぬ。逝きても猶逝かぬ。／その偉いなる心はとこしへに／偉霊を仰ぐ心に絶えざらむ。〉の部分はまさに姉崎嘲風の説く「永遠の生命」と合致している。敵将・マカロフを「永遠の生命」の体現者として取り上げたのは、常に彼が「戦闘」の人だったからであり、そこに現世の汚濁と戦う自己の姿を重ねて啄木は共鳴しているのである。そして、このようなマカロフは死して後、天界の霊的な「永遠の生命」に戻り、融化すると考えている。しかし、その後もマカロフの精神は詩人〈我〉に引き継がれ、汚濁した現世と闘い続ける。マカロフから〈我〉に、そして〈我〉から未だ見ぬ〈勇士〉へ引き継がれていくであろう精神は決して逝くことはない。このような想いを綴ったこの「マカロフ提督追悼の詩」は、マカ

ロフをあくまでも題材にした啄木の「永遠の生命」への信仰告白なのである。

4 ｜ 「永遠の生命」との乖離

　では、啄木の「永遠の生命」はその後、どのように詩に形象化されたのであろうか。
　『あこがれ』集中には「眠れる都」という詩がある。「二つの影」と共に「新声二首」として明治37年12月の「時代思潮」に発表された。『あこがれ』発表時に前書きが付されたが、それに依れば、明治37年10月末、詩集出版の資金の目途が立たぬまま上京した際の詩である事がわかる。
　「眠れる都」の末尾三連を示せば次のようである。

　　声もなき
　　ねむれる都、
　　しじまりの大いなる
　　声ありて、霧のまにまに
　　ただよひぬ、ひろごりぬ、
　　黒潮のそのどよみと。

　　ああ声は
　　昼のぞめきに
　　けおされしたましひの
　　打なやむ罪の唸りか。
　　さては又、ひねもすの
　　たたかひの名残の声か。

　　我が窓は、

濁れる海を
　　巡らせる城の如、
　　遠寄に怖れまどへる
　　詩の胸守りつつ、
　　月光を隈なく入れぬ。

　東京駿河台の下宿から臨む甍の海を〈すさまじき／野の獅子の死にも似たり〉と言い、〈たたかひ〉に倒れ〈打なや〉み〈唸り〉を発する〈たましひ〉の〈声〉を聞く〈我〉は、その〈声〉に〈怖れ〉惑う。〈詩の胸守りつつ、〉には想像していた以上に汚濁した現実の衝撃を受け、現実の重みに耐えかねている啄木の姿が逆に炙り出されよう。現実と戦い、また、現実と戦う〈勇士〉の為に詩を贈ろうとしていた啄木が、その現実を前に足を竦ませているのである。

　同時に発表された「二つの影」には砂に映る影を道連れに、〈荒磯辺〉を〈秋の夜の月〉に照らされながら歩く〈我〉の姿が描かれている。〈ましろき砂〉には〈我に伴ひ来る影〉が映るが、〈目をあげて、空見れば、そこにまた影ぞ一つ。〉とあり、二つの〈影〉が現れる。しかし、〈ああ、二つ、／影や何なる。〉と思う間に〈空の影〉〈地の影〉は〈消え〉てしまう。最終連は次のようである。

　　我はまた
　　荒磯に一人。
　　ああ如何に、いづこへと
　　消えにしや、影の二つは。
　　そは知らず。ただここに。
　　消えぬ我、ひとり立つかな。

〈我〉のみを残して消え去った二つの影。〈地の影〉が〈我〉の動きと共に動く影、つまり〈我〉の生み出す「過去」とすれば、〈空の影〉とは何なのか。それは〈空〉に居て〈我〉を導く影、換言すれば、「未来」の「我」の象徴とも考えられるのではないだろうか。しかし、この両者とも消え去り、後に残ったのは〈消えぬ我〉、つまり現存する「我」のみである。かつて啄木は永遠に続く「今」、それは「過去」「未来」をも包括したものと考えていた。しかし、この詩にはこれまでの啄木の精神とは異なるものが感じられる。「今」を描きながら過去とも未来とも切り離された「我」の存在を描いていると考えられ、「永遠の生命」との一体感が感取できない。一人「今」に生きる「我」の寂しさが漂うのみなのである。

　このように見てくると、「愛」の架け橋によって「永遠の生命」との一体化を希求し詩人の使命に目覚めた啄木がいつのまにか現実の重圧に屈している事に気付く。こうした啄木の変化と疲弊はこの後の「白鵠」（『はがき新誌』明治38年3月）という詩にも読み取ることが可能だ。

　　ああ地の悲歌をいのちとは
　　をさなき我の夢なりし。
　　ひたりも深き天の海
　　一味のむねに放ちしを
　　白鵠に何うらむべき。
　　落とす天路の歌をきき、
　　ましろき影をあふぎては、
　　寧ろ自由なる逍遥の
　　遮りなきを羨まむ。

　かつて「閑古鳥」（『時代思潮』明治37年6月）に於いてこの世で戦う〈勇士〉の胸に響く詩を歌い続けようとした啄木であったが、それを〈地の悲歌をい

のちとは／をさなき我の夢なりし。〉と、過去の幼い夢物語として振り返っているのである。天を仰いで〈白鵠〉の自由な逍遥を羨んでいる啄木は明らかに天界との乖離を感じていて、ここには天界への架け橋を喪失した啄木が存在している。

　こうした啄木の変貌の背後には堀合節子との恋愛の成就がある。節子との恋愛を契機にワグナーの「愛」の伝導、実践を目指していた啄木であったが、婚約が認められ、恋愛が日常性を帯びるに連れ、「愛」の思想も神聖さを喪失していったのである。今井泰子も指摘(7)しているように精神的「愛」から肉体的「恋」への詩語の変化もそれを裏付けるだろう。また、詩集出版のための上京がある。上京生活には〈自活のたづき〉が必要であった。在京生活は詩人としての著述生活など望めない事を啄木は盛岡中学中退直後の上京で知っていたのである。それにも関わらず上京を果たした啄木は、危惧通り都会の現実に圧倒され、「愛」を媒介にした天上界との融化の喜びを消失してしまった。更に上京中には父・石川一禎の宗費滞納、住職罷免が告示され故郷の人々との確執が発生してゆく。こうした要因が重なり、ワグナーの説く「愛」の現実的実践者を目指した啄木の『あこがれ』の世界に影が射す事となったと考えられている。「枯林」(『太陽』、明治37年12月)にはそのような啄木の姿が象徴的に表現されている。―――冬の落日時に、〈人の世〉の〈終滅に似たる〉静寂の中、〈山の鳥小さき啄木鳥〉が樹々の間をせわしげに巡り〈木を啄く〉。樹下の〈我〉はその音に覚醒し〈世の外の声〉を感じ〈祈りする歌〉が湧く。―――既に指摘(8)されているように、〈啄木鳥〉は詩人の使命を自覚し守り続ける啄木の姿であり、その鳴き声に想いを新たにする〈我〉はこれまでの「永遠の生命」という語に象徴される世界観に違和感を覚え始めた啄木なのである。

　しかし、先に述べた伝記的事柄だけで啄木は「永遠の生命」と乖離してしまった訳ではない。啄木の内的な変化の跡は明治39年3月20日の日記に綴られている。そこには次のようにある。

詩は性質として朦朧なものである。されば詩の示す所は常に唯その理想に止まる、それ以上の詳しい説明は既に詩の領域以外の問題であるのだ。芸術家としてのワグネルは、意志愛一体の境地に神人融合の理想を標示しただけで、既にその天才の使命を完全に遂げたものと云はねばならぬ。（略）茲に一解あり、意志といふ言葉の語義を拡張して、愛を、自他融合の意志と説くことである。乃ちショウペンハウエルに従つて宇宙の根本を意志とし、この意志に自己発展と自他融合の二面ありと解する事である。

『あこがれ』を刊行した後、詩は〈朦朧〉としていて〈理想〉を示すのみのものとして後退し、ニーチェの〈自己発展〉とショウペンハウエル、トルストイの〈自他融合〉を止揚する存在とされていたワグナーは、〈神人融合の理想〉を示しただけで〈その天才の使命を完全に遂げたもの〉と退けられているのである。そして、宇宙の根本をショウペンハウエルの説く〈意志〉として、その中に〈自己発展〉〈自他融合〉の二面が有ると認めようとしている。啄木はワグナーの「愛」の理論の限界を表明し、今後「詩」を離れ現実改革の手段としての「小説」執筆を目指してゆくことになる。こうした変貌の根底には、啄木がワグナーを芸術家としてだけ認め、現実改革者としての面を見落としていたという点があろう。そして、何よりも人間の精神活動を統一しようとせず、二元論的に捉えようとする志向性が啄木の中に芽生えたからだと言えよう。伊藤淑人[9]はこの点について〈啄木の意識下にはないが、高山樗牛を乗り越えただけでなく、近代的テーマであるところの、自我と利己、個人と公民、個人と社会の問題となり、思考法としては、絶対性から相対的思考への道であった〉と評価している。

5 │「永遠の生命」の行方

　では、啄木の「永遠の生命」は完全に消失してしまったのだろうか。いや、そうではない。次に挙げた啄木の「一握の砂」(『盛岡中学校校友会雑誌』第10号、明治40年9月20日)の部分には過去と未来を包括する「今」＝現在の「瞬間」の生を「永遠」と重ねて把握しようとする啄木の時間認識の残存を指摘せざるをえないのである。

　　閃々と前に落ち後に去る「今」こそは、まことにこれ「永遠」の瞳なるべき也。「今」を捉へよ。然らずば「永遠」は汝の手より逃げ去らむ。前頭に髪あれども後頭なめらかに禿げて、一度のがせば追へども捉へ難き捉へ難き「機会」は、即ち此「今」也。

そして、この後にも「永遠の生命」の残存を思わせる短歌評論が書かれる。

　　一生に二度とは帰つて来ないいのちの一秒だ。おれはその一秒がいとしい。たゞ逃がしてやりたくない。それを現すには、形が小さくて、手間暇のいらない歌が一番便利なのだ。(略) おれはいのちを愛するから歌を作る。おれ自身が何よりも可愛いから歌を作る。
　　　　　　　　　　　　(「一利己主義者と友人との対話」、『創作』、明治43年11月)
　　忙しい生活の間に心に浮んでは消えてゆく刹那々々の感じを愛惜する心が人間にある限り、歌といふものは滅びない。
　　(「歌のいろいろ」、『東京朝日新聞』、明治43年12月10日、12月12日、12月13日、12月18日、12月20日)

　ここに表された〈一生に二度とは帰つて来ないいのちの一秒〉＝〈刹那

を愛しむ感性は先に引用した「一握の砂」(『盛岡中学校校友会雑誌』第10号、明治40年9月20日)の時間論と類似している。木股知史[10]も、瞬間的な表象の表現に詩の価値を見出そうとする岩野泡鳴の発想を引き、時間を瞬間として把握しようとする啄木の傾向に象徴主義の特徴を見ている。

　しかし、「一利己主義者と友人との対話」の中では〈いのちの一秒〉と言う言葉を使いながら、啄木の「今」は「過去」と「未来」を包含した「今」ではなく、また「永遠」と結びついた「今」でもない。明治44年1月9日付けの瀬川深宛書簡には

　　たゞ僕には、平生意に満たない生活をしてゐるだけに、自己の存在の確認といふ事を刹那々々に現はれた「自己」を意識することに求めなければならないやうな場合がある、その時に歌を作る、

とある事から、かつての「愛」によって天界に駆け上る歓喜とは程遠い、〈意に満たない生活〉＝不幸な現実と結びついた「今」なのである。また、「一利己主義者と友人との対話」には〈おれは永久といふ言葉は嫌ひだ。〉という箇所がある。〈永久〉を拒否した啄木故に〈一時間は六十分で、一分は六十秒だよ。連続はしてゐるが初めから全体になつてゐるのではない。〉と「永遠の生命」から切り離された人間の生が一瞬一瞬の連続であることを主張するのであろう。そして、〈いのちの一秒〉の果てには〈永遠の生命〉は存在しえない。

　しかし、「有限の生命」の自覚故に刹那刹那をより強く愛惜する心が生じたとは考えられないだろうか。〈おれはいのちを愛するから歌をつくる〉という言葉からは、啄木が〈永遠の生命〉を喪失し、それ故に「有限の生命」の連続した時間の一秒一秒を愛しんでいる事が察せられるのである。

　このような啄木の心境を短歌から考察してみたい。

　　いのちなき砂のかなしさよ

さらさらと
　　握れば指のあひだより落つ

　この歌は明治43年11月「スバル」に発表された。歌集『一握の砂』（明43年12月、東雲堂）の冒頭、砂山の歌十首の内の一首である。この歌で最も注目すべき〈いのちなき砂〉という部分であろう。言うまでもない、〈砂〉がこぼれていくのは無機質＝〈いのちなき〉身だからである。同時に、握ろうとして握りきれない〈砂〉に人間の生が象徴されていると考える事はたやすい。空しく手中から落ちていく〈砂〉に捉えがたく消えていく人間の生の一瞬が悲哀と共に込められているとすれば、この歌に歌われた「今」も「永遠」と繋がってはいない。ここには「永遠の生命」に対する諦念がある。換言すれば「永遠の生命」とは結びつくことのできない有限の生の一瞬一瞬を象徴している歌でもあるのである。
　この歌と関連があると考えられるのは歌稿ノート「暇ナ時」（明治41年6月25日）の次の歌である。だが、これを読めば啄木が〈いのちなき砂〉の空虚感に浸ってばかりいるのではない事が知れよう。

　　初めよりいのちなかりしものの如ある砂山を見ては怖るる

　この歌を逆説的に読めば、啄木は〈砂〉が「生命」ある存在である事を期待している事になる。しかし、それを裏切り〈いのちなかりしものの如〉眼前に存在する〈砂山〉に〈怖〉れを抱いているのである。啄木は人間の生を単なる一瞬一瞬の無機質な時の連なりとは考えていないのである。
　では以上を踏まえて、初出、歌集『一握の砂』共に先の〈いのちなき砂〉の歌に続けて掲載された次の歌の意味を考えてみたい。

　　しつとりと

なみだを吸へる砂の玉
　　なみだは重きものにしあるかな

　無機質な〈砂〉は〈涙〉を吸うことで有機に近付く。濡れた砂はいずれ乾けば元に戻るが、濡れている「今」だけは掌の上で確かな存在感を持つ。つまり、〈砂〉が人間の生の一瞬を象徴しているとすれば、「永遠の生命」への憧憬よりも「有限」の生の悲哀を選んだ者が、「有限」を意識するが故に〈忙しい生活の間に心に浮かんでは消えてゆく刹那々々の感じを愛惜する心〉(「歌のいろいろ」)が生まれ、それを最も写しやすい短歌という形に表現した時、「刹那」の感情は〈なみだを吸へる砂の玉〉として目の前に留まる事ができるようになる。そのような啄木の志向する短歌創作のメカニズムが詠み込まれているのではないだろうか。そして、次の歌（初出『明星』明41年7月、『一握の砂』所収）。

　　頬につたふ
　　なみだのごはず
　　一握の砂を示しし人を忘れず

　歌集『一握の砂』の意味はこの歌に凝縮されている。恐らく〈一握の砂〉とは有限の生の刹那を捉えた歌群を指し、この〈人〉には啄木自身の内面が投影されているのであろう。それだけでなく、「一利己主義者と友人との対話」(『創作』明43年11月)「歌のいろいろ」(『東京朝日新聞』明43年12月)を勘案すれば、次のように解釈できるだろう。啄木は宇宙の大精神との融化を喪失したからこそ、有限の生の一瞬一瞬を〈いのちの一秒〉として愛惜する。そして、その想いが短歌という器に盛られ「歌」が生まれる。また、その「歌」は滅びる事はない。この「歌」の不滅の認識とは、以上述べてきたような「歌」の創作過程それ自体と、その過程から誕生する「歌」の両者を指すので

あろう。そして、それらは〈一握の砂を示しし人を忘れず〉とあるように人々の精神に受け継がれ人々の心に存在し続ける事を意味していると考えられる。とすれば、啄木の「永遠の生命」は、宇宙の大精神との融合という意味を喪失しつつ、「歌」という形の中で人々の〈精神の交通〉＝形而上的歴史過程の意味で生き続けていた事になる。

　以上考察してきたように、啄木が高山樗牛、姉崎嘲風から影響を受けた「永遠の生命」の思想は〈いのち〉の意味を大きく転換させながら詩から短歌へ形を変え、啄木の生涯を地下水脈のように流れているのではないだろうか。

注

(1) 主著として『大正生命主義と現代』（鈴木貞美編、河出書房新社、1995年）、『「生命」で読む日本近代—大正生命主義の誕生と展開』（日本放送出版協会、1996年）。
(2) 「樗牛追悼の嘲風評論—日露戦争期『太陽』における〈永遠の生命〉の思想Ⅰ—」（『岐阜大学国語国文学』24号、1997年3月）
　「姉崎嘲風の〈戦争〉と〈女性〉—日露戦争期『太陽』における〈永遠の生命〉の思想Ⅱ」（『岐阜大学地域科学部研究報告』1号、1997年3月」
　「総合雑誌『太陽』における〈大正生命主義〉の萌芽—高山樗牛・姉崎嘲風のドイツ思想・文化受容と日本文明批評—」（『岐阜大学教養部研究報告』34号、1996年9月）など。
(3) 伊藤淑人は『石川啄木研究　言語と行為』（翰林書房、1996年）の中で「ワグネルの思想」は〈この二書簡に触発され書いたものというより、むしろ下地に置いて執筆されたとも言い得るであろう。〉と指摘している。
(4) (3)に同じ
(5) 『石川啄木論』（塙書房、1974年）
(6) 本書第Ⅰ部第3章「マカロフ提督追悼の詩」論を参照されたい。
(7) (5)に同じ
(8) (5)に同じ
(9) (3)に同じ。尚、伊藤淑人は、啄木のニーチェとトルストイの把握に、メレジコウスキー『基督及び反基督』の人類の二大意識には基督教的意識と反基督教的

意識がある、という考え方の影響について触れている。この考え方は啄木のワグナー礼賛によって一度は否定されているが、啄木の二元論的視野の確立に再度影響を与えたか否かについては今後検討していきたいと考えている。
(10) 『一握の砂・啄木短歌の世界』(世界思想社、1994年)

第2章　「呼子と口笛」論
　　　　―詩人の復活―

　「呼子と口笛」は手製の未完成詩集でありながら、石川啄木最後の詩集であることから多くの注目を集めてきた。成立過程についても、詩稿ノートに記された「はてしなき議論の後」「一」～「九」、その「一」、「八」、「九」を除き番号を付け替えた『創作』発表の「はてしなき議論の後」「一」～「六」を経て、それぞれの詩に題名を付け若干の推敲と順序の入れ替えを施して大学ノートに清書し、新たに「家」「飛行機」を書き加えたところで中断した手製の詩集「呼子と口笛」に至ったことが既に明らかにされている。「呼子と口笛」の成立を考える際、看過できない事件としてまず大逆事件が挙げられることは言うまでもない。また、実生活では妻・節子の実家との義絶事件があり啄木の思想が大きく変化したこと[1]、文学上では北原白秋の『思ひ出』の刊行が影響していること[2]が指摘されている。最近では『創作』に発表された長詩こそ一連の創作過程の中で唯一完成された詩であるとして、この長詩を中心に分析すべきであるという説もある[3]。更に、そこに大逆事件への鎮魂歌という啄木の創作意図を読み取っている[4]。しかし、啄木の付した日付を信じれば、啄木が詩稿ノート「はてしなき議論の後」「一」を書き始めたのは明治44年6月15日夜、「呼子と口笛」の「飛行機」を書いたのが6月27日である。書き始めてからわずか二週間にも満たない一連の創作過程であることを考えれば、やはりこの間の啄木の意識の変遷を踏まえ、啄木が詩集として「呼子と口笛」に最終的に完結させようとした境地を解明することに筆者は意義を見出す。よって、本論では、このような「呼子と口笛」の成立過程を再度検証し、そこに浮かび上がる啄木の意識の推移を明らかにしてゆく。

1 ｜ 「はてしなき議論の後」初稿

　詩稿ノート「はてしなき議論の後」「一」〜「九」は総じて革命を目指す明治末期の青年群像を描いていると言える。だが、はてしなき議論を経ても具体的行動に立ち上がらない彼等への失望、及び、現状への焦燥感や疲労感も色濃い。特に「一」の冒頭は次のようだ。

　　暗き、暗き荒野にも似たる
　　わが頭脳の中に、
　　時として、電のほとばしる如く、
　　革命の思想はひらめけども————
　　あはれ、あはれ、
　　かの壮快なる雷鳴は遂に聞こえ来らず。

　このように革命の不可能性を感じさせる表現となっている。この詩を冒頭に置いた意味は大きいと言わねばならない。もちろんこのノートは他者に読ませることを前提としたものではないであろう。しかし、「はてしなき議論の後」という表題の下、まず、啄木の胸に去来し、第1に歌おうとしたのがこの詩、革命の不可能性を歌った詩であった、ということは否定することができないのである。そして、「二」には〈はてしなき議論の後〉に〈五十年前の露西亜の青年〉のように〈Ｖ　ＮＡＲＯＤ！〉と叫ぶ者のいない明治末期の青年に対する失望が表わされている。以後、「三」ではテロリストへの心理的共感、「四」では遅れた日本女性への嫌悪、「五」では〈「権力」の処置〉についての〈かの夜の激論〉とその場にいた精神的自立を感じさせる「Ｋ」という女性の描写。「六」は行動性を内に秘めた亡き青年革命家への鎮魂歌である。「七」は若い女性の写真を巡る同志との一場面。このようにさまざまな革命家

群像が具体的に描出されていくのである。そして、「八」「九」では心理的に「一」に呼応する形で〈はてしなき議論の後〉の〈わが心の飢ゑて空しきこと〉が描かれている。「八」は次のようだ。

　　げに、かの場末の縁日の夜の
　　活動写真の小屋の中に、
　　青臭きアセチレン瓦斯の漂へる中に、
　　鋭くも響きわたりし
　　秋の夜の呼子の笛はかなしかりしかな。
　　（略）
　　我はただ涙ぐまれき。
　　されど、そは三年も前の記憶なり。

　　はてしなき議論の後の
　　疲れたる心を抱き、
　　同志の中の誰彼の心弱さを憎みつつ、
　　ただひとり、雨の夜の町を帰り来れば、
　　ゆくりなく、かの呼子の笛が思ひ出されたり。
　　―――ひょろろろと、
　　また、ひょろろろと―――

　　我は、ふと、涙ぐまれぬ。
　　げに、げに、わが心の飢ゑて空しきこと、
　　今も猶昔のごとし。

　この「八」には北原白秋の『思ひ出』の「断章」35、36の影響が指摘されている(5)。

214　Ⅲ　啄木詩歌の思想

では、啄木はこの『思ひ出』をいつ手にしたのだろうか。
　近藤典彦[6]は、詩稿ノート「はてしなき議論の後」の「一」から「七」と「八」「九」は全く詩情が異なっているとして、「七」と「八」の創作の間に『思ひ出』が衝撃を与えたと言う見解を示している。その根拠の一つは、白秋の『邪宗門』が啄木宅に届くまでの日数から考えた『思ひ出』が届けられたであろう時期の推定がある。更に、6月に創作し『層雲』（明治44年7月号）に掲載された歌のうち、

　　あたらしきインクの匂ひ、
　　目に沁むもかなしや―――
　　　夏の雨の明るさ。

を挙げ、今井泰子[7]と同じ解釈に立ち、〈あたらしきインクの匂ひ〉とは新しい印刷の匂いであり、この頃新刊書購入の余裕などなかった啄木ゆえにこれは白秋から贈られた『思ひ出』を指すとする。そして、6月14日から17日までの日照時間を調べた結果、17日の午後1時過ぎからの日照時間が高いことを挙げ、この歌の状況と合致していると言う。以上のことから、啄木が『思ひ出』を手にしたのは明治44年6月17日の日中の事と推定している。
　しかし、そう言い切れるのだろうか。啄木の貧困な生活だけでなく精神的な飢えを表現したと考えられる明治43年10月13日の歌〈新しきインクのにほひ栓抜けばうゑたる腹に沁むがかなしも〉を見ると、〈新しきインクのにほひ〉はインク壺の匂いをイメージしていると考えられる。もちろん、歌語としては新著の匂いを「新しきインクの匂い」と表わす可能性もある。だが、『層雲』では、この歌の前に

　　何か、かう、書いてみたくなりて、
　　ペンを取りぬ―――

花活の花あたらしき朝。

という歌が配置されており、〈あたらしきインクの匂ひ〉は新しいインク壺を空けた時の匂いと啄木が認識していたと考えるのが妥当であろう。とすれば、先の歌の〈あたらしきインクの匂ひ〉は白秋の『思ひ出』を指すとは断定できないのではないか。また、近藤は日照時間と照らし合わせ、〈うすい雲はあったらしいが陽光はそれをつき破って、ふりそゝいでいたらしい。〉〈「夏の雨の明るさ。」「目に沁む」「いつか庭も青めり。」と統計はきっちり照応しているのではなかろうか。〉という。確かに、〈夏の雨の明るさ。〉は歌稿ノートでは〈いつか庭の青めり。〉となっている。しかし、〈夏の雨の明るさ〉とは太陽の光を感じさせる、陽を含んだ雲から降る、あくまでも「雨」の明るさのことではないのか。また、〈いつか庭の青めり〉は夏の到来を感じさせるように庭の木々も知らぬ間に青々とその緑を濃くしていたという啄木の驚き、つまり、病に伏せている間にいつか夏になってしまった、という、病床に伏す者がふと感じる季節の推移を表現しているのではないか。とすれば、「夏の雨の明るさ」とは、『新日本』明治44年7月号に発表された次の歌、

　　　いつしかに夏となれりけり──
　　　　病みあがりの眼にこゝろよき
　　　　雨の明るさ！

とほぼ同じ感興を描いていると考えられ、啄木の歌の世界は近藤が語るのとは別の世界を描いていると考えられるのである。このような点から、〈あたらしきインクの匂ひ〉の歌は『思ひ出』享受の衝撃から生まれたとは決して断定できないのである。故に、『層雲』でこの歌と並べて置かれている次の歌

　　　ひと処、畳を見つめてありし間の

その思ひを、
　　　妻よ、語れといふや。

の〈その思ひ〉も、近藤の言うように〈強烈な『思ひ出』のインパクトがもたらした深いもの思い〉とは言えないのである。
　白秋の『思ひ出』が詩稿ノート「はてしなき議論の後」に影響を与えているのは確かであるが、以上の点から啄木が『思ひ出』を手にしたのは６月17日であると断定し、「はてしなき議論の後」「一」から「七」までにその影響はない、とする近藤の説に筆者は同意し難い。この６月は妻・節子の実家との確執が悪化し、また、住み家についての切実な問題もあり、啄木の身辺はあわただしかった。それを裏付けるように『思ひ出』授受について手紙も日記も残されていない。このような中で書かれた「はてしなき議論の後」に『思ひ出』の影響を認め、それを読んだ日を推定するならば、『創作』に巻頭作品を依頼され、今まで『創作』には短歌しか発表しなかった啄木が、短歌ではなく約半年ぶりに本格的な詩を書いた点、また、その題材が全く以前のものとは異なっている点にこそ注目すべきではないか。従って、筆者は啄木が『思ひ出』を手にしたのは「はてしなき議論の後」「一」を書く前、つまり、６月15日の夜以前であったと考えている。

　再び詩稿ノートの「八」に戻ろう。
　啄木は大きな衝撃を受けながら『思ひ出』を読み、ことに「断章」を読みながら、かつて白秋らと浅草に遊び活動写真を見た時の呼子の笛のもの悲しさをも思い出したのかもしれない。文学仲間と遊びながらも満たされなかった当時の思いを〈げに呼子の笛はかなしかりしかな〉と綴りつつ、その〈かなしさ〉と同じほどの〈心の飢ゑて空しきこと〉を今もまた味わっている、という点にこの「八」のテーマはある。その「空しさ」の強さは末尾の〈げに、げに、わが心の飢ゑて空しきこと、今も猶昔のごとし。〉という言葉から

も推察される。では、その「空しさ」とは何か。『邪宗門』で詩人として脚光を浴び、美しい詩情と装丁を携えた『思ひ出』を刊行した白秋への羨望、その反惜定としての自己卑下であろうか。いや、長詩「はてしなき議論の後」という枠組み全体から考えればそうではなく、〈はてしなき議論の後〉の〈疲れたる心〉と〈同志〉の〈心弱さ〉を感じているからに他ならない。この〈はてしなき議論〉を共にする〈同志〉を新詩社の文学仲間とする見方もある[9]が、「一」から「九」全体を視野に入れれば、やはり〈はてしなき議論〉とは「二」「三」に描かれた議論、または同質の議論と考えられ、〈同志〉とは議論を戦わせた革命を目指す同志に他ならないだろう。「民衆の中へ」と叫び立ち上がることのない〈同志〉の心弱さに接して味わう空しさ、疲労感に、３年前の活動写真小屋の満たされない気持ちが思い出され、重なる。このような二重の空しさを描いたのが「八」なのである。そして、詩稿ノート最後の「九」では難解さに悩みながら〈資本論〉を読んでいるであろう友を思いつつ、〈黄色なる小さき花片〉が散る気配から、過去に見た〈見せ物〉の〈身の丈三尺ばかりなる女〉、そして、〈我等の会合〉に一度しか来なかった〈女〉を思う、という内容となっている。

　こうして見てくると我々は、詩稿ノート「はてしなき議論の後」「一」から「九」の全体が現在から過去を回想する構造になっていることに気付く。
　かつて吉川幸次郎[10]は啄木の『一握の砂』掲載歌の

　　砂山の砂に腹這ひ
　　初恋の
　　いたみを遠くおもひ出づる日

の歌について〈いまの時点から離れて、意識は過去へさかのぼり〉〈現在へ帰ってくる。〉と語った。これを踏まえ、回想歌群の発想の根底に啄木の〈現在の不如意に対する苦痛〉を指摘したのは今井泰子[11]であった。更に今井は、

現在、過去、現在という啄木回想歌の意識の運動性は『一握の砂』全体の各章の配置、また、各章内部の歌の配置にも見られると指摘した。
　しかし、このような過去と現在の複合的視点は短歌のみに留まらなかった。今まで見てきたように、詩稿ノート「はてしなき議論の後」「一」から「九」にもこれと同じ構造が指摘できるのである。全体を見れば「一」「八」「九」が現在の視点に立脚し、革命の不可能性や革命運動の疲労感を表出しているのに対し、革命運動の色濃い「二」から「七」までを過去のものとして回想し、入れ子型に包んでいるのだ。
　このように、詩稿ノート「はてしなき議論の後」には白秋の『思ひ出』の影響と共に、啄木の回想歌の創作メカニズムも生きていることに注目すべきである。そして、この両者が影響しあった結果、白秋に対抗しようと啄木が書いた革命を題材とした詩に、現在の不如意に対する苦痛が全面に表れてしまうことになる。
　しかし、このような回想歌的叙情、いわば後ろ向きの叙情からの脱却が図られる。それは『創作』発表詩に於いてであった。

2　「はてしなき議論の後」二稿

　『創作』に発表した詩は詩稿ノートの「はてしなき議論の後」「一」「八」「九」を削り、「二」から「七」の詩に新たに「一」から「六」の番号を打ち直している。この作業を『創作』発表スペースの問題や「一」に〈革命〉という言葉があからさまに用いられているため時局に配慮した結果だ、という見方[12]もある。しかし、〈はてしなき議論〉に象徴される現在の疲労感、失望、そう言った下降する心情が強く表れた詩を除くことで、啄木は革命を題材にした詩の蘇生を目指そうとしたのではないか。〈はてしなき議論の後〉も誰も「民衆の中へ」と叫ぶ者のいないことへの失望が露わにされた「二」が冒頭に位置することになり、「はてしなき議論の後」という題名はその後の満たされ

ず飢えた心を象徴するのではなく、あくまでも「議論の後」に「誰も立ち上がらない」という意味や、「悲しきテロリストの心理が理解可能となった。」という意味に転化した。つまり、革命への志向が強調される結果となった。

では、なぜ啄木は現在の不如意な心情を排除しようとしたのだろうか。

前述の通り、啄木は白秋の『思ひ出』に衝撃を受けている。その美しい詩集、美しい叙情に感化されている。そして、白秋の詩人としての成功を前に、自身の境遇を引き比べて嘆いている。その中で白秋に対抗し、白秋には無い世界を描こうと革命を題材に詩を書くうちに、自己愛惜の叙情に流されていたことに気付いたのではないか。

周知のように啄木にとって〈歌を作る日は不幸な日〉であった。「歌のいろいろ」「利己主義者と友人との会話」にはそんな啄木の短歌観が窺える。要約すれば次のようだ。――歌は三十一文字という小さな形だから日々の生活の中の一刹那の感情を盛るのに適している。そして、己の命を愛し、日々の生活の中で磨滅していく自己を書き留めようとする時、歌は最も適した形だが、歌の存在基盤が呪わしい現実にある以上、歌は軽蔑されなければならない。――つまり、啄木は歌に対する二律背反する感情を持っていたのである。「はてしなき議論の後」の詩を書いた明治44年6月現在、啄木は自己の身体、家族、家、経済、思想、自己を取り巻く社会など、全てと言ってよい面で不幸な現実に絡めとられている。その想いは何時しか詩にも影を落とし、不幸な現実を嘆く詩となっていた。〈歌は私の悲しい玩具である〉はずが、詩もまた〈悲しい玩具〉と化してしまったのである。そこで、啄木は詩稿ノート「はてしなき議論の後」の「一」「八」「九」という現在の悲哀が強く表出された入れ子型の外側部分を排除し、「二」から「七」に位置する「はてしなき議論」という言葉に象徴されるような革命を題材にした詩をクローズアップさせることを試み、成功した。それが、『創作』に発表した長詩「はてしなき議論の後」「一」から「六」なのである。

しかし、啄木はここに留まらなかった。次の詩集「呼子と口笛」では長詩

としての枠組みをはずし、各々の詩を独立させ、全く異なる構想の基に詩集を構成しようとした。それは何故なのだろうか。この問題をまず白秋の影響という観点から考えれば次のように言えるだろう。

　白秋の『思ひ出』序文というべき「わが生ひ立ち」には次のような一節がある。

　　尤も、私は過去追憶にのみ生きんとするものではない。私はまたこの現在の生活に不満足な為めに美くしい過ぎし日の世界に、懐かしい霊の避難所を見出さうとする弱い心からかういふ詩作にのみ耽つてゐるのでもない。(略)実際私は過去を全く今の自分から遊離したものとして追慕するよりも、充実した現在生活の根底を更に力強く印象せしめんが為に、兎に角過去といふわが第一の烙印を自分で力ある額の上に烙き付けやうと欲したのである。(略)私の望むところは寧ろあの光輝ある未来である。(略)更に力ある人生の意義を見出すことである。

しかし、『思ひ出』は白秋の少年の日の感覚の記憶を主に記したものであった。五感の感触によって描かれた幼かりし日は、白秋自身が語るように一種の感覚史なり性欲史と言うのがふさわしい。一旦は『思ひ出』の叙情に魅かれながらも啄木はこの白秋の叙情を拒否しようとする。啄木の残した原稿の断片には白秋を否定する激しい言葉が残されている。

　　邪宗門の著者の思想は、やがて思ひ出の著者の思想であつた。感覚とかいきいきとした甘藍の葉のやうな感覚の刹那にもつと意義ある人生を発見しようといふ著者の言葉にも多少の暗示がある。新鮮な、さうして針の尖のやうに鋭い感覚を以てその少年幼年の時代の人生を感じた著者は、やがてその新しき感覚に新しき時代の芸術と生活とを感じたのである。(略)而して予の今特にこれをここにいふのは、かかる思想、かかる生

活の矛盾と破綻と不幸と悲惨とが、この集によく見出されるからである。さうして予はその不幸、破綻、その矛盾に対して、遂に同情はしえてもそれを承諾しないといふことを（以下断絶）

啄木は『思ひ出』からは白秋の言う〈光輝ある未来〉を感じることはできなかった。〈さらに力ある人生の意義〉を見付け出すことができなかったのである。そこで啄木は過去回想に伴う現実生活の不如意を歌うのではなく、白秋にはなかった〈力ある人生の意義〉と〈光輝ある未来〉を歌おうとした。その想いがより強く結実しているのが「呼子と口笛」の世界ではなかったろうか。

3 詩集「呼子と口笛」

　啄木は「呼子と口笛」では長詩としての枠組みを取り払い、詩稿ノートから遺棄した部分は再録せずに『創作』に発表した詩をそれぞれ独立させ、「家」「飛行機」を付加したことは既に述べた。
　では、啄木はなぜ各詩を独立させたのだろうか。『創作』発表詩では「はてしなき議論の後」と言う長詩の枠組みであったわけだが、長詩としての枠組みを持ったままでは、啄木の意図に反して読者の意識にある影響が及ぶことを恐れたからかも知れない。それはこの長詩の「四」以降が過去時制で語られていることと関係する。『創作』発表の長詩の前半部分は、激しく且つはてしなき議論の後にも行動を起こそうとしない青年たちへの失望が描かれるが、「四」では議論は過去として振り返る対象となっている。「五」の理想的青年革命家も埋葬された後に思い出される存在である。「六」も過去の事として書かれている。詩稿ノートから『創作』に移る段階で、現在を述べた部分に当たる入れ子型の外側をはずすことで過去に相当する部分を蘇生させ、革命志向の強い詩群の再生に成功した啄木だったが、入れ子型の内側のその後半部

分には、まだ過去への志向が残存していたのである。その結果、啄木の意図を裏切り、長詩全体のこうした思想や運動自体が過去のものであるかのような印象を読者に齎す危険性が生じる。啄木は新たに詩集「呼子と口笛」を編む際、「はてしなき議論の後」の名に基き再び長詩としてこれらの詩をまとめることに限界を感じ、それが各詩を独立させ新たに命名した要因となったとも考えられるのではないか。

　詩集「呼子と口笛」の編集を思い立ったのと前後して、啄木は６月25日「家」という詩を書いた。そこに描かれたのは〈月月のくらしのことに疲れゆく都市居住者〉の持ち家願望である。この詩の中で啄木は、

　　はかなくも、またかなしくも、
　　いつとしもなく若き日にわかれ来りて、
　　月月のくらしのことに疲れゆく、
　　都市居住者のいそがしき心に一度浮かびては、
　　はかなくも、またかなしくも、
　　なつかしくして、何時までも棄つるに惜しきこの思ひ、
　　そのかずかずの満たされぬ望みと共に、
　　はじめより空しきことと知りながら、
　　なほ、若き日に人知れず恋せしときの眼付して、
　　妻にも告げず、真白なるランプの笠を見つめつつ、
　　ひとりひそかに、熱心に、心のうちに思ひつづくる。

と書き、現実の厳しさを自覚しながら希望を持ち続けようとする男を描いていた。ここではこれまでの詩に流れていた革命運動という色調は消えている。ここにあるのは都市居住者の現実とそのつつましやかな夢である。はかなく、悲しくも、夢を見続ける男は現実の重さに喘ぎながら、それに負けまいと夢を見る。ここに於いて、夢見ると言う行為は現実生活との戦いの代替行為と

化している。そして、続く「飛行機」の詩は、〈たまの非番の日曜日〉に〈肺病やみの母親とたつた二人で家にゐて、／ひとりせつせとリイダアの独学をする〉〈給仕づとめの少年〉に〈見よ、今日も、かの蒼空に／飛行機の高く飛べるを。〉と呼びかける詩である。これらの後から付加された二編には啄木の「呼子と口笛」の意図を考えるための大いなる示唆がある。

　まず、二つの詩に共通しているのは、「現在」を描いていることである。しかし、これまでの詩にも「現在」は描かれていた。異なるのは、現状を打破しようとする行動力を示さない青年たちへの苛立ちや空しさ、悲しさを感じている下降意識が反映した「現在」ではなく、ここにあるのはありのままの自己をみつめる視線によって支えられた「現在」である。それは換言すれば、「言語」と「行為」の問題を自分なりに超越した等身大の啄木の屹立を意味しているように思う。

　と言うのは、既に述べてきた通り、新しく命名した「はてしなき議論の後」から「古びたる鞄をあけて」までは革命運動を題材にした詩群であった。そこには「恋」の情調が時折重なってくるが、思想的に見ればあくまでも中心に流れているのは「言語」と「行為」の関係はどうあるべきか、というテーマである。「はてしなき議論の後」では〈五十年前の露西亜の青年〉に劣らない激しい議論を戦わせながら（「言語」）、明治末期の日本の青年が誰も立ち上がろうとしない様子を描く（「行為」の欠如）。このような「言語」と「行為」の不一致は次の「ココアのひと匙」にも受け継がれ〈奪はれたる言葉のかはりに／おこなひをもて語らむとする心／われとわがからだを敵に擲げつける心を―／しかして、そは真面目にして熱心なる人の常に有つかなしみなり。〉と〈テロリストの／かなしき、かなしき心〉を理解している。しかし、ここでは「言語」を奪取された者の「行為」のみが優先され、「言語」と「行為」の一致は実現されていない。「激論」では〈五時間に亘れる激論〉の様子が映し出されるが、ここでも「行為」には至っていない。「墓碑銘」では亡くなった青年は〈われは議論すること能はず、／されど、我には何時にても起つこ

とを得る準備あり。〉と語っている。この「墓碑銘」に描かれた青年は、啄木が『創作』発表のものにかなり推敲を加え、理想的な労働者像、革命家像に仕上げていることは良く知られているところだろう。しかし、「言語」と「行為」という観点からすれば、やはり両者の一致を見ないまま過去として葬られているのである。

　ではこの「言語」と「行為」の問題は啄木の中でどのように受け継がれ、変化してゆくのだろうか。それを示唆していると考えられるのが続けて書かれた「家」と「飛行機」なのである。

　「家」では、現実と夢を交互に描写しながら、はかない希望と知りつつ「夢想する」男が描かれていた。「飛行機」に於いては現実生活に喘ぐ少年に希望の象徴として飛行機の飛翔を呼びかけている。つまり、「言語」と「行為」の統一問題は、ありのままの現実を誠実に生き、未来を信じることに置換されているのではないか。「言語」と「行為」の統一とは未来を信じて希望を持ち、現実生活に耐え、現在を誠実に生きることにこそ実現することを啄木は示唆したと読むことができる。そしてそれは、現実そのものに拘泥するのではなく、かといって理想のみを追う姿勢でもなく、その両者を併せもったはずのものである。周知のように啄木の革命を題材にした詩群はロシアのクロポトキンの『一革命家の思い出』より得たナロードニキの姿に日本の現実を重ねて書かれた作品である。これらの作品に浮かび上がった明治末期の日本の青年たちの「言語」と「行為」の不一致という問題の解決は、現実をみつめ、自己の現在を誠実に生きる事、しかしそこに埋没せず希望を持ち、未来を信じることでこそ実現する、という啄木の想いを読み取ることができるのではないだろうか。

　顧みれば、「家」以前の6編の内、3編は前述したように過去形で書かれていて、「はてしなき議論の後」「激論」「古びたる鞄をあけて」の場面は夜であった。しかし、「家」は〈今朝も、ふと、目のさめしとき、〉で始まっている。そして、「飛行機」は朝から日中のイメージを読者に齎す。「闇」から「光」の

世界へのイメージ転換も啄木の現実を凝視しようとする意図を反映しているかのようだ。

　このように「呼子と口笛」の世界は、まず、革命運動に携わり現実と果敢に戦った青年たちを独立詩として取り上げ、『創作』発表時より「現在」に向き合おうとする啄木の姿勢が読み取れる。更に、啄木はそこに留まらず、革命を題材にした詩群で回答の得られなかった「言語」と「行為」の問題を、我々の生きる現実から眼をそらすことなく、また、その重みに負けずに「未来」を信じ、希望を持って誠実に生きる事によって模索しようとした。しかし、その境地が表わされ始めた地点で、惜しくも中断されてしまったのである。「呼子と口笛」の残された余白には、啄木の生きる現実により近い題材を用いて、現実生活と戦う等身大の市井の者たちの姿が映し出されるはずだったのではなかろうか。

注

(1)　「『呼子と口笛』の成立をめぐる問題」岩城之徳（『国語国文研究』昭和32年4月）
(2)　『石川啄木論』今井泰子（塙書房、昭和49年）
(3)　「石川啄木『はてしなき議論の後』の詩構造について」川那部保明（「言語文化論集」44号、平成9年1月）
(4)　『石川啄木と明治の日本』近藤典彦（吉川弘文館、平成6年）
(5)　(2)に同じ
(6)　『国家を撃つ者』近藤典彦（同時代社、平成1年）
(7)　(2)に同じ
(8)　本論3でも触れているが、詩稿ノートの「はてしなき議論の後」「五」以降の詩は過去回想を構造の中に取り込んでいる。革命運動の色濃い詩を現在形ではなく、何故過去形で記さねばならなかったのだろうか。ここにも白秋の『思ひ出』の影響の一端が認められるのではないか。過去時制の導入という観点から言えば「八」、「九」のみに白秋の影響があるとは決して言えないのである。
(9)　(2)に同じ

(10)　桑原武夫・吉川幸次郎　対談「詩について」(『展望』74、昭和40年2月)
(11)　(2)に同じ
(12)　(1)に同じ

第3章 「呼子と口笛」自筆絵考

1 「呼子と口笛」自筆絵

　石川啄木が明治42年6月、大学ノートに手書きで記した未完の詩集「呼子と口笛」。北原白秋の『思ひ出』の存在に刺激されつつ、明治末期の日本の時代状況批判を込めることで、詩人・石川啄木の到達点を示すと考えられる詩集である。

　この「呼子と口笛」の表紙には大学ノートの透かし絵を模した絵が描かれている。近藤典彦[1]によれば、この絵はブリタニア像であろう、という。ブリタニアとは、Britannia=Great Britain（大英帝国）を象徴する女人像のこと。ブリタニアは武勇の象徴として片手に槍か鉾、そして盾を持ち、もう一方の手には平和の象徴としてオリーブの枝を持っている。また、彼女は島の上に座しているということだ。「呼子と口笛」を記そうとした大学ノートにあったこのブリタニアの透かし絵を、啄木は何故扉絵に用いようとしたのか。

　白秋の瀟洒な詩集『思ひ出』に対抗して、横書きを採用した事とも相まって、西洋的な雰囲気を醸し出そうとした、ということがまず考えられる。しかし、これから綴られていく詩集の世界と透かし絵のイメージとが全くかけ離れていたのならば、啄木はそれを用いなかったのではないか。「呼子と口笛」を構成する個々の詩の世界と装丁とは密接不離なものであるはずだ。このことは目次の後に施された口絵にも同じことが言えるであろう。

　口絵は次のようなものだ。月桂樹を思わせる植物の葉に囲まれた楕円形の中は三段に分かれ、三つの絵が描かれている。上段には黒地の中に白い動物がおり、その翼の上の部分に青い矢印の先端のようなものが見える。中段の絵は黄色い光炎を放ち中が黒く塗りつぶされた太陽が青い山並みにかかって

いる。そして空は赤い。下段の絵は灰色の地に、黒色の十字の先に円が合体したものが横に倒され、さらに、その黒い円から三段の絵の枠となっている楕円形の左側に向かって歪曲する黒い線が伸びている。

　この口絵については心理学的な見地による大沢博の説[2]と大逆事件で刑死した幸徳秋水の『基督抹殺論』を指標として読み説く近藤典彦の説[3]がある。だが、この絵について啄木自身の言葉が残されていず、原画存在の有無、影響関係等、現時点では決定的なものが見出されていない以上、我々後世の読者は「呼子と口笛」という詩集に啄木がこの絵を記した、という事実を原点として考察するしかない。換言すれば、自筆の扉絵、口絵ともに我々は「呼子と口笛」の詩の世界から読み解くべきではなかろうか。本論は二つの自筆絵の意味を「呼子と口笛」に残された８篇の詩の世界から読解する試みである。

2　「呼子と口笛」の世界

　「呼子と口笛」の世界とはどのようなものであったのか。

　周知のように、この詩集は「はてしなき議論の後」「ココアのひと匙」「激論」「書斎の午後」「墓碑銘」「古びたる鞄をあけて」「家」「飛行機」のわずか８篇が書かれた段階で中断している。「初稿」は「はてしなき議論の後一、二、…九」と題した九篇の連作長詩であったが、「二稿」にあたる「創作」に発表されたものは、初稿の「一」、「八」、「九」を除いた６篇に「はてしなき議論の後一、二…六」と番号を打ち直した連作長詩となっている。そして「二稿」の６篇をそれぞれ独立させて新たな題名を施し、順番を換え，「家」と「飛行機」の２篇を追加したところで中断してしまったのがこの「呼子と口笛」である。

　明治44年６月、啄木は白秋『思ひ出』の持つ美しい叙情にふれ、久しぶりに詩を書こうとする。しかし、「初稿」に於いては、社会変革を題材にした詩

「呼子と口笛」の扉絵

「呼子と口笛」の口絵

を綴りつつ、その「八」では〈はてしなき議論の後〉から〈帰り来〉る時、〈ゆくりなく〉も〈思ひ出された〉、〈三年も前〉の〈かの場末の縁日の夜の／活動写真の小屋の中に、〉〈鋭くも響きわたりし／秋の夜の呼子の笛〉によって呼び起こされた、一層の心の飢餓と空しさを描出することになってしまう。つまり「はてしなき議論」という言葉に象徴される社会変革への現在の情熱がいつしか過去の哀れな情感に同化してしまうのである。

　このように、「呼子と口笛」の「初稿」には現在と過去の複合的視点が存在しているのである。しかしこれは「初稿」に特有なものではない。かつて吉川幸次郎は啄木の『一握の砂』掲載歌の「砂山の砂に腹這ひ／初恋の／いたみを遠くおもひ出づる日」の歌について〈今の時点から離れて、意識は過去へさかのぼり〉〈現在へ帰ってくる。〉[4]と語った。これをふまえ、回想歌群の発想の根底に啄木の〈現在の不如意に対する苦痛〉を見たのは今井泰子[5]である。さらに、今井は、現在、過去、現在という啄木回想歌の意識の運動性は、『一握の砂』全体の各章の配置、また、各章内部の歌の配置にも見られると指摘した。

　この意識の運動性が「呼子と口笛」の「初稿」にも見ることができると考えられるのである。つまり、「初稿」の「一」には革命の不可能性が色濃く表わされている。「二」には「はてしなき議論」を経ても「Ｖ，ＮＡＲＯＤ！」と叫ぶ者のいない明治末期の青年に対する失望が表わされ、「三」ではテロリストへの心理的共感、以後、遅れた日本女性への嫌悪、「権力」の処置についての激論とそれに参加する精神的自立を示す「Ｋ」という女性、行動性を内包した亡き革命家への鎮魂、若い女性を巡る同志との一場面、など、さまざまな革命家群像が具体的に描出されていくのである。そして、「一」に心理的に呼応する形で「八」、「九」には「はてしなき議論の後」の「我」の空しさ、虚脱感が描かれているのである。「八」、「九」には「一」の持つ緊迫感が喪失されている感は否めないのだが、「初稿」九篇全体を見た時、そこには明かに現在、過去、現在という時制の入れ子型が見られるのであり、回想歌と同じ

構造を指摘することができるのである。とすれば、現在の満たされない心境といわば過去として扱われている議論や革命家群像の、そのどちらに啄木の心情の比重が掛かっていたかといえば、回想歌群と同じく、現在の満たされない心情にあったと言えるのではないだろうか。

　啄木の不幸な現実に立脚し、それを表現していたのが「初稿」とすれば、『創作』に発表された「二稿」は「初稿」とは正反対のベクトルを持つものとなった。ここには白秋の影響から脱却しようとする、というよりも、現在の不如意を嘆く自己、回想歌的世界から脱却しようとする啄木が認められる。「一」「八」「九」を削除することにより、「はてしなき議論の後」の疲労感、失望感など、現在の下降する心情が強く現われた詩を除くことで、社会変革のモチーフを前面に出した詩の蘇生に成功するのである。その結果、「はてしなき議論の後」の意味も「はてしなき議論」の後の満たされない啄木の精神的飢餓を表わすのではなく、「はてしなき議論」を経ても明治末期の青年達は誰も立ち上がろうとしない、という意味に転化、社会変革への志向が強調されるのである。

　こうした啄木の心境の変化と啄木の白秋評価の変化とは一致している。

　　邪宗門の著者の思想は、やがて思ひ出の著者の思想であつた。感覚とかいきいきとした甘藍の葉のやうな感覚の刹那にもつと意義ある人生を発見しようといふ著者の言葉にも多少の暗示がある。新鮮な、さうして針の尖のやうに鋭い感覚を以てその少年幼年の時代の人生を感じた著者は、やがてその新しき感覚に新しき時代の芸術と生活とを感じたのである。
　　（略）而して予の今特にこれをここにいふのは、かかる思想、かかる生活の矛盾と破綻と不幸と悲惨とが、この集によく見出されるからである。さうして予はその不幸、破綻、その矛盾に対して、遂に同情はしえてもそれを承諾しないといふことを（以下断絶）

これを読めばわかるように啄木は『思ひ出』から白秋のいう「光輝ある未来」を、そして「更に力ある人生の意義」を見つけ出すことができなかったのである。だからこそ啄木は白秋の様に過去を歌うのではなく、白秋にはなかった未来を歌おうとしたのではなかったか。

　かつて啄木は暗い現実を意識し、現世の汚辱に侵されそうになる森の緑に対し、警告を発する「啄木鳥」を描いたが、それは戦う詩人の姿に重なる。詩人・啄木とは地上の痛恨を足場とし、愛と天の栄光を歌う超俗の選民、孤高の警世者であった。しかし、後の「食ふべき詩」ではそれが否定される。そしてそれは「我々の日常の食事の香の物の如く」「我々に『必要』な詩」を求め、詩は「人間の感情生活（略）の変化の厳密なる報告、正直なる日記でなければならぬ」と言う主張になる。だが、標望する文学と生活の一元化は成されず、啄木は詩を書くことを止める。そして「文壇劣敗者」の意識の元、文学から離れようとする。実人生を選び、生活に埋もれていく啄木の悲しいため息、それが啄木の短歌を産んでいったことは周知の事実だ。そのような中で啄木は白秋の『思ひ出』に接し、久しぶりに詩を書こうとする。しかし、それは過去の悲哀感と、それにも劣らない明治末期の日本の状況に対する失望感に満たされたものとなってしまった。啄木は「初稿」を読み直し、不幸な現実の描出、回想歌的な叙情の構造に嫌悪感を持ったのではないだろうか。これでは短歌の世界と同じだ、と。――そして、『思ひ出』の叙情を徹底的に否定したように、啄木は己の連作長詩をも否定、蘇生させたのである。

　このような啄木の内的ドラマは明治42年6月の出来事である。6月の歌稿ノートの冒頭には次のような閑古鳥を歌う歌四首がある。

　　　いま、夢に閑古鳥を聞けり。
　　　　閑古鳥を忘れざりしが
　　　　かなしくあるかな。

ふるさとを出でて五年
　　　　病をえて、
　　かの閑古鳥を夢にきけるかな。

　　閑古鳥！
　　　渋民村の山荘をめぐる林の
　　あかつきなつきし。

　　ふるさとの寺の畔の
　　　　ひばの木の
　　いただきに来て啼きし閑古鳥！

　病に倒れた啄木の望郷の念がにじみ出た歌である。かつて、故郷・渋民村の暁時に、比婆の木の頂で啼いていた閑古鳥の鳴き声を啄木は思い出しているのである。ところが、このような状況は、かつての『あこがれ』の中の詩、「偶感二首」の内の「閑古鳥」という詩の中に既に描かれていたのである。それは次のような詩だ。

　　暁迫り、行く春夜はくだち、
　　燭影淡くゆれたるわが窓に、
　　一声、今我れききぬ、しののめの
　　呼笛か、夜の別れか、閑古鳥。

　　（略）

　　をさなき時も青野にこの声を
　　ききける日あり。今またここに聞く。

詩人の思ひとこしへ生くる如、
不滅のいのち持つらし、この声も。

（略）

似たりな、まことこの詩とかの声と。
これげに、弥生鶯春を讃め、
世に充つ芸の聖花の盗み人、
光明の敵、いのちの賊の子が
おもねり甘き酔歌の類ならず。
健闘、つかれ、くるしみ、自矜に
光のふる里しのぶ真心の
いのちの血汐もえ立つ胸の火に
染めなす驕、不断の霊の糧。
我ある限りわが世の光なる
みづから叫ぶ生の詩、生の声。

さればよ、あはれ世界のとこしへに
いつかは一夜、有情の（ありや、否）
勇士が胸にひびきて、寒古鳥
ひと声我によせたるおとなひを、
思ひに沈む心に送りえば、
わが生、わが詩、不滅のしるしぞと、
静かに我は、友なる鳥の如、
無限の生の進みに歌ひつづけむ。

この詩の大意を簡単にまとめれば次のようになろう。──春の暁、ふと聞

えてきた閑古鳥の鳴き声、その声は「我」の心に強く何かを啓示する。幼き日、閑古鳥の声を聞いた感動と同じ感動を今味わっていることを思えば、この声と真の詩とは同じなのではなかろうか。つまり、「まことの詩」とは世に媚びへつらい、人々を酔わせるものではなく、「光明」の世界を求める「霊」の「不断の糧」とならねばならないのだ。閑古鳥の鳴き声が「我」に深い感動を与え、「光明」の世界へのあこがれを掻き立てたように、いつか俗世と戦う「勇士」の胸に響くことを信じて、永遠の世界に通じる生命の限りに歌い続けよう。――

　啄木はこの心境を甦らせ、詩人の使命を再認識したのではなかったか。短歌と同じ不幸な生の存在証明ではなく、詩とは光を求め、汚辱に満ちた俗世と戦う人々の為に歌うものでなければならないという想い。その想いを再認識したことが「はてしなき議論の後」「初稿」の「一」、「八」、「九」の削除に結びついたのだと考えられる。

　かくして、啄木は不幸な現実から生まれるため息ではなく、人々の胸に響き、勇気を与えるような詩集「呼子と口笛」を作ろうとした。この段階で追加された「家」は都市居住者の持ち家願望と安楽の希求を綴っている。この詩の構成は叙情の主体である「我」の現在と夢想の世界とを交互に綴る構成となっている。この方法は回想歌の方法と酷似していながら、決定的な違いを見せる。回想歌が現在から過去を追慕しているのに対し、現在からまだ見ぬ世界を描いているのである。こうした啄木の変化は、未完の詩集「呼子と口笛」の最後に位置している「飛行機」を読めばより一層明らかになる。この詩は日本の空に初めて飛行機が飛んだ事実を背景にして書かれている。翼のない人間が空を飛ぶという不可能を可能にする試みの成功に、啄木は人間の未来に希望を感じたのであろう。次のように記している。

　　飛行機
　　見よ、今日も、かの蒼空に

飛行機の高く飛べるを。

給仕づとめの少年が
たまに非番の日曜日、
肺病やみの母親とたつた二人の家にゐて、
ひとりせつせとリイダアの独学をする眼の疲れ…、

見よ、今日も、かの蒼空に
飛行機の高く飛べるを。

　この詩を構造的に見れば、第二連の現実描写をはさんで第一、三連が未来を象徴する部分となっている。不幸な現実から過去を回想するのではなく、未来の希望を詩中の少年に、そして読者に与えようとする構造と言えるだろう。啄木は「甘き酔歌」ではなく、現実と戦う者の糧となり、その胸に響け、とこの詩を書いたのではなかったろうか。
　このように、8篇の詩を通して啄木は不幸な現実と戦う者へ勇気を与えるような詩を書こうとした、と推測されるのである。
　そして、詩集のタイトル「呼子と口笛」。「初稿」の「八」には今井泰子の言葉を借りれば「現実との不可分性の中でなお追及される無心の表象」としての活動写真の「呼子」が登場するが、「二稿」以後では削除されており、全く新しい構想の元にこの「呼子と口笛」は作られている。ゆえに「呼子」は活動写真の呼子を離れて考える必要があろう。そこで、前述した「閑古鳥」の詩を考え併わせてみたい。あの詩の中では閑古鳥は暁を呼ぶ「呼笛(よぶこ)」に擬せられていた。また、『日本国語大辞典[7]』によれば閑古鳥はその鳴き声が人を呼ぶように聞こえることから「呼子鳥」の異称があることがわかる。とすれば、「呼子」に啄木は呼子鳥の鳴き声、つまり、閑古鳥の鳴き声を重ねてはいなかったか。彼にとっての呼子＝閑古鳥の鳴き声とは、未来を信じ、不幸な

現実と戦う人々に呼びかけ、勇気を与える霊の糧となるような詩を意味していたと考えられるのだ。そして、「口笛」は

 晴れし空仰げばいつも
 口笛を吹きたくなりて
 吹きて遊びき　　　　　　　　（『一握の砂』）

 夜寝ても口笛吹きぬ
 口笛は
 十五の我の歌にしありけり　　（『一握の砂』）

 少年の口笛の気がるさよ、
 なつかしさよ。　　　　　　　（「口笛」）

などから推察できるように、少年の希望と結び付いている。啄木は二つの素朴な笛を用いて白秋『思ひ出』の「銀笛」の奏でる世界とは全く異なる世界を作り上げようとしたのであろう。つまり、不幸な現実と戦う者達への呼びかけと希望、啄木は「呼子と口笛」にそんな意味を込めていたのではなかろうか。

3 ｜ 自筆絵を読む

以上、「呼子と口笛」の世界を概観してきた。ここで、その扉絵に立ち返れば、啄木が何故、この大学ノートのページもサイズも位置も異っている場所にあった透かし絵を扉絵に選んだのかが納得できる。それは、自身の、また、人々の幸福と平和のために戦う者のイメージをそこにみつけたからであろう。啄木がブリタニアの意味を正確に理解していた保証はどこにもない。しかし、

王冠を象る額縁の中に描かれた、左手に槍を持ちその傍らに十字のついた盾を置き、右手に芽生えたばかりのように見える植物の芽を持って、波の上に座す女性。彼女の姿をみつけた時、啄木はこれから綴ろうとする「呼子と口笛」の世界を象徴するものとしてそれを眺めたはずだ。そして、啄木のペンによってそのブリタニア像は、新たな意味を担って表紙に再現されたのである。

　なお、啄木自身によって採色されたのは、座すブリタニアの左脇に置かれた盾の十字の部分と平和を象徴するという右手にもった植物の部分である。盾の部分が表わすことになる白地に赤い十字架はセント・ジョージの十字架 Saint George's cross と呼ばれるものだという。George とはラテン語では Georgios。セント・ジョージとは聖・ゲオルギウスのことである。『キリスト教大辞典(8)』には、次のようにある。

> ローマの軍人、殉教者。ディオクレティアヌス帝の迫害の際に殉教したという（斬首？）。まもなく東方から西方に広く尊崇されるようになり、12世紀には悪竜を退治して王の娘を救い、その国をキリスト教に回宗させたという伝説が生じた。イギリスで特に親しまれ、リチャード一世もその尊崇者のひとり。オックスフォード教会会議（1222年）以後、イギリスの守護聖人とされ、また14救難聖人のひとり。騎士、農民、馬などの保護聖人で、彼を象徴するものとして赤色十字架、竜、車輪、白馬がある。

付言すれば、聖ゲオルギウスのドラゴン退治とは次のようなものである――(9)。リビアの沈黙の町付近の大きな沼にアナコンダというドラゴンが住んでいた。町の住人は、毎日のように彼女の毒気にあたって殺されていたし、生き残った者は、彼らの子供達を女神の食膳に供したので、子供は一人残らずいなくなり、残ったのは国王の姫だけになった。そこへ聖ゲオルギウスがかけつけて姫を救った。そして、気丈な姫がガードルの革紐でしばりつけ町

まで引っぱっていったドラゴンの息の音を聖ゲオルギウスが止めた。――この ドラゴン退治の様子はしばしば絵画に描かれた。たとえばヴェネツィアの聖ジョルジオ寺院にあるカルパッチオ作「ドラゴンを殺す聖ジョルジオ（聖ゲオルギウス）」など。啄木がこの話を知っていたかはわからない。しかし、意識・無意識に関わらず、十字架に赤色を入れた時、ドラゴン退治の英雄である聖ゲオルギウスの象徴を描き出していたことは事実である。ブリタニアの右手の植物――平和の象徴としてのオリーブと併せて、啄木がこの扉絵に施した赤色は、平和と幸福のために戦う人々を賛える詩集の意味を際立たせる採色となったと言えよう。

では、目次の後の口絵はどうだろうか。

上方に向かって楕円を囲む葉は月桂樹を思わせ、楕円内の三段の絵に対する賞賛の意味を込めていると考えて良いだろう。

まず、上段の動物を何と見るかという問題がある。首が長く耳が小さい。そして、翼を持っている。翼の下にくるりと巻いた長い尾も見える。ここまではペガサスかとも思われるが、馬に特有の長い脚がなく、とても短い。特に後ろ脚が。このような様態から考えられる動物とはドラゴンであろう。

我々はドラゴンを「龍」と訳するのであるが、荒川紘[10]によれば、龍にも東方の龍と西方の龍とがある。更に東方世界には中国産の龍とインド産のナーガがあると言う。中国産の龍とは、鱗におおわれた蛇状の胴体に、二本の角と髭、それに鋭い爪をつけた四足を持つ怪獣で、京都の妙心寺の天井に描かれた龍がこれにあたる。インドのナーガとは角や髭、足は認められず、コブラの龍であるとのこと。一方、西方の龍、ドラゴンは有翼、したがって四足ではなく二足であり、東方の龍が細身であったのに対し、ドラゴンは一般に肥満気味、何よりも聖獣であった中国の龍と違い、ヨーロッパのドラゴンは嫌われもの、神々や英雄に退治される悪魔的存在だった、と指摘する。動物の分類学や解剖学が発達してドラゴンは空想の産物でしかない、と考えられるようになる以前、つまり古代・中世を通し、ヨーロッパの人々はドラゴ

ンを実在の動物と信じていたと言う。荒俣宏が「怪物誌」に紹介しているというドラゴンの図は⑾チューリッヒのコンラート・ゲスナーの「動物誌」（1551年）に掲載されたドラゴンの精密な図譜であり、スコットランドのヨンストンの「禽獣虫魚図譜」にも採られたものである。それと比較すると、啄木の絵の方は足が４本であること、そして、翼が少々小さめな点が異る。しかし、全体的なイメージはかなり似ていると言って良いと思う。やはり啄木はここにドラゴンを描いたのに違いない。

　啄木とドラゴンの関係を考える際すぐ脳裏に浮かぶのは、1904年に書かれた「秋草一束」の第一説であろう。仏陀、キリスト、プラトン、ルター、スピノザ、コロンブス、ワシントン、ワグナー、ニーチェ、トルストイ、ラスキン、ベクリン、中江兆民、高山樗牛を挙げ〈熱烈なる真理と美の勇者にして、又猛強なる時代の反抗者にはあらざりしか。〉と述べ、そしてつぎのようにも記している。

　　時代は流転す、然れども真理は不変なり。人心は昇降す、然れども美は不滅なり。真理を追ひ、美を求むるは、軈（やが）て完全を予想し、全一に合する人心本然の必至なるのみ。かるが故に、既に自らのまことの「我」の中に、不変の色彩を読み、不滅の譜音を聞く者は、諸有（あらゆる）困難、諸有災厄と健闘して、其「本然の必至」のために身命も亦重しとせざるなり。斯くの如き反抗の人の生涯は、乃ち真理の不正に対し、美の醜に対し、向上の堕落に対し、永遠の生命の永遠の死に対し、完全の不完全に対する不休の戦争にして、毒竜の魔軍に勝ちたるミカエルと共に、神意の告示の体現者、不死と理想との天使たらずばあらざるなり。

このような「反抗の人」を語る時、それが不死と理想の天使ミカエルと重ねられていることに注目したい。啄木の言うミカエルと龍との戦いの場面は『新訳聖書』「ヨハネ黙示録」の第十二章に次のようにある⑿。

また一つのしるし天に現はる一条の大いなる赤き龍あり之に七の首と十の角あり其七の首に七の冠を戴けり斯て天に戦起れりミカエルその使者を率て龍と戦ふ龍も亦その使者を率て之と戦ひしが勝こと能ず且つ再び天に居ことを得ず是に於て此大なる龍すなハち悪魔と呼れサタンと呼る、者全世界の人を惑す老蛇地に逐下さる其使者も亦ともに逐下されたり天に大なる聲あるを聞り曰く我儕の神の救と能力と其国と神のキリストの権威今までに至れり蓋われらの神の前に夜昼われらの兄弟を訴ふる者既に遂下されたれバ也

　尾の一振りで全天の三分の一の星を掃き払う程の力を有し、仲間の怪物と共にキリスト教徒を苦しめるとされるこの龍には、キリスト教徒を迫害したローマ帝国の寓意があるという。龍は７つの首に７つの冠を戴いているとされ、その冠とは皇帝の象徴である。つまり、７つの頭を持つ龍とはキリスト教徒を弾圧した７人のローマ帝国の皇帝を意味するとも言われている。
　ただ、ここで注意すべきは、啄木の絵では色が白、頭部は割れていないのに対して、聖書の記述では「赤き龍」、「７つの首」を持っていることである。この差を持ってしてもドラゴンと言い切れるのか？　実際、このドラゴンを描く時、ニコラ・バターユ「アンジェの黙示録のタピスリー」の挿図は７つの頭を忠実に図画化している。しかし、聖ニコラス寺院刻板の「聖ミカエルとドラゴン」のように頭部の分かれていないものもある。とすれば、啄木の中で赤い色、７つの首という具象性が消失し、大天使ミカエルと戦う恐ろしき龍というイメージだけが強く残った結果口絵上段の絵になったと考えられるのではないか。
　では、啄木が描いたドラゴンの翼の上の青い矢印のような部分は何を意味するのか。一つの可能性としてドラゴンを射た矢、とも読めるのではないだろうか。というのも、ドラゴン退治の方法として騎士たちに好まれたのは馬上でドラゴンと一戦を交え、槍でドラゴンの口を突くことであった、という

からだ。確かにカルパッチォ作「ドラゴンを殺す聖ジョルジオ」にはドラゴンの口に長い槍を馬上から突き刺している聖ゲオルギウスがいる。啄木の内にある〈『本然の必至』の為に身命も亦重しとせざる〉〈反抗の人〉＝龍と戦うミカエル、という指標から読めば、啄木は翼にミカエルの射た矢を受けたドラゴンを描いた、とも考えられるのである。
　また、『新約聖書』「ヨハネ黙示録」第二十章には次のようにある[13]。

　　われ一人の天使(てんのつかひ)底なき坑の鍵と大なる鏈を手に携へて天より降るを見たりかれ悪魔と称へサタンと称る龍すなハチ老蛇を執て之を千年のあひだ縛置(とな)ふとす之を底なき坑に投げ入れ閉こめて其上に封(とら)をなし千年過るまで諸国の民を惑すこと莫らしむ

　この第二十章は下段の意味を示唆していると筆者は考える。つまり十字と円の合体したもの、そしてそこから伸びる歪曲した線は、ミカエルがドラゴンを閉じ込める底なき穴の鍵を形象化しているのではなかろうか。上段に天上の戦いの末、囚われたドラゴンを描いたとすれば、下段はドラゴンを閉じ込める底なき穴をイメージし灰色を用いて描いたのではないか。人々を苦しめる悪魔を底なき穴に閉じ込めることは地上平和のために不可欠である。啄木はミカエルとドラゴンとの戦い、そして、そのミカエルの勝利を底なき穴の鍵によって象徴的に表現したのではなかったか。聖書では、ドラゴンは千年の間、諸国民を惑わすことがないよう捕えられている。その後一時解放され、再び戦いを仕掛けようとするが、天から降る火によって焼き尽くされ、火と硫黄の池に投げ込まれ、世々限りなく日夜苦しめられたとされる。千年王国誕生の為の果敢なミカエルの戦いと、大いなる鍵によって悪を地下へ隠蔽することは神の国の実現の基盤となる。また、『聖書象徴事典』[14]の「鍵」の項を引けば「ヨハネ黙示録」のこの部分が用いられており、「鍵」はミカエル及び聖書を読み説く際のキー・イメージであることが逆に証明される。以

上の点から、啄木は口絵の上、下段にミカエルの戦いを象徴的に描いたと考える。
　では、中断の絵は何を意味するのか。「呼子と口笛」を不幸な現実と戦う者へ呼びかける詩集と考え、それを指標に上、下段の絵はミカエルの龍退治の象徴であるとすれば、次のような解読が可能になるのではないか。
　啄木は「反抗の人」の一人にイエス・キリストの名前を挙げていた。繰り返しになるが、啄木の言葉を借りれば〈『本然の必至』のために身命も亦重しとせざる〉反抗の人、イエス・キリストの最期は確かに壮絶なものであった。啄木は信仰の為に自らの生命を失うことも潔し、とする反抗の人、イエス・キリストの死を象徴的に中段の絵に描いたのではないか。中段の絵は空の部分が赤く塗られてはいるが、最も印象的なのは大きな黒い太陽である。先にも記したように、黄色の光炎が表わされているところから、太陽全体を見ればそれは皆既日食を彷彿させる。そこで、指標に沿ってそのような場面を探すならば、イエス・キリストの死の場面が浮かび上がってくるのである。
　十字架に架けられたイエスの死の様子はルカ、ヨハネ、マルコ、マタイの四「福音書」によればおよそ次のようだ。――昼の十二時頃から地上の全面が暗くなって、三時に及んだ。そして、三時頃にイエスが十字架上で神に向かって大声で叫んだ時、息を引き取る。イエスは日が沈む前、午後4時頃にアリマタヤのヨセフに引き取られた。――太陽に注目すれば、「マルコの福音書」「マタイの福音書」では「昼の十二時になると、全地は暗くなって三時に及んだ」という内容の記述がある。「マタイ福音書[15]」から引用すれば〈昼の十二時より三時に至るまで其地あまねく黒暗(くらやみ)になる三時ごろイエス大聲にエリ、エリ、ラマオバクターと呼りぬ〉となっている。特に「ルカの福音書[16]」では〈時 約(ときおよそ)十二時ごろより三時に至(いた)るまで遍(あまね)く地のうへ黒暗と為れり日光(ひのひかり)くらみ殿の内の幔(みや)真中(まくもなか)よりさけ裂たり〉とあり、〈時はもう昼の十二時ごろであったが、太陽は光を失い、全地は暗くなって、三時に及んだ。〉という光を失った太陽についての記述がある。三浦義和[17]は、〈過越の祭は満月の頃であるの

244　Ⅲ　啄木詩歌の思想

で、この暗さは日食ではなかった。地震の予表とも考えられるが、このような天変地異は神のみ子の苦難とかかわるものである。(略) 審判と人間の救いの十字架の時は、自然にも大きなかかわりがある。」と言う。イエスの死の場面の地上を覆う暗闇が日食ではないことは間垣洋助[18]も書いている。迫害の中でのイエスが迎えた十字架上の死は、自然をも変幻させずにはおかないものなのであった。それは聖書研究者が暦に照らせば厳密には日食ではないことがわかるのであるが、一般的に聖書を読む者には、太陽が光を失うという不気味な自然現象のみが印象として残る場面なのではないか。だからこそ聖書研究者はわざわざ「日食」でないことを付記しているのであろう。啄木が描いたこの黒い太陽も、衝撃的なイエスの死に伴う太陽の光の喪失と地表の暗転を描こうとしていたと筆者には思われるのである。とすれば、太陽の下の青い山並みは「ゴルゴダの丘」と読むことができるだろう。「ゴルゴダの丘」とは、その形状からヘブライ語で「されこうべ」という意味の「ゴルゴダ」と人々に呼ばれ（アダムの骨が埋葬されているところから命名されたという一説もある）権力者が磔刑などによってみせしめを行った、エルサレム城壁の北西にあった場所のことである。イエスは「ゴルゴダの丘」で処刑された、と「福音書」には書かれているのだ。例えば「ヨハネによる福音書[19]」には次のようにある。──「監事の兵等彼襦衣を脱せ、其身の衣を着せ。其肩に重大なる十字架を負せ。ゼルザレム城を過ぎ。刑場髑髏山に送れり。洋語ゴルゴダ或ハガカフハリヨと云ふ。」──

このように、「呼子と口笛」口絵中段の絵は、ゴルゴダの丘と「反抗の人」としてのイエスの死を象徴したものとも読めるのではないだろうか。

4 │ 反抗の人・キリスト

以上、「呼子と口笛」の詩の世界、及び、啄木の崇拝する「反抗の人」を指標として二つの自筆絵を解読した。ただ、ここでもう一つの疑問に答えなけ

ればならないだろう。それは、「呼子と口笛」執筆当時、啄木は無神論者であったのであり、その自筆絵にこのようなイエスの死への賛美を読み取る事は彼の精神と矛盾するのではないかという疑問である。次にこの点について触れておきたい。

　啄木の最も宗教的関心が高まったのは二十才の頃、明治37年と考えられる。当時の書簡[20]を基にその頃の彼の宗教感をまとめると次のようになる。

　啄木は宇宙を一つの〈霊知〉と知覚し、これを〈神〉と表現していた。そして〈神〉は〈世界の根本意志〉なのであり、自己もまたその〈霊知〉の現出であると考えている。そしてその意志が〈万有に通じる『愛』〉によって〈整然進歩する〉ということを〈明徹する〉ことが〈偉大高俊の人格乃ち宗教的人格の理想を確立する〉と信じ、それを啄木は〈人格的宗教〉と呼んでいる。そして、〈宗教的人格はキリストや仏陀や乃至凡ての古来偉大なる『人』のうちに見ることが出来、自己発展と自他包融、換言すれば意志と愛との、完全に表示された者の謂である。〉と語る。

　こうした宗教思想には強い自我意識が働いていることは既に指摘されている[21]。そして、啄木の自我至上主義は、函館から上京後の啄木を襲う生活苦と文学生活の破綻を背景に、やがて宗教的権威の否定、換言すれば唯物論的宗教批判に移行する。啄木の次の言葉[22]がそれを示そう。──〈神など無論無い。霊魂もない。あるのは永劫不変の性格の根のみだ。それが何よりの苦しみだ。（略）無いと信ずる「神」といふものに、祈つてみたい様な心地さへする。〉──そして、それは伝道婦になろうとする妹への哀れみの言葉[23]となっていく。〈妹は今名古屋の耶蘇の学校にゐる、バイブルウーマンになるんだそうだ、──妹は天国の存在を信じてゐる。悲しくも信じてゐる──僕はかう思つてゐる。君はどういふ信仰を持つてゐるかは知らないが、僕は確実なる人間本位論者だ、〉──こういう啄木が次のような歌を詠むのは全く不思議ではない。

　　神ありといひ張る友を

説き伏せし
　　かの路端の栗の樹の下　　　　（『一握の砂』）

　　クリストを人なりといへば、
　　　妹の眼が、かなしくも、
　　　われをあはれむ。　　　　　　（『悲しき玩具』）

　しかし、ここで注意すべきは後者の歌（初出、『詩歌』明治44年9月）の中で「クリスト」を「人」として「表象」している点である。「神は存在しない」という無神論の主張とこの歌の意図するところとは微妙に異なっている。啄木はキリストを神の子として認めるのではなく、一人の人間として認めているのではなかったか。この歌を読む際に参考にしたいのが明治39年3月5日の日記の一節である。

　　午後女教師上野さめ子女子が来た。熱心なクリスト教信者である。自分は、我等が神人クリストに就いて思ふうちで、クリストも亦人間であつたと思ふ程力と慰めを与へる事はない、と語つた。又、黙禱によつて心を安めた実験や、この世の事々物々皆何事かの暗示象徴であると思ふ事なども語つた。

　これを読めば、啄木のキリストに対する共感とは神の子という点にではなく、弾圧に果敢に立ち向かった「人間」であることにあったことがわかる。啄木は「秋草一束」の中で「反抗の人」としてキリストを挙げていたように、真理の為に時代の反抗者となって戦ったキリストを一個の人間として認めているのである。つまり、神の存在は否定するが、人間・キリストの存在は信ずるということになる。
　このような思想は、晩年の啄木に影響を与えたとされる社会主義者・幸徳

秋水の思想と比較した時、その特異性が明らかになる。幸徳には、獄中で執筆、死後刊行された最後の著作『基督抹殺論[24]』がある。幸徳は〈耶蘇基督なる者、真に一たび此世界に存在したることある乎。〉という問題をこの著書の中で説いているのである。それは、此問題について〈世界の歴史と人類の思想に取て至重至要の問題也。〉という認識があったからである。〈是れ哲学家歴史家宗教家が机上の問題たるのみにあらず亦た実に一般国民が社会的生活、精神的生活の実際に於て重大の影響を有する者、吾人は今に於て速みやかに之が解答を得んことを要す、公平明白なる解答を得んことを要す。予が本書の稿を起せる、此要求に応ぜんが為のみ〉とその目的を記している。幸徳はキリスト教を覆うベールを剥ぎ、白日の下に晒すべく、聖書の記述の曖昧性を説き、キリスト教の起源は太陽崇拝と生殖器崇拝であること、そして〈然り今や彼等は仮作の神話として存するのみ。〉とキリスト教神話説を展開している。幸徳の結論は、古代の神話としてキリスト及びキリスト教を認めても〈基督教徒が基督を以て史的人物となし、其伝記を以て史的事実となすは、迷妄なり。虚偽也。迷妄は進歩を礙げ、虚偽は世道を害す、断じて之を許す可らず。〉と言うものであった。これに対し、啄木は基督の存在を逆に一個の人間として認めようとしている。合理的生活を目指し、神の存在を否定した啄木だが、イエス・キリストの生涯を時代や圧政に反逆する人間として認識しているのである。この点で、キリスト自体の存在を否定する幸徳の『基督抹殺論』とは大きな相違が認められる。このような啄木の無神論の持つ壁を私たちは忘れてはならないのではないだろうか。

　以上の考察をふまえれば、啄木がこの世の悪や不幸な現実と戦う人々に捧げる詩集「呼子と口笛」の口絵の中に、十字架に架けられたイエス・キリストの死の場面を象徴する光を失った太陽を記した、と解釈することも可能だと思われるのである。

　「呼子と口笛」は未完の詩集であり、その自筆絵を含めて全体を問うことは

後世に生きる私たちには厳密には不可能である。しかし、残された創作過程と詩編から推察すれば、大逆事件後の日本の閉塞状況に対する批判、そして、北原白秋の『思ひ出』の衝撃とそこからの脱却、詩人の使命の再認識など、啄木の内面に起こったドラマが透かし見えてくる。それらを考え併せれば、「呼子と口笛」はこの世の悪や不幸な現実と戦う人々に捧げる詩集と言うことができる。とすれば、詩集に施された二枚の自筆絵に啄木は戦う者の象徴を記したのだとし、そこにこの世の悪と戦うミカエルや「反抗の人」「キリストの姿を読み取る事も可能なはずだ。いや、むしろそうした時初めて、「家」や「飛行機」も含めた未完詩集「呼子と口笛」自筆絵の意味が浮かび上がってくると言えるのではないだろうか。

注
(1) 『石川啄木と明治の日本』(吉川弘文館、1994年)
　　『啄木六の予言』(ネスコ、1995年)
(2) 『石川啄木の短歌創作過程についての心理学的研究——歌稿ノート「暇な時」を中心に——』(桜楓社、1986年)
(3) (1)に同じ
(4) 対談「詩について」(「展望」74、1965年2月)
(5) 『石川啄木論』(塙書房、1974年)
(6) 「叙情小曲集"思ひ出"」
(7) 第10巻「よぶこどり」の項(小学館、1981年)
(8) (1963年、日本基督教協議会文書事業部キリスト教大事典編集委員会編集、教文館)
(9) 『イメージの博物誌　龍とドラゴン——幻獣の図象学』フランシス・ハックリー(平凡社、1982年)
(10) 『龍の起源』(紀伊國屋書店、1996年)
(11) (10)に所収
(12) 『新訳全集』(大日本聖書館、1990年)
(13) (12)に同じ

⑭　マンフレート・ルルカー（人文書院、1988年）
⑮　『新訳全集』（横浜大日本聖書館、1990年）
⑯　⑮に同じ
⑰　「信徒のための聖書読解　マタイによる福音書」（聖文舎、1965年）
⑱　「信徒のための聖書読解　マルコによる福音書」（聖文舎、1964年）
⑲　『旧新両約聖書伝』（竜章堂、1879年）
⑳　伊藤圭一郎宛（1904年8月4日）
㉑　『宗教人石川啄木』須藤隆仙（みやま書房、1986年）
㉒　岩崎正宛書簡（1908年7月7日）
㉓　瀬川深宛書簡（1911年1月9日）
㉔　引用は五月書房刊（1949年）に依った。

付記
　本論執筆にあたり「呼子と口笛」原本を閲覧させてくださった日本近代文学館に感謝致します。

第4章　ゴーリキーと啄木

　明治期、日本文学は海外文学から多大な影響を受けた。石川啄木の文学もそのひとつである。啄木の日記や書簡を読めば、トルストイ、ワグナー、ツルゲーネフ、ゴーリキー、イプセン、シェレー、メジュレコフスキイ、ハルトマン、エマーソン、ロセッチ、ハイネ、ゲーテなどの名前が散見し、貪欲に新しい知識と文学を摂取しようとした明治期の青年の一典型を感じさせる。このうち、本章では明治期のゴーリキー受容の実態を明らかにし、その上で、啄木のゴーリキー受容について再検証したい。

1 │ マキシム・ゴーリキーの登場まで

　ロシア文学の本質には〈農奴解放の闘い〉が横たわっているという[1]。その根底には〈人間開放〉の思想が存在していることは言うまでもない。〈農奴解放の闘い〉は「農民崇拝」の思想を生み、永くロシア文学の特質を形作ってきた。西欧の個性開放は、主として教会専制主義との闘いにおいて発達、思想及び良心の自由という精神に基づいたことにより、個人主義的な色合いが強かった。これに対し、ロシアでは「農民」という集団の観念を外しては自由も開放もありえなかったのである。〈農奴解放の闘い〉を換言すれば、「凡ての人が自由なる村民となるための闘い」でもあったのだ。

　この闘いが結実したのが1861年の農奴解放であった。帝政ロシアの1855年から1866年までの約12年間は大改革時代であったが、この約12年間は、1861年の農奴解放を中心にして前後に分けて考えることができる。この農奴解放の前後で改革の内実は色彩を異にしているのである。

　大改革時代の前期が農奴開放を目指した政治的社会的性質の改革とすれば、

後期60年代は個人的道徳的、または哲学的性質を帯び、所謂「虚無時代」とも呼ばれる。この後期は「虚無主義」と呼ばれる、新道徳の理想を構成しようとする強い傾向があった。ゆえに、新時代と旧時代の間に理想主義と現実主義の衝突が起こったのであった。この衝突をツルゲーネフが『父と子』の中に描いたことはよく知られていることであろう。
　この「新・旧世代の対立」には二つの要因が考えられている。
　第1には、50年代から盛んになった翻訳の助けを借り、人々が西欧思想の学説に親しんだこと。自然科学、教育、家庭・婦人問題、道徳問題に触れ、現実変革と新社会形成への意欲が増した、ということがある。
　第2に、農奴解放の結果、貴族や地主は凋落して雑階級という新しい階級が生じたこと。教育の普及の結果、農民や町民、無産階級の人々が知識階級の中に進出し、同時に破産した小地主は雑階級よりも頼りない境遇に陥り、知識ある平民の一大社会ができあがった。そして、彼等は農奴制の弊風である労働蔑視に対し、労働を崇拝讃美し、今までの家父長的家庭の基礎であった絶対服従主義の代わりに、愛と和合の精神に基づいた夫婦同権の上に家庭を確立することを願った、ということがある。
　こうした要因を元に生じた新・旧世代の対立が「虚無主義」を生んだのだった。その発達につれ、農民開放を目的とした「民衆の中へ（ヴ・ナロード）」というスローガンを唯一の標榜として、実際に農民の間で寝食を共にしながら彼らを理解しようとした者も少なくなかった。これが民衆派（ナロードニキ）の運動であった。トルストイもまた其の一人であったとみなされる。70年代の青年は「ナロード」（民衆─農民）という抽象的観念を愛し、農民の知的、道徳的相貌を理想化していたとも考えられよう。
　このナロードニキの運動が敗北した結果、その倦怠と疲労から、80年代には絶望と幻滅の暗い憂鬱な情調が覆うことになる。この時代を代表する文学者はチェーホフである。彼の芸術はその時代的背景から別名「知識階級の挽歌」とも呼ばれている。

ところが、90年代に入ると、カール・マルクスの唯物論的社会主義が思想界を風靡し、ロシアは再び革命的色調を帯びるようになる。と言うのも、農奴解放後、田舎を捨て都会に集まった農夫たちが工場に入り、都会の労働者階級を形成していた。社会生活は複雑化し、資本と労働との問題が社会及び思想界の中心問題となってゆく。80年代の幻滅的雰囲気は去って、新たに自我をみつめ、尊重しようとする気分、生き生きと、また勇ましい気分が生じてきたのである。こうしたロシアの1890年代に躍り出たのがゴーリキーである。まさに時代の要請に応えるようにゴーリキーはロシア文壇に登場した。チェーホフの描いた「黄昏の世界」に代わり、ゴーリキーの斬新な「清明の春」が人々の注目を集めたのである。

　ゴーリキーとマルクス主義とをつないだものは何なのか。それは貴族的センチメンタリズム分子がゴーリキーには微塵もなかったことが挙げられよう。無限の自由に憧れるゴーリキーは土地に対する小ブルジョワ風の執着から開放されている。また、ゴーリキーの描く浮浪漢は現存制度を憎んでいる。「オルロフ夫婦」の労働者・オルロフは灰色の日常生活の中で苦しみ、「どうしたら全世界を粉微塵に破壊することが出来るだろう。どうしたら人類の上に立って、高いところから彼らに唾を吐きかけるために一味徒党を召集する事が出来るだろう」と空想している。この空想は明らかに現存制度に対する憎悪の情を表明したものであったはずだ。ここには新理想の構築のために旧体制を破壊しようとする虚無主義の思想だけではなく、かつてバクーニンの標語であった「破滅即ち建設」の思想と共鳴するものがゴーリキー文学の根底に流れている、と考えられるのである。

2 　明治期に於けるゴーリキー受容

(1) 明治期に伝えられたゴーリキー像

　明治期に伝えられたゴーリキー像とはいかなるものであったのか。ゴーリ

キー伝を紹介している当時の文芸評論は大同小異、彼の哀れな孤児時代と放浪の青年時代、しかし、その中から文学を志し、一躍文壇に踊り出ていく様を伝えている。『太陽』定期増刊号第14巻第15号「現代の代表的人物」中の

> 今の文学者は極めて平凡な生活をしてゐる。その中に在りて、ゴーリキーは、実に奇異なる生涯を送って来た。此の点のみより看ても彼には異彩がある。殊に其の作篇には、一種独特の趣があるから、直ちに世界に大名をなしたのである。

という言葉が端的に示すように、現社会状況に満足せず、下層社会から新天地を渇望して飛び出したゴーリキーの文学を、その伝記的事実に起因させて捉えようとしている。記載された内容は詳しいか否かの差はあれ、事実自体はほぼ同じであるので、本論では同じく『太陽』「現代の代表的人物」の記事の中から伝記の部分を紹介することにする。

> ゴーリキーとは匿名である。其の真の姓名は、アレキセイマキシモイッチ、ブゼシコウフで、生まれた所は、ニジニーノウブコロット、時は1868年3月14日。母は富裕なる染物屋の娘ヴアルヴラといふ女であつたが、父は貧賤なる室内装飾工であつた。(略)マキシムは幼にして孤児となつた。3歳の時に、父は虎列刺のために死し、彼れも亦同病に罹つたが、幸に生命だけは取留め得た。母は再婚したが、彼れの九歳の時、肺病の為に身退り、マキシムは全く寄辺なき可憐の児となつた(略)。彼れは自分で生活の方法を見出さなければならなかつた。かくて苦労に苦労を重ねた後ウオルガ川蒸気汽船の台所ボーイに雇はれた。
> 此の川蒸気汽船内で、彼は始めて親切な善良の人に遭うたのである。料理人のスムリイと云ふ男は、(略)自身の所蔵する書物をゴーリキーに貸し、両人は暇あることに、甲板の一隅に坐し、船側を洗ふ川波を聞き、

ウオルガ両岸の茫々たる荒野に対して、読書に耽つた。(略)　彼は十五歳であつた。(略)一たび学問の刺激を受けた彼れは、如何にしても学問を遣つて見たく、怺ひ兼ねて、遂にカザン大学に往つて、本を教へて来れと迫つた。(略)無論大学からは門前払ひを喰つた。彼れの嚢中には、一物も無い、已むなく一月三ルーブルの給金で、ビスケット製造工場に雇はれた。労働時間は一日十八時間と言ふものであつた。(略)　彼れは苦痛に堪え兼ねて飛び出した。されど衣食の当は少しもなかつた。是れより後の彼れが生活は、実に悲惨中の悲惨で、社会のどん底まで冷落したのである。(略)

　彼れの生活は、益々下降するのみであつた。而も彼れは機会ある毎に文学や科学の書を繙いた。生活難は犇々と迫り来り、遉の彼も厭世観を抱き、遂に自殺して此の世を逃れむと計つたが、弾丸は急所を外れた為に、一命を取り留めた、時に年二十。傷癒へて後は、果実の行商をやつた。(略)　併し幾許もなく再び無宿者の群に入つて、足のまにまに諸方を流浪した。(略)

　此のチフリスで再び教育ある人々と交際した。その中で、アルメニア人で学生上がりの変者が居た。(略)　彼れはゴーリキーを愛して、文筆を運用すべき方法を教へ、また其の生活にも保護を与へた。(略)　彼れの文学的事業も此の地で始められた。千八百九十三年コーカサスの『カウカス』といふ雑誌に掲載された『マカール、チュルダ』と題する軍事小説は、彼れの処女作である。併し世間は一向留意しなかつた。(略)

　幸にして或る人の紹介で、弁護士ラニンと知るに至つた。此のラニンこそ近代文学の同情者で、ゴーリキーの才能の非凡なるを知り、彼れが修養の便を計つてやつた。(略)　如何にしても原稿料は安いから、生活は困難である。加え、多年の苦闘は漸く彼れが体質に影響を及ぼし、遂に肺病の人となつた。

　コロレンコは大に力を入れてゴーリキーを援けた。此の文士の後援と

指導とが有つた為に、彼れの才能にして、未だ伸び得る機会に接しざりしものは、忽ち発展して、其の名は文壇に喧伝され、諸方の雑誌新聞などは、争うて彼れが姓名を寄稿家名簿中に加へた。(略)

　浮浪人としてのゴーリキーは一躍して露国文壇の大立物となり、更に世界文壇の一異彩となつた。彼れは日露戦役後には社会運動に加はり、一たびは囹圄の人となつたが、後許されて再び文壇に活動した。彼れはアンドレーフ、コロレンコ等新進の作家六人と合名して出版協会を組織し、自作は皆な機関雑誌に掲載した。此の雑誌は第五号まで発刊したが、其の後中絶してゐる。なほ彼れは曾つて米国、伊太利を漫遊し、昨今は再び紐育附近に滞在してゐるさうだ。今日の文学者には、履歴として異常のものを有してゐるは、殆ど稀である。今の文学者は極めて平凡な生活をしてゐる。その中に在りて、ゴーリキーは、実に奇異なる生涯を送って来た。此の点のみより看ても彼には異彩がある。殊に其の作篇には、一種独特の趣があるから、直ちに世界に大名をなしたのである。

　このような言説が当時のゴーリキー像を形成していたのである。当然、本論の主眼である石川啄木のゴーリキー受容にもこれらの言説が影響していると考えてよい。啄木自身はどのゴーリキー伝にふれたかについては特に言及していないが、紹介した『太陽』の記事とほぼ同様の記事が氾濫していたことは事実であり、啄木は自らの流浪の人生、またはそこから派生した「現体制の破壊と新秩序の創造」という欲求とを引き比べて、ゴーリキーに共感を覚えたであろうことは想像に難くない。

　後に詳述するが、啄木がゴーリキーに密接に接近したのは父・一禎の宗費滞納によって故郷を追放される以前の渋民滞在時と、東京で小説家を目指しながらなしえず、苦悩の日々を送っていた頃である。啄木のゴーリキー受容をこの第一期と第二期に分けるとするならば、第二期は職業の変遷、貧苦、流浪の人生という、まさしく、ゴーリキーと同じ境遇を体験した後の受容と

なり、啄木の共感も一入であっただろうことが想像されるのである。

(2) 雑誌記事に見る明治期のゴーリキー文学の受容
　では次に、ゴーリキー文学がいかに翻訳され、流布、浸透していったのかを追ってみたい。
　明治期のゴーリキー文学の翻訳状況を知るために参考になるのは、国会図書館編『明治・大正・昭和　翻訳文学目録』[(2)]、及び川戸道昭・榊原貴教編『明治翻訳文学全集　新聞雑誌編44』[(3)]である。現在この二著を併せて参照すれば、雑誌、新聞、単行本として明治期に翻訳・発表されたゴーリキー作品を一応俯瞰することができる。それによれば、明治期、ゴーリキー文学を翻訳し、最も早く日本に紹介したのは、明治35年3月、正宗白鳥の「鞭の音」（新声社）、続いて同年6月の大塚楠緒子訳「藻屑」（「白百合」）となる。以下、明治45年末までに新聞・雑誌に発表されたもの、単行本として刊行されたもの、あわせて50編が既にみつかっている。
　しかし、このたび調査した結果、上記には掲載されていない新たなゴーリキーの翻訳と考えられる作品を発見することができた。それは次の2作品である。

　　『新小説』7年12巻、明治35年12月1日
　　　　「彼女の恋人」　長谷川天渓　訳
　　『文庫』30巻2号、明治38年11月3日
　　　　「浪」三津木春影　訳

二作品とも小品であるが、「彼女の恋人」は当時活躍していた評論家・長谷川天渓の訳であり、また、「浪」はゴーリキー文学の特色でもある荒々しい海の自然描写を含んだ内容である。
　ゴーリキー文学論として、単行本の形で刊行されたのが、『ゴルキイ』（明治

35年6月、民友社）である。著者の樸堂は、ゴーリキーの伝記の外に、その芸術と主張について、ニーチェの「超人」主義の影響を指摘している。また、『チェルカッシュ』の翻訳も掲載している。本格的なゴーリキー論としては、日本初のものとして注目に値する。

　ゴーリキーを紹介した雑誌記事については、現在のところまとめたものがないと思われたため、章末に今回の筆者の調査に基く文献目録を付した。その雑誌記事の中で、初期のものでありながらゴーリキーの内実にふれたものとして挙げられるのは、『文芸界』[4]、鴎水生の「海外騒壇」「科学的自然派の時代去り、博愛的トルストイの時代去り、野獣的マキシムゴルキーの時代来たれり。」であろう。この紹介文はソアッソン伯、及びデロン博士の「ゴルキーの芸術及び倫理」と題する論文や批評をふまえ論じたものである。その要点は次のようである。

　　科学的万能の時代は去れり、トルストイの敬神服従の時代も去れり。今はゴルキーの剛力健闘の時代となれり。戦々競々左眄右顧只道に背くを恐る此れ現時の状態なり。
　　其の人物は剛強なる貧民にして国家の法律を恐れず、宗教の現規矩に従わず。

また、ゴーリキーの描く人物には二種類あるとし、一つは〈全然汚穢の人物にして到底済度の望みなき醜類なり。〉〈他は活動の情禁じがたく制縛を厭ひ、サタンの如く天に仕へんよりは地獄に生きたらんと欲する底の人物なり。〉と述べている。その後者を描くとき、ゴーリキーは次のようだと言う。

　　溢るゝ同情を以てし、自から出でて其の人物のために弁じ其の人物のために代言す。彼は則ち作中の人物たり。法律に制せらるゝには余りに偉大に善悪正邪の外に脱し、己の意のまゝに生殺與奪の概を有し世界を一

身に収む、此れ半は神と云ふべきなり。ゴルキーの思ふ処によれば、此の如き下等の社会に住めるものも世の所謂尊敬すべき人物に劣るに非ず。只彼等は世と浮沈する能はざるのみならず、自由を欲し世を悪むが故に、此れと戦ひ酒を被り罪過を犯して恐れざるなりと。ゴルキーの作大抵斯くの如く自から作中の人物足らざればやまざるなり。故に客観的観察の態度は到底其の能はざる処にして情に乗じ、美術家の静平を失い、自から出で、作中の人物の為めに弁ずる主観詩人と云ふべし。

　まず、ゴーリキーが下等社会に住む者の正当性を見抜いた点を評価するだけでなく、必要外な作者の突出まで招いている、と冷静にゴーリキーの作風を分析している点が注目される。更に、〈ゴルキーは又壮大荒漠たる自然を写すに長ず〉と記す。そしてゴルキーの創った人物は〈単純にして小児の如きはた天才の如き〉人物であるという。同時に、小説家ゴーリキーの短所を挙げるならば、"Froma Gordyeeff" に見られるように〈只多数の人物を雑然併列したるに過ぎず〉〈統一の才なし〉、また、〈講義説教をなすにあり。〉と言う。つまり、自然描写に優れ、造形した人物は小児・天才のような人物であるが、小説の構築力に欠け、やはり作者の主張が生の形で出てくることを難じているのである。
　では、『帝国文学』⑤の「海外騒壇」「誰が果してトルストイ伯の後継者たる可きか」ではどのように述べているのであろうか。この評論は前年に発行された "Book man" に寄せたロシア生まれの新聞記者、アブラハム・カーヘンの評論を紹介したものである。

　　彼は好みて下層社会に材を求むると雖も、彼は社会の権力あるものと、骨子たるものと、及び人類の支配精神とに向つて不断の讃美を捧ぐ。其犠牲者と心の貧しき者とは彼の関する所に非る也。ゴルキーの更に大なる欠点は誠実なる技術的精神を具備せざるにあり。こは彼が性格描写家

として無双の熟練を有するに拘らずその物語の真実らしき響を発せざる所以なり。

このように下層社会を描きながら権力と支配精神、強者への憧憬を内に秘めた精神、そして真実らしさの欠如という欠点を指摘している。また、作中人物については

> みな人為によりて、又機巧及び豫考の結果によりて損傷せらる。その不文喪蒙昧、しかも驚く可く聡明雄偉なる浪人等は衰滅派に属する現代哲学者の党類に過ぎず。而して彼等は読者を楽しましむるも猶吾人は彼等の体現する思想は彼等本来のものに非ずして彼等の作者が彼自身逆説を誇示せんがために彼等の脳中に詰め込みたるものなりといふ観念を退くこと能はず。

と述べ、ここでも作者の思想が作中に生の形で突出していることが指摘されている。だが、ゴーリキーは〈露西亜国民最愛の寵児なりと雖も、彼は近来露西亜小説史上あらゆる顕著なる作者中真に最も少く露西亜的なるを発見す。〉として、今までのロシア文学史上に無かったタイプであると評価している。

では、時を経て刊行された評論を見てみよう。ゴーリキー受容に変化はあるのだろうか。まず、相馬御風の「ゴーリキー雑感」[6]。

> ゴーリキーは浮浪者を描いた。併しそれは単に浮浪者ばかりでなく、強い力の生活者である。ゴーリキー自身の理想の影である。偽なき、弱き、そして古き生活を打破して、新しき生活を営まんとするゴーリキーが主張の具体化せる人間である。
>
> 強い荒削りの鑿の跡のやうな彼の描写は恐らく古来比すべきものは少

なからう。彼の描いた生活彼の描いた自然、共に近代文芸に独歩の地位を有して居る。力の籠つた刷毛で、グリッグリッとえぐつて行くやうな中に人間も自然も驚くべき力を以つて描き出されている。殊に彼の自然の描写に至つては吾々の最も敬意を捧ぐる所である。彼の描いた人をして震へ慄かしめるやうな浮浪者の生活とそれから偉大なる北欧の自然と、彼の強い力のある描写と、これだけでゴーリキーは世界の文壇に独歩の地位を占め得る。そして吾々をして讃嘆せしめる。

　相馬はあくまでもゴーリキーの描く浮浪者を〈強い力の生活者〉と評価し、その自然描写の秀逸さを讃美している。
　では、相馬の論と同じく明治42年、『ホトトギス』[7]に掲載された加能作次郎の「ブランデスのゴルキー論」ではどのようにゴーリキーを論じているのかを紹介したい。
　まず、ゴーリキーが登場した当時の露国文学、及び社会状態が述べられている。即ち、1850年代から60年代の農奴制の廃棄、階級の大部分の破綻、地方の自治制の開化と司法、教育産業上の多くの改革、それに伴うロシア文学の開化。たとえばツルゲーネフ、ゴンチャロフ、トルストイ、ドストエフスキイ等の天才が輩出したこと。しかし70年代のあらゆる方面に起こった虚無主義者の絶望的反抗に続いて、80年代は暗黒なる恐るべき革新向上の傾向は消え、独創力の鈍ったいわば厭世思想が時代を覆ったこと。例えばチェーホフは助けなき望みなき者のみを描いた。しかし、彼らは決して自由解放などに関する如何なる運動にも起つことをしない。当時の疲れ果てた希望なき堕落した人物、国家、及びその堪えがたき悲想を描いている。このような露国社会の状況、および文学状況の中に踊り出たのが、マキシム・ゴーリキーだと説明する。チェーホフの厭世的悲愴の世界ではなく、貴族出でもない多少富裕な中流社会の者が頭をもたげ、工業に従事する賤民が勃興し始めた90年代にそれを代表してゴーリキーが現れたと言うのである。

第4章　ゴーリキーと啄木　261

而してゴルキイは人に卑しめられ、排斥せられ、侮蔑せられ、而して縷々誤り描かれたる貧窮者—家なく爐なき貧者—の真相を写して公にした。そして彼は我等にこれこの貧窮者が英雄たり征服者たり冒険家たることを知らしめるのである。

　ここでいう〈英雄〉とは〈自ら自己の職分に従ひ、夫々自由に其生活をし行くを得る者、運命を征伏し行くを得る者を指す〉という。浮浪者、貧窮者に強者としての存在意義を認めているのは相馬御風と同じである。ゴーリキーの小説『かつて人間たりし者』に〈全く新しき小説に接する思がする。〉としながらも、〈談論的、説明的〉書き方、及び作中人物に〈余りに高遠なる哲学思想〉を語らせている、という欠点も指摘している。ゴーリキーの作品の根底に〈陰鬱な経験と悲哀〉を認めながら、登場人物の特色を〈其限なき自由〉と捉え、〈全く世の虚飾虚礼に束縛せられない〉とし、露国社会の久しき因襲が暴威をふるい、陰鬱な厭世主義が文学、思想上の一大勢力となっているロシアで、極力生を肯定し、積極的態度を示そうとしたゴーリキーの価値を認めている。また、〈もし彼の作にして人生の描写と自然描写との調和を欠いて居るとすれば其多くは全く見るに堪えぬものとなるであらう。〉とも指摘し、描写力の秀逸さを指摘している。ゴーリキーの捉え方、その長所と短所はこれまでの論とさほど差は無いと思われるが、なんといってもこの論の特徴は、文化史的、文学史的に的確にゴーリキーの登場の意味を捉えた評論である、という点であろう。この背景を語って初めてゴーリキーの真の登場の意義が日本の読者に伝わったものと考えられる。明治41年の『太陽』の人物伝でもこの点に触れていたが、本格的文学論としては明治42年に至り、初めて総体的にゴーリキーという小説家の存在が理解されたのではないか、と考える。

　このような雑誌に掲載されたゴーリキー紹介記事から何が読み取れるのであろうか。

まず、残念ながら明治期は時期尚早であり、ゴーリキー文学を論ずるというより、ゴーリキーの伝記的紹介が主となっていることであろう。また、ゴーリキーの消息として新刊書名や梗概を紹介したものがほとんである。文学自体に触れたものでも、日本の文学者や評論家自身の分析というより、海外の評論を紹介、または種本として論じている。先にふれた加能作次郎の『ホトトギス』の記事も、時代的背景を踏まえてゴーリキーの登場の意義を論じた優れた記事ではあるが、海外評論の紹介に留まっていた。ゴーリキーはこの後、『母』等、より「労働者」階級を意識した小説を書き、政治・社会的にも階級闘争活動に加担していくことになるが、日本の明治期にはまだ、その展開は伝えられていない。ゴーリキー文学の全貌が明らかになり深く考察されるのは、大正・昭和初年代に至ってのことである。そのことを踏まえた上で、明治期日本ではゴーリキー文学をどのように捉えていたのか。まとめれば主に次の三点に絞られよう。

①帝政ロシアの「憂鬱」の時代、田園文化の挽歌を歌ったチェーホフから80年代に至りゴーリキーが出現する。

②ゴーリキーは浮浪者等、旧体制からの開放と自由を求める人間を描いた。彼等は下層社会に生活するが、強者として描かれている。

　（そこにニーチェの影響を読み取る説もある。）

③力強い自然描写は特筆すべきであるが、ストーリーの構築力に難点があり、作者の思想を登場人物が直に代弁している箇所があり、不自然さと押し付けがましさがぬぐえない。

3　啄木のゴーリキー受容

(1) 啄木のゴーリキー体験

　以上、明治期におけるゴーリキー文学の受容について、翻訳、及び雑誌紹介記事を中心にして俯瞰してみた。次に、このような時代的背景を踏まえた

上で、啄木がどのようにゴーリキーを受容し、自己の文学の内部に生かしていったのか、を検証していく。
　そこで、まず、石川啄木の日記、書簡、評論の中からゴーリキーに関する箇所を次に抜き出してみる。

◎明治35年5月31日「岩手日報」、「五月乃文壇」
「『社会詩人』(内田魯庵作、文芸界所載) 露国文壇の獅子王ゴルキイの作を読んで得た感興を直ちに筆にしたと云ふ作。(略) 新聞社の活版職工長鞍島吉蔵の活動は無比である。氏の得意の小気味よき警語、殊に末段の主筆を罵倒する辺りなど近来痛快の文学である。ゴルキイの感化は、蓋しこの人物一人にあつて日本文学の上に権力意志の権化として描かれた最初の者である。

◎明治35年6月20日「岩手日報」、「『ゴルキイ』を読みて」[2]
この社会の大学で直接に凡てを学んだ彼は、其高俊偉大なる放浪者哲学を齎して、社会に向つて恐るべき反逆を企てたのである。此反逆は意外にも強硬な者である。彼は之によつてあらゆる文明を屠り、宗教を破つて、而して更に更に偉大なる自由の道徳、自由の宗教を放浪者なる理想の人格をかりて標榜した。(略) 紫草撲堂二氏の『ゴルキイ』は実にこの天来の鬼才の面影を吾邦に伝へようとした者である。(略) かゝる理想によつてなつたゴルキイの傑作『チェルカッシュ』は紫草氏の霊妙なる訳に訳されて本編中に収められてある。

◎明治35年7月20日　小林茂雄宛書簡
「ゴルキイの「鷹の歌」御覧になつたでしよふ。あの鷹は最高なる人間の典型である。僕は敢て「清い生涯」とも叫ばぬ。「隠者の生涯」とも云はぬ。「高いこと」之は最も価値ある言葉である。」

◎明治35年7月25日　小林茂雄宛書簡
「ゴルキイの小説は御説の通り、何しろ日の出の天才が背ばかり高くて何の役にも立ちそうもない露西亜に出たとは実に情けない、(いや今に此方にも不世出の天才が這ひ出るかもしれんが)」

◎明治35年11月26日　日記
「Orloff and his Wife By Gorky. 買ひ来る」

◎明治35年11月27日　日記
「夕方三丁目の後方の芝地にてゴルキイ読む」

◎明治37年5月31日　小沢恒一宛　書簡
「かねてお約束の Gorky この文と一しよに差上度く候へど郵税なき故二三日御まち被下度候」

◎明治37年7月31日　小沢恒一宛　書簡
「ゴルキイ、田鎖兄に託して御送り申候、今まで嘘をついた様で御申訳なし、約してから已に一年、兄の御海容を信ず」

◎明治38年7月7日　『岩手日報』、「閑天地」
「人の普く知る如くマキシム・ゴルキーは、露国最下の賤民たる放浪の徒たりき。」

◎明治39年3月19日『日記』
「この日の早朝、寝てるうちからむ、「憐れむべき小フォーマ、ゴルヂェフ」が泥酔して来たので、起こされた。小フォーマ、我が従兄弟である。(略) ゴルキイ作中のフォーマの様に、富裕なる市民を捉へて「汝等生命の破壊者よ」

第4章　ゴーリキーと啄木　265

と熱罵するの気概は無論彼には無い。フォーマを極度小さくし極度卑しくしたのが即ち彼だ。(略) フォーマは一ヶの天才であつた。さればこそ彼は遂に発狂した。発狂してこの世の矛盾と破綻から救済された。狂は彼に取つては唯一の幸福であつたのだ。小フォーマは、狂の救ひに入るには余りに型が小さい。

◎明治39年4月8日『日記』
「過ぎにし秋、京は小石川の、目白の森をのぞむとある高台の芝生に横つて、ゴルキイが短編集をよんで泣いた日を思出して、同じ人の『フォーマ・ゴルージェフ』をひもとき」

◎明治40年3月1日 『盛岡中学校校友会雑誌』第9号 「林中書」
「今年の夏、ゴルキイ氏が北米の新聞記者に語つた所によると、カンといふ露西亜の一地方の農民共は、飢饉救助の為に政府で与へた若干宛の金を以て、麵麭を買はず衣を需めず、皆挙つて銃と弾丸とを購つたと云ふではないか。銃と弾丸とは、説明する迄もない、彼等の奪はれたる自由を取得すべき武器であるのだ。露国の農民は実に「自由の民」である。」

◎明治40年7月10日 『紅苜蓿』第7冊「六月の雑誌界」
「(三嶋蒸霜川氏の「悪血」について) 結末に近づくに従つて、三年も前に古本屋に売ツたゴリキイの短編集が、無性になつかしくなつた。

◎明治41年1月19日　日記
「夜再び、奥村、谷、と鯖江、婦人の話、ゴルキイ、函館の女、社会主義、個人解放運動」

◎明治41年6月8日　宮崎大四郎宛書簡

「生田君に頼んでおいた『母』まだ便りなし。」
※ゴーリキーの『母』の確証は得られていない。

◎明治41年6月14日　日記
「Gorky を読み乍ら眠る。」

◎明治41年6月17日　日記
「Three of them を読みながら、枯れた樅の大木の上の空を眺めて、何とはなく心が暗くなつてしまつた。」「枕について、Three of them を読みながらねむろうとしたが、一時間許りは眠れなかつた。」

◎明治41年6月29日　日記
「雨の音をききつつ枕について、寝られぬままに Three of them を読むだ。」

◎明治41年6月30日　日記
「三時打つまで眠れなくて、枕の上で Three of them を読んだ。」

◎明治41年7月1日　日記
「Three of them を読みながら寝た。」

◎明治41年7月5日　日記
「Gorky を読みながら眠つた。」

◎明治41年7月6日　日記
「枕についてから Gorky を読むだ。主人公の Ilia が老人を殺して金を盗む所がある。そのアトの Ilia の心地が実に実によく書いてある。」

第4章　ゴーリキーと啄木　267

◎明治41年7月7日　岩崎正宛書簡
「二時に枕について、何日でも寝てから読むことにしてあるゴルキイの Three of them を読んだ。うまい。実にうまい。ツルゲーネフを古いと言つて友人を驚かした僕もゴリキイには感心してるよ。昨夜読んだ所は、主人公が人殺しをして金を盗んだ（出来心で）そのアトの心理描写が何とも云へず真に迫つて、一点の虚偽なく書かれてあつた。面白くて、面白くて、ややつかれてランプを消した時は、戸の隙をもる暁の光に障子が所々白くなつてゐて、方々で四時の時計が鳴つたつけ。」

◎明治41年7月8日　日記
「Gorky の "Out casts" と "Russian grand mother's wonder tales" をかりて、四時頃帰つた。」

◎明治41年7月9日　日記
「Gorky を読むだ」「Three of them 五十頁許り読んで寝た。Tatiana と Ilia との情事の所。Tatiana の、何の偽りなき人生観、」

◎明治41年7月18日　日記
「Three of them を読んで了つた。Ilia は遂に石の壁に頭をうちつけて死んだ！」

◎明治42年2月14日　日記「枕の上でゴルキイ」

◎明治42年2月16日　日記「ゴルキイを読む」

◎明治42年2月21日　日記「昼頃までゴルキイをよみ、それから紙に向かつて、夜（眠れる女）を二枚ほど書き出した（略）これは予にとつて最も新ら

しい気持で考へ出したものだ、(略)今の作家の人生に対する態度は、理性——冷やかなる理性と感情とだ、意志が入つてゐない、意力！　これだ、」

◎明治42年4月10日　日記
「"Three of them"の中のイリア！　イリアの企ては人間の企て得る最大の企てであつた！　彼は人生から脱出せんとした、否、脱出した。そしてあらん限りの力をもつて、人生——我等のこの人生から限りなき暗黒の道へ駆け出した。そして、石の壁のために頭を粉砕して死んで仕舞つた！　ああ！」

◎明治42年4月17日　日記
「ゴリキーのことなどを語り合つて十二時頃別れた。」「予は昨夜考えておいた『赤インク』というのを書こうとした。予が自殺することを書くのだ。」

◎明治42年「暗い穴の中へ」
「自分で自分の世界を滅茶々々に打壊して、鼻をつままれても知れぬやうな真暗な路を監獄へ伴れて行かれる途中、突然巡査の手を払ひのけて、遮二無二人生の外へ遁げ出さうとした『スリイ・オヴ・ゼム』のイリヤ——あの悲しい男の面付が、よく私の心にちらついてゐた。」

◎明治44年2月16日　日記
「やがて夕方に並木君が雑誌とゴルキイの小説をもつて来て2時間計り話して行つた。」

　以上、啄木のゴーリキー体験を追ってみた。
　ここで、啄木のゴーリキー読書暦として明らかに挙げることができるのは、「鷹の歌」、『フォーマ・ゴルヂェーフ』、"Orloff and his Wife" "Out casts" "Russian grand mother's wonder tales" "Three of them"の六作品であること

第4章　ゴーリキーと啄木　269

をまず確認しておきたい。

このうち「鷹の歌」については、篠原温亭訳『国民新聞』付録（明治35年）と考えられる。邦訳題名については、"Orloff and his Wife"が「オルロフ夫婦」、"Three of them"は『三人』と訳されており問題はない。"Out casts"と"Russian grand mother's wonder tales"の邦訳であるが、先にも挙げた加能作次郎の「ブランデスのゴルキイ論」に〈本文中『曾て人間たりし者』はOutcasts（漂浪者）と題して英訳書 "Outcast and other Stories" の中に収めたり。〉とあることから、"Out casts"は『曾て人間たりし者』または『曾て人間たりし人々』と訳されている作品と考えられる。"Russian grand mother's wonder tales"については、「ワッサ・ジェレズノオワ」という短編の戯曲であると考えられる(9)。

このような啄木のゴーリキーの読書体験の中で、初めてゴーリキー作品に言及した「鷹の歌」と、明治41年の"Three of them"に特に注目したいと思う。"Three of them"は読了9カ月後の明治42年に、生活面で更に窮地に立たされた啄木の脳裏に再び鮮やかに蘇っているところから、啄木の共感の深さが感じられる。啄木はこれらの作品のどのような点に深く感銘を受けたのであろうか。早速、具体的に作品にあたりながら検証していきたい。

(2) 「鷹の歌」の世界と啄木

「鷹の歌」（1894年）は負傷した鷹と青大将との対話によって成り立っている。この中で、負傷した鷹は勇ましい自由な飛翔の気分を最後まで味わおうとして、高い絶望の頂から深い谷底を目掛けて飛び降りたが、そのまま肢体を打ち砕いて息絶えてしまう。青大将は鳥が天に憧れる自由な希求を全く理解することができない。鷹が天に憧れ飛翔する喜びを雄雄しく物語った後で、青大将は空を飛ぼうと毯のように丸くなって跳ね上がったが、すぐに落ちてしまう。彼は次のように言う。

空を飛ぶ美しさと云へばまァ斯んなものだ。バタリと落つこちるくらゐが関の山だ。なんと可笑しな鳥共ではないか。彼奴等は大地といふものを知らない。彼奴等は此の地上に倦き果てながら高く舞ひ上つて、蒸暑い荒野に生活を求めてゐる。彼所には多くの光はあつても肝心の食物が無いんだ。生きた肉体を支へる糧が無いんだ(10)。

　そして、青大将は地面を我が創造物と信じ、地面の上で生きることを表明する。しかし、作者・ゴーリキーは〈匍匐すべく生まれたものは飛翔することができない〉とも述べ、「鷹」の持つ勇ましき者の愚かしさを「生活の叡智」と讃え、時来れば勇ましき者たちの生きる標本となり、自由と光明を求める人々を呼びだすであろう、とも記している。
　果たしてこの短編を通してゴーリキーは何を訴えたかったのか。この点について昇曙夢は次のように述べている(11)。

「匍匐すべく生まれたものは飛翔することが出来ない」と作者は付け加へて居る。是れが即ち平安な人々と不安な人々との間に醸し出さるゝ不断の争闘の最も明瞭な答へである。同時にゴーリキイは不安な人々が常に高揚を欲する最後の結果に就いて、その判断を過まつてゐない。彼は此の飛揚が多数の者に取つては墜落に終り、墜落は恐るべき苦痛と死とに伴はるべきことを知つて居る。負傷せる鷹は勇ましい自由な飛翔の気分を最後まで味うとして、高い絶壁の頂きから深い谷底を目蒐めて飛び下りたが、其儘肢体を散々打砕いて了つた。併しそれが大切な点ではない。彼が生きては自由な生涯を送り、死んでは自由と光明とに対する生きた模範となつたといふことが重要な点である。

　この評をふまえれば次のように言えるのではないか。つまり、ゴーリキーは、理想を掲げて生きゆく者と、そうではない者がわかり合える事はありえ

第4章　ゴーリキーと啄木　271

ない、また、理想を掲げた全ての者が理想を実現できるとは限らない、ということを明らかに熟知している。しかし、それを知りながらも、何故、ゴーリキーは理想を掲げる者を造形したかといえば、それは我々人間を行くべき方向に導くため、羅針盤のように生の方向を知らしめようとするためであったのである。たとえ、この理想は夢で終わろうとも、そうした目的を掲げること自体が羅針盤のように人間を導く、とゴーリキーは考えていたのだと思われる。

このような「鷹の歌」に啄木は何故注目したのか。それは言うまでもない。彼の当時の世界観が大いに反映しているからだと考えられる。

明治35、36年の啄木はまだ習作期であり、短歌数首ずつを『明星』『盛岡中学校校友会雑誌』等に発表していたにすぎないが、37年になると旺盛な詩の創作期に入る。その多くは詩集『あこがれ』(明治38年5月)に収録されることになる。その主調音は「愛」であり、その背景にはワグナーの思想とそれを紹介した姉崎嘲風の存在があることは先行研究によって明らかにされている[12]。「自己発展」のみを目指す狭隘な愛から「自他融合」の愛へと視点が転換してゆくのである。しかし、それと同時に「詩人の使命」の自覚はいよいよ強まっていった、といってよい。それは本書第Ⅰ部第2章で「マカロフ提督追悼の詩」について論じた際、援用した詩「閑古鳥」に顕著である。

　　詩人の思ひとこしへ生きる如、
　　不滅のいのち持つらし、この声も。
　　（略）
　　この生、この詩、（略）
　　或は消えめ、かの声消えし如、
　　消えても猶に
　　（略）
　　たとへばこ世終滅のあるとても、

ああ我生きむ、かの声生くる如。

似たりな、まことこの詩とかの声と。――
これげに、弥生鶯春を讃め、
世に充つ芸の聖花の盗み人、
光明の敵、いのちの賊の子が
おもねり甘き酔歌の類ならず。健闘、つかれ、くるしみ、自矜に
光のふる里しのぶ真心の
いのちの血汐もえ立つ胸の火に
染めなすほ驕り、不断の霊の糧。
我ある限りわが世の光なる
みづから叫ぶ生の詩、生の声。

さればよ、あはれ世界のとこしへに
いつかは一夜、有情の（ありや、否）
勇士が胸にひびきて、寒古鳥
ひと声我によせたるおとなひを、
思ひに沈む心に送りえば、
わが生、わが詩、不滅のしるしぞと、
静かに我は、友なる鳥の如、
無限の生の進みに歌ひつづけむ。

　この汚濁の世と闘う者たちの霊の糧となることを信じ、詩の持つ永遠の生命を信じて詩を書こうとする啄木の意思が明らかに伝わってくる。しかし、この姿勢の根底には、汚濁に包まれた世界とそれを守る詩人、というように「選ばれし者のヒロイズム」が存在していることは否定できないだろう。それは「死」を賭して戦い、後世の自由と光明を求める者たちの指標となったマ

カロフ提督を歌った詩「マカロフ提督追悼の詩」にも通底している。(本書第Ⅰ部第3章参照)

　このような「選ばれし者のヒロイズム」に根ざした啄木の「詩人の使命」は、ゴーリキー「鷹の歌」の「鷹」に明らかに通底している。

　　あの鷹は最高なる人間の典型である。「高いこと」之は最も価値ある言葉である(13)。

　この啄木の言葉がそれを示しているだろう。
　ただ、ここで注意しなければならないことは、ゴーリキーが、死を賭して理想を実現しようとする選民と、地に生きる其の他の人々は決して分かり合えないが、それでも理想を提示した点で選民の生の軌跡の意義があることを書いたのに対し、この時点では啄木にはこのようなゴーリキーの「悟り」または「諦念」は存在していない。ゴーリキーが絶望の果てに輝く光明を信じようとしたのに対し、啄木にはまだ生に対する絶望が存在していないのである。換言すれば、ゴーリキーには「他者」の存在への冷静な視点があるが、啄木には「我」があるのみであり、ゴーリキーと比較すれば、「我」を社会の中で相対化する視点が欠如していることは否めないだろう。啄木は「鷹の歌」を読んで、「高いこと」に至上の価値を置いている。まさにニーチェの説く「超人」の象徴として「鷹」を捉え、その英雄的な行為への浪漫的な憧憬だけが啄木にある。「高い」所へ行こうとする者、または「高い」所に位置する者と「地面」に生きる者との乖離をどう埋めるか、という問題は想像外のことなのであったのだろう。
　啄木とゴーリキーは共に生の肯定者であったことに違いはないが、明治30年代の啄木のゴーリキー理解は、ゴーリキーの世界観、社会観、人間観を完全に把握してはいない。その頃心酔していた高山樗牛らのロマンティシズムとニーチェに引き付けた啄木的理解であったといえよう。というのも、先に

記した民友社刊の『ゴルキイ』には、ゴーリキーはニーチェの「超人」思想を形象化した作家としてみなされているのである。ニーチェ風の英雄への憧憬と臆病な俗物への蔑視によってその小説は成立していると捉えている[14]。啄木もまた同様であった。明治39年1月1日の『岩手日報』に掲載された「古酒新酒」には〈我今に当りて切実にニーチェと共に絶叫せんとす。凡庸なる社会は、一人の天才を迎へんがためには、よろしく喜んで百万の凡俗を犠牲に供すべき也〉とあり、明治40年10月31日の『小樽日報』の記事「冷火録」には〈露のゴルキー等も其思想の根柢に於てニイチエと相契合する所あるは何人と雖ども否む能はざる所である。〉〈何時の世に於ても社会に多数の凡人と少数の天才との戦闘が絶えぬ。此天才者が詮る所皆超人の境に憧るゝ勇ましい人生の戦士である。〉と記しているからである。

　尚、啄木の執筆か否か、現在のところ確証が持てないでいる「『ゴルキイ』を読みて」であるが、この中に記された『チェルカッシュ』という作品も今まで述べてきた「鷹の歌」のバリエーションと考えてよいだろう。即ち、大空高く自由に飛翔する鷹と地上を匍匐する青大将、人生の叡智は前者にこそあるという思想である。凡庸な小市民的人生より、勇気、冒険、戦闘、意志に満ちた生を志向するものこそが真の英雄である。『チェルカッシュ』では密輸入者チェルカッシュと農村の若者・ガウリーラが対比されている。チェルカッシュは飲んだくれの浪費家で、大胆な泥棒であるが、ガウリーラは臆病で節約家、真っ当な農民生活を空想している。金に眼が眩み、チェルカッシュを殴ったガウリーラであるが、自分のしたことに驚いて許しを請う。チェルカッシュは紙幣を彼の鼻先に投げつけ、蔑むようにして去る。泥棒であっても吝嗇な卑しい人間ではない、というチエルカッシュの自負心への賞賛は「鷹の歌」の「鷹」へのまなざしと同質なものと考えられる。

　では、この後、啄木のゴーリキー理解はどのような変貌を遂げていくのであろうか。明治42年の"Three of them"の読書体験を基に考察していきたい。

第4章　ゴーリキーと啄木　275

⑶ "Three of them" の世界と啄木
① 「底」に生きる者の悲哀
　まず、"Three of them" の梗概を紹介しておきたい。
　"Three of them" は放埓な父親の血を受けた商人イリアを軸に、対照的にやさしいヤコフ、労働者パーヴェルの三人の主人公の生涯を描いている。
　イリヤ・ルニョフは小市民階級の出身で、ブルジョワ的安逸の理想に向かって邁進している。彼の願望は実現し、小間物店の主人となる。初めイリアの生活は、彼の寝台の上に飾ってある油絵に描かれている通り、極めて愉快に気楽に過ぎた。しかし、月日が経つにつれ、彼は現在の生活が彼を満足させるのに足りないこと、自分が一生おとなしく帳場に座り通していられる人間ではないことを痛感するようになる。一人の知人が例の油絵を見て、くだらなさや下司根性を指摘した事が益々イリヤの眼を開かせ、彼は自分の生活の理想が何の役にも立たないことを悟る。かといって、新しい理想を創ることも出来ず、悲劇的最期を迎えるほかはなかった。彼は、両替商の老人を殺し、その事を隠して生きていたが、捕縛される直前に愛人タチアナに罪を告白し、〈良心、そんなものはありません〉とつぶやいて、灰色の石垣に激突して自ら命を絶つ。その壁は彼が一生の間空しく自分の額で打ち抜こうと試みた小市民性を象っていたのであった。
　キイワードというべき「小市民」とは、資本家と労働者との中間階級に属する人々を指し、思想的には資本家の考え方に近く、経済的、社会的には労働者の生活に近い中小商工業者、技術者、俸給生活者、自由職業人などを含めて呼ぶ。「小市民」イリヤは個人的な反抗者にとどまったまま、生涯を終えるのである。
　では、ゴーリキーの文学的道程の中でこの作品を観た時、どのようなことが言えるのだろうか。ゴーリキーは『かつて人間たりし者』に見るような浮浪者の世界にも、またその後の、『フォーマ・ゴルヂェーフ』のような商人社会にも、更にこのイリヤのように小市民社会の中にも生の建設者を見出すこ

とができなかったのである。ゴーリキーはこの後、戯曲の形を選び、『小市民』『別荘の人々』『太陽の児』等に於いて、小市民や知識階級の退屈で何の役にも立たない生活を描き、彼等の無気力で意志薄弱な性格を容赦なく暴いた。つまり、ゴーリキーが新たな生の建設者を見出すことができたのはこの後ということになる。

さて、この"Three of them"のイリヤのどの部分に啄木が感応したのか、という点をもう一度本文に即して確認しておきたい。
例えば、イリヤの言葉に次のような箇所がある。

「あゝ、よかつた！　おらァまた、市へ入れて貰へないだらうと思つてゐたよ… だけれど、市へ入つてから、俺たちは何処に落着くんだい？」[15]

こうしたイリヤの放浪の感慨と、父・一禎の宗費滞納に基づく「石をもて追われる如く」渋民村を追放され、放浪の人生を余儀なくされた啄木の想いを重ねることは容易い。そして、

「本か、俺らあもうとくに本と別れたんだ」(略)「当り前だよ、本の中のこと、、世の中で見聞きする事とは、まるで違つてゐるもの」

というイリヤの言葉に重なるように、啄木は文学よりも実生活を優先させようとしていた。しかし、その実生活の閉塞感の中で啄木はあえいでいた。今度は啄木の声を聞いてみよう。

「予は今、底にいる―底！　ここで死ぬかここから上がって行くか。二つに一つだ。」[16]

第4章　ゴーリキーと啄木　277

この啄木の言葉は "Three of them" の「生活に敗れた人達」「どん底」という言葉または、

> 人間の生活と云ふものは、どうして、斯う望まない厭な所へばかり、押しつけられ　押しつけられするんだらう。世間にあるものは全て不正で、惨めだ。

という言葉と奇妙に一致する。世間の「底」に辛うじて喘ぎながら生存している自己存在。しかし、その「底」は果てしもなく、落ちていく。自分もまた、落ち込んでいく。その下降する感情、零落感。

　こうした「底」の感覚は明治42年に於ける啄木の場合、多くは社会の問題よりも個人の生活の問題に起因していた。つまりは一家の主人として家族を養わねばならない、その重圧が「底」の感覚を生み出しているのである。

　明治41年4月家族を函館に残し、海路上京した啄木の決意は相当なものであったはずだ。〈今度の上京は、小生の文学的運命を極度まで試験する決心に候〉[17]ということばがそれを示そう。そして金田一京介の友情で本郷区菊坂町赤心館に同宿、創作に専念し、「菊地君」「病院の窓」等五編の作品、三百枚余りの原稿を書き、小説の売り込みに奔走した。しかし、失敗、収入がなく、生活に困窮した。啄木は創作活動の行き詰まりを自覚し、焦燥と幻滅の悲哀に呻吟し、生活難と文学生活の破綻から死を思うようになる。6月17日の日記には自ら剃刀で喉を切って自殺した川上眉山の時代に取り残された創作家の悲哀と生活の貧苦について、6月24日には国木田独歩の死に対する衝撃が綴られている。啄木の苦悩は〈死なうか、田舎にかくれようか、はたまたモット苦闘をつづけようか〉(明治41年6月27日「日記」)の言葉に顕著である。更に当時の啄木の声を聞いてみよう。

　「どうせ予にはこの重い責任を果すアテがない。…むしろ早く絶望して

しまいたい。」[08]
「何の係累のない―自分の取る金で自分一人を処置すればよい人たちがうらやましかった。」[09]

　明治42年4月、啄木は東京朝日新聞社に就職したものの、従来よりの借財のため、家族を迎える準備ができず、文学思想上の煩悶から自虐的生活を送っている。浅草の娼妓の許に通ったのもこの頃のことである。こうした中で、4月3日より6月16日にかけてローマ字で日記を記したが、その中に記されていたのが、上記の言葉である。こうした啄木の苦悩を象徴的に表す言葉、それは「底」であった。日露戦争後の日本の状況自体を素地として、そこに啄木個人の問題が重なっていく。平岡敏夫[20]が既に指摘しているように、この「底」の感覚は、大逆事件を契機に「時代閉塞の現状」が書かれたように、更に「閉塞感」へと連なっていく。この「底」という言葉自体はゴーリキーの影響のみとは断定できないが、啄木の置かれた状況はゴーリキーの描いた世界と酷似し、啄木の心の琴線に触れたのだと想像できる。
　また、ここで注意しなければならないことは、放浪、貧苦、文学の無力感、閉塞感など、明治41・42年の啄木の「重圧によって追いつめられた生」「死への願望」はイリヤの心境と重なるが、イリヤと異なり「死」の選択可能な独身者ではなかったことが啄木の絶望を増幅させている、ということである。更に、啄木はゴーリキー "Three of them" の意図した小市民性の打破、及び小市民という階層への期待の否定、という点には想いを馳せていない、という点も確認しておくべきだろう。〈生命の倦怠疲労〉から発狂したフォーマ・ゴルヂェフを〈1ヶの天才〉とみなし悲劇的な天才と捉え啄木は "Three of them" に於いて啄木は、絶望すれば自分で自己の人生の絶望の終末を決定できるという、何よりもイリヤのその「自由」に感応しているのである。
　また、啄木はイリヤが老人を殺した後の心理描写に深く感銘を受け、感心していることがその日記から知れるが、追い詰められた生に生きる啄木が決

第4章　ゴーリキーと啄木　279

してなしえない、このような暴力的な解決方法を遂行したイリヤに羨望のまなざしを向けていたのだと考えられる。啄木は我が身に置き換えてイリヤの心理を追い、その世界に浸りきったことであろう。

では、このようなゴーリキーへの啄木なりの共感がどのように啄木の作品に影響を与えたのか、または与えようとしたのか、更に考察していきたい[21]。
　イリヤの自由な死の選択に対し、死を欲しながらままならなかったのが、家長としての啄木であった。現実に叶わぬ死の願望を文学の中に実現しようとするのは自然なことかもしれない。啄木は"Three of them"を読んで間もなく、「赤墨汁」を執筆しようとする。この作品は残念ながら創作ノートの段階で止まっており、正式に発表には至らなかった作品であるが、絶望の行き着く果てを明らかに自殺という形で表したという点で、イリヤの投影を読み取ることも可能なのではないか。次は「赤墨汁」の一節である。

　　『文士の厭世自殺』とか『青年詩人窮死す。』とかいふ二号活字の標題が、我が島田君の此世に於ける消息を伝へるものとは夢にも思つてゐませんでした。[22]

啄木のかなわぬ願望を実現したという点で、明らかにイリヤは啄木の先を歩いていると啄木は感じていたのであろう。
　しかし、ここで留意すべきは、ゴーリキーが放浪者・浮浪漢、小市民、そしてこの後、知識階級に至り、それでも尚、この世の救い手を探し出せなかったのに対し、啄木はこうした階級を模索するということなしに、ゴーリキーの小説世界に登場する人物の持つ力に感応し、憧憬し、その生き方を模倣しようとしている点である。
　周知のように、「雲は天才である」（明治39年執筆と想定されている）は反逆的情熱的な小学校教師・新田が彼を受け止める生徒たちと共に体制側闘いを挑む

姿を描いているが、後半は視点が移り、「自然の放浪者」石本や同じく放浪の運命を担う天野らを描いている。『石川啄木全集』第3巻「解題」で岩城之徳が述べているように、この頃の啄木の「漂泊」「放浪」は、ヒロイックな夢や憧れに支えられたものであった。そこには現実に適合できないことへの誇りと現実と闘う意欲が存在していた。しかし、晩年になると現実に適合できないものの敗北、挫折、孤独感が基調となってくる、という。しかし、この頃啄木は「底」に落ちこみ喘いでいたのであり、それゆえに「底」を脱出して放浪する者にヒロイックな何かを期待している姿勢はかえって強くなっているのではないか、と考えられる。

　というのも啄木の小説を読み直してみると、「葉書」[03]が新たに浮び上がってくるのである。小品であり、やはり、啄木の筆力の持久力のなさが感じられるが、明らかにこの作品は「雲は天才である」の続編を意識して書かれている。渋民小学校を思わせる〈××小学校〉が舞台で〈角ばつた顔をした、色の浅黒い〉クリスチャンの女性教師・福富との絡みの後に〈髪は一寸五分許りに延び〉〈痩犬のやうな顔をして〉〈片方の眼が小さい〉男が登場する。彼の様子は次のように描写される。

　　風呂敷包みを首にかけてゐる。そして、垢と埃で台なしになつた、荒い紺飛白の袷の尻を高々と端折つて、帯の代りに牛の皮の胴締をしてゐる。その下には、白い小倉服の太目のズボンを穿いて、ダブダブしたズボンの下から、草鞋を穿いた素足が出てゐる。誠に見すぼらしい格好である。

　このような乞食となって故郷に帰る中学生に代用教員の甲田が金を恵み、学生が礼の葉書を送ってくる話である。尻切れとんぼの感が強く、多分啄木の意図は実現されないまま終わってしまっているのだが、何よりもこの「漂泊者」の存在が再度登場していることに注目したいのである。「雲は天才であ

る」に書ききれなかったものを啄木が表現したかったのに違いなく、自ら選択して漂泊者の運命を選ぶ者に何かを期待していたのだと思われる。ただ、その造形に失敗しているのは、「乞食」というものを皮相的に模倣し、小説に登場させているからではないだろうか。

　こうした啄木独自の視点に引き付けた受容の仕方は「性規範からの解放願望」を注視する、という独自性をも生み出している。次にこの点について触れたい。が、その前に啄木の陥った「底」の感覚が啄木にもたらした「ライフ・イリュージョン」と、ゴーリキーの『どん底』に於けるルカの存在の酷似について触れておきたい。

② ゴーリキー『どん底』に於ける「ルカ」と啄木の「ライフ・イリュージョン」
　ゴーリキーの『どん底』（1902年）が日本で初演されたのは明治43年（1910年）のことであるが、まず、この『どん底』の邦訳に注目したい。この作品のロシア語原題は「ナ、ドゥネェ」で直訳すれば「底で」である。しかし、初めは「太陽なし」その後「夜の宿」「底」「人生の底で」と変えられ、現在の題に落ち着いたのだと言う。全てのタイトルに「底」のイメージがあるのは、1901年には約3000万人の農民が餓死線上にあり、農民の飢餓が工業恐慌と同時に起こっていたからであろう。日本に紹介された当初は「木賃宿」であった。明治42年3月1日発行の『ホトトギス』12巻6号（第148号）に加能作次郎が「ゴルキイの『木賃宿』」と題して、この戯曲の梗概を紹介している。それにはゴーリキーの創作第一期を画する脚本として「『木賃宿』(Night Refuge)」がある、と紹介している。また、『ホトトギス』12巻12号の「ブランデスのゴルキイ論」には「『木賃宿』("Dust House")」とある。英語訳からは悲惨な安宿の物語であることが想像される。つまり、「場所」をこの物語の象徴として捉えているのである。しかし、この戯曲はそれの持つ思想ゆえに「底」と訳す以外はないと思われる。
　『どん底』は1902年初演の4幕戯曲である。都会の掃き溜めのような簡易宿

泊所に「かつて人間であった人々」が住みついている。ここでは俗悪、非道な経営者夫妻が君臨しているが、そこに巡礼ルカが現れて人々を慰め、それぞれに救済の幻影を与える。人々はルカの言葉に励まされ一時は希望を持ち生活が改善されるが、すべてその幻影は破れてしまう。泥棒のパーベルと経営者夫婦の妹・ナターシャとの愛も希望に満ちているように見えたが、2人の恋も無残に破れ、ルカも姿を消してしまう。ルカの哲学に対して、賭博師・サチンの人間礼賛、真実礼賛を説く言葉が発せられる。(この言葉は脱出するあてのない人間の空虚な強がりを示した言葉と考えられ、作者の意図は出口のない状況のありのままの提示であった、とも考えられる。)

　ルカの存在、またはサチンをどう捉えるかは見解が分れる所であろうが、人々の心を浄化させる「酵母」のような存在であるルカの言葉を単なる「うそ」とみなし、彼の敗北だけを描いたとするならば、この戯曲の中で発せられる〈諸人よ　現世に真の道を尋ね得ずば　世に黄金の夢を齎す愚者こそうらやましけれ〉という言葉は、必要のないものになるのではないか。確かにサチンの次の言葉はルカを一見否定しているかのように見える。

　　俺あこれでも老爺のことが解つているんだぜ。彼奴、成る程嘘をはいたさ。だが、それはお前達を憐れむ心から吐いた嘘なんだ。人間を憐れむ心から仕方なしに嘘を云ふ人は世の中に幾許もあらあ。俺あそれを知つてるんだぜ。書物にも書いてあらあな。立派に、力を込めて、人の気を引き立てるやうに嘘を吐いてるんだ。嘘にだつて色々あらあな。人の心を慰める嘘もあれば気を和らげる嘘もある。また労働者が手を挫いた時の苦しさを訴える嘘もあれば、餓死する者を詰る時の嘘もある。嘘にかけちや俺あ通だよ。嘘つてものは気の弱い奴だの、他人の生血を吸つて生きている奴には是非なくてはならねえもんだ。或奴は嘘で持つているし、他の奴は嘘で包まれて居る。だが、独立の人間や他人に頼らない自由な人間には、嘘なんてものは更にいらねえんだ。だから嘘は奴隷と主

人の宗教で、真実は自由な人間の神だ。

　しかし、「真実」のみを絶対視しているのならば、ゴーリキーは弱者、敗者、悪人、賤民らになぜルカの存在を提示したのだろうか。単純にルカの存在を否定するためであり、サチンの存在の正当性を説く為ならば、なぜこの戯曲にルカを登場させねばならなかったのか。また、ルカの存在による人々の変貌を書く必要があったのだろうか。そう考えてみると、やはり、次のように言わざるを得ない。
　作者・ゴーリキーは、ルカのような「理想の現実的可能性を説く存在」を示さざるを得なかった。何故ならば、このような存在によって我々は導かれるからである。ゴーリキーには「人間は各々がそれぞれの瞬間に於いて目的に向かって生きている」という確信があったのではないだろうか。人とは、よりよく生きることを目指す存在であるとすれば、「嘘」は「嘘」のまま終わってしまっても、人々を導く「嘘」を語る存在を否定することはできないのである。「真の道」を尋ねることと「黄金の夢を齎す愚者」このどちらかを選択するのではなく、この両方が人間の生活には必要であること、それをゴーリキーは示していると考えるべきであろう。ゴーリキー自身、1900年10月初めにチェーホフに宛てた書簡にはこんな一節がある。〈まだ人々は愚かなように感じられます。生きるものを容易にするために、人々にはまだ神が必要です。〉この「神」を「慰めのうそ」に置き換えれば、ルカを登場させたゴーリキーの考えがわかるのではないか。つまり、「否定すべき存在」であるが、「やむをえないもの」として認めているのである。人々の苦しみを緩和するものは、空想や幻想でもかまわない、と考えているのである。
　啄木が『どん底』を読んだという確証はないし、可能性も少ない。しかし、こうしたゴーリキーの『どん底』の思想と啄木の明治40年代の思想は奇妙に一致する。社会の「底」に生き、喘ぎ、死の幻影も垣間見る。だが、一筋の希望を信じようとする心。啄木は明治42年の「ローマ字日記」に次のように

書いている。

　休むことにした。そして小説『底』を書き始めた。(4月29日)

『底』を第三回まで書いた。(4月30日)

　残念ながらこの『底』は現存していないが、前述したように、「底」という観念に啄木が捉われていたことだけは確かである。しかし、この「底」に生息する啄木が天上を仰ぎ幻視せざるにはおかなかったもの、それは「ライフ・イリュージュン」であつた。明治42年4月10日の「ローマ字日記」には次のようにある。

　　予の到達した積極的自然主義は即ちまた新理想主義である。理想という言葉を我等は長い間侮辱してきた。実際またかつて我等の抱いていたような理想は、我等の発見したごとく、哀れな空想に過ぎなかった。「ライフ・イリュージョン」に過ぎなかった。しかし、我等は生きている。また、生きねばならぬ。あらゆるものを破壊しつくして新たに我等の手ずから樹てた、この理想は、もはや哀れな空想ではない。理想そのものはやはり「ライフ・イリュージョン」だとしても、それなしには生きられぬのだ——この深い内部の要求までも捨てるとすれば、予には死ぬよりほかの道がない。

　この「ライフ・イリュージュン」という言葉について啄木自身は次のように書いていた。

　　ライフイリュージュン（生活幻像）と謂ふ語あり。人をして無意識の生活を持続せしむる一切の不確実なる慾念、若くは幻影を指して謂ふ。生活

印象は時として希望と称せられ、理想と命名せらる。内、極めて不確実にして、外、徒らに美名を飾るもの。
　一切の生活幻像を剝散したる時、人は現実暴露の悲哀に陥る[24]。

　この言葉はまさにゴーリキーがルカに託した想いと重なるのである。社会の底辺「底」に生き、その中でつかんだ理想、それは幻影だとしても、それなくしては生きることのできない支えなのである。破壊と創造の行為を導く「理想」というはかない、しかし、羅針盤として人間を導くもの。決してその理想には至らないと知りながらも、それなくしては人間の生活を成り立たせないもの。啄木はこのようなゴーリキーと重なる想いを抱いて生きていたのである。

③　性規範からの開放
　では、ここで再び"Three of them"が啄木に与えた影響について考察したい。
　啄木がタチアナとイリアの情事の部分に感応し、また、タチアナの人生観に共感していることは先にふれた通りである。ではその部分とはどこなのであろうか。次は"Three of them"の一節である。

　　まあ、それぢや、あなたは、女には夫一人あればもう十分だと思ふの、夫と云ふものはね、そりあ愛します。けれど、愛してゐる中には、時々はやはり嫌気がさすものですわ。それにね夫の方では、何か自分の方でいゝ事があると、もうそりや洒々して、妻に対していけない事をする者なのよ、あなた。女がね、死ぬまで、夫婦々々つて、自分の夫一人のことばかり思つたり考へたりするんぢや、ほんとに詰らないと思はれない事、ねあなた、たまには、他の男性と一緒に遊んだりするのも楽しいわねえ。あなたもね、人間には、どんな色んな種類があるか、どんな風に違つた所があるのか位は解つてゐなきあ、問題になりませんわ。酒にだ

つて、色んな種類があるぢやありませんか、そうでせう、ほんとに。当り前のヴァスと云ふのや、ババリアのヴァス、杜松や、つるこけもゝのヴァスなどにとつてね。そんなにあるものを、しよつちう唯のヴァスばかり飲んでゐるんぢや、つまらないわよ。ほんとに詰まらないわ

以上の部分と、明治42年４月14日の「ローマ字日記」の次の部分を比較してみる。

恋は遊戯だ。歌のようなものだ。(略)人は決して一生歌ってばかりはおられぬものである。同じ歌ばかり歌ってるといくら楽しい歌でも飽きる。またいくら歌いたくっても歌えぬ時がある。(略)予は節子以外の女を恋しいと思つたことはある。他の女と寝てみたいと思つたことはある。現に節子と寝てゐながらさう思つたこともある。そして予は寝た。―他の女と寝た。しかしそれは節子と何の関係がある？予は節子に不満足だつたのではない。人の欲望が単一でないだけだ。(略)現在の夫婦制度―すべての社会制度は間違いだらけだ。

ここに書かれているのは「夫婦」の持つ性規範から逃れようとする啄木、という以外に無い。「夫婦が同じ者を永らく愛することによって生じる避けることのできない倦怠感、それを責めることはできない」という啄木の思いは社会制度への批判につながってゆく。
　実はこのような啄木の思想は当時の社会主義者・堺利彦の影響が認められることを筆者は本書第Ⅱ部第２章において指摘しているが、こうした思想はゴーリキーの"Three of them"のタチアナの言葉にも重なっているのであり、まさに時代の持つ思想、と呼ぶべきものではなかろうか。ただ、ゴーリキーは"Three of them"の中では人間の欲望が単一ではないこと、「結婚」の持つ倦怠感のみを問題にしているのに対し、啄木はそれに「夫婦制度」という言葉

第４章　ゴーリキーと啄木　287

を用い、明らかに社会制度の問題として考えようとしている点は特筆すべきであろう。

(4) 『オルロフ夫婦』と『かつて人間たりし者』
　　　——バクーニンへの架橋——

　最後に、『オルロフ夫婦』と『かつて人間たりし者』についての啄木の読書体験の意味を考察したい。
　『オルロフ夫婦』(1896年)はオルロフが体現している社会に対する反抗がテーマとなっている。彼は飲んだくれの放蕩者で自分の女房を殴っては後で後悔して、なだめすかし、次の発作まで許しを願っている。彼は実生活に満足する事ができず、小市民的生活に倦み、自らの誕生の意味を疑っている。そして、彼は家庭生活が彼を圧迫しているように思えてならない。そういう時、彼は女房に暴力をふるい、飲酒で憂さを晴らす。彼は社会の全てに嫌悪感を持ち、彼の衝動は何の変革も齎さず、空しく爆発している。
　啄木がこの作品を読んだのは明治35年の段階である。したがって、オルロフの心境はこの段階ではまだ啄木の現実のものとなっていなかった。だが、生活に疲れ「底」で喘ぐ啄木と重なる時がやってくる事は前に述べた通りである。上京後、啄木がオルロフのようなひどい暴力、過度な飲酒をしたという記録はないが、心理的にはまさにオルロフと一致していたのではないかと考えられる。また、そのような啄木が自らを重ねて読んだであろうと思われるのが、『かつて人間たりし者』(1897年)である。それは次のような物語だ。
　休職騎兵クヴァルダは木賃宿の持ち主で、浮浪漢仲間に君臨する小さな王である。彼は哲学を語るのを好み、周囲の生活にはびこる虚偽を憎んでいる。特に彼の憎悪の対象となっているのは商人である。木賃宿の建物を貸している商人・ペトゥンニコフとの衝突は個人的な問題に留まらず、二つの世界、即ち道徳的、社会的組織の戦いを意味している。この戦いはペトゥンニコフの勝利となるが、ゴーリキーの賞賛は国家的制度と社会的秩序を象徴するも

の、例えば、警察、ドクトル、裁判官、資本、権力、市民、ではなく、「曾て人間であった人々」に与えられている。喧嘩好きで何の基盤も持たない木賃宿の空想家・クヴァルダは二人の警察官の間に頑として居丈高にまっすぐに突っ立ったのである。

　先にも記したように、ゴーリキーは浮浪漢、小市民、知識階級にもこの世の救世主を見出せず、後に労働者階級にそれを見出していくのであるが、この段階でも国家的制度と社会的秩序に対峙する姿勢は明白である。『オルロフ夫婦』の暗黒な日常生活の中に苦しんでいる労働者オルロフは、どうしたら全世界を粉微塵に破壊することができるだろう。どうしたら人類の上に立って高い所から彼等に唾を吐きかけるために一味徒党を召集することができるだろう、と空想している。これは現存制度に対する憎悪の表明である。こうしたゴーリキーの姿勢を貫くものはバクーニンの標語「破壊と即建設」であったとの昇曙夢の指摘がある[24]。バクーニンは神と国家は共に少数者が多数者を支配隷従させるための精神的及び物質的道具であると考え、地上の神である国家を打倒し、同時に天上の神の権威を否定し、人間の完全な自由を回復しようとしていた。〈国家は権威である。それは暴力である。〉と考えるバクーニンは〈国家破壊の絶対的必要性〉を問いた。（『国際革命結社の組織原理』1886年)[25]。このバクーニンの思想の流れを受け継いでいる、というのである。「破壊」の上に初めて成り立つ「創造」。啄木も同内容の思想を標榜している。ゴーリキーへの共感は畢竟この言葉に尽くされていると言ってもよい。

　例えば、「林中書」[26]には〈諸君、新建設を成就せむが為めには、先づ大破壊を成就せねばならぬ〉とある。また、啄木の未刊の小説「漂泊」（明治40年7月）は革命健児がストライキ後に免職となり、函館に職を求めてやってきたところから書き始められているが、それは函館にはストライキの報に接し、喜び、〈改造なんて駄目だ。破壊に限る。破壊した跡の焼野には、君、必ず新しい勢の可い草が生えるよ〉と励ましの電報を送ってきた友人がいたからであった。この友人の思想はまさにバクーニンのそれである。本書第Ⅱ部第2

章で述べた「新しき都の基礎」というローマ字詩の世界もまた同じであった。
(本書第Ⅱ部第3章参照)

　ただ、啄木が大逆事件以前にバクーニンの書物を読んだという形跡はない。しかし大逆事件後、啄木が影響を顕著に受けたクロポトキンの『一革命家の思い出』の第4章にスイスのジュラ山麓に無政府主義者の同盟組織を作り情熱的に革命運動に携るバクーニン像が活写されている。今井泰子[08]は啄木詩の中に具体的に「バクウニン」の言葉が出てくる「墓碑銘」についての注の中で、スイスのジュラ山麓に彼が指導した無政府主義者の同盟組織があったことを示し、クロポトキンの自伝第4章第10節が、バクーニンを最高至純の情熱的革命家に描き挙げているのをふまえ「墓碑銘」の中で葬られた青年は、クロポトキンの書から得たイメージであることを指摘している。そして、〈啄木がバクーニンのものを読んだ形跡は全くない。〉と付している。確かに、啄木がバクーニンを直接的に読み、摂取したことの可能性は低いのだが、思想書を通じて間接的に摂取していると考えられるのである。

　啄木は大逆事件後、幸徳秋水『平民主義』、クロポトキン、『麺麭の略取』と共に久津見蕨村『無政府主義』[09]を読んでいる。この久津見の『無政府主義』には、無政府主義の歴史が述べられているが、その第4章に「バクーニンの無政府主義」がある。啄木は、バクーニンの思想に確実にふれていたと思われるのである。又、明治44年5月、啄木はトルストイの「日露戦争論」を筆写すると共に、「マルクスの『資本論』」「万国労働者同盟」「第7回万国社会党大会」についても『大阪平民新聞』から筆写している。「万国労働者同盟」は、明治40年10月20日、11月20日、12月5日の3回「研究資料」として連載された堺利彦の論文である。マルクスの創立宣言や規約起草、国際的労働運動組織(第1インターナショナル)としての活動と内部闘争の歴史を描いているが、後半はマルクス派とバクーニン派の闘争についての描写になっている。啄木はこれらをよみ、筆写しながらバクーニンの思想にも少なからずふれていたはずなのである。

明治43年までの段階では、バクーニンから啄木へ直接的影響は今のところ確かめられないが、ゴーリキーへの共感の向こう側にバクーニンが立っており、ゴーリキーを媒介に啄木とバクーニンが同様の思想を共有していた点は興味深い。

　啄木はゴーリキーのように社会の諸階層の可能性を文学の中で深く検証することはなかった。啄木は「労働者」という語を時に用いても階級対立の認識は、持っていなかった。啄木の考えていた社会的構図は「老人」対「青年」というあくまでも世代間の対立であった。だが啄木もまた、旧世代による権力支配の構図である明治期日本の社会制度を青年世代が破壊することなくしては、新しい世界の創造はありえない、という認識に至ったのである。啄木はゴーリキーのように労働者階級への期待と讃美を明らかな形で文学に形象する前にこの世を去った。しかし、啄木の最後に立った地点はゴーリキーの目指したところと遠くなかったのではないだろうか。啄木のゴーリキー受容について確信するのは、「破壊と創造」の語を共有することで、啄木はゴーリキーと共に歩み、またバクーニンの影をも追っていた、という事である。

注

⑴　『ロシア文芸思潮』昇曙夢（壮文社、昭和23年10月）
⑵　風間書房、1984年
⑶　大空社、2002年
⑷　第4号、明治35年6月15日
⑸　第9巻第2号、明治36年9月20日
⑹　『文章世界』4巻6号、明治42年5月
⑺　12巻12号、第154号・155号（明治42年9月1日、10月1日）
⑻　署名は「ハノ字」。啄木執筆の確証は得られないが、当時啄木は白蘋と号してしたためこのように名乗ったとも考えられる。明治39年4月8日の日記に、「過ぎにし秋、京は小石川の、目白の森を、のぞむとある高台の芝生に横って、ゴルキイが短篇集をよんで泣いた日を思出して」とあるように、当時啄木はゴーリキ

一の短編集を愛読していた。また、啄木の文体とのこの記事の文体は似ている。
(9) ロシア・国立サンクトペテルブルグ大学ヴァシリィ・コズロフ教授のご教示による。
(10) 『ゴーリキー全集　第1巻　チェルカッシュ　他16編』(改造社、昭和7年)
(11) 『ゴリキイの生涯と芸術』(青樹社、1940年)
(12) 伊藤淑人『石川啄木―言語と行為―』(翰林書房、1996年) 及び近藤典彦『石川啄木と明治の日本』(吉川弘文館、平成6年) 所収第3章「啄木とリヒヤルト・ワグナー」など。
(13) 明治35年7月20日、小林茂雄宛書簡
(14) 西垣勤は「石川啄木におけるゴーリキー」(『近代文学の風景』(績文堂出版、2004年) 所収「石川啄木におけるゴーリキー」) の中で、明治期のゴーリキー理解はまだ充分ではなく、皮相的な観点からニーチェの影響を指摘していることを明らかにしている。
(15) 引用はすべて原久一郎訳 "Three of them"(改造社出版『ゴーリキー全集』5巻所収、大正7年) に依った。
(16) 「ローマ字日記」、明治42年5月6日
(17) 明治41年5月5日、向井永太郎宛書簡
(18) 「ローマ字日記」、明治42年4月13日
(19) 「ローマ字日記」、明治42年4月17日
(20) 「日露戦後の啄木」(『悲しき玩具・啄木短歌の世界』村上悦也他編、世界思想社、1994年)
(21) この点については西垣勤の見解がある。(14参照) それによれば「雲は天才である」「葉書」「葬列」「札幌」「刑余の叔父」「漂泊」「二筋の血」に影響を認めている。尚、西垣は、民友社刊の『ゴルキイ』を〈日本における最初のゴーリキー紹介〉としているが雑誌記事ではゴルキーに関する記事はそれ以前にもある (管見では明治35年3月1日『新小説』の「ゴルキーが作の英訳」。又、「鷹の歌」について〈革命的宣言の叙事詩のごときもの〉と紹介しているが、これは1901年に発表された「海燕の歌」の誤りではなかろうか。革命の嵐の接近を予告する散文詩「海燕の歌」は発禁となったが、人々の心から心へ広く流布された。
(22) 明治42年創作ノート

㉓　『スバル』第10号、明治42年10月1日
㉔　「卓上一枝」、『釧路新聞』明治41年2月
㉕　(7)に同じ
㉖　『バクーニン』勝田吉太郎（講談社、昭和54年）
㉗　『盛岡中学校校友会誌』第9号、明治40年3月1日
㉘　『日本近代文学大系第23巻石川啄木集』（角川書店、昭和44年）
㉙　久津見蕨村『無政府主義』（平民書房、明治39年）

〔明治期文芸雑誌に於けるゴーリキー紹介記事一覧〕（写真の紹介は除く）
・『新小説』7年3巻、明治35年3月1日
　「海外文壇」「現代の文芸」（中島孤島）「ゴルキーが作の英訳」
・『新小説』7年4巻、明治35年4月1日
　「海外文壇」「現代の英詩人」（中島孤島）
　「マキシム・ゴルキー」「ゴルキーの本名」「ゴルキーの新脚本」
・『新小説』7年6巻、明治35年6月1日
　「海外文壇」「ゴルキーの新訳」（中島孤島）
・『文芸界』4号、明治35年6月15日
　「科学的自然派の時代去り、博愛的トルストイの時代去り、野獣的マキシム・ゴルキーの時代来れり」鴎水生
・『帝国文学』第9巻第2号、明治36年2月10日
　「海外騒壇」「誰か果してトルストイ伯の後継者たる可きか」
・『帝国文学』第9巻第11号、明治36年11月10日
　「雑報」「美術家としてのゴルキー」
・『日本人』204号、明治37年2月5日
　「文界漫歩」「ゴルキーの小説主人公」
・『日本人』204号、明治37年2月5日
　「文界漫歩」「ゴルキーの小説主人公」
・『日本人』214号、明治37年7月5日
　「文界漫歩」「ゴルキーの履歴年表」

・『新公論』20巻3号、明治38年3月1日
　「海外思潮」「小説家たりし以前のゴルキー」
・『日本人』406号、明治38年3月5日
　「文界漫歩」「ゴルキーの新作劇」
・『新公論』20巻4号、明治38年4月1日
　「海外思潮」「世界のゴルキー」
・『日本人』414号、明治38年7月5日
　「文界漫歩」「ゴルキーとの会見」
・『時代思潮』2巻21号、明治38年10月5日
　「文学者ゴリキイ」（昇曙夢）
・『日本人』426号、明治39年1月1日
　「文界漫歩」「マキシム・ゴルキーと高加索」
・『新公論』21巻6号、明治39年5月1日
　「雑録」「マキシム・ゴルキー初対面の記」
・『太陽』12巻8号、明治39年6月1日
　「思潮」「外国」「ゴリキーと米国与論」
・『日本人』436号、明治39年6月5日
　「学界談叢」「ゴルキーと紐育」
・『日本人』438号、明治39年7月5日
　「文界談叢」「ゴルキーの公開状」
・『新小説』11年8巻、明治39年8月1日
　「雑録」「ゴルキーが最近の劇「太陽の小供等」」（中島孤島）
・『日本人』441号、明治39年8月20日
　「学界談叢」「ゴルキーの新脚本」
・『日本人』442号、明治39年9月5日
　「学界談叢」「ゴルキーの米国観」
・『太陽』12巻13巻、明治39年10月1日
　「思潮」「外国」「ゴルキーの米国論」
・『新小説』12年3巻、明治40年3月1日
　「雑録」「ゴーリイキイの人生観真髄」（昇曉夢）

- 『新声』16編5号、明治40年5月1日
  「カザンに於けるゴールキ」(加藤漆花)
- 『新小説』12巻9号、明治40年9月1日
  「北国の春」(ゴーリキー伝の一節)
- 『新小説』12巻10号、明治40年10月1日
  「北国の春」(ゴーリキー伝の一節)
- 『文庫』35巻3号、明治40年10月15日
  「ゴーリキイの評判」(二葉亭四迷談「趣味」)
- 『新声』18編1号、明治41年1月1日
  「評論研究」「ゴルキ作「同志」」(堺利彦)
- 『新声』18編2号、明治41年1月15日
  「評論研究」「ゴルキ作「同志」」(堺利彦)
- 『太陽』定期増刊第14巻第15号、明治41年11月15日
  「マキシム・ゴーリキー氏」
- 『ホトトギス』12巻6号第148号、明治42年3月1日
  「ゴルキイの『木賃宿』」(加能作次郎)
- 『文章世界』4巻6号、明治42年5月1日
  「ゴーリキー雑感」相馬御風
- 『帝国文学』第15巻第9号、明治42年9月1日
  「時評」「戯曲 奈落」(ゴルキイ) 無名通信
- 『ホトトギス』 12巻12号第154号、明治42年9月1日
  「ブランデスのゴルキイ論」(加能作次郎)
- 『ホトトギス』 12巻12号第155号、明治42年10月1日
- 『新声』21巻1号、明治43年1月1日
  附録 講話「現代のロシア文学」(昇曙夢)
- 『文芸倶楽部』16巻3号、明治43年2月1日
  「紹介 ゴーリキー全集」
- 『帝国文学』第16巻第2号、明治43年2月1日
  「新刊批評」「ゴーリキー集」相馬御風
- 『帝国文学』第16巻第12号、明治43年12月1日

「最近文芸概観」
〔小説脚本〕
「夜の宿」（マクシム・ゴオリキイ、小山内薫、三田文学）
「悪魔」（マクシム・ゴオリキイ、広島観一、露西亜文学）
〔出版〕
『どん底』（ゴーリキー、昇曙夢）

第5章　啄木と「樺太」

1 ｜ 啄木の墓

　啄木一族の墓は函館の立待岬にある。この墓の形は樺太の日露国境碑の形をしている。これは義弟である宮崎郁雨の考えによるものであり、郁雨はこの形を提唱した理由について次のように語っている。

　　私は偶然に……全く偶然に……樺太国境の標石の形を思出した。一方には日本の菊花紋章、他方にはロシヤの双頭鷲章が浮彫りされている。あの将棋の駒を大きくした様な標石の形容は、嘗て新聞や画報などで見てかなり鮮明に私の脳裡に残されて居た……私は自分にも不思議と思われる程滑らかな言葉で、樺太という一つの島が人間の意欲のままに南北に二分され、そのそれぞれが全然別個のものとして取扱われることの不条理を、強引に合理化するための手立に使用された、この一体両面の標石の運命的な存在のこと、それから啄木が自ら先人未到の境地と誇称した彼独自の一元二面の哲学のこと、彼の思想の表裏に繋がる長詩『はてしなき議論の後』のロシヤの青年の言葉のこと、芸術と実生活との相剋によって不当に短縮された彼の不幸な生涯のことなどを絡み合わせて……或は巧まざる多少の詭弁をさえ交えて……啄木の哲学とこの標石との関連性を説いた様であった。岡田君はそれを本当に納得したのか何うかは判らないが、珍しく素直に私の話を受け入れ、結局もう一度設計を仕直して貰おうということに決った。
　　　　　　　　　　　　　　　　　　　　　　　　　（『函館の砂』）(1)

　日露国境碑が負う二面性を注視し、そこに啄木の生涯を貫く二面性を重ね

た郁雨の慧眼には敬服する。郁雨が触れた啄木の「一元二面観」とは、宇宙の根本を絶対意志とみなし、それは自己拡張と自他融合の意志によって成り立つ、というものである。啄木は、自己拡張の願望は宇宙の絶対意志と一体化しており、それはまた自他融合と根を同じくしていることによって、利己主義ではなく個人主義と見なすのであった。このような一元二面観は明治37年から約5年間続いた啄木の天才主義の理論的根拠となった。しかし、この後も啄木の文学には二面性が顔を出す。郁雨が指摘するように、長詩「はてしなき議論の後」のロシアの青年は「ヴ・ナロード」と叫び、民衆の中に分け入り、行為と言語の統一を図った。しかし、明治末期の日本の青年は「ヴ・ナロード」と叫ぼうとしない。言語と行為は分離したままである。そして、芸術と実生活の統一を目指しながら、分裂を繰り返す啄木がいた。こうした啄木の苦悩の人生を象徴する二面性を国境碑を通して郁雨は啄木の墓に込めようとしたのである。しかし、郁雨は二面性だけではなく、そこに「樺太」という日露国境が存在する「場所の力」をも付与した。では、樺太が人々に喚起するイメージとはどのようなものだったのだろうか。そして、啄木は樺太に対し、どのような認識を持っていたのであろうか。

2 │ サハリン／樺太

　この島に産出する上質な石炭のために、かつてロシアの囚人たちはこの島で炭鉱労働に従事させられた。1859年に初めて囚人が導入されて以来、その数は増え続け、1869年にはひと船で800名が到着したと言う。また、1870年からはロシアは矯正の見込みの無い罪人を生産と防衛の仕事に従事させた。だから、サンクトペテルブルグ条約により日本がロシアにサハリンを全て譲り渡した1875年から1905年までのサハリンは、ロシアの極東に於ける広漠たる受刑地であったと言える。受刑者の数は1875年には1000〜2000人程度であったが、1904年には2万人以上に増えている。サハリン司令官・コノヴィッチ

大将の「だれだってここから逃げだしたいよ……囚人も、開拓民も、役人も」(1890年)という言葉が示すように(2)、サハリンは囚人と、囚人以上に悪者の獄吏と、政府の無計画・無能率植民地政策によってサハリンの厳しい環境に耐えることの難しい開拓民が息を潜めて生息する、満州名「暗黒」＝サハリンにふさわしい場所であったといえよう。

　サハリンをロシアに割譲することを規定したサンクトペテルブルグ条約5条には、サハリンの日本人住民は日本国籍保有のまま財産権と営業権を終身行使することが明記されていた。また、日本籍船舶は10年間コルサコフ港に於いて港税と海関税の免除の特権を准許された。このことにより、日本側はかなり大規模にまた急速に、沿岸漁業の操業と加工工場の整備を進めることができた。その結果、1875年には300名の日本人が働いていたが、1904年にはその数は7000名以上に増加している。そして、日露戦争勃発。終戦間近の1905年7月、日本はサハリンに侵攻する。サハリンはロシアにとっては、敵に攻撃され、併合された唯一のロシア領土となった。侵攻を指揮した原口兼済将軍は7月31日全島に軍政施行を布告し、8月7日、サハリンの故国復帰を祝ったという(3)。しかし、その喜びは合えなく消え去り、ポーツマス条約によって、サハリンは再度日露両国によって分断されてしまった。島をほぼ二等分する北緯50度線を国境と定めたのである。日露両国の混成チームによって北緯50度に沿う、約150キロの国境が画定された。境界線には樹木を切り開き、この島を貫く幅10メートルの道を作り、17個の標石と19本の標木を配したという(4)。この後、二つの異なる国家の所属として南北サハリンはそれぞれ異なった道を歩み、1945年のソ連再統合のその日まで、この「二重性格」を抱えたまま、40年間を歩むこととなったのである。

　日本領に於いては、1907年3月31日、軍政が終結し、樺太庁がこれを治めた。樺太の植民地化は北海道を真似て行われ、調査団が農業、漁業、林業の適地を定め、都市づくりのための街路計画を立てた。気候条件の厳しい分、開拓民に与えられた土地の面積は北海道よりも広く、彼らは広大な共同社会

の建築のために労力を費やしたと思われる。そして、樺太の人口は1909年(明治42年)には41000人に達している。

3 　樺太への渡来者たち

　このような歴史を辿る樺太には、北緯50度の国境画定線設営の模様を伝えた志賀重昂⑸の他、多くの文学者たちが訪れている。志賀は樺太の発達について次のように述べている⑹。明治38年12月30日現在のコルサコフト渡来者は3792人とし、この内、北海道の者が一番多いことを挙げ、〈正に見る、樺太は北日本の膨張せるもの、韓国、関東州が南日本の膨張せるものと相反することを。要するに日露戦役の獲物は、北にあるものは北日本の経営に任かせ、南にあるものは南日本の人の勢力を持ち、日本人の膨張力は地形に依り自ら二個の系統あるを認む。〉と。樺太は北日本の膨張と認識されている点が興味深い。

　この志賀のことばの通り、北海道時代の啄木の周囲にも樺太に関心を持ち、また、実際に足を運んだ人々がいる。

　例えば、明治40年10月5日の啄木日記には

> 野口君より詳しき身の上話をきゝぬ。嘗て戦役中、五十万金を献じて男爵たらぬとて以来、失敗又失敗、一度は樺太に流浪して具に死生の苦辛を嘗めたりとか。彼は其風采の温順にして何人の前にも頭を低くするには似合はぬ陰謀の子なり。自ら曰く、予は善事をなす能はざれども悪事のためには如何なる計画をも成しうるなりと。時代が生める危険の児なれども、其趣味を同じうし社会に反逆するが故にまた我党の士なり焉。

とある。

　〈野口君〉とは野口雨情のこと。野口雨情は明治35年、20歳の時、東京専門

学校高等予科を中退し、北海道に渡っている。その間の事情は定かではないが、傾いた実家の起死回生のためではなかったか、と考えられている[7]。田圃を担保に200円の借金をしたものの、愛人に裏切られそれを持ち逃げされたため、明治39年7月頃、単身小樽から樺太へ渡り、国境の北緯50度に位置する西海岸のアモベツ村にまで達した。雨情は詩作を続けながら11月に離島するまで樺太の旅を続けた。そして、樺太に渡った翌年の9月、北門新報社にいた啄木と知り合い、二人とも小樽に行き、小樽日報社に勤務するのである。野口存彌は『小樽日報』（明治40年10月24日）掲載の「樺太と露人」を、「樺太東海岸の土人」との類似から野口雨情の執筆ではないか、と考えている[8]。啄木が日記に記した〈樺太に流浪〉して具に味わった〈死生の苦辛〉とはこの間の事情を言うのであろう。

　同じく啄木日記、明治40年12月21日には〈予の将来に関して尽力せらるゝ所あり。〉という「大硯斉藤哲郎」の名が見える。27日には、

　　大硯君来り談ず、君も浪人なり、予も浪人なり、共に之天下が下に墳墓の地を見出さゞる不遇の浪人なり。二人よく世を罵る、大に罵りて哄笑屋を揺るがさむとす。(略)淵明は酒に隠れき、我等は哄笑に隠れむとするか。世を罵るは軈て自らを罵るものならざらむや。(略) 人は生きんが為めに生活す、然ども生活は人をして老ひしめ、且つ死せしむるなり。予に剣を与へよ、然らずんば孤独を与へよ。

とあり、不遇な人生を送る者同士の交情が偲ばれる。翌41年1月2日、一緒に大硯君のところに行き、〈大硯君は不遠樺太へ行つて地所と露人の家を貰つて大地主になるといふ。〉と記している。これは日露戦争の際、日本軍の侵攻に家を捨て、また、北緯50度に国境を設定したことで帰ることができなくなったロシア人が住んでいた家の奪取を言うのであろう。同じ1月2日の日記には次のような記載もある。

帰つてみると、大硯君と本田荊南（竜）君が待つて居て、正月らしい大きな声で笑つて居る。一緒に大硯君の宅へ行つて、豚汁で盛んに飲み盛んに喰つた。気焔大に昂り、舌戦仲々素晴しかつた。三十六の大硯君は樺太へ行つて大地主になるといふ。二十五の本田君は成功せぬうちは北海から一歩も南へ帰らぬといふ。所謂文明北進主義だ。薩南の健児、屹度成功する性格だ。二十三の自分は、金さへあつたら東京へ行くと主張した。酔つて帰つて十一時眠る。

　大硯にしても、本田にしても、この北海道という地、また、樺太は成功するための勝負を賭ける土地と認識しているのは見逃せない。開拓を志す者、一攫千金を夢見た者、出稼ぎ、流れ者などが樺太を構成していく。啄木が上京を決意し、釧路から函館に向う船の中でも、海賊や船を盗む話と共に樺太のことが話題になっていることが日記に記されている。志賀重昂の言葉通り、樺太は北海道が北に膨張したものであり、人々の意識の中では北海道との境界はあいまいだったのであろう。しかし、啄木には樺太は遠い存在だったに相違ない。大硯を詠んだと思われる次の歌がそれを示そう。

　　樺太に入りて
　　新しき宗教を創めむといふ
　　友のなりしかな　　　　　　　（『一握の砂』）

　明治41年1月11日の日記にも〈午后、出かけようと思つてる所へ、大硯君が来て、三時半頃まで居た。樺太へ行つて宗教を剏めようと大に気焔を吐く。矢張僕等と同じに、空中に楼閣を築く一人だと思ふ〉とある。新天地を夢みる大硯の姿に啄木は野望を持ち続ける自己の投影を見たのであろう。確かに札幌伝道地区の長老であった英国聖公会のバチラー博士も明治40年初めて渡樺し、以後伝道のために6度樺太を訪れてはいる。しかし、大硯の場合、そ

302　Ⅲ　啄木詩歌の思想

の方法が新開地に特有の、人々の心の空洞につけ入むような新宗教という形を呈示したことに啄木はヒロイックな夢として賞賛するだけではなく、一種の危うさを感じていることは確かだろう。一種の「うさん臭さ」をも併せのむ土地、それが樺太なのであり、啄木にとって樺太は、一攫千金を狙う者たちがうごめく未開の地にすぎなかったのである。

3 ｜ 北海の三都、そして釧路

　では、北海道とはどのような場所であったのか。啄木は次のように答えている。
　「北海道とは果たしてどんな所だろうか」という質問に対し、内地の人間は必ず、熊とアイヌの話を持ち出すが、北海道とは言っても、特別な便宜のある土地で無ければ、両者と出会うことは無い。又、内地の人間は津軽海峡を渡れば、何かしら職業の口があり、どんな職業でも、内地に比較して高い報酬が得られるように考えていて、毎日一攫千金の機会に邂逅できるかのような錯覚を抱いているという。しかし、これは誤りであり、十年前までの出来事である。もし、今日に於て猶この様な想像を持ていようものなら、それこそ直ぐに華厳か浅間へ駆けつけたくなるか、でなければ北海道特有の、悲惨な、目的なき生活をする一種の浮浪人に堕してしまう。

　　そんなら北海道とは果たして其麼所であらうか。今日に於ては既に内地と殆んど同様の程度まで社会状態が進歩して来てるのだらうか。曰く、否。成程、函館小樽札幌、此北海の三都は、或点に於て内地の都府と比肩して遜色なきものならず、却つて優つて居るかも知れぬ。けれども、北海道は矢張北海道である。飽く迄も内地と違つた、特有の趣味を保つて居る。諸国の人が競ふて入込むに従つて、雑然として調和の無い中にも、猶一道の殖民的な自由の精神と新開地的趣味、乃ち北海道的色彩が

溢れて居る。　　　　　　　　　（「北海の三都」明治41年5月6日）

このように、北海道という土地は、啄木にとって自由の地であり、殖民的精神が充溢した新開地的趣味の土地であった。では、植民地精神が充溢した新開地趣味の土地とはどういうことなのか。「初めて見たる小樽」(9)には次のようにある。

　　◎茲に於て、精神界と物質界とを問はず、若き生命の活火を胸に燃した無数の風雲児は、相率ゐて無人の境に入り、我自らの新しき歴史を我自らの力によって建設せむとする。殖民的精神と新開地的趣味とは、斯て驚くべき努力を人生に植ゑつけて居る。
　　(略) 又見よ、北の方なる蝦夷の島辺、乃ち此北海道が、如何に幾多の風雲児を内地から吸収して、今日あるに到つたかを。
　　◎我が北海道は、実に、我々日本人の為めに開かれた自由の国土である。劫初以来人の足跡つかぬ白雲落日の山、千古斧入らぬ翁鬱の大森林、広漠として露西亜の田園を忍ばしむる大原野、魚族群つて白く泡立つ無限の海、嗚呼此大陸的な未開の天地は、如何に雄心勃々たる天下の自由児を動かしたのであらう。彼等は皆其住み慣れた祖先墳墓の地を捨てて、勇ましくも津軽の海の速潮を乗り切つた。(略)
　　◎然し札幌にまだ一つ足らないものがある。それは他でもない。生命の続く限りの男らしい活動である。二週日にして予は札幌を去つた。札幌を去つて小樽に来た。小樽に来て初めて真に新開地的な、真に殖民的精神の溢るゝ男らして活動を見た。男らしい活動が風を起こす。その風が即ち自由の空気である。

〈朝から晩まで突貫する小樽人〉〈云はゞ天下を家として随所に青山あるを鹿ずる北海人の気迫〉このように、自由と活動を体現したのが、小樽人なので

ある。これは〈詩人の住むべき都〉〈大いなる田舎町〉札幌にはないものであった。

では、釧路はどうであったのか。釧路での啄木は『釧路新聞』の実質的な編集をつかさどり、新聞記者として活躍の場を与えられていた。酒も覚え、芸者にも接した。しかし、〈本を手にした事は一度もない〉〈此月の雑誌など来たままでまだ手をもふれぬ〉寂しさを味わわねばならないのである。

　　兎も角も此短時日の間に釧路で自分を知らぬ人は一人もなくなつた。
　　自分は、釧路に於ける新聞記者として着々何の障礙なしに成功して居る。
　　噫、石川啄木は釧路人から立派な新聞記者と思はれ、旗亭に放歌して芸
　　者共にもて囃されて、夜は三時に寝て、朝は十時に起きる。
　　一切の仮面を剥ぎ去つた人生の現実は、然し乍ら之に尽きて居るのだ。
　　石川啄木!!!（明治41年2月29日、日記）

　この部分から読み取れるのは、現実に足をつけて生きていくことへの不満足である。啄木が釧路を去った直接の原因は、同僚の日影との確執が原因と考えられるが、その理由はそれだけではなかったといえよう。〈夢が結べぬ。（略）つくづくと、真につくづくと、釧路がイヤになつた。噫。〉（明治41年3月22日、日記）
　そして、釧路では啄木が今まで体験したことのないような大雪による雪害の記事、また、国政に関する記事や、釧路の住民の意識を問題とした記事を書いている。けれど、啄木は釧路のみに違和感を持っていたわけではない。〈啄木、釧路に入りて僅かに七旬、誤りて壺中の趣味を解し、觴を挙げて白眼にして世を望む。陶として独り得たりとなし、弦歌を聴いて天上の薬となす。既にして酔さめて瘦軀病を得。枕上苦思を擅にして、人生茫たり。知る所なし焉。〉（明治41年3月28日、日記）この想いと同様のものを小樽でも感じていたのではなかったか。「初めて見たる小樽」には、次のようにある。

第5章　啄木と「樺太」　305

> 予は飽くまでも風の如き漂泊者である。小樽人と共に朝から晩まで突貫し、小樽人と共に根限りの活動をする事は、足の弱い子に到底出来ぬ事である。予は唯自由と活動の小樽に来て、目に強烈な活動の海の色を見、耳に壮快なる活動の進行曲を聞いて、心の儘に筆を動かせば満足なのである。

　つまり、啄木は自由な精神を持ち、現実と同化することは拒否する態度を示しているのである。
　しかし、同時にそれは非常に危ういものを内包している。こうした現実との微妙なバランスの取り方は腰が据わっていないのであり、得てして失敗しやすい。失敗すれば放浪生活が待っている、という二面性を北海道という地は内包しているのである。〈悲惨な、目的なき生活をする一種の浮浪人〉という言葉に冠せられた〈北海道特有の〉という言葉がその屹立する二面性の危うさを裏付けている。啄木はこの二面性の裏面を歩かねばならなかった。「一握の砂」[10]には次のようにある。

> 愈々愆うと決心したのは恰度一年許り前——その頃私は北海道鉄道の終点になつてゐる釧路といふ港にゐた。何処も彼処も喰詰めての果てに其麼処まで流れ込んで、そして其処でも亦種々な事の有つた揚句、私は最う何としてもさうした境涯に堪へ切れなくなつて、理が非でも生活を一変了はねばならなかつた。全く新しい路に踏み出さなければならなかつた。一日其儘で居ると、一日だけ早く碌でもない破目に陥つて行きさうに見えた。其処で私は、以前一度踏み出さうとして其れなりにして来た路へ逆戻りをする決心をしたのだ。大した抱負でもある様に人にも言ひ日記にも書いたが、それは真赤な嘘、さうした間際にも私は自分を欺かずには生きてゐれなかつたのだ。決心でもなんでもない、外の事では喰へなかつたから唯一つ残してゐる方角へ歩みださうとしたに過ぎぬのだ。

さて、このような開拓地北海道の持つ二面性はそっくりそのまま「樺太」が更に過激な形で受け継いでいる。北海道に於いて啄木が生の居場所を見つけ出すためには、自由の地、殖民的精神を発揮しなければならない。しかし、それは札幌には希薄なものであり、小樽に漲っているものであった。それは「歌うことなき小樽の人の声の荒さよ」と歌われた、「男らしい風」であり、現実により密着した生活態度であったに違いない。しかし、啄木は〈積極的な現実〉ではなく、〈消極的〉にしか現実と関わることができなかった。自由な空気を求めて啄木が北海道に渡ったとすれば、目の前に開けた樺太の地に食指を動かしてもよさそうなものであるが、そのようなそぶりは一切示していない。というのも、彼にとっては、現実に北の地と格闘することは考えていないからである。このように、啄木の樺太への無関心は、単に東京で文学に取り組みたいという願望が生み出したものだけではなく、啄木の現実とのかかわり方と相似形を成していることを忘れてはならないだろう。

　さて、啄木が樺太に関連して感応しているもう一人の文学者がいる。それは岩野泡鳴である。啄木は「百回通信」⑽の中で岩野泡鳴の樺太行きに触れ、次のように述べている。

> ◎君の文壇を去りて北海に蟹の缶詰業を創めむとすと聞くや、予潜かに心に頷きて、以て深く快としたり。そは個人二葉亭氏の露国に行くとける時の気持に近かりき。然れども、故人は暗き人なりしが、君は明き人也。予の感にもそれだけの相違はありし也。而して予は初めより其事業の失敗に終るべきを予想したり。唯その成否の如何に関せず、其挙そのものが予の全身の同感を傾くるに足るの挙たりき。案の如く君は北溟に失敗して、帰路我が故郷の初冬に会へり。寄語す。泡鳴君足下。感如何。
> ◎君は夢予を目して若くして老いたりと謂へりと。然り、恐らくは予の心は老いたるべし。枯れたるべし。嘗て現実は抒情詩を予の頭より逐出

したり。次に来れるものは謀反気なりき。随所に予自身と一切とを破壊せんとする謀反気なりき。其謀反気は今や予の謀反気それ自身を破壊しつゝあり。予は今暗き穴の中に入りて、眼の次第に暗黒に慣れ来るを待つ如き気持にて、静かに予の周囲と予自身を眺めつゝあり。君は積極的の現実に生くる人にして、予は消極的の現実に死せんとす。予の利己の涙は実に此相違より湧く。

　泡鳴は『耽溺』[02]により、自然主義作家としての文壇での地位を築いたが、この後、経済状態が悪化し、従兄の小林宰作がすすめる樺太の蟹の缶詰事業に乗り出すことにした。家業の下宿屋・日の出館を抵当にして950円ほどの資金を作り、弟・巌を樺太に派遣、西海岸のウタトモに小林と製造所を設け、事業を開始する。が、弟の病気により、泡鳴も樺太に赴く。泡鳴が樺太に居たのは、明治42年6月28日から8月14日までである。この間の経験を元に綴ったのが、『放浪』[03]である。その書き出しは〈樺太で自分の力に余る不慣れな事業をして、その着手前に友人どもから危ぶまれた通り、まんまと失敗し、ほとんど文なしの身になって、逃げるが如くこそこそと北海道まで帰って来た田村義雄だ〉である。岩野泡鳴の場合、事業というのには滑稽なほどの些少な資本であり、それは「空想的事業」であった。しかし、このような泡鳴に啄木は現実と戦うものとして、敬意を表す。なぜならば、啄木は泡鳴のように積極的に現実に生きることもせず、生きる場を獲得できずに死の幻影に苦しみながら、東京で独り喘いでいたからである。

4　再び樺太

　啄木はこれまで見てきたように樺太に関心を示さなかったが、明治41年1月7日の日記は次のようにある。

夜、例の如く東京病が起つた。新年の各雑誌を読んで、左程の作もないのに安心した自分は、何だか怎う一日でもジツとして居られない様な気がする。起て、起て、と心が喚く。東京に行きたい、無暗に東京に行きたい。怎せ貧乏するにも北海道まで来て貧乏してるよりは東京で貧乏した方がよい。東京だ、東京だ、東京に限ると滅茶苦茶に考へる。

　周りの文明北進主義に反し東京への南下を企む啄木は北海道と樺太の持つ二面性を切り捨て、東京をめざす。樺太に関心を示したのは、憧れの東京での文学生活が暗闇に閉ざされ、光が見えない時、ということになる。〈一日故山の事許り考へた。単純な生活が恋しい。何もかもいらぬ。唯故郷の山が恋しい。死にたい。〉と書いた7月23日、次のような記述が見える。〈十時ごろから一時ごろまで金田一君と語つた。樺太の話はうれしかつた。鳥も通はぬ荒磯の、太い、太い、流木に腰かけて、波頭をかすめてとぶ鷗の群を見送つたり、単調な波の音をかぞへたりした光景、アイヌ少女のさき！〉つまり、啄木の樺太への関心は、啄木の流浪の精神を慰むその異風土へのエキゾチズムにあったのである。

　金田一京助が（東京帝国大学）文科大学を卒業したのが明治40年7月、彼は樺太に踏査を思い立ち、叔父勝貞が旅費を工面、樺太東岸オチョポッカに至り、樺太アイヌ語の文法の大要を会得し、叙事詩3000行を筆録する。そして、12月『あいぬの文学』を草し、『中央公論』翌1月号から3月号に登載している。この翌年、金田一は北海道から上京してきた啄木と共に下宿生活を送るのである。「さき」とは金田一がオチョポッカ滞在中に食事の世話をしてくれた和人を父としてアイヌの家に生まれた14歳の少女であった。金田一は彼女の食事の膳の上げ下げからも北海道アイヌ語とは異なる樺太アイヌ語の文法を学んでいく。金田一の語るその少女との交流は啄木にも暖かな何かを感じさせたに相違ない。はるばるオチョポッカ村を訪ねたものの、人々は疑いの念を持って金田一をみつめ、心を開こうとはせず、背を向けてしまう。この

まま、樺太アイヌ語を採取できないまま、帰京せねばならないのか、といった不安と絶望の中で見た樺太の荒涼とした風景は、金田一の心象風景に合致した印象深いものであったと考えられる。樺太の月に関しては、先の野口雨情も『主婦之友』(大正11年10月)の「私が一番深く印象された月夜の思出」というアンケートに対し、〈月について、これまで一番深い印象は、明治三十九年の秋、樺太西海岸アモツベツの浜にて見た、無人の海を照す凄愴たる月の光でした。〉と応えている。樺太の荒涼たる海、そしてそれを冷たく照らす月の光といった異風土は、文学者の心を捉えるものであったようだ。啄木はその異郷の風土に感応しているのである。

　このようにしてみると、啄木は全く樺太に関心が無いわけではない。北海道と同じく、現実と深く関わる開拓地の人間の生き方と、それに失敗すれば流浪の人生を送るしかない、といった二面性を持つ樺太。その厳しさは北海道以上のものがある。啄木は北海道にいた時でさえ、開拓地の現実と積極的に関わり、そこに根ざして生きることを拒んでいた。そんな啄木の心に満ちていたものは漂泊者の意識であった。樺太について、啄木の心の琴線が共鳴したのはその漂泊者の心象風景と重なる北の地の荒涼とした風景だったのである。

注
(1)　宮崎郁雨『函館の砂―啄木の歌と私と―』(東峰書院、1960年)
(2)　『サハリン』ジョン・J・ステファン(原書房、昭和48年)
(3)　(2)に同じ
(4)　(2)に同じ
(5)　志賀重昂『大役小志』(博文館、明治42年)
(6)　木原直彦『樺太文学の旅　上』(共同文化社、1994年)
(7)　(6)に同じ
(8)　(6)に同じ
(9)　『小樽日報』(明治40年10月15日、第1号)

(10)　明治42年5月7日起稿
(11)　「二十二　泡鳴氏が事」『岩手日報』(明治42年11月13日)
(12)　『新小説』明治42年2月
(13)　東雲堂、明治43年7月

IV　ロシアに於ける啄木

第1章　啄木詩歌のロシア語翻訳考
　　―В.Н.Маркова と В.Н.Ерёмин の翻訳比較を通して―

　異文化を理解しようとした時、人は何を学ぶのか。言語、政治、経済、歴史、社会学…。様々なアプローチが考えられる。しかし、文学の果たす役割も忘れてはならないだろう。ドナルド・キーンは次のように書いている[1]。

> 日本の現代文化を知ろうと思ったら、歴史や社会学等の研究は大いに参考になるが、立体的に描かれた人物のことが記憶に残るし、そういう人物を知ろうと思ったら文学に頼る他はない。南北戦争がアメリカ人の心に刻みつけられているのは、優れた歴史研究があるからではなく、誰でも知っている有名な小説があるからである。

　このような、より立体的に「人間」を描写し追及しようとする文学を通して異文化理解を試みようとした時、同時に浮かび上がってくるのが翻訳の問題であろう。
　では、翻訳とは何なのか。ヤーコブソンは翻訳の種類として、次の3種類を挙げている[2]。即ち、言語内翻訳、言語間翻訳、記号法間翻訳である。これをパース[3]の言語記号の解釈に基づき説明すると次のようになる。第一の言語内翻訳（言い替え・rewarding）は〈ことばの記号を同じ言語の他の記号で解釈すること〉、第二の言語間翻訳（本来の翻訳・translation proper）は〈ことばの記号を他の言語で解釈すること〉、第三の記号法間翻訳（移し変え・transmutation）は〈ことばの記号をことばでない記号体系の記号によって解釈すること〉である。本稿に於いて問題にするのは言うまでもなく、言語間翻訳である。
　ただ、この言語間翻訳は様々な問題をはらんでいる。言語内翻訳、即ち

dogs are man's best frends〔犬は人間の最良の友人である。〕を canine animals are faithful to their masters〔イヌ科の動物はその主人に忠実である。〕と言い替えるのとは異なり、2つの言語体系の比較衝突の上に成立するからである。イェルムスレウ(4)の挙げた例を用いてみよう。ドイツ語 Holz〔木材〕、Baum〔木〕Wald〔森〕のカヴァーする意味場は英語の Wood〔木材、(人里近くの)森〕Tree〔木〕、Forest〔(人里離れた)森〕あるいはフランス語の Bois〔木材、森〕、Arbre〔木〕Foret〔森〕のカヴァーする意味場とは符合しない。例えば Wald は Forest や Foret の意味場だけでなく Bois や Woods の場の一部をもカヴァーしている。故に、最も適切だと考えられる語彙選択は翻訳者に任されることになる。

　言語間翻訳の仲介者として大きな役割を果たす翻訳者が特に難しいと感じるのは詩を他言語に翻訳する場合であろう。と言うのも、詩の思想は言葉によって規定され、言語の変化は思想の変化を齎すからだ。つまり内容と密接不離な言葉の選択の上に詩は成立しているのである。そして韻の問題もある。言葉の意味を理解し移し変えるだけでなく、音の美しさを伝えてこそ詩の翻訳と言えるのだ。

　このような詩の翻訳は、詩人の創作と翻訳者の協力による〈再創造の活動〉(5)と言えるのかも知れない。本論では、特に石川啄木の韻文作品が如何にロシア語訳されているかを具体的に検討し、そこに浮かび上がってくる翻訳者の意識を明らかにし、「翻訳」の抱える問題について考察していきたいと考えている。

1 ｜ 短歌訳比較

　石川啄木詩歌の中では、主に、詩集『あこがれ』の「マカロフ提督追悼の詩」、歌集『一握の砂』『悲しき玩具』の短歌、及び、詩稿ノートにも関わらず「呼子と口笛」の詩が早くからロシア語翻訳されている。「呼子と口笛」の

詩は社会主義への傾倒を感じさせることから旧ソビエト連邦には受け入れられやすかったのだと推測される。このような啄木作品を本格的にロシア語訳しているのは В. Н. Маркова（ベーラ・マールコワ）である。1957年に"ИСИКАВА ТАКУБОКУ СТИХИ"、1966年に"Исикава Такубоку лирика"として短歌の翻訳を刊行した後、1971年、1981年には詩の翻訳も含めて新たに"ИСИКАВА ТАКУБОКУ"(6)を刊行している。一方、В. Н. Ерёмин（ウラディーミル・ニコラエヴィチ・エリョーミン）は旧ソ連で最も早く石川啄木を論じた論文"ИСИКАВА ТАКУБОКУ-ПОЭТ ЯПОНСКОГО НАРОДА"(7)の中で数編の短歌と詩を翻訳している。本稿ではこの二人の翻訳を比較、検討してゆく。

まず、『悲しき玩具』の中から共通に翻訳されている三首を取り上げる。

　　友も、妻も、かなしと思ふらし──
　　病みても猶、
　　革命のこと口に絶たねば。

以下、ロシア語訳の左側はマールコワ、右はエリョーミンの翻訳である。繁雑さを避けるため、マールコワのものを 1、エリョーマンのものを 2 として考察する。

1 Наверно, товарищам и жене　2 Жена моя любимая печальна,
　Грустно бывает слушать,　　　　И друг мой близкий очень недоволен:
　Как я без устали,　　　　　　　　Твержу о революции все время,
　Такой больной,　　　　　　　　　Не думая о том, что я ведь болен.
　О революции говорю!

まず、1 では「友も妻も」にあたる「товарищам и жене」の部分が端的に示すように、啄木の言葉の順番をできるだけ忠実に守ろうとしているのが判

る。これに対し、2は「友」「妻」にあたる語の順番が入れ替わっている。更に2では「友」の病気の友人に対する想いは「妻」の「悲し」みを表わした「печальна」とは異なり、とても「不満である」の意味の「очень недоволен」の語で表現している。この「недоволен」の語の使用は1と2の2つの歌の根本的な叙情の差を示すことになったと言えそうだ。というのは、2では4行めは「病気であることを「не думая」（考えず）に、いつも革命のことを話している」という意味になる。「не думая」を使うことは「病気の事を本当は考えた方が良いのに考えていない」というように、友が「我」の非常識な考えに不満を持っている、ということになる。この書き方によれば「友」は病気の全快を待っている意味あいが強くなる。これに対し、1では病気を示す「больной」の前に「такой」の語が付され、「больной」を強調し、このような病気に罹っても猶、絶え間なく革命の事を口にしている、といった意味となる。つまり、1と2とでは病気の重さのイメージに差が生じる結果となっているのである。2はあくまでも「我」の病の全快の後の活躍を前提として友が不安を感じているのに対して、1は病の重さが強調され、読者に死の影を喚起させる。訳者の啄木理解の差を読み取る事ができる箇所である。

　では次の短歌はどうだろうか。

　　百姓の多くは酒をやめしといふ。
　　もつと困らば、
　　何をやめるらむ。

　　1　Сегодня отказались от вина　　2　Говорят, от водки отказались
　　　　В деревне многие крестьяне,　　　　Многие японские крестьяне.
　　　　Но завтра　　　　　　　　　　　　　Если жизнь ещё труднее станет,
　　　　От чего откажутся они,　　　　　　От чего тогда им отказаться?
　　　　Когда еще труднее станет?

318　Ⅳ　ロシアに於ける啄木

この歌に関してまず気が付くことは、日本の「酒」を「японское саке」としてもよいところだが、1では葡萄酒の意味の「вина」、2ではウオッカの意味の「водки」の語を採用していることだろう。よりロシア人になじみ深くするためであろうか。ロシア人の好む酒をそれぞれ別の語で表現しているのである。これらの語の選択に訳者の女性と男性という性差を読み取る事もできるかもしれない。ただ、この啄木の歌の持つ意味から考えると、農民たちが一日の労働の終わりに唯一のささやかな楽しみとして口にする酒のイメージを表わす語でなければならないはずだ。日本で言えばこの酒とは2級酒または焼酎の類であろう。決して高価な酒ではない。あくまでも庶民的で安価な酒であるはずなのだ。とすれば、2でウオッカというあくまでもロシア的な酒の種類を用いたことは、より啄木の世界を伝えることに成功していると評価したい。また、この短歌では2の方が語順は正しく、言葉の付加は少ない。原作では「～といふ」と伝聞形となっていて、2は「говорят」を用いそれを踏襲しているが、1にそれはなく、自らが見たかのような書き方になっている。更に1では原典にはない「Сегодня」（今日）と「завтра」（明日）の対語を用い、「今日村の多くの農民たちは酒をやめた、では明日もっと困った時何をやめるのだろう、」という意味に仕上げている。つまり、自らが見た現実である、という書き方と「今日」「明日」という言葉の挿入により、農民たちの困窮が身近に迫り来るものであることを表現しているのだ。この点については秋田雨雀[8]も触れていて、マールコワが啄木短歌の中から〈隠された言語〉を引き出そうとした点を評価し、〈原作者への強い愛情と言語的技術の優秀さ〉を指摘している。また、1ではこの部分に関して、原作にはない「村」という意味の「деревне」を付加することにより限定された具体的なイメージを生み出している。つまり、ここに描かれた貧困が土地に根ざしたものであり、地域全体の人々の苦労であることを想起させる効果を示している。また、2は「Если」（もし）を使った結果、「もし困ったならば」という不確定な表現となった。これに対し、1では「когда」を使い「困った時彼等は何をやめる

のだろう」と更なる貧困は必至なものとして書かれているのである。1は啄木の想いをより深く理解し、強調する表現を採っている。なお、1、2共に農民のことを「многие крестьяне」と表現しているが、2では「японские」（日本の）と、わざわざ断り書きを入れている。これはなぜだろうか。──訳者がロシア人の立場をあくまでも強く認識していたという事がまず考えられる。それと同時に、この翻訳が為されたのは旧ソ連時代である。たとえ日本文学の翻訳であろうが、労働者としての農民の貧困を描くことは社会主義体制批判につながるという危惧の意識も少なからず訳者に働いたからではないか、と筆者は推測している。

　最後に次の歌を検討したい。

「労働者」「革命」などという言葉を
聞きおぼえたる
五歳の子かな。

1　Всего пять лет
　　Дочке моей,
　　Но и она
　　Хорошо уже знает
　　Слова 《революция》 и 《рабочий》.

2　Пятилетний маленький ребенок,
　　Что он слышит—то запоминает:
　　《Революция》 запомнил слово
　　И другое слово— 《пролетарий》.

　1、2両者共に原作では3行目にある「五歳の子かな」を一行目に持ってきている点は同じである。これは主語を先に表現するロシア語の習性が二人の訳者に共に働いたのからであろう。ただし、両者には決定的な差異がある。1では原作通りの意味で付加部分がない。その結果「5歳なのにも関わらず、革命、労働者という言葉を覚えている」という、子供を巡る特殊な環境と（革命運動の中に育ち、それらになじんでいる、という事）早熟な一面が強調されるこ

とになる。これに対して、2では「маленький ребенок」（小さな子供）を説明する2行目「Что он слышит - то запоминает」（5歳の子は聞いたことはそのまま覚えてしまう存在だ）が付加されている。なぜ「労働者」「革命」という二つの言葉を覚えたのか、その理由を訳者が推測、原作には全くない一文によって補足説明しているのである。しかし、この一行は子供の純粋性や聴覚の鋭さを強調する事になり、啄木が真に意図したところから離れてしまったのではないか。この他、「革命」の語は同じ「революция」だが、「労働者」の語が1では「рабочий」2では「пролетарий」を用いている。「рабочий」は一般的な工場で手作業に従事している人々を指すのに対し、「пролетарий」は労働者でも無産者階級の意味が強く、多分に政治的社会的階層を表現する響きを持っている。この歌を作った頃、啄木は大逆事件を知り、明治末期の閉塞した日本の状況下で社会主義文献を読み、それを打開しようとしていた。この点を考え併せれば、言葉の選択としては2の「пролетарий」の方がより啄木の心情を伝えるのではないかと筆者は考える。

　以上、表現に沿って二人の啄木短歌の翻訳を比較してきた。次に考えたいのは、ロシア人にとって二人の訳はどちらが良い訳か、という問題である。それは基準をどこに置くか、即ち、啄木短歌の言葉をできるだけ正確に伝えるのか、あるいは訳者の感性によって読みとった部分を付加し、できるだけロシア人に判りやすい訳を目指すか、で評価が異なってくるだろう。今回取り上げた3首の中では、「百姓の〜」の歌だけは違っているが、マールコワの訳は啄木短歌の意味をできるだけ忠実にロシア語に訳することに力点を置いていると言えそうだ。これに対し、エリョーミンの方は、言葉の選択が国名を入れるなど、よりロシア人の立場に立っていて、良いか悪いかは別にして原作にはない訳者の解釈部分を大胆に付加し、より判り易いものにしようという意識が見える。むろん、マールコワにもそれはあるのだが、原作の意味を強化するためであり、付加部分も単語レベルまでであり、意味を組み変えたり訳者の解釈を一文で挿入し、啄木短歌のニュアンスを変えるようなこと

はなかった。

　また、マールコワの訳に特徴的なのは語順の入れ替えという点である。むろん、韻文であるから語調を整えたり強調する為にそれはしばしば見られる現象に違いない。エリョーミンの1首目にしても、2行目が「мой близкий друг」が正規の語順であるが、「друг мой близкий」というように語順の入れ替えを行っている。しかしその傾向はマールコワの方が強い。例えば、1首目。3行目からは本来、次のような語順になるはずだ。「как я такой больной без устали о революции говорю」これをマールコワは次のように書いた「как я без устали такой больной о революции говорю」。2首目でも4、5行目が問題となろう。「от чего они откажутся когда станет еще труднее」となるべき所をこのように書いている「от чего откажутся они когда еще труднее станет」。3首目も、本来なら2行目は冒頭に来るはずである。マールコワがこうした語順の入れ替えを用いても、ロシア人にとってはエリョーミンの訳の方がより韻文らしい印象を受けるという。その理由は韻律美の効果によるのである。

　エリョーミンの訳は韻律の点でよりロシア的である。元来、日本の韻文は母音が5つしかないことから、音韻律に乏しいと言われ、取り挙げた啄木短歌も音韻美があるとは言えない。しかし、エリョーミンの訳は啄木にはないロシア的韻律を訳の中に意図的に作り出している。それは1首めの歌が顕著である。

　この歌は原作では全く音韻の工夫は見られない。しかし、2のエリョーミンでは2行目と4行目の末尾に「ен」の音を、そして1行目と3行目にа、яと「а」の音を響かせている。これに対し、1のマールコワの訳では第3、4行めのи、йを響かせている他は行末の韻の工夫は見られない。ロシア詩では行末の脚韻を重視する。エリョーミン訳のように第1と第3行、第2と第4行が押韻するものを交錯脚韻という。また、ロシア詩は音節力点も重視する。音節リズムの弱強をヤンブ、強弱をホレイ、弱強弱をアンフィブラフィー、

322　Ⅳ　ロシアに於ける啄木

弱弱強をアナペスト、強弱弱をダクチル、とそれぞれ呼び分けている。試みに2つの訳の力点を記すと次のようになる。

1.〔_∠_〕〔_∠_〕_ _（_∠）　2.（_∠）（_∠）〔_∠_〕_〔_∠_〕
　〈∠_ _×∠_ _〉_　　　　　　　（_∠）（(/)∠）〔_∠_〕_〔_∠_〕
　〈∠_ _×∠_ _〉　　　　　　　〔_∠_〕_〔_∠_〕_〔(/)∠_〕
　（_∠）〔_∠_〕　　　　　　　〔_∠_〕_〔(/)∠〕〔(/)∠_〕〔(/)∠_〕
　(/)_（_∠）_ _ _（_∠）

※(/)は力点があるが、読む時は通常弱く発音すると考えられるもの。
　（　）はヤンブ、〔　〕はアンフィブラフィー、〈　〉はダクチルと考えられる箇所。

　1では各行の音節数がそろわず、ヤンブとアンフィブラフィー、ダクチルがほぼ同数ずつ混在していて統一感を欠くことがわかる。2では各行の音節数が全て11とそろっていて、ヤンブとアンフィブラフィーで統一されている。また、ロシア語では行末の音節力点から、最後の音節にアクセントがあるものを男性韻、最後から2つめの音節にアクセントがあるものを女性韻、最後から3つめの音節にアクセントがあるものをダクチルと呼ぶ。1は、男性韻、女性韻、ダクチル、男性韻、2はすべて女性韻となっている。しかし、それだけではない。2の場合、1行目の行中の語の末尾はa、я、я、aと硬母音と軟母音の組み合わせながら、全て「a」の音で終わっていて音韻美を生み出している。本論の序でも述べたように音韻律は韻文の大切な要素である。リズム感のあるエリョーミンの訳は、ロシア人にとってより馴染みやすいものと感じられるのである。
　なお、啄木短歌の特色は周知のように3行書きである。これに対し、マールコワは5行、エリョーミンはほとんど4行で書いている。秋田雨雀[9]はこの点について、マールコワは3行では啄木の語彙の〈ブランク〉を表現できないと考えたからではないかと推測している。しかし、マールコワの翻訳の

序文[10]には

> 啄木は、習慣的な『段落』を断片的に分けて、詩の意味と感覚にそって特に重要なものを選び分け、さらにインパクトを与えた。詩をさらに細かく分割した（詩の5つの部分を5つの行に）詩の直筆原稿が残されている。（ロシア語の翻訳はまさにこのように分割することにした。）

とあることから、啄木の直筆原稿に依った判断であることが判るが、その根拠の詳細は不明である。むしろ、マールコワは俳句も訳しており、俳句の5・7・5という3句から成る構成を3行詩として紹介していることから、短歌と俳句の差を明らかにするために啄木短歌の特色である3行書きをやめ、短歌の5句構成を伝えるために5行書きにしたのではないかと筆者は考えている。一方、エリョーミンが4行書きにしたのはロシア詩学の1つに1連を4行で書くという方法があり、それを意識したからであろう。ここにもロシア的にして伝えるか、日本の韻文であることを尊重して伝えるか、両者の姿勢の差が顕著に表れていると思われる。

2 ｜ 詩訳比較

次に詩の比較検討を試みる。詩稿ノート「呼子と口笛」の中の「果てしなき議論の後」である。原作は次のようである。

はてしなき議論の後
1911・6・15・TOKYO

　われらの且つ読み、且つ議論を闘はすこと、
　しかしてわれらの眼の輝けること、

五十年前の露西亜の青年に劣らず。
われらは何を為すべきかを議論す。
されど、誰一人、握りしめたる拳に卓をたたきて、
'V NARÓD!' と叫び出づるものなし。

われらはわれらの求むるものの何なるかを知る、
また、民衆の求むるものの何なのかを知る、
しかして、我等の何を為すべきかを知る。
実に五十年前の露西亜の青年よりも多く知れり。
されど、誰一人、握りしめたる拳に卓をたたきて、
'V NARÓD!' と叫び出づるものなし。

此処にあつまれるものは皆青年なり、
常に世に新らしきものを作り出だす青年なり。
われらは老人の早く死に、しかしてわれらの遂に勝つべきを知る。
見よ、われらの眼の輝けるを、またその議論の激しきを。
されど、誰一人、握りしめたる拳に卓をたたきて、
'V NARÓD!' と叫び出づるものなし。

ああ、蠟燭はすでに三度も取り代へられ、
飲料の茶碗には小さな羽虫の死骸浮び、
若き婦人の熱心に変りはなけれど、
その眼には、はてしなき議論の後の疲れあり。
されど、なほ、誰一人、握りしめたる拳に卓をたたきて、
'V NARÓD!' と叫び出づるものなし。

次にマールコワとエリョーミンの訳詩を挙げる。短歌と同様にマールコワ

訳を1、エリョーミン訳を2とする。

1　ПОСЛЕ БЕСКОНЕЧНЫХ СПОРОВ

У нас бывают чтения, жаркие споры,
И наши глаза горят не меньше,
Чем у юношей России полвека назад!
Мы бесконечно спорим: 《Что делать?》
Но никто из нас не ударит вдруг
Кулаком о стол и не крикнет: 《В народ!》

Все мы знаем, чего мы хотим,
Все мы знаем, чего хочет народ,
Все мы ясно знаем, что делать,—
О, много больше, чем знали они!
Но никто из нас не ударит вдруг
Кулаком о стол и не крикнет: 《В народ!》

Здесь собрались только очень юные,
Строить новое начинает всегда молодежь.
Старое скоро умрет, победа за нами!
Спор кипит, сверкают глаза.
Но никто из нас не ударит вдруг
Кулаком о стол и не крикнет: 《В народ!》

Трижды уже меняли мы свечи,
В недопитом чае плавают мошки,

Но девушки говорят с прежним жаром,

Лишь в глазах после долгого спора усталость.

Но никто из нас не ударит вдруг

Кулаком о стол и не крикнет: 《В народ!》

2　ПОСЛЕ БЕСКОНЕЧНОГО СПОРА

Мы читаем, мы спорим; огонь в глубине ваших глаз.

В этом не уступили бы юношам русской страны,

Юным русским, что жили еще за полвека до нас.

Вот мы спор затеваем о том, что мы делать должны.

Но из нас ни один так, как русские те, не встает

И, ударив о стол кулаком, не бросает: 《В народ!》

Знаем то, в чем наш долг, то, что делать обязаны мы.

Знаем нужды свои, знаем нужды и чаянья масс.

Верно, знаем мы больше, чем те молодые умы—

Те, что жили в России еще за полвека до нас.

Но из нас ни один так, как русские те, не встает

И, ударив о стол кулаком, не бросает: 《В народ!》

Здесь—одна молодежь, та, что новое миру несет.

Знаем: скоро умрут старики—их могила близка;

Молодых же борьба к неизбежной победе ведет.

Посмотри: спор кипит, и глаза начинают сверкать!

Но из нас ни один так, как русские те, не встает

И, ударив о стол кулаком, не бросает: 《В народ!》

Свечи трижды, сгорев, заменялись другими свечами.
Мошкара налетевшая плавает в чашах кругами.
И хотя молодая женщина спорит с тем же огнем и задором,
Я в глазах ее вижу усталость, бесконечным рожденную спором.
Но как русские те, так из нас ни один и не встал
И, ударив о стол кулаком, нас в народ не позвал...

　第1連。啄木の原作の4行め。「何をなすべきか」の部分が1では《что делать?》と《　　》に括られている。もちろん原作にはこの強調はない。訳者は《В народ!》の対語としてこの言葉を選んだのだと推測される。「В народ!」の言葉を表現する態度も、1では「叫ぶ」の意味ではあるが周囲に呼びかける感じの「крикнет」が用いているのに対し、2では「投げ出すように言う」の「бросает」つまり、「この閉塞状況を打開するためにはこれしか残されていない、いちかばちかやるしかない」といった言葉の発し方になる。この部分は原作では各連の末尾に四回繰り返されており、この後もこのニュアンスの違いはそれぞれの訳詞に於いて繰り返されることになる。また、1では4行目は「бесконечно спорим」つまり「無限な（果てしない）議論をする（今もしている）」の意味となるが、2では「затеваем」と「（議論）をもくろむ、企てる」の意味の語が用いられ、現在から未来に重点がおかれている。また、2では2首めの短歌の中で国名を入れて立場を明確化していたように「русские」という部分が付加され「ロシア人のように誰も拳で机をたたき、叫びだすものはいない」という意味を付加している。この語の挿入には次のような訳者の意識が働いていると考えられる。即ち、この語を入れなければ、この議論の場面はロシアのナロードニキから50年後を生きるロシアの青年たちの姿と解釈される可能性がある。日本人が読めばこれは日本の光景であるとすぐに察することができるが、ロシア人に誤読されないことを考慮した結果採られた措置ではなかろうか。また、この語を付加することにより、日本

とロシアの青年を対照させ、その差を鮮明にし、ロシアの青年の思想性、行動性を賞賛する意図があったとも考えられる。

　第2連。2行目の「民衆」を1では「народ」2では「масс」を用いて表現している。「народ」は「民族、国民」など統一したもののイメージがあるのに対し、2の「масс」は「人々の集合」であり、個々の顔を感じさせないものである。第1連の「крикнет」と「бросает」の言葉の選択を考え併せた時、1では立ち上がること、つまり革命への機運は高まっており、それは潜在的なものではあるが、統一された国民の意志としてあることを思わせる。これに対し、2では状況が1に比べて急激に悪化し、混乱の中で切羽詰まって出した結論という書き方になっていて訳者の解釈の差が少なからず出ている箇所である。

　第3連では原作の「しかしてわれらの遂に勝つべきを知る。」の「べき」の部分にあたる「неизбежной」（まぬがれることはできない）を2では原作通り挿入しているが、1では「победа за нами！」（勝利は我々のものである）と確信した表現になっている。また、「老人」を表す言葉も、2では「могила близка」（墓に近い）という言葉を併せて使っているところから、老人、つまり人間に限定されるが、1で用いている「старое」という言葉は社会体制を含めて一般的に古いもの、と言う意味になる。啄木は世代間の闘争を強く意識していた。啄木の意識をより反映するのは1であろう。しかし、1では「見よ」に相当する語がない。

　第4連では若き婦人の表現が、2では「молодая женщина」と単数である。1では「девушки」と複数で用いている。しかし、この議論に参加している青年自体多くないと想像するのが普通であろう。特に当時の状況を考えると、女性でこのような社会変革のための議論に加わる者は少なかったと考えられ、この場面に於いても2のように一人の女性を考えるのが妥当だと思われる。また、1の単数形「девушка」は若い女性の意味ではあるが、どちらかと言えばその若さだけが強調される言葉であり、思索的態度や知性を表現するの

ならば、2の「женщина」の方がより人間の内面を感じさせる適語だと思われる。更に、「はてしなき議論」を表わす際、1では一般的に「永い」の意味の「долгого」を用い、2では「бесконечным」と「無限」に続く議論の疲れ、というように時間の継続性がより的確に強調されている。

しかし、この連に於ける2の最大の個性は末尾のリフレインが形を崩しており、「'V NARÓD' と叫び出づるものなし。」が間接話法に代えられ、末尾が「……」で表現されている点である。そして「не позвал」が用いられて「民衆の中に行くことができなかった」の意味をはっきり打ち出しており、2の方がはてしなき議論の後の負の結果とそれに伴う空しさをより主観的に捉え表現していることに我々は気付く。

次に同じ「呼子と口笛」の「墓碑銘」である。

　　　　墓碑銘
　　　　　　　　　1911・6・16・TOKYO
われは常にかれを尊敬せりき、
しかして今も猶尊敬す──
かの郊外の墓地の栗の木の下に
かれを葬りて、すでにふた月を経たれど。

実に、われらの会合の席に彼を見ずなりてより、
すでにふた月は過ぎ去りたり。
かれは議論家にてはなかりしかど、
なくてかなはぬ一人なりしが。

或る時、彼の語りけるは、
'同志よ、われの無言をとがむることなかれ。

われは議論すること能はず、
されど、我には何時にても起つことを得る準備あり'。

'かれの眼は常に論者の怯懦を叱責す。'
同志の一人はかくかれを評しき。
然り、われもまた度度しかく感じたりき。
しかして、今や再びその眼より正義の叱責をうくることなし。

かれは労働者——一個の機械職工なりき。
かれは常に熱心に、且つ快活に働き、
暇あれば同志と語り、またよく読書したり。
かれは煙草も酒も用ゐざりき。

かれの真摯にして不屈、且つ思慮深き性格は、
かのジュラの山地のバクウニンが友を忍ばしめたり。
かれは烈しき熱に冒されて病の床に横はりつつ、
なほよく死にいたるまで譫語を口にせざりき。

'今日は五月一日なり、われらの日なり。'
これかれのわれに遺したる最後の言葉なり。
その日の朝、われはかれの病を見舞ひ、
その日の夕、かれは遂に永き眠りに入れり。

ああ、かの広き額と、鉄槌のごとき腕と、
しかして、また、かの生を恐れざりしごとく
死を恐れざりし、常に直視する眼と、
眼つぶれば今も猶わが前にあり。

彼の遺骸は、一個の唯物論者として、
かの栗の木の下に葬られたり。
われら同志の撰びたる墓碑銘は左の如し、
'われには何時にても起つことを得る準備あり。'

1　НАДГРОБНАЯ НАДПИСЬ

Я уважал его всегда,

И я люблю его сейчас еще сильней,

Хотя уже два месяца прошло

С тех пор, как похоронен он

В густой тени каштана

На кладбище далекого предместья.

Да, в самом деле

Уже два долгих месяца прошло

С тех пор, как на собраниях кружка

Его не видно на привычном месте.

Он был не мастер на слова,

Не принимал участья в наших спорах,

Но как его теперь нам не хватает!

Однажды он сказал смущенно:

《Товарищи, меня не осуждайте

За то, что я на диспутах молчу!

Я, право, спорить не умею,

Но я готов всегда

Встать на борьбу с врагом!》

Один товарищ про него сказал:
《В глазах его укор
Трусливым краснобаям!》
Я часто разделял с ним это чувство,
Но справедливого укора
Никто в его глазах уж больше не прочтет!

Он был рабочий,
Простой рабочий заводской.
Работал с увлеченьем, с огоньком.
А выпадет свободная минутка,
Любил потолковать с друзьями по душам
И был охотник книжку почитать.
Он не курил, не пил вина.

В нем, непреклонном, и прямом.
И мыслящем глубоко человеке,
Казалось, затаился дух
Того Бакунина в горах далеких.
В испепеляющем жару болезни
Он ясность мысли сохранил,
Не бредил он до самого конца.

《Сегодня Первомай,
Наш день, наш праздник!》 —

Вот те последние слова,

Которые я слышал от него.

Я утром навестил больного,

А к вечеру уснул он вечным сном.

Его широкий лоб,

Его могучие, как молот, руки,

Его прямой, бесстрашный взгляд,

Ни жизни не боявшийся, ни смерти,

Поныне предо мной, едва глаза закрою.

Он, как безбожник,

Сторонник материализма,

Был похоронен просто под каштаном,

И мы, товарищи его,

Решили на могиле начертать

Такую надпись:

《Я готов всегда

Встать на борьбу с врагом!》

2　Его уважали всегда мы и ныне

Попрежнему любим, хотя он лежит

Два месяца долгих уже под каштаном

На кладбище этом, в предместьи, в глуши.

Действительно, верно: два месяца этих

Не видимся мы на собраниях с ним.

Хоть он не участвовал в спорах, однако

Был в наших собраниях незаменим.
Товарищам так говорил он однажды:
《Молчанье не нужно мое осуждать—
Пускай не умею я спорить, однако
Всегда я готов на сражение встать!》
Про взгляд его глаз было сказано кем-то:
《Он тех укоряет, кто знает лишь спор》.
Я сам—и не раз—испытал это чувство.
Угас этих глаз справедливый укор…
Рабочим он был, был обычный станочник,
Работал с задором всегда, с огоньком;
В свободное время беседовал с другом,
Читал, но не пил, не дымил табаком.
Был искренен, вдумчив—казалось…

…

Лежал он больной, изнуряемый жаром,
Уже умирал он, но все сознавал.
《Сегодня наш день, Первомай!》—умирая,
Сказал он, оставив слова эти мне.
Еще только утром его навестил я,
А к ночи затих он уже в вечном сне.
Сомкну лишь я веки, встают предо мною
Руки его сила и лба его ширь,
Глаза, что смотрели вперед. Их и в смерти.
Как в жизни, ничто не смогло устрашить.
Оставили друга, материалиста,
Мы здесь, под каштаном развесистым, спать.

Решили друзья написать на могиле:
　　《Всегда я готов на сражение встать!》

　原作は９連に分かれているが、１では７連めが２分割されているため全10連となっている。しかし、他の連の切れ目は全て原作通りとなっていることからこれは編集段階でのなんらかのミスではないかと考えられるが、その理由の詳細は不明である。一方、２は全て連の区切りをなくして訳している。
　さて、第１連の訳でまず気付くことは、１では「я」と主語が単数となっているが、２では２連以降をも視野に入れて「мы」と複数になっていることである。
　第２連。１では「привычном месте」と「彼がいつも習慣で座っていた席」に彼を見なくなって、の意味になっている。原作では単に「会合の席に彼を見ずなりてより」としかない。１では意味を補足しているのである。この語を補足した背後には次のような訳者の読解があったと想像される。——その次の行に書かれているように、「彼」は議論家ではない。ゆえに「彼」の存在は眼で確かめるしかない。既に彼が亡くなった現在も以前も「彼」の存在をその声で確かめることは不可能なのであり、彼が座っていた席に視線を向けることで、今、「彼」がいなくなったことを同志は確認することができるのである。——このような詩の読み方が訳者にあった故の選択なのであろう。訳者の読みの深さを知らされる箇所である。また、原作では「なくてかなはぬ一人なりしが。」とあるが、「теперь」（今）を用いることで「彼はいるべきなのに今はいない人となってしまった」という表現をしており、「彼」の評価はかつてから有ったものではなく、「今、彼の偉大さが明らかになった」という表現になっている。
　第３連。原作では「同志よ」と呼びかけているが、１では「товарищи」を用い、親しい同志にお願いをするような口調の表現となっている。２では呼びかけの言葉が省略されていると同時に「не нужно мое осуждать-пускай не

умею」と言う表現を用い、「議論できなくても、我の沈黙を責めるべきではない」と同志に対して自らの正当性を主張する書き方になっている。また、1では「起つことを得る準備あり」の箇所を「с врагом」とわざわざ「敵との」闘争というように「敵」という言葉を付加していて「彼」の内なる闘志を強調する書き方になっている。1では社会の敵には勇敢に立ち向かうが同志に対する謙虚さと融和が前面に押し出され、2では自己のスタンスを守り、同志に対しても毅然とした態度で臨む青年像が浮かび上がってくるのである。ここからも訳者の人物理解の差が明らかになる。

　第4連では原作の「われもまた度度しかく感じたりき。」の箇所が問題を含んでいる。1の4行目では「с ним」とあり、「彼と共にこの感覚を理解した」となる。その場合、「彼」を亡くなった彼と解釈することも可能だし、同志とも解釈することができる。解釈の揺れを生じさせる可能性がある箇所となってしまっている。また、この連末尾の「その眼より正義の叱責をうくることなし。」は原作に於ても2つの解釈が可能になる箇所であり、2では「я」が主語となっていて「われ」が主語であるが、1では「Никто」とあり、「誰も」と主語を不特定なものとして表現している。

　第5連。1では同志と語る箇所に「по душам」（心を開いて）という部分を付加し、彼の人間性をより詳細に描いている。また、「煙草も酒も用いざりき。」の箇所は2では煙草をより口語的に表現しながら、「酒」の種類を表わす言葉自体は省略しているが、1では「вина」と「葡萄酒」の語を用いている。この点については先の短歌の翻訳比較で述べた通り、「彼」が機械職工であることを考えると酒の種類の選択に違和感を感じないわけではないが、1はより原作通りに訳出することを心掛けている事が察せられる。

　第6連には大きな問題が含まれている。原作の2行が2では省略されているのである。これは訳者であるエリョーミンに筆者が直接問うた所、「バクーニン」という無政府主義者の名前が含まれていることから検閲によりこの部分が抹消されてしまったということであった。しかし、1のマールコワの訳

にはこの部分がそのまま生かされている。何故両者に処遇の差異が表れたのか、その経緯についての詳細は不明である。また、1では「Он ясность мысли сохранил」(彼は輝く考えを持ち続けた)と原作に全くない1行を付け加え、彼の覚醒した意識、態度を強調している。2では付加部分はないが、やはり原作の「讒言を口にせざりき。」という否定的表現ではなく「意識を保っていた」という肯定的な表現になっており、「彼」を英雄視する心理が1、2の両者共に働いたと考えられる。

　第7連では彼の死の時間表現が問題になる。原作では「夕」とある。1では「вечеру」とあり、普通は10時頃までを指す言葉である。2では「ночи」とあり、12時過ぎの真夜中を指す語を使っている。原作により近いイメージは1の方である。

　第8連。「鉄鎚のごとき腕と」の部分が1では「鉄のように力が強い腕」とほぼ忠実な訳となっているが、2では「彼の力強い腕」と言うように意味を重視し単純化した表現となっている。

　最終連。1では原作にはない「безбожник」「無神論者」として葬られたという言葉を付加し、更に埋葬の場面に「просто」(質素に)という語を挿入することで、彼の素朴な人柄は死の時も変らなかったことを強調している。しかし、この両者を考え併せると、もう少し別の意味も読みとれそうだ。そしてここから訳者・マールコワの人間性を読み取ることができるのではないか。しかし、この点に付いては後に触れたい。

　以上、マールコワとエリョーミンの啄木詩の翻訳を比較検討してきた。その結果をまとめると次のようになろう。両者共にそれぞれ秀でた翻訳の箇所があるが、マールコワは短歌同様原作を尊重し、啄木の表現にできるだけ沿った訳を心掛けたようだ。ただし、「墓碑銘」にはマールコワなりの解釈に基く付加部分が見られる。より深く啄木の世界を読者に知らせようと意図しての選択であろう、単語レベルではなく、同様の意味を持つ文の挿入が見られるのである。マールコワの「墓碑銘」への思い入れは強く、〈革命の真の英雄、

進歩的な労働者の形象[10]を読み取っている。啄木詩からの感動が従来のマールコワの翻訳の良識を超えさせたのであろうか。いずれにしても同志との協調や世代間の争いなどを踏まえ、革命を目指す青年像をより情熱的、理想的に形象化している。一方、エリョーミンは革命の不可能性や啄木詩の暗示する負の部分をも読み取り、自己の解釈を前面に出していることがわかる。その結果、同じ詩を翻訳しながら訳者の捉え方がかなり顕著な差異を示している。

また、どちらがより詩的かといえば、音韻の点ではやはりエリョーミンの訳の方が優れている。啄木の原作にはない韻律美をロシア人に受け入れられるように工夫して生み出した形跡が顕著に認められるからだ。詩の連の構造が原作通りである、という点で共通していて比較しやすいので「はてしなき議論の後」を例に出すと次のようだ。各行の力点のある母音を記すと、1が o,e,a,e,y,o　и,o,e,и,y,o　ю,e,a,e,y,o　и,o,o,o,y,o,　2 が a,a,a,o,a,o　ы,a,ы,a,a,o　e,и,e,a,a,o　a,a,o,o,a,a となる。

各連における母音の種類数をそれぞれ挙げると1は5、4、4、4、種であるが、2は、2、3、4、3種である。母音の統一の点で2の方が音の美しさがある事は一目瞭然である。また、前述したようにロシア詩は行末の脚韻を重視する。2は第1連の1、3行めにз(c),с 2、4行めの末尾にы で交錯脚韻。第2連も1、3行めの末尾にы、2、4行めにs の音で同じく交錯脚韻。第3連めでは1、3、5行めが ет、また1、3、4、5、6行めの末尾がт である。第4連では1、2行めが мн、3、4行めが ором、5、6行めが、ал の繰り返しとなっている。また、第1、2、3連の各5、6行めの末尾はТとд(т) で押韻していて、音韻美を生み出す為にエリョーミンが相等の努力を払っていたことが判明するのである。音節力点や男性韻、女性韻という観点から見ても、エリョーミンの方が明らかに秀でている。(第1〜3連の行末は全て男、男、男、男、女、男で統一し、4連のみ、女、ダクチル、女、女、男、男となっている。)

マールコワは後に紹介する自著の詩では交錯脚韻や男性韻、女性韻を巧みに取り入れている。しかし、翻訳では自己を無にし、忠実に作品をロシア語に移そうと考えていたのであろう。一方、エリョーミンはロシア詩の方式を取り入れ、ロシア人に親しみやすいことを第１に考えたのであろう。どちらが良いとは一概には言えないが、ここには「翻訳」の持つ根本的な２つの志向性が明らかにされていると言えるだろう。他国の言語文化をできるだけそのまま生かして移入するのか、自国の言語文化に融合させて移入するのか、その志向性の差である。

　最後に、マールコワが「墓碑銘」の中で「безбожник」の語を用いた意味について考えてみたい。

3　マールコワ"безбожник"から読み取れること

　マールコワが「墓碑銘」の最終連で用いた"безбожник"を"СЛОВА РУССКОГО ЯЗЫКА"[02]で調べると、２つの意味があることがわかる。即ち、①無神論者、無信仰者と②古語で、ののしる時に用いる不信心者、良心のない、ろくでもない人間、といった２つの意味である。②には古語という注が付いているが、革命後のロシアの社会体制では信仰のない者を否定する表現は用いることができないゆえに、使うことができなくなり、古語とされた言葉なのだと想像される。しかし、形容詞形の"безбожный"を調べてみると、①無信仰の、反宗教の、と共に②口語として、不誠実な、不徳な、無恥な、という意味がはっきりと掲載されている。口語という最も身近な言葉の中に否定的要素が含まれているのである。それは①の神や宗教を信じない事と結びついた不誠実・不徳・無恥などの否定的要素であることを忘れてはならないだろう。一方、無神論者を表す語はこれだけではない。"АТЕИСТ"がある。この意味は「無神論者」のみである。しかしマールコワはこの語を用いなかった。彼女が用いた"безбожник"には神を信じない者への否定的要素が含まれてい

るのである。輝しく、理想的な革命を目指す者として描いた青年に、マールコワはなぜこのような語を用いたのであろうか。その答えは３つ考えられる。１つは「無神論者」の意味だけを用いて「唯物論者」の意味を強調するため。２つめは青年の革新性は同志以外の人々に理解されず、「ろくでもない」人間として葬られたことを表現するため。３つめは意識的、無意識的に関わらずそこに何らかの訳者のこだわりがあったため、である。筆者は３番めの可能性を考えている。

　ここで、マールコワについて簡単に紹介しておきたい。1907年に生まれ1995年没。ロシアの日本学の創始者とされるコンラッドの門下生で、グルースキナとともに日本文学の翻訳者として知られる。モスクワ国立大学東洋語研究所で日本語日本文学を教えた後、翻訳業に専念した。石川啄木の翻訳以外に1954年『日本詩歌集』（グルースキナとの共訳）、1959年『井原西鶴小説集』（ピヌスと共訳）、1960年『日本の３行詩　発句』、1964年『芭蕉　句集』、1963年『近松門左衛門戯曲集』（イ・リヴォーワと共訳）、1975年『清少納言　枕草子』、1987年『冬の月　日本の３行詩と５行詩』、などがある。子供向けのものとして、1956年『日本おとぎ話集』（ベイコとの共訳）、1962年『かぐわしき物語　竹取物語・落窪物語』、1965年『十夜　日本民話集』、などの翻訳を出版している。

　Т. П. Григорьев [03] によれば、マールコワは後半生、自ら詩を執筆したという。晩年は足が動かず、外に出ることができない生活を送りながら、彼女はかつて自らが体験した世界をその記憶力で伝え、また、詩を書くことで心を静めたと言う。彼女は "Госпожа пустыня"（誰もいない荒野）を始めとして４冊の詩稿ノートを残している。1981年から83年には "Облако"（雲）シリーズを書いていて、そこにはソビエト共産党を霧に例えて暗に批判する詩も含まれている。例えば次のような詩 [04] の１節である。（訳を続けて記す。）

　　На дне тумана тяжело дышать.

Весомость времени почти что зрима,
На плечи давит вековая кладь:
Оливы Галилеи, камни Рима.

Все времена спрессованы к концу,
Меж войнами иголки не продену.
Известно лишь Предвечному Отцу,
Какую он готовит перемену.

Так стало душно, словно в душевой.
В тумане люди не причастны к тайне,
Но чувствуют всей кожей, всей душой,
Трехтысячного года предстоянье...

霧の底で呼吸が苦しい
時間の重さがほとんど見えるほどに
肩の上の歴史全体の重みがのしかかる
「ガリラヤのオリーブ山」や「ローマの石」などの重みが

戦争と戦争の起こる間に針も通らないほど
時間は最後になるほど圧縮して重くのしかかり
神がどのような変化を準備しているのか、
それは神自身しか知らない

シャワー室のシャワーのようにむし暑くなった
霧の中の人々は、秘密を知らない
しかし、3000年の到来を全身全霊で感じている。

そして、抑圧された困難な時代が終結すると、彼女は自由に心を開き詩を書くようになる。1992年、即ち亡くなる3年前には"Луна восходит дважды"（月は二度昇る）という詩集を出版している。この詩集には懺悔、救いとしての良心、改心、人間の智恵、神との一体化の希求や神と生きる喜びなどをテーマにした詩[15]が収録されている。たとえば、次のような一節がある。

О, где вы, творенья людей-богов
И слово, затихшее на половине?

Ты мне принес тогда Благую весть,
Во сне сияя светом голубым,
Чтоб поделиться радостью своей,
Все сопряглось, что было и что есть,
В своем единстве мир стал постижим
И вдруг раскрылся для слепых очей.
　　　　　　　　　　(1982)

И где кончил один, там начал другой.
Так будет во веки веков. Аминь!

神と人の創造と半分に静まってしまった
言葉はどこにあるのか？

あなたが幸福な知らせを届けてくれた時、
夢の中で青い光に輝いていて、
喜びを分かちあうために、
過去も現在も全て結びつき、統一されると

世界は理解可能なものとなり、
そして突然世界は見えない者のために開かれた。
　　　　　　　　　　　　　　　　（1982）

１つの終るところに別のものが始まる
それは永遠であろう、アーメン！

　先の詩の「ガリラヤのオリーブ山」「ローマ」は全てイエス、キリストの信仰や布教と結びついた地であり、「3000年」という語もミレニアム（1000年紀）を意識した語である。そして、次の詩からも神の啓示とそれと共に創作の世界が広がる喜びが語られているし、「アーメン」という祈りの言葉と共に、永遠の世界への憧憬を読み取ることができるだろう。
　このようなマールコワの内面を考え併せると、ストイックなまでに作者の世界に寄り添って翻訳を進めてきた彼女が、啄木の「墓碑銘」の最終連で思わず訳者の個性を覗かせた意味が推測できるだろう。「唯物論者」にわざわざ「無神論者」と言葉を重ねたのは、体制に迎合し、唯物論者の意味を強め賛美するためであったのだろうか。しかし、社会主義時代には抑えられていたが、その後に湧き出すように吐露されたマールコワに潜んでいた信仰、神への憧憬を知る時、こう考えずにはいられない。──「墓碑銘」に描かれた、寡黙ながら社会変革への意志を持つ青年の生き方にマールコワは共鳴しつつ、神の存在否定を表わす「唯物論者」の部分だけは心の底から共感する事はできなかった。意識的か無意識的かは定かではないが、その気持ちが「безбожник」という神を信じないことへの批判の意味も併せ持つ語の選択と付加につながったのではないだろうか。──唯物論者であれば通常は無神論者なのであり、同時にそれは社会主義体制の中では優遇されるべき存在である。それを卑下するニュアンスを含んだ言葉を用いたとすれば、そこは思いもかけずマールコワの人間性が顔を出した箇所と言うことができるだろう。

周知の通り、ロシア正教は1917年のロシア革命後、共産党によって約70年間迫害されてきた。国民に影響力のある教会に脅威を感じ、共産党は「信仰はアヘンである」として神の存在を否定したのである。むろん、ロシア正教は生き残りを賭け、政治的な懸引も試みていたが、信徒に加えられた強制労働、徴兵などの徹底した迫害の歴史を高橋保行は『迫害下のロシア教会』[16]に記している。それによれば、弾圧の中でも教会への葬儀の依頼が続いた事、何キロもの道を歩いて教会に通う人々の存在、そして共産党の中でも政治方針や経済政策に賛成しても、無神論は受け入れない党員もいた、と言う。ペレストロイカ後の急速な教会の復興は、共産党支配の中での沈黙を守りつつ、信仰を持ち続けていた人々の存在を証明するであろう。そして、マールコワもその1人なのではなかったろうか。このような考え方に立てば、挿入された埋葬の場面の「просто」の語も単に「質素、何気なく」の意味ではなく、通常の仏教徒にあるべき墓石がない状態を想定して選択した語と言えるであろう。ロシアで言えば、普通なら墓石の上に掲げられる十字架がない光景、すなわち、あるべきものがない、という訳者の中の欠損感がこの言葉を選ばせたと言えるのではなかろうか。

　翻訳とは決して一つの言語体系からもう一つの言語体系に意味を移し変えるだけのものではないことが以上のことからも判明する。同じ啄木詩歌を翻訳しながらマールコワとエリョーミンとでは形象化された世界の光彩が異っていたように、翻訳者という媒体を通す限り、訳者の思想、経験、文化などが翻訳に影響を及ぼすことは言うまでもないが、その中でも特に、人間の深層、換言すれば、アイディンティティに関わるような部分、例えば、信仰、人間の行動規範としての善悪などは揺るぎないものであり、翻訳作業の途中に於いても消すことのできないものであることが、マールコワの啄木詩翻訳の検討を通して確認されたのではなかろうか。

注

(1) 『日本語の美』(中央公論社、1997年)
(2) R. Jakobson, "On Linguistic Aspects of Translation", in: R. A. Brower (ed), On Translation (Harvard University Press. 1959)〔「翻訳の言語学的側面について」『一般言語学』(みすず書房、1973年)〕
(3) Ch. S. Peirce, Collected Papers (Cambridge Mass: Belknap Press Harvard University Press. 1931〜1935) 5〔『パース著作集2「記号学」』、(勁草書房、1986年)〕
(4) L. Hjelmslev, Prolegomena to a Theory of Language (Madison: University of Wisconsin Press. 1943, 1961, 1963)、〔『言語理論の確立をめぐって』(岩波書店、1985年)〕
(5) Umberto Eco/Siri Nergaard, "Semiotic approaches", in Routledge Encyclopedia of Translation Studies (Routledge, 1998), (1998 Routledge London)〔「翻訳研究への記号論的アプローチ」『エコの翻訳論』、(而立書房、1999年)〕
(6) "ИСИКАВА ТАКУБОКУ ЛИРИКА" перевоб с японского Веры Марковой, Москва 《Детская литература》1981、本稿の引用はこれに依る。
(7) "ИСИКАВА ТАКУБОКУ-ПОЭТ ЯПОНСКОГО НАРОДА"《краткие сообщения Ин-та востоковедения Акад. наук СССР》XIII, Москва, 1955
(8) 「マルコヴァ女史の『石川啄木詩集』について」(『文学』Vol.26、1958年3月)
(9) (8)に同じ
(10) (6)に同じ
(11) ヴェ・マルコヴァ「石川啄木」(『文学』Vol.26、1958年3月)
(12) ГОСУДАРСТВЕННОЕ ИЗДАТЕЛЬСТВО ИНОСТРАННЫХ И НАЦИОНАЛЬНЫХ СЛОВАРЕЙ, МОСКВА, 1957.
(13) Т. М. Григорьева, 'С учителем не расстаются (В. Н. Маркова)', "Россиийкие Востоковеды" Страницы памяти, Издательский Дом "Муравей" Языки стран Азии и Африки, Москва. 1998.
(14) 「ТУМАННЫЙ ДЕНЬ」、(13)に同じ
(15) (13)に同じ
(16) 『迫害下のロシア教会――無神論国家における正教の70年――』高橋保行(教文館、

1996年)

※本論を執筆するにあたり、ケキゼ・タチヤナ氏より御教示と御協力をいただきました。記してお礼申し上げます。

第2章　ロシアに於ける啄木研究

　本書第Ⅰ部第4章「ロシア・クロンシュタットのマカロフ提督像碑文考証」で触れた通り、石川啄木詩の初めてのロシア語訳は、1935年1月、東京の大衆堂から刊行された"НА．ВОСТОКѢ"に掲載された亡命ロシア人М．Р．グリゴーエフによる「マカロフ提督追悼」とされる。しかし、これは日本国内に於てである。ではロシア（ソ連邦）では啄木はいかに紹介され、研究されているのであろうか。

　石川啄木が初めてソ連邦の人々に紹介されたのは1927年のことであろう。詩人であり劇作家でもあった秋田雨雀がＢＯＫＣ（全ソ対外文化連絡協会1925―1958）の招待により訪ソ、「プロレタリア文学の先駆者―石川啄木」という講演を行っているからである。この時既に「石川啄木」という名を聴衆は知っていた、と秋田雨雀は証言している(1)。しかし、この段階ではまだ、一部の日本文学者や日本文学愛好家のみが啄木の作品に触れる機会を持っていたに過ぎなかった。

　それから約30年後の1954年、А．Е．グルースキナとВ．Н．マールコワの翻訳による選集『日本の詩』によって、石川啄木の詩歌は初めてソ連邦の人々に正式に紹介された（2年後の1946年に再刊）(2)。この本の「序文」に於いて、Н．コンラッドは、軍国主義と帝国主義に反対する民主的な詩の創作者として石川啄木を位置づけている。それを示す象徴的な作品として挙げているのが「マカロフ提督追悼の詩」である。また、末尾の「注解」に於いても、平和と民主主義のために戦う社会主義思想家・啄木という位置づけが強調されている。

　翌1955年、В．Н．エリョーミンにより、啄木を論じたソ連で初めての論文が発表された(3)。ソ連科学アカデミーから刊行された東洋学研究所の紀要で

ある。エリョーミンは啄木の文学的道程を追い、社会主義に目覚めていく啄木の姿を描いた。論文中、7首の短歌と「マカロフ提督追悼の詩」「はてしなき議論の後」「墓碑銘」の3篇もロシア語翻訳されている。その中で注目すべきは「マカロフ提督追悼の詩」の位置づけである。エリョーミンは特にそのテーマが他のロマン主義詩人と異なる、と考え、啄木における社会主義思想への傾倒が初めて顕著に表れた詩である、と指摘している。しかし、これは正しいのだろうか。前年の選集『日本の詩』の序文においてもコンラッドが同趣旨の指摘をしていた。しかし、本著第Ⅰ部第3章で述べたとおり、「マカロフ提督追悼の詩」は敵国の英雄を歌いながら、啄木が最も強く訴えていたのは、永遠の生命への憧れと、汚濁にまみれた現世と戦う意志であった。ロシア人を取り上げたという事で社会主義と直結させて考えることは啄木詩の世界を歪めることであり、問題である。ただ、この点は後のB．A．グリーシナの啄木論に於いて指摘され、是正されている。

　また、この年、グルースキナとログーノヴァによる「現代日本の民主主義文学概論」という論文の中で(4)、啄木は「プロレタリア詩の先駆者」と命名されている。

　1957年、この年、マールコワの単独翻訳により『石川啄木―詩』が刊行された(5)。この本の中には『一握の砂』、『悲しき玩具』、詩集「呼子と口笛」を中心に、浪漫主義時代の作品も含めた詩歌が紹介されている。そして、内容の豊かな「あとがき」と「注釈」を付している。マールコワは、浪漫主義から社会主義へ推移していく啄木の道程を忠実に辿り、民主主義者・啄木の姿を浮き彫りにした。それと同時に、『一握の砂』を高く評価しており、これらの歌は「日本の詩歌の傑作」であり、「故郷の美しさを愛する人間の多様で豊かな精神世界を明らかにしている」と述べている。

　マールコワはこの後も啄木詩歌の翻訳集を刊行している（1960年、1966年、1971年）が、1981年の『石川啄木詩』(6)の序文には、興味深い指摘が何箇所かある。例えば、『一握の砂』の冒頭歌「東海の小島の磯の白砂に我泣きぬれて

蟹と戯る」を挙げ、「物語性」を指摘している箇所である。これは啄木の歌の持つ虚構の要素と関連する。啄木の短歌は彼の実人生と大いに結び合っているが、それは相似形であって、そのままを写し取っているわけではない。歌の言葉をそのまま「真実」と見間違え、追究していくことへの警鐘に聞こえる。ただ、マールコワの語る「物語性」とは啄木内部の虚構のみの問題だけにとどまらない。マールコワは啄木の歌から「時代の声」を読み取っている。つまり、「東海の」の歌に流れる孤独と憂鬱、そして、未来への不安は、20世紀初めの青年たちの「時代の声」と共鳴している、と語るのである。マールコワは啄木の短歌を「時代のルポルタージュ」であると言う。「歌」は啄木そのものでなく、啄木だけが作り上げたものでもなく、啄木と彼を取り巻く時代と共に屹立するものである。啄木の場合、その評論に於いては往々にして「時代」が問題にされるが、『一握の砂』冒頭歌に対してはその叙情性が問題とされ、同時代性を指摘する声はこれまでほとんどなかったと思われる。その点、マールコワの指摘は興味深い。

　また、この「東海の」の歌について、その同時代性を含んだ叙情を形象化するイメージについての言及もある。啄木が歌の世界を構築した砂浜の小さな蟹、指の間からさらさらとこぼれてゆく命なき砂、流木、砂丘などは日本の詩歌にとって新しいイメージではなかったか、と指摘している。確かに、そのイメージについては啄木研究史上、繰り返し言及されてきたが、歌壇史の観点からこうしたイメージの系譜の有無について、通史的に俯瞰し、啄木の特異性について述べたものは少ないように思う。マールコワの言及から触発され、今後、検証することの必要性を感じる。

　短歌に関して言えば、ロシア詩と異なり、押韻、特に語末や行末において韻を踏むことが少ないことをふまえた上で、マールコワは啄木短歌の韻律について言及している。啄木短歌の特色は3行書きであるが、1行に書かれていた短歌を3行に分離することでそれぞれが響きあう言葉の世界を構築しえたと指摘する。3行書きに転移させる時は、感情や行動が新たに沸き起こる

時、そして、強調しようとする時と感じているようだ。しかし、マールコワが啄木の3行書きから最も強く感じていたのは「話し言葉」のリズムであった。話し言葉に近い、決して大仰ではない生活のリズムを感じ取っているのである。3行書きのメカニズムについてはさまざまな研究が成されているが、マールコワの示唆する「話し言葉」という観点からのアプローチが今後進められてもよいのではないだろうか。
　また、心理学的な自己分析と類似した創作方法にも注目している。自己に対する飽くなき探究心と自己分析は、詩歌の叙情的主人公の意識に亀裂を生じさせ、また、周囲の世界との間にも深い裂け目を生じさせている、と。その亀裂に引き裂かれる痛みの表出に於いて啄木の詩歌は近代詩歌と成りえたのだと言う。
　このような深い洞察に基くマールコワの序文であるが、マールコワの取り上げる啄木の世界は詩歌が中心であった。この間隙を埋めたのが、В.А.グリーシナの『石川啄木—批評家そして社会批評家—』である(7)。これは博士論文を基に刊行されたものであるが、これまでの啄木に関する研究を単行本の形で刊行したソ連初めての著作となる点で注目に値する。グリーシナの問題意識は、ソ連に於いて石川啄木の研究が翻訳本の序文や注釈のみの状態にとどまり本格的な研究が成されていないことに発する。マールコワの果たした役割については認めながらも、言及されているのが詩歌にとどまっていること。また、「プロレタリア詩人の先駆者」とソ連の日本学者たちに認められながら、それを確かに証明する「評論」についてはこれまで言及されていないことに起因する。この「評論」を取り上げることにより、啄木の社会主義革命への道程を明らかにしようと考えているのである。
　このようなグリーシナの著作の構成は、第1部「石川啄木　批評家そして社会批評家」となっており、第1章は啄木作品の研究史（日本、ロシア）、第2章は「石川啄木の世界観の発展と社会批評の遺産」、第3章が「石川啄木の文芸評論」である。第2部は「石川啄木の文芸評論の翻訳」として、「食ふべき

詩」「時代閉塞の現状」「きれぎれに心に浮かんだ感じと感想」（抜粋）が翻訳されている。この著作の趣旨からすれば、当然第3章、そして第2部に研究史的な価値がある。しかし、第1部、第1章の日本の啄木先行研究を丹念に追っているところにこの論文の確たる基礎があり、その裏づけとなっていることは見逃せない。何よりも、啄木の評論に浮き上がる時代精神が、当時の世相問題を反映しているだけではなく、つまり、歴史的価値だけではなく、筆者・グリーシナと同時代を生きる人々にとっても教訓を持ちえている、と訴えている点は注目に値する。啄木文学の時代を超えた普遍性を指摘しているからである。

　ソ連邦時代、啄木の詩歌はすでに3回ロシア語に翻訳出版され、タタール語、バシキール語、リトアニア語、グルジア語、エストニア語でも出版されているという[8]。マールコワの翻訳の重版は成されているものの、今のところ、グリーシナの後に本格的な啄木論が出現したことを聞かない。だが、ペレストロイカの後、資本主義体制に移行し貧富の格差にあえぐ今のロシアであるからこそ、石川啄木の文学が人々に受け入れられる可能性がある。ロシアの地に啄木研究が花開く日は近いのかもしれない。

注

(1) 「石川啄木案内」（1953年）
(2) "ЯПОНСКАЯ ПОЭИЯ" Государственное издательство Художественной Литературы（1954年）
(3) Ерёмин В.Н. Исикава Такубоку―поэт японского народа―Краткие сообщения Ин-та востоковедения АН СССР. М―Л. 1955.
(4) Глускцна А.Е. Логунова В.В. Очерки современной японской демократической литератур ы М―Л. 1955.
(5) Исикава Такубоку. Стихи. Послесловие В. Марковой. М. 1957.
(6) Исикава Такубоку. Лирика ИЗДАТЕЛЬСТВО ДЕТСКАЯ ЛИТЕРАТУРА. 1981.
(7) Исикава Такубоку. Критик ц публицист. Издательство Московского

унцверситета. 1981年
(8)　(7)に同じ

石川啄木年譜

啄木年譜は『石川啄木全集』第8巻、(筑摩書房、1993年5月)を参考にした。

日本国内情勢及び思想文化は『日本文化総合年表』(岩波書店、1990年3月)を参考にした。

〈ロシア〉政治・経済、社会・文化、日露関係他は、『新版ロシアを知る事典』(平凡社、2004年1月)を参考にした。

西暦(和暦)	石　川　啄　木
1886年**1歳** (明治19年)	2月20日、岩手県南岩手郡日戸村曹洞宗日照山常光寺に生まれる。父石川一禎は同寺22世住職。岩手郡平館村の農民石川与左衛門の五男で、嘉永3年生まれの当時37歳。母カツは南部藩士工藤条作常房の末娘で、一禎の師僧葛原対月の妹、弘化4年生まれの40歳。一禎夫妻にはすでに長女サダ11歳と次女トラ9歳の二女がいて、啄木は長男、一(はじめ)と名づけられた。当時一禎とカツの戸籍は別にあって、啄木は母の籍に入れられ、「戸主工藤カツ長男、私生一、明治19年2月20日出生」として日戸村戸長役場に届けられた。これは曹洞宗僧籍にある者の習慣から、一禎が表面の妻帯を遠慮して妻の入籍をしなかったからで、そのため啄木は父母の戸籍が統一された小学2年の秋まで工藤姓をなのった。

国内情勢	思想・文化	〈ロシア〉政治・経済・社会・文化・日露関係他
		1689年　ピョートル1世（−1725）実権掌握。
		1697年　〈ピョートルの改革〉始まる。
		1702年　日本の漂流民のデンベイ（伝兵衛）がピョートル1世に謁見。
		1703年　ペテルブルグ建設開始。13年遷都。
		1725年　科学アカデミー創設。
		1753年　イルクーツクに日本語学校。
		1762年　エカチェリナ2世即位（−96）。
		1772年　ポーランド分割始まる（−95　ポーランド王国滅亡）。
		1773年　プガチョフの反乱（−75）
		1789年　フランス革命。
		1791年　大黒屋光太夫がエカチェリナ2世に謁見。
		1792年　ロシア使節ラクスマンが根室に来る。
		1804年　ロシア使節レザノフが長崎に来る。
		1806年　ロシア人フボストフらが樺太、千島を襲撃。
		1810年　国家評議会発足。
		1812年　ナポレオンのモスクワ遠征（祖国戦争）。
		1816年　ゴロブニン〈日本幽囚記〉。
		1817年　カフカス戦争（−64）。
		ロシア軍が北カフカスへ進出。
		1825年　ニコライ1世即位（−55）。デカブリストの乱。
		1828年　露土戦争（−29。アドリアノープルの和）。
		1830年　ポーランドで対ロシア反乱（−31）。
		1853年　クリミア戦争（−56。パリ条約）。
		1855年　アレクサンドル2世即位（−81）。
		1855年　プチャーチン来日。日露通好条約締結。
		1859年　ゴンチャロフ〈オブローモフ〉。
		1861年　農奴解放令。大改革始まる。
		1862年　ツルゲーネフ〈父と子〉。
		1863年　ポーランド反乱（−64）。
		1863年　チェルヌイシェフスキー〈何をなすべきか〉。
		1864年　司法改革　ゼムストボ設置。
		1865年　タシケント占領、中央アジア進出。
		1866年　ドフトエフスキー〈罪と罰〉。
		1869年　トルストイ〈戦争と平和〉。
		1872年　〈資本論〉第1巻ロシア語訳。
		1873年　三帝同盟（ロシア、ドイツ、オーストリア）結成〈人民の中へ〉運動。
		1875年　樺太・千島交換条約。
		1876年　〈土地と自由〉派結成（ナロードニキ）
		1877年　露土戦争（−78。ベルリン会議）
		1879年　〈土地と自由〉派分裂し、〈人民の意志〉派はテロリズム路線採択。
		1881年　〈人民の意志〉派、アレクサンドル2世を暗殺。アレクサンドル3世即位（−94）
		1884年　新大学令で大学自治を撤廃（学生運動）。

石川啄木年譜　357

西暦(和暦)	石 川 啄 木
1887年 2歳 (明治20年)	父一禎が北岩手郡渋民村の宝徳寺住職に転出したため、旧3月6日、一家渋民村に転住。
1888年 3歳 (明治21年)	12月20日、妹光子（届名ミツ）生まれる。
1889年 4歳 (明治22年)	
1890年 5歳 (明治23年)	
1891年 6歳 (明治24年)	5月2日、岩手郡渋民尋常小学校へ入学。
1892年 7歳 (明治25年)	9月3日、母が家名を廃して、次女トラ、長男一、三女光子を伴って石川家に入籍。以後啄木は戸籍上「石川一禎養子一」となり、石川姓をなのる。
1893年 (明治26年)	
1894年 (明治27年)	
1895年 10歳 (明治28年)	3月、渋民尋常小学校を卒業。首席の成績であったと伝えられる。 4月2日、盛岡市立高等小学校へ入学。盛岡市仙北町12地割字組町12番の1の母方の伯父工藤常象のもとに寄寓する。
1896年 11歳 (明治29年)	早春、伯父の家を出て、盛岡市新築地2番地に住む従姉海沼ツエの家に寄寓。
1897年 12歳 (明治30年)	3月24日、修業証書授与式。啄木3年に進級。2年修了成績は「学業善、行状善、認定善。」

国内情勢	思想・文化	〈ロシア〉政治・経済・社会・文化・日露関係他
政府の条約改正案反対運動さかん 保安条例公布	『国民之友』創刊 中江兆民『三酔人経綸問答』 二葉亭四迷『浮雲』第1編 徳富蘇峰『新日本之青年』 志賀重昂『南洋時事』	
市制・町村制公布 枢密院設置	『日本人』創刊	
大日本帝国憲法発布		1889年　ゼムスキー・ナチャーリスク制成立。 　　　　（国家による農民支配強化） 　　　　第二インターナショナル。
教育勅語発布 第一議会召集	森鷗外『舞姫』	1890年　ゼムストボ法改正（地方自治制限）。
内村鑑三不敬事件 大津事件	三宅雪嶺『真善美日本人』 陸羯南『近時政論考』 井上哲次郎『直後衍義』	1891年　大飢饉。シベリア鉄道建設開始（－1905）。
久米邦武筆禍事件		1892年　ウィッテ蔵相（－1903）。
軍備拡張建艦費に関する詔勅	内村鑑三『基督教徒の慰め』 北村透谷『内部生命論』 樽井藤吉『大東合邦論』 井上哲次郎『教育と宗教の衝突』	
東学党の乱 日英新条約調印 日清戦争開始	志賀重昂『日本風景論』 徳富蘇峰『大日本膨張論』	1894年　露仏同盟。ニコライ2世即位（－1917）。 　　　　ドイツ、フランスと共に対日三国干渉。
日清講和条約調印 三国干渉	樋口一葉『たけくらべ』 内村鑑三 "How I Became A Christian"	
		1896年　ペテルブルグ綿業労働者ゼネスト。
労働組合期成会結成	『労働世界』創刊	

石川啄木年譜　*359*

西暦(和暦)	石 川 啄 木
1898年**13歳** (明治31年)	3月25日、3年を修了して4年に進級。修了成績は「学業善、行状善、認定善」。 4月18日、岩手県盛岡尋常中学校の入学試験に合格。128名中10番。 4月25日、入学式。丙1年級に編入。
1899年**14歳** (明治32年)	3月30日、修業証書授与式。啄木は2年に進級した。1年修了時の成績は平均80点。行状100点で学年131中25番。 4月1日、校名が岩手県盛岡中学校と改められた。 4月7日、始業式、啄木は丁2年級に編入。この年啄木は、市内新山小路三番戸に住む士族堀合忠操の長女節子(届名セツ)と相知る。
1900年**15歳** (明治33年)	3月30日、修業証書授与式。啄木は3年に進級。2年修了時の成績は平均75点、行状100点で、席次は学年140名中46番。 4月11日、始業式。丁3年級に編入。 5月18日、友人と回覧雑誌『丁二雑誌』発行、翌月第二号を出す。このころから翌年にかけて及川古志郎・金田一京助・野村長一ら上級の指導を受けて文学への関心を深め、『明星』を愛読した。啄木はこの年海沼家を出て、市内帷子小路5番戸の田村姉夫妻の家に寄寓する。
1901年**16歳** (明治34年)	2月下旬、盛岡中学校に生徒による校内印刷のストライキ発生、学校内外を震撼させたが、北条知事の裁定で生徒側の要求貫徹、教員の大異動が発令された。 3月30日、校長多田綱宏休職、教諭下河辺藤麿校長心得を命ぜられる。同日修業証書授与式。啄木は4年に進級。3年修了時の成績は平均70点、学年135名中86番。学業次第に低下。 4月1日、校名が岩手県立盛岡中学校と改められた。 4月10日、授業開始。 4月12日、前福島県会津尋常中学校長山村弥久馬6代目校長に就任。 9月21日、友人と回覧雑誌『爾伎多麻』を創刊、美文「あきの愁ひ」と短歌「秋草」30首を掲載。 12月3日、『岩手日報』に「白羊会詠草(一)夕の歌」を石川翠江の筆名で発表。啄木の作品6首。 以後12月28日にかけて白羊会詠草11首を同紙に掲ぐ。この年堀合節子との恋愛進む。
1902年**17歳** (明治35年)	1月1日、石川翠江の署名で『岩手日報』に「新年雑詠(白羊会詠草)」を発表。啄木の作品は8首。 1月11日、12日、麦羊子の署名で『岩手日報』に蒲原有明の処女詩集を批評した「『草わかば』を評す」発表。 3月11日より19日にかけて「寸舌語」と題する文芸時評を4回『岩手日報』に掲ぐ。署名白蘋生。 3月30日、修業証書授与式。5年に進級。4年修了成績は平均66点、学年119名中82番。啄木は3月の学年末試験に不正行為があり、4月17日付で譴責処分を受けたが、

国内情勢	思想・文化	〈ロシア〉政治・経済・社会・文化・日露関係他
		1898年　ロシア社会民主労働党第1回大会。
	横山源之助『日本之下層社会』 村井知至『社会主義』	
社会主義協会発足 治安警察法公布 軍部大臣現役武官制確立 政友会発足	『明星』創刊 桑木厳翼『哲学概論』	
八幡製鉄所操業開始 田中正造足尾銅山鉱毒事件で直訴	幸徳秋水『廿世紀之怪物帝国主義』 中江兆民『一年有半』『続一年有半』 高山樗牛『美的生活を論ず』	1901年　エスエル（社会革命）党結成。
日英同盟協約調印	宮崎滔天『三十三年之夢』	1902年　レーニン〈何をなすべきか〉。 　　　　ゴーリキー〈どん底〉初演。

石川啄木年譜　*361*

西暦(和暦)	石 川 啄 木
	5年の一学期の試験にも友人の狐脇嘉助と共謀して不正行為を行ない、7月15日の職員会議で2度目の譴責処分を受け、保証人の田村叶が学校に召喚された。一学期の啄木の出欠は出席時数104時間に対し欠席時数207時間に及ぶ。 9月2日、全校に処分が掲示される。 10月27日、啄木は「家事上の都合に依り」を理由に中学校を退学、文学をもって身を立てるという美名のもとに上京した。 11月9日、啄木は新詩社の会合に出席。翌日、与謝野鉄幹・晶子を訪問。爾後大橋図書館に通って文学を読み、イプセンの戯曲『ジョン・ガブリエル・ボルクマン』の訳述を志すが、病気のため目的を達せず下宿に呻吟した。
1903年**18歳** (明治36年)	2月27日父に伴われて帰郷。以後病身を故郷の禅房に養うかたわら、ワグネルの研究に志した。その結果を「ワグネルの思想」と題して5月31日付の『岩手日報』紙上に白蘋の署名で発表。以後6月にかけて7回連載、7月1日、『明星』(卯歳7号)に短歌4首を発表。鉄幹の知遇を受けた。 11月1日、東京新詩社同人となる。 12月1日、『明星』に初めて啄木の雅号で「愁調」と題する5編の長詩を発表。 12月17日と19日、『岩手日報』に「無題録」と題するエッセイを掲げ、啄木の筆名の由来と当時の心境を述べる。
1904年**19歳** (明治37年)	2月3日、堀合節子との婚約なり母同家に結納を持参。 3月3日より19日まで『岩手日報』に「戦雲余録」を寄稿、8回連載。この年『明星』『帝国文学』『時代思潮』『太陽』『白百合』に多くの詩作を発表、明星派の新進詩人として注目される。 10月31日、処女詩集刊行の目的で上京。 11月28日、牛込区砂土原町3－21井田芳太郎方に居を定む。 12月26日、父宗費滞納により曹洞宗宗務院より宝徳寺住職を罷免された。
1905年**20歳** (明治38年)	5月3日、小田島書房より処女詩集『あこがれ』刊行。 6月4日、盛岡に帰り、堀合節子と結婚して宝徳寺を退去した両親や妹と市内帷子小路8番戸に新居を定める。 6月25日、加賀野磧町4番戸に転居。 9月5日、文芸雑誌『小天地』創刊、1号雑誌に終わった。
1906年**21歳** (明治39年)	3月4日、母と妻を伴い渋民村に帰る。同村大字渋民13地割24番地齋藤福の家に間借り生活。 3月23日、父一禎に対する曹洞宗宗務院の懲戒赦免の通知来る。 4月10日、この吉報を得て青森県野辺地常光寺に滞在中の父帰郷。宝徳寺再住を檀家に懇請。このため檀徒間に代務住職中村義寛を推す村民と啄木の父を推す両派が対立。

国内情勢	思想・文化	〈ロシア〉政治・経済・社会・文化・日露関係他	
対露同志会結成平民社結成	『独立評論』・週刊『平民新聞』創刊幸徳秋水『社会主義神髄』片山潜『我社会主義』岡倉天心"The Ideals of the East"	1903年	社会民主労働党第2回大会でボリシェビキとメンシェビキに分裂。
日露戦争勃発	木下尚江『火の柱』与謝野晶子「君死にたまふことなかれ」福田英子『妾の半生涯』田添鉄二『経済進論』安部磯雄『地上之理想国瑞西』	1904年	日露戦争（－05）。チェーホフ〈桜の園〉初演。ロシア芸術・文化のルネサンス本格化（〈銀の時代〉）。
ポーツマス条約調印日比谷騒擾事件	『新紀元』・『光』創刊田岡嶺雲『壺中観』発禁	1905年	血の日曜日事件（1月）。ドゥーマ（国会）設置法発布（8月）。ポーツマス条約（9月）。〈10月詔書〉発布、ウィッテが首相となる（10月）。クロンシタット反乱（11月）。
満鉄設立	島崎藤村『破戒』北一輝『国体論及び純正社会主義』山路愛山『基督教評論』	1906年	国家基本法発布（4月）。第1国会召集（4月）。ストルイピンが首相となる（7月）。

西暦(和暦)	石 川 啄 木
	4月11日、岩手郡渋民尋常高等小学校尋常科代用教員を拝命、14日より勤務。月給8円。 4月21日、沼宮内町で徴兵検査、筋骨薄弱で丙種合格、徴兵免除。 6月10日、農繁休暇を利用して父の宝徳寺復帰運動のため上京。千駄ヶ谷の東京新詩社に滞在。帰郷後創作に志し、小説「雲は天才である」や「面影」を書いた。 12月29日、妻の実家堀合家で長女京子(届名京)誕生。
1907年**22歳** (明治40年)	3月5日、父宝徳寺再住を断念して家出、野辺地常光寺の師僧対月を頼る。 3月20日、学年末に離村して新生活を開かんと決意し、この前後函館の苜宿社の同人松岡蕗堂に渡道を依頼。 4月1日、渋民尋常高等小学校に辞表提出。 4月19日、高等科の生徒を引率、村の南端平田野に赴き、校長排斥のストライキを指示、即興の革命歌を高唱して帰校、万歳を三唱して散会。果然問題紛糾、村内騒擾の末翌20日に校長に転任発令、啄木も4月22日、免職の辞令を受く。 5月4日、一家を離散し妹を連れて渡道。翌5日函館に到着、青柳町45番地の松岡蕗堂の下宿に寄寓、妹は小樽の次姉山本トラ夫妻のもとに赴く。 6月11日、函館区立弥生尋常小学校代用教員拝命、月給12円。 7月7日、妻子来道、青柳町18番地に新居を構え8月4日、母を迎える。 8月18日、『函館日日新聞』の遊軍記者となり、「月曜文壇」「日日歌壇」を起こし、「辻講釈」の題下に評論を掲ぐる。 8月25日、函館の大火、一家は焼失をまぬかれたが学校・新聞社を焼く。 9月11日、大竹校長に辞表提出。 9月14日、函館を去って札幌に入る。友人向井永太郎の世話で北門新報社校正係として赴任のため札幌市北7条西4丁目4番地田中さとの家に下宿。 9月16日、出社。入社早々「北門歌壇」を起こし「秋風記」を掲ぐる。しかしまもなく同社小国善平(露堂)の斡旋で、『小樽日報』の創業に参加。 9月27日、北門新報社を退社して小樽に赴任、花園町14番地西沢方の2階に寄寓、『小樽日報』の記者として活躍。 11月6日、花園町畑14番地の借家に転居。 12月12日、社の内紛に関連して小林事務長と争論、暴力をふるわれて退社を決意。 12月21日、退社広告を掲ぐ。
1908年**23歳** (明治41年)	1月13日、『小樽日報』の編集長沢田信太郎(天峰)の斡旋と白石義郎社長の厚意により『釧路新聞』に入社決定。19日、単身赴任、21日、釧路着。翌22日より出社した。編集長格の待遇で月給25円。 1月23日、市内崎町1丁目32番地下宿屋関方に止宿。入社後「釧路詞壇」を設けて詩歌の投稿を募集。みずからも大木頭の匿名で政治評論「雲間寸観」を執筆。 2月9日より「紅筆だより」と題する花柳界の艶種記事を連載。この前後芸者小奴との交情深まる。

国内情勢	思想・文化	〈ロシア〉政治・経済・社会・文化・日露関係他
	『世界婦人』日刊・『平民新聞』創刊 幸徳秋水『余が思想の変化』 田山花袋『蒲団』	1907年　国家選挙法改正（6月）。 　　　　第1次日露協約（7月）。 　　　　英露協商（8月＝イギリス、フランス、ロシア間に三国協商体制成立）。
赤旗事件 戊申詔書発布	田添鉄二『近世社会主義史』	

石川啄木年譜　365

西暦(和暦)	石　川　啄　木
	3月28日、創作生活に入るべく上京を決意し、4月5日、釧路を去り函館に向う。友人宮崎大四郎（郁雨）の厚意で上京が決定、家族を小樽より函館に移し4月24日、海路上京。 4月28日、千駄ヶ谷の新詩社に入り鉄幹と再会。 5月4日、金田一京助の厚意で本郷区菊坂町82番地赤心館に寓し、念願の創作生活に入る。上京後1ヶ月余に「菊池君」「病院の窓」「母」「天鵞絨」「二筋の血」など5つの作品300枚余を執筆、その売込みに奔走するも失敗。収入の道なく、著しく苦境に立つ。6月中旬、創作生活の失敗を自覚、苦悩を短歌にまぎらす。この前後、森鷗外の知遇を得て観潮楼歌会に出席。 9月6日、生活の困窮を金田一京助に救われ、この日、本郷森川町1番地新坂359、蓋平館別荘に移る。 11月1日、『東京毎日新聞』に小説「鳥影」の連載を始める（60回）。 11月5日、『明星』第100号にて終刊。
1909年**24歳** (明治42年)	1月1日、『スバル』創刊号に小説「赤痢」を発表、啄木は発行名義人。この月第2号を編集、誌上で平野万里と短歌論争。 2月1日、『スバル』第2号に自伝小説「足跡」を発表。 2月24日、同郷の東京朝日新聞編集長佐藤真一（北江）の厚意で同社に入社決定、校正係で月給25円。 3月1日より出社。 4月3日より6月16日にかけ、いわゆるローマ字日記を書く。 6月16日、家族を迎えて本郷区弓町2丁目18番地の新井こう方の2階に間借り。 10月1日、『スバル』10号に小説「葉書」を発表。 10月2日、上京後のゆきづまった生活と病苦にたえかねて妻節子長女を連れて家出。金田一京助と恩師新渡戸仙岳の尽力で10月26日、妻子帰宅。この事件は啄木に精神的な打撃を与えた。 11月30日より『東京毎日新聞』に評論「食ふべき詩」を連載（7回）。 12月1日、『スバル』12号に「きれぎれに心に浮んだ感じと回想」を発表。 12月19日、『東京毎日新聞』に評論「文学と政治」を連載（2回）。 12月20日、父一禎上京。この月「夏の街の恐怖」「事ありげな春の夕暮」などを発表した。
1910年**25歳** (明治43年)	1月1日、『スバル』に評論「一年間の回顧」と「巻煙草」を発表。 4月11日、歌集『仕事の後』編集終わる。この月『新小説』に小説「道」を発表。 5月より6月にかけて小説「我等の一団と彼」を執筆した。 6月5日、諸新聞幸徳秋水ら無政府主義者の「大逆事件」を報道、衝撃を受ける。 8月下旬、評論「時代閉塞の現状」を執筆。 9月15日より『東京朝日新聞』紙上に「朝日歌壇」が設けられ選者となる。 10月4日、長男真一誕生。この日東雲堂書店と処女歌集出版の契約成立、20円の稿

国内情勢	思想・文化	〈ロシア〉政治・経済・社会・文化・日露関係他
日韓新協約締結	『スバル』創刊 田岡嶺雲『明治叛臣伝』	
大逆事件 韓国併合	『白樺』創刊 柳田国男『遠野物語』	

西暦(和暦)	石 川 啄 木
	料を得る。 10月27日、長男死去、29日、浅草区永住町了源寺で葬儀執行、法名法夢禅孩子。 11月1日『創作』に歌論「一利己主義者と友人との対話」を発表。 12月1日、処女歌集『一握の砂』発行。第一線歌人としての地位を確立した。
1911年**26歳** (明治44年)	1月3日、友人の平出修弁護士を訪問、幸徳ら26名の特別裁判に関する内容を聞き、幸徳秋水が獄中より担当弁護士に送った陳弁書を借用、4日から5日にかけて筆写する。 1月13日、土岐善麿(哀果)と雑誌『樹木と果実』の創刊を協議。 1月23日、自宅において大逆事件関係記録を整理、翌24日、「日本無政府主義者陰謀事件経過及び付帯現象」をまとめる。 2月4日、慢性腹膜炎のため大学病院青山内科に入院。このため『樹木と果実』は発行延期。 3月15日、退院、爾後自宅療養。この間雑誌の計画が進んだが印刷所の倒産のため雑誌発行が難航、4月18日、発行断念のやむなきにいたる。このころ病状は肺結核に移行し漸次衰弱。 5月5日、「ヴ・ナロードシリーズ」を執筆、大逆事件の真相を世に伝えようとする。 6月3日、妻節子と盛岡の実家への帰省めぐってトラブルとなる。この月堀合家と義絶。 6月15日から17日にかけて「はてしなき議論の後」9編の長詩を作る。このうち1、8、9を除く6編を翌月の『層雲』に発表。 6月25日、「家」、27日「飛行機」の詩を作り、第2詩集『呼子と口笛』を計画。 7月、高熱を発し病床に呻吟、妻も健康を害し28日、診断の結果肺尖カタルと判明。 8月7日、宮崎郁雨の援助で小石川区久堅町74番地へ転居。 8月21日、『詩歌』へ「猫を飼はば」17首を送る。生前活字となった最後の歌作。月末病状小康。 9月3日、一家の窮状と感情の不和募って父再び家出。この月妻節子のトラブルが原因で親友であり義弟である宮崎郁雨と義絶。
1912年**27歳** (明治45年 大正元年)	1月中旬、母喀血、診察の結果肺失の罹患なること判明。 3月7日、母の病勢にわかに悪化し死去。浅草松清町の等光寺に納骨、享年66歳。法名恵光妙雲大姉。 4月5日ごろ北海道室蘭の女婿山本千三郎方にありし父一禎、わが子重態の急電に上京。 4月9日、土岐哀果の奔走で東雲堂書店と第二歌集の出版を契約、20円の稿料を受く。 4月13日、早朝危篤に陥り、午前9時30分父・妻・若山牧水にみとられながら永眠。法名啄木居士。 4月15日、浅草松清町の等光寺にて葬儀執行。会葬者約50名。翌年3月、遺骨を遺

国内情勢	思想・文化	〈ロシア〉政治・経済・社会・文化・日露関係他
幸徳ら12名処刑 南北朝正閏問題 工場法発布 青鞜社結成 東京市電ストライキ	西田幾太郎『善の研究』 徳富蘆花『謀叛論』	1911年　ストルイピン暗殺さる。
明治天皇没 乃木大将夫妻殉死 友愛会発足 憲政擁護運動おこる	『近代思想』創刊 森鷗外『興津弥五右衛門の遺書』 上杉・美濃部憲法論争	1912年　バルカン戦争

西暦(和暦)	石 川 啄 木
	族の住む函館に移し、立待岬に一族の墓地を定めて葬る（現在の墓碑は宮崎郁雨ら有志の手により大正15年8月1日建立）。 6月14日、次女房江誕生。 6月20日、第二歌集『悲しき玩具』を東雲堂書店より出版。書名は土岐哀果の命名による。 9月4日、妻節子は二人の遺児を連れて函館の実家に帰り、市内青柳町32番地に借家生活をはじめた。
1913年 （大正2年）	5月5日、午前6時40分、妻節子が肺結核のため死去。

国内情勢	思想・文化	〈ロシア〉政治・経済・社会・文化・日露関係他
	三浦銕太郎『大日本主義乎小日本主義乎』	1913年　バルカン戦争。
		1914年　総動員令（7月）　タンネンベルグの敗戦。ペテルブルグをペトログラードと改称　第1次世界大戦勃発。
		1915年　ロシア軍の大退却、政治危機。
		1916年　中央アジアで民族反乱始まる（7月）。首都で労働者反戦スト（10月）。ラスプーチン殺害さる（12月）。
		1917年　2月　二月革命　10月　十月革命。臨時政府打倒、第2回全ロシア労兵ソビエト大会-〈平和に関する布告〉〈土地に関する布告〉。レーニン首班の人民委員会議が成立。11月　〈ロシア諸民族の権利宣言〉。
		1922年　4月　スターリンが書記長に就任。12月　第1回全連邦ソビエト大会-ソビエト連邦樹立宣言。

石川啄木年譜　*371*

あとがき

　学部、大学院修士課程時代は萩原朔太郎を研究していた私であったが、母校である日本大学で非常勤講師として教える立場を与えていただいた頃、大学時代、近代文学の授業を受講させていただいた亡き岩城之徳先生の勧めで国際啄木学会に入会した。

　「石川啄木」については、学生時代、大教室で岩城先生の講義を受けたことがあったが、当時は岩城先生の独特な名講義ぶりが印象深く、楽しく授業を受けたこと、伝記研究の重要性を脳裏に刻みこまれたことだけが残っていて、正直言って研究の対象にしよう、などという気はさらさらなかった。多分、あまりに偉大な啄木研究者が近くに存在していたことへの反動と、腰の重いものぐさな私には岩城先生のような伝記研究はとても無理、私には合わない、と思っていたからであろう。

　しかし、国際啄木学会に参加し、啄木を学ぶ機会が増えると、先学の緻密な調査と鋭い分析に感嘆しながらも、多少なりとも「私はこう考える」という部分が出てきた。だが、なにぶん浅学の身で、国民的に愛されてきた啄木の文学を捉え直し、全く新しい啄木像を打ち立てることは力不足でとてもできなかった。ただ、先学の研究成果に助けを借りながら、「私はこう考える」ということを少しずつ書き溜め、活字にして発表したものの内、「石川啄木とロシア」という観点からまとめたのが本著である。

　私の「ロシア」との関わりは、本書の第Ⅰ部第3章に掲載したロシア・クロンシュタットのマカロフ提督像の碑文調査から始まった。本文にも書いた通り、マカロフ像に刻まれた碑文を確認するために、私は94年11月末、たった一人で極寒の軍港の島・クロンシュタットに渡ったのである。ペレストロイカ間もない頃であり、島に渡るためにはまだ事前の許可が必要であった。

島へ続く軍用道路の検問所で銃を構えた憲兵に許可証を見せている間の心細さと、一面に凍ったバルト海に低く鈍く光る北の夕日の侘しさは今でも忘れられない。そして、碑文を確認し、これは啄木の詩ではないと直感した私は、翌年3月末、再度訪露し、サンクトペテルブルグの図書館や古文書館などに籠り、古い新聞や資料を探した。そこで啄木詩と主張する人々の根拠を一つずつ切り崩していったのだが、決定的だったのは碑文の詩が1904年4月7日の新聞に掲載されていることを探し出したことだった。詩はマカロフが亡くなってすぐにロシア人によって書かれたものだったのである。啄木が詩を発表したのは同年6月13日。あのニュースは誤報であり、啄木の詩ではないことが明らかになった。啄木研究者としては残念であったが、虚偽を事実として後世に残すことはできない。私はこの調査結果を国際啄木学会で報告し、ロシアの新聞「クロンシュタッツキィ・ヴェースニック」にも取り上げられた。

　この調査を機に、私のロシアへの関心が芽生えたのである。その後、啄木研究も自然とロシアとの関わりから考えるようになった。吉田孤羊氏に『啄木とロシア』という名著があるのはもちろん知っていたが、今回本著をまとめることになった時、私の研究足跡を表すために、どうしても「啄木」と「ロシア」という言葉をタイトルに入れたかった。よく似たタイトルで紛らわしいと感じられる方もいらっしゃるだろうがお許しいただきたい。

　また、本著では、啄木のロシア受容の全てを網羅的に論じているわけではない。啄木が上京した明治41年以降を主にしている。また、ロシアとは直接関わりがない論も全体の流れを考え収録している。尚、先行研究が進んでいる大逆事件以降の啄木の思想に影響を及ぼしたクロポトキン等の社会主義思想の部分は逆に詳しく論じていない。思想家・啄木ではなく詩人(または歌人)・啄木の解明の方に私の興味と関心はあったので。だから、啄木とロシアに関する様々なトピックスのうち、今回取り上げたものはほんの一部に過ぎない。したがって、『石川啄木とロシア』と銘打ちながら、かなり恣意的な論の集ま

373

り、という印象が否めないかもしれない。道半ばの感が強いが、今まで手薄だった啄木のロシア受容研究のための一つの踏み石と考えて、まだまだ未熟ではあるがあえて本著を刊行することにした。資本主義社会へ移行したとはいえ、今のロシアは日本人にとってまだまだ近くて遠い国なのであろう。だが、現代の我々の想像を遥かに超えて、啄木が生きた時代はロシアの文学、思想を深く受容していたのである。その一端を、本著によって少しでも明らかにすることができれば、と考えている。

　付け加えれば、啄木のロシア受容研究、といっても、本著をまとめるにあたって、私が意図したのは、啄木の作品を読み解くために、啄木の生きた時代の日本とロシアの状況を、作品の背景として浮かび上がらせたいということであった。受容の仕方は主体の置かれた状況によって変わってくるものであろう。まず、時代閉塞の状況に悩む啄木が生きた日本の現実を再度検証するべきだと考えたし、啄木が遠く仰ぎ見たロシア、そのロシアの状況も知るべきだと考えたからである。そして、ロシア文学の受容にしても、啄木個人の問題で終るのではなく、その時代の受け止め方を明らかにし、その上で啄木固有のものをつかみたかった。企みはそうだったが、前提の調査作業に労力を使ってしまい、時間不足で果たして啄木のロシア受容と有機的に結びつけることに成功したと言えるのか、はなはだ心もとない。みなさまのご教示をいただければ幸いである。しかし、今回の作業を通して自分なりにこれから更に追ってゆきたい点が見えてきたことは収穫であった。

　2005年は日露国交樹立150周年、日露戦争終結100周年であった。私の勤務する日本大学国際関係学部のある三島市は、日露通商条約が締結された下田、そして条約締結を求めてやって来たプチャーチンの乗ったディアナ号が津波によって大破し、村人たちと友情を深めながら代替船を建造した戸田にそう遠くはない。いわば日露交流の原点とも言うべき土地に近い場所にある。日本とロシアにとって記念すべき年に、「石川啄木とロシア」という観点から拙論をまとめることができたことはとても幸せなことであった。今回の出版に

あたっては日本大学出版助成金をいただいている。このような機会を与えてくださった日本大学、そして、研究と教育の場を与えてくれている日本大学国際関係学部、ご教示とご助言をいただいた太田登先生、関礼子先生、編集で本当にお世話になった翰林書房の今井肇・静江ご夫妻、入力を手伝ってくれた守本比呂美さんに心から感謝致します。そしていつも励ましてくれた夫・眞之にも、ありがとう。

　　　　　2006年1月23日

　　　　　　　　　　　　　　　　　　　　　　　　　安元隆子

初　出　一　覧

初出通りのものもあるが、ほとんど手を加え、書き換えている。

1　「日露戦争前後の日本とロシア」（書き下ろし）
2　「啄木の日露戦争」（書き下ろし）
3　「石川啄木『マカロフ提督追悼の詩』論
　　　　　　　　　　　　（『日本大学短期大学部（三島）研究年報』第8集、1996年2月）
4　「ロシア・クロンシュタットのマカロフ提督像の国際的視点からの碑文考証―
　　石川啄木詩ロシア語訳詩説をめぐって―」
　　　　　　　　　　　（『国際関係研究』国際文化編、第16巻2号、1995年12月）
5　「トルストイ『日露非戦論』は如何に伝えられたか」
　　　　　　　　　　　（鈴木貞美編『雑誌『太陽』と国民文化の形成』所収、2001年）
　　「啄木とトルストイ『日露戦争論』」については
　　　　　　　　　（2005年度第1回国際啄木学会静岡支部研究会にて発表、書き下ろし）
6　「『ソニヤ』の歌私論」
　　　　　　　　　　　　（井上謙編『近代文学の多様性』所収、翰林書房、1998年）
7　「啄木と社会主義女性論」
　　　　　　　　　　　（2000年度国際啄木学会茨城大会にて研究発表、書き下ろし）
8　「『ATARASHIKI MIYAKO NO KISO』論」
　　　　　　　　　　　（『日本大学短期大学部（三島）研究年報』第12集、1999年2月）
9　「ツルゲーネフ"On the eve"と啄木」（書き下ろし）
10　「石川啄木の『永遠の生命』」
　　　　　　　　　　　　（『国際日本文化研究センター紀要』第23集、2001年3月）
11　「『呼子と口笛』論」　　　　（小久保崇明編『国文学論考』所収、2000年）

12 「石川啄木『呼子と口笛』自筆絵考」
　　　　　　　　　　　(『日本大学短期大学部（三島）研究年報』第9集、1997年2月)
13 「ゴーリキーと啄木」
　　　　　　　　　(2005年度8月国際啄木学会東京支部会にて研究発表、書き下ろし)
14 啄木と樺太　　(2005年度第2回国際啄木学会静岡支部研究会にて発表、書き下ろし)
15 「石川啄木詩歌のロシア語翻訳考― В.Н.Маркова と В.Н.Ерёмин の翻訳比較を通して―」　　　　　(『国際関係研究』国際文化編、第20巻2号、1999年12月)
16 「ロシアに於ける啄木研究」（書き下ろし）

索引

【あ】

『あいぬの文学』 309
Out casts 268, 269, 270
Outcast and other Stories 270
赤塚行雄 110
「赤墨汁」 269, 280
アガリョーク 17
「秋風記」 170
秋田雨雀 323, 348
『あこがれ』
　30, 45, 46, 47, 51, 185, 186, 189, 193, 196, 201, 204, 205, 272, 316
「あたらしきインクの匂ひ～」 215
「新しき都の基礎」
　150, 157, 161, 163, 166, 167, 168, 290
アナペスト 323
姉崎嘲風
　185, 186, 187, 188, 189, 191, 192, 193, 194, 195, 196, 198, 200, 210, 272
「姉崎嘲風に与ふる書」 198
「あひびき」 170
アブラハム・カーヘン 259
安部磯雄 88, 146
荒川紘 240
荒畑寒村 119, 129, 132
荒俣宏 240
有島武郎 135
アリマタヤのヨセフ 244
「A LETTER FROM PRISON」 107
アレクサンドル2世 15, 16, 113, 114, 176
アレクサンドル3世 16
安重根 33, 49
安藤重雄 151
アンフィブラフィー 322, 323

【い】

イ・リヴォーワ 341
イヴァン・ブロッホ 90
「家」 212, 222, 223, 225, 229, 236, 249
イエス・キリスト 241, 244, 246, 247, 248, 249
イェルムスレウ 316
石川一禎 166, 204, 256
石川三四郎 142
『石川啄木－詩』 349
『石川啄木－批評家そして社会批評家－』 351
『一握の砂』 206, 207, 306
『一握の砂』
　208, 209, 218, 219, 231, 238, 247, 316, 349, 350
『一革命家の思い出』
　113, 114, 115, 117, 118, 119, 120, 123, 125, 127, 225, 290
一元二面観 298
市野川容孝 93
「一利己主義者と友人との対話」 206, 207, 209
伊東圭一郎 187, 197
伊藤博文 33
伊藤淑人 189, 205
井上哲次郎 95
『井原西鶴小説集』 341
イプセン 251
「いま、夢に閑古鳥を聞けり。～」 233
今井泰子
　31, 33, 39, 107, 122, 191, 204, 215, 218, 226, 231, 237, 290
岩城之徳 32, 33, 38, 39, 51, 131, 226, 281
岩崎正 268
岩手日報 36, 45, 51, 188, 194, 264, 265, 275
岩野泡鳴 179, 207, 307, 308
「所謂今度の事」 181

【う】

ヴィルムヘルム二世 93
上野千鶴子 134
ヴェレシュチャギン 90
魚住折蘆 147
「歌のいろいろ」 206, 209, 220
内田魯庵 98
内村鑑三 10, 84
「雲間寸観」 24

378　索引

【え】

永遠の生命
 185, 186, 187, 191, 193, 196, 198, 199, 200, 201, 203, 204, 206, 208, 209, 210
A.E. グルースキナ   341, 348, 349
H. コンラッド   341, 348, 349
H.G.WELLS   150, 151, 155, 160, 168
エドワード・ショーター   133
海老名弾正   85, 104
エマーソン   251
M.P. グリゴーエフ   348, 54
エメリン・パンクハースト   123
遠藤友四郎   142

【お】

及川徹   131
黄禍論   93, 94, 95, 96, 97, 99
鴎水   258
大石正巳   14, 24
大阪朝日   82
大阪平民新聞   290
大阪毎日   82
大沢博   229
大塚楠緒子   257
大塚保治   90, 91
Orloff and his Wife   265
小山内薫   84
小沢恒一   265
小樽日報   275
小樽日報社   301
『思ひ出』
 212, 214, 215, 216, 217, 218, 219, 220, 221, 222, 228, 229, 233, 238, 249
オルローフ中佐   53, 62, 63
Orloff and his Wife   269, 270
『オルロフ夫婦』   253, 270, 288, 289
On the eve   137, 171, 172, 173

【か】

カーペンター   141
カール・マルクス   253
『懐往事談』   120
「海事選集」   56
『海戦術論』   56
『科学小説　空中戦争』   158

科学世界   154, 155, 157, 158
学燈   86
『革命綺談神啾鬼動哭』   119
『かぐわしき物語　竹取物語・落窪物語』   341
『かつて人間たりし者』   262, 270, 276, 288
加藤直士   80
『悲しき玩具』   113, 114, 247, 316, 317, 349
加能作次郎   261, 263, 270, 282
「彼女の恋人」   257
ガポン僧正   26
樺太   297, 298, 300, 302, 303, 307, 308, 309, 310
「樺太と露人」   301
「樺太に入りて～」   302
「枯林」   204
カルパッチオ   240, 242
川上眉山   278
川戸道昭   257
川那部保明   226
「閑古鳥」   46, 191, 192, 198, 203, 234, 272
閑天地   265
菅野覚明   34
菅野スガ   108, 114, 119, 121

【き】

キウイ   67, 69
「菊池君」   171, 278
義戦論   23
『貴族の巣』   173, 175, 177
北原白秋   212, 214, 228, 249
北村透谷   135
木賃宿（Dust House）   282
「啄木鳥」   40, 194, 233
木下尚江   142
木原直彦   310
木股知史   207
木村毅   110
京子   113, 115, 116, 117, 120, 130, 131, 164
「清見潟の除夜」   191
虚無主義   252
『基督抹殺論』   229, 248
「きれぎれに心に浮かんだ感じと感想」   352
『近世無政府主義』   119, 120, 129, 131
金田一京助   167, 171, 309

【く】

「偶感二首」	46, 190, 191, 234
『空中戦争』	150, 151, 160, 161, 167, 168
「久遠の女性」	195
グザーノフ	53, 60
釧路新聞	24, 122, 123, 179, 305
「口笛」	238
久津見蕨村	290
国木田独歩	13, 135, 170, 278
「食ふべき詩」	233, 351
クプリーン	17
「雲は天才である」	280, 281
「暗い穴の中へ」	269
栗島狭衣	32
クリミア戦争	15, 19
黒岩涙香（周六）	10, 11
クロポトキン	113, 114, 115, 118, 120, 124, 127, 225, 290
クロンシュタッツキィ・ヴェースニック	64, 67, 71
クロンシュタット	32, 41, 51, 54, 55, 62, 63, 70
桑原武夫	168, 227
軍事費増大	14, 26

【け】

「刑余の叔父」	171
ゲーテ	251
「激論」	121, 224, 225, 229
煙山専太郎	119, 120, 129, 131
「現代日本の民主主義文学概論」	349

【こ】

コヴァレフスカヤ姉妹	127
交錯脚韻	322, 339
皇帝ニコライ二世	32
幸徳秋水	10, 28, 80, 108, 142, 229, 247, 290
ゴーリキー（ゴルキィ、Gorky）	27, 251, 253, 254, 256, 257, 258, 259, 260, 261, 262, 263, 264, 265, 266, 267, 268, 269, 271, 272, 274, 275, 276, 277, 279, 280, 282, 284, 287, 289, 291
「ゴーリキー雑感」	260
国民新聞	29, 82, 107, 270
「ココアのひと匙」	229
「五歳になる子に、何故ともなく、〜」	113
「古酒新酒」	275
「事ありげな春の夕暮」	123
小林茂雄	264, 265
小松緑	96
「ゴルキイの『木賃宿』」	282
「『ゴルキイ』を読みて」	264, 275
ゴルゴダの丘	245
コロンブス	241
ゴンチャロフ	261
近藤典彦	107, 131, 151, 155, 158, 215, 216, 217, 226, 228, 229
コンラート・ゲスナー	240

【さ】

THE WAR IN THE AIR	155, 160
斎藤三郎	151
斉藤信策	84
斉藤哲郎（大硯）	301, 302
堺利彦（枯川）	10, 80, 141, 142, 143, 144, 290
榊原貴教	257
佐々城信子	135
佐藤衣川	179
サハリン	298, 299
サフラジェット	123
サンクトペテルブルグ条約	298, 299
三国干渉	9, 20, 93

【し】

詩歌	247
シェイクスピア	196
シェリング	187
シェルブト	57
シェレー	251
志賀重昂	36, 300, 302
『色情衛生哲学』	142
自己発展	205
時事新報	82
「沈める鐘」	185
自然主義思想	145
紫草	264
時代思潮	80, 86, 87, 104, 108, 185, 190, 192, 198, 201, 203
「時代閉塞の現状」	108, 109, 181, 279, 352
自他融合	205

「死と永世」	198
篠原温亭	270
『資本論』	218
島崎藤村	170
『社会主義と婦人』	143
『邪宗門』	215, 218
JAAKOFF PRELOOKER	115, 127
「秋草一束」	241, 247
主戦論	10, 82
主婦之友	310
『小市民』	277
『将に来らんとする空中戦争』	
	151, 154, 155, 157, 158
「少年の口笛の気がるさよ、〜」	238
ショウペンハウエル	187, 188, 191, 205
書斎の午後	229
女性韻	323, 339
シラー	196
新詩社	218
「新時代の婦人」	122
新小説	257
「新声二首」	201
新日本	216
新仏教	85, 86
「人民の意志」派	16
『新訳聖書』	241, 243
新理想主義	168

【す】

杉田城南	151, 154, 155, 158
杉村楚人冠	80
鈴木貞美	185
「ステハン、オシポウイッチ、マカロフ」	
	38, 41, 43
「砂山の砂に腹這ひ〜」	218
スバル	208
スピノザ	241
Three of them（『三人』）	
267, 268, 269, 270, 275, 276, 277, 279, 280, 286, 287	

【せ】

聖ゲオルギウス	239, 240, 243
聖書	191, 242, 243, 245
清少納言　枕草子	341

聖書之研究	84
青鞜	126
「青銅の騎士」	61
『性の歴史』	137
「聖ミカエルとドラゴン」	242
生命主義	185
『世界の大禍乱空中戦争』	154, 157, 158
瀬川深	207
「赤痢」	179
「性急な思想」	25
積極的自然主義	163, 168
節子	
135, 136, 138, 144, 145, 164, 166, 178, 212, 217	
「雪中行」	170
ゼムストヴォ	19, 20
『戦雲余録』	23, 45, 194
戦艦ポチョムキン	96
戦後経済恐慌	14
『戦術論』	32
セント・ジョージ	239

【そ】

ソアッソン伯	258
層雲	113, 115, 215, 216
創作	
206, 209, 212, 217, 219, 220, 222, 225, 226, 232	
相馬御風	170, 171, 260, 261
相馬庸郎	168
『ソーニャ・コヴァレフスカヤ　自伝と追想』	
	126
「底」	285
ソニヤ	
113, 114, 115, 117, 120, 121, 124, 125, 128, 129, 130, 131	
『その前夜』	
171, 173, 175, 176, 177, 178, 179, 180, 181	
ソフィア・コヴァレフスカヤ	
	124, 125, 127, 128, 130
ソフィア・コワレフスキイ	113
ソフィア・チェモダノフ	128, 130
ソフィア・バルディナ	129, 130
ソフィア・ペロフスカヤ	
113, 114, 115, 117, 118, 119, 120, 129, 130	
ソフィア・ペロフスカヤ・コワレフスキイ 113	

381

【た】
大逆事件
　28, 101, 107, 108, 119, 121, 181, 212, 249, 279, 290
第7回万国社会党大会　290
第2次「土地と自由」　16
タイムス紙　89, 90
『大役小志』　36
太陽
　30, 37, 69, 89, 90, 91, 92, 93, 94, 95, 97, 98, 99, 185, 186, 191, 192, 193, 195, 196, 198, 199, 204, 254, 256, 262
『太陽の児』　277
高杉一郎　118
高田梨雨　151
「鷹の歌」　264, 269, 270, 272, 274, 275
高橋保行　345
高山樗牛
　108, 185, 186, 187, 188, 191, 195, 196, 198, 205, 210, 241, 274
高山樗牛と日蓮上人　198
ダクチル　323, 339
啄木一族の墓　297
「戦へ、大いに戦へ」　192, 193
立待岬　297
田山花袋　166, 170, 179
「断章」　214, 217
男性韻　323, 339
『耽溺』　308

【ち】
チェーホフ　132, 252, 253, 261, 263, 284
『チェルカッシュ』　258, 264, 275
『近松門左衛門戯曲集』　341
『父と子』　173, 174, 252
「血の日曜日」事件　12, 20, 96
中央公論　86, 309
直言　88

【つ】
土屋好古　18, 19
『罪と罰』　113, 129
ツルゲーネフ
　137, 170, 171, 172, 173, 174, 175, 176, 177, 180, 181, 251, 252, 261, 268

【て】
帝国文学　82, 83, 84, 85, 99, 259
デロン博士　258
天才主義　298

【と】
「東海の小島の磯の白砂に〜」　349, 350
東京朝日新聞　32, 80, 104, 170, 206, 209
トルストイ　205
ドストエフスキイ　113, 261
土地と自由（第1次）　16
ドナルド・キーン　168, 315
ドミトリエフ　65, 67
「友も、妻も、かなしと思ふらし―〜」　317
ドラゴン　240, 241, 242
ドラゴン退治　239, 240
ドラゴンを殺す聖ジョルジオ　242
トルストイ
　49, 76, 77, 78, 79, 80, 81, 82, 85, 86, 88, 89, 90, 91, 92, 93, 95, 97, 98, 99, 100, 101, 102, 103, 105, 106, 108, 109, 188, 191, 241, 251, 258, 259, 261, 290
トルストイズム　17, 80
『トルストイと日本』　110
『十夜　日本民話集』　341
『どん底』　282, 284

【な】
中江兆民　241
中山和子　24, 25, 29, 139, 143, 146, 166
奈木盛雄　51, 52, 53, 62, 69
夏目漱石　14
「浪」　257
成田龍一　13
ナロード　252
ナロードニキ　16, 17, 122, 225, 328

【に】
ニーチェ
　17, 187, 188, 191, 205, 241, 258, 263, 274, 275
ニーワ　17
二元論　49
ニコラ・バターユ　242
ニコライ2世皇帝　30, 55, 56
西垣勤　292

382　索引

西村陽吉	131
日露講和条約	12, 24
日露国境碑	297
日露戦後のインフレ	14
『日露戦争記』	37
『日露戦争実記』	36, 38
『日露戦争全史』	43
「日露戦争論」	
49, 76, 77, 80, 82, 86, 89, 90, 92, 95, 97, 99, 100,	
101, 102, 106, 108, 109, 290	
『日露旅順海戦史』	44
新渡戸稲造	34, 35
ニヒリスト	
16, 120, 121, 122, 124, 125, 127, 130, 173	
日本	82
日本おとぎ話集	341
日本経済新聞	52
『日本詩歌集』	341
『日本の3行詩　発句』	341
『日本の詩』	348, 349
「日本武士道論」	35

【ね】

「眠れる都」	201

【の】

農奴解放	15, 18, 251
ノーヴィコフ	78
ノオボエ・ブレミヤ	69, 70, 71
野上弥生子	125, 126, 127
野口在彌	301
野口雨情	300, 310
昇曙夢	22, 271, 291
野村長一郎	189

【は】

パース	315
ハイネ	251
パウロ	187
「葉書」	281
はがき新誌	203
バクーニン	16, 253, 289, 290, 291, 337
『迫害下のロシア教会』	345
白禍論	95
白秋	

216, 218, 219, 220, 221, 222, 229, 232, 233, 238	
『函館の砂』	297
「初めて見たる小樽」	304, 305
『芭蕉　句集』	341
長谷川天渓	94, 96, 257
バチラー博士	302
「はてしなき議論の後」	
212, 213, 215, 217, 218, 219, 220, 222, 223, 224,	
225, 229, 232, 236, 298, 324, 349	
「母」	171
『母』	263
母・カツ	166
林正子	187
バルチック艦隊	11, 12
ハルトマン	251
「晴れし空仰げばいつも〜」	238
万国労働者同盟	290
『麺麹の略取』	290
B.A. グリーシナ	349, 351, 352
B.H. エリョーミン	
317, 321, 322, 323, 324, 325, 326, 337, 338, 339,	
340, 345, 348, 349	
B.H. マールコワ	
53, 54, 317, 319, 321, 322, 323, 324, 325, 337,	
338, 340, 341, 344, 345, 348, 349, 350, 351	
BOKC	348

【ひ】

Heroes and Heroines of Russia	115, 127
光	17
ビグダール	67
「飛行機」	212, 222, 224, 225, 229, 236, 249
「非戦闘員」	83, 84
非戦論	82, 96, 98, 99
「非戦」運動	24
「美的生活を論ず」	195
「ひと処、畳を見つめてありし間の〜」	216
「暇ナ時」	208
「百姓の多くは酒をやめしといふ。〜」	318
「百回通信」	307
「白鵠」	203
ヒューマニズム	30, 31, 33, 34, 200, 39
「病院の窓」	171, 179, 278
「漂泊」	289
ピョートル1世	54

平岡敏夫	279
平川祐弘	110
平出修	108
ピリューコフ	79
「天鵞絨」	171

【ふ】

プーシキン	60
フォーマ・ゴルヂェーフ	266, 269, 276
藤沢全	72, 181
武士道	31, 33, 34, 35, 38, 39, 200
『武士道叢書』	35
『婦人問題』	141, 143, 144
「二筋の血」	171
「二つの影」	201, 202
二葉亭四迷	170
Book man	259
仏陀	241, 246
『冬の月　日本の３行詩と５行詩』	341
プラトン	241
フランシス・ブリンクリー	35
「ブランデスのゴルキイ論」	261, 270, 282
ブリタニア	228, 238, 239, 240
「ふるさとの寺の畔の～」	234
「ふるさとを出でて五年～」	234
「古びたる鞄をあけて」	224, 225, 229
ブロッホ	98
文芸界	258
文庫	257
文章世界	115
文明北進主義	302, 309

【へ】

ベイコ	341
「平信」	107
平民社	14
『平民主義』	290
平民新聞	
80, 86, 87, 88, 101, 104, 105, 119, 140, 141	
ベクリン	241
『別荘の人々』	277
ペテルブルグ・リストーク	17
ペトロパブロフスク	55, 57
紅苜蓿	266

【ほ】

報知新聞	
14, 15, 151, 154, 155, 157, 158, 160, 161	
『放浪』	308
ポーツマス条約	299
樸堂	258, 264
北門新報社	301
戊辰詔書	15
細越毅夫	189
「北海の三都」	304
ホトトギス	261, 263, 282
「墓碑銘」	
224, 225, 229, 290, 330, 338, 340, 344, 349	
堀合節子	204
ホレイ	322
ボロオヂン	114
「ボロオヂンといふ露西亜名が～」	114
本田荊南	302

【ま】

間垣洋助	245
「摩迦呂夫」	48
マカロフ提督	
30, 31, 32, 33, 36, 37, 39, 40, 41, 42, 46, 49, 51,	
55, 56, 63, 69, 70, 200, 273	
マカロフ提督像	
51, 53, 54, 55, 57, 60, 63, 64, 65, 67, 70	
「マカロフ提督追悼」	348
「マカロフ提督追悼の詩」	
30, 39, 40, 45, 46, 47, 49, 51, 54, 69, 199, 200,	
272, 274, 316, 348, 349	
正宗白鳥	257
「マタイの福音書」	244
松本健一	49
「マルクスの『資本論』」	290
「マルコの福音書」	244

【み】

三浦義和	244
ミカエル	241, 242, 243, 244, 249
Mikado	104
「みぞれ降る～」	170
三津木春影	257
ミッシェル・フーコー	137
ミニマリズム	17

宮崎郁雨	297, 298
宮下太吉	107, 119
明星	40, 194, 272
民衆の中へ（ヴ・ナロード）	252
民衆派（ナロードニキ）	252
「民族の運命と詩人の夢と」	196

【む】

無尽燈	85, 86
『無政府主義』	290
「鞭の音」	257

【め】

メジュレコフスキイ	251
MEMORIES OF A REVOLUTIONIST.VOL.2	115
「藻屑」	257

【も】

モスコーフスキイ・リストーク	17
盛岡中学校校友会雑誌	206, 207, 266, 272

【や】

ヤーコブソン	315
ヤースナヤパリャーナ	77
柳富子	110
山口狐剣	142
山本健吉	31, 33, 38
ヤンプ	322, 323

【よ】

『幼年時代の思い出』	125
与謝野晶子	106
「予算案通過と国民の覚悟」	24
吉川幸次郎	218, 227, 231
吉田狐羊	131
米川正夫	175
ヨハネ	244
「ヨハネによる福音書」	245
「ヨハネ黙示録」	241, 243
「呼子と口笛」	121, 212, 220, 222, 223, 224, 226, 228, 231, 236, 237, 238, 239, 244, 248, 249, 316, 324, 330, 349
読売新聞	36, 37, 47
「夜寝ても口笛吹きぬ〜」	238

万朝報	10
ヨンストン	241

【ら】

ライフ・イリュージョン	168, 285
『ラエフスキ家の姉妹』	125, 126
ラスキン	241
ラボチイ・クロンシュタット	57, 63, 64, 65
六合雑誌	85, 86

【り】

「利己主義者と友人との会話」	220
『猟人日記』	170, 173
「林中書」	25, 266, 289
「林中文庫　日露戦争論（トルストイ）」	49, 100

【る】

『ルージン』	173, 175, 177
「ルカの福音書」	244
ルスキー・ヴェースニック	18
ルター	241

【れ】

「冷火録」	275

【ろ】

「老将軍」	45
「「労働者」「革命」などという言葉を〜」	320
「ローマ字日記」	135, 137, 138, 139, 142, 144, 145, 146, 149, 150, 161, 163, 165, 166, 178, 284, 285, 287
ログーノヴァ	349
『ロシア革命運動の曙』	119, 129, 132
『ロシア文芸思潮』	22, 291
Russian grand mothers wonder tales	268, 269, 270
ロセッチ	251
露土戦争	19
ロンドン・タイムス	35, 78

【わ】

『ワーニャ伯父さん』	132
「わが生ひ立ち」	221
「我が最近の興味」	27
ワグナー	

385

187, 188, 189, 191, 194, 204, 205, 241, 251, 272
「ワグネルの思想」　　　　186, 188, 189
ワシントン　　　　　　　　　　　241
渡辺国武　　　　　　　　　　　　96
「ワッサ・ジェレズノオワ」　　　270
「我なりき」　　　　　　　　　　190

【著者略歴】

安元隆子（やすもと・たかこ）
日本大学文理学部国文学科卒業、立教大学大学院文学研究科日本文学専攻博士前期課程修了、名古屋大学大学院国際言語文化研究科日本言語文化専攻博士後期課程単位修得。
現在、日本大学国際関係学部助教授。

石川啄木とロシア

発行日	2006年2月14日 初版第一刷
著　者	安元隆子
発行人	今井　肇
発行所	翰林書房
	〒101-0051 東京都千代田区神田神保町1-14
	電話 03-3294-0588
	FAX 03-3294-0278
	http://www.kanrin.co.jp/
	Eメール●kanrin@mb.infoweb.ne.jp
印刷・製本	アジプロ

落丁・乱丁本はお取替えいたします
Printed in Japan. ©Takako Yasumoto 2006.
ISBN4-87737-222-9